甲申前夜大晦

刘鹤 ▲ 著

献给边疆

中华书局

图书在版编目(CIP)数据

甲申前夜.大晦/刘鹤著. —北京:中华书局,2024.4
ISBN 978-7-101-16583-8

Ⅰ.甲… Ⅱ.刘… Ⅲ.长篇历史小说–中国–当代
Ⅳ.I247.5

中国国家版本馆 CIP 数据核字(2024)第 047217 号

书　　名	甲申前夜 · 大晦
著　　者	刘　鹤
责任编辑	傅　可　李若彬
责任印制	陈丽娜
出版发行	中华书局
	(北京市丰台区太平桥西里 38 号　100073)
	http://www.zhbc.com.cn
	E-mail:zhbc@zhbc.com.cn
印　　刷	天津善印科技有限公司
版　　次	2024 年 4 月第 1 版
	2024 年 4 月第 1 次印刷
规　　格	开本/710×1000 毫米　1/16
	印张 33½　插页 17　字数 360 千字
印　　数	1-15000 册
国际书号	ISBN 978-7-101-16583-8
定　　价	78.00 元

目 录

北直隶·真定府·野狗

两匹瘦马不安地用前蹄刨着冻土上的薄冰，发出噼噼啪啪的声响，鼻孔里喷出的白色雾气，在毛月亮的微光下弥散开来。焦黑的残垣断壁里，不时传来追逐、翻滚、打斗和嗥叫的声音，那是流浪的野狗在争夺饿殍的残躯。

一双手在拴马桩的牵马绳上忙活，人口鼻中呼出的白雾和马喷出的白雾交织在一起，使那双手模糊了起来。忽地，黑暗中出现了一点豆大的火光，跳动着慢慢变大，照在拴马桩上，使得那双模糊在水汽里的手重新清晰了起来。

漆黑的残垣中猛地发出"嗖"的一声响。

举火的汉子轻叫一声"坏了"，本能地向发出声音的黑暗里转头望去，耳边却又是"铿"一声，再转头回来，同伙解绳的手已被一支箭钉在了拴马桩上，箭自手背射入，贯穿整个手掌，箭杆嗡嗡嗡地抖动着。忽明忽暗的火光下，血潺潺地顺着桩流下来，那盗马的汉子愣了一瞬，才像废墟中吃人的野狗一样哀嚎起来，伸出手想去拔那支箭。

残垣中一个声音幽幽地说："这手是不想要了吧？"

执火的汉子一只手按住同伙拔箭的手，另一只手忙把明子丢在地上，踩得火星四溅，反复几脚，方才灭了。他在拴马桩下伏下身来，对着残垣的黑暗中喊道：

"不知是哪层天上的星宿，何等地方的好汉？我兄弟二人饿得紧，才做这等昏头的事，爷爷饶过我二人性命！"

黑暗里没有半点儿回应。

执火的汉子伏在拴马桩后紧张不安地四处张望，新鲜的血液顺着木桩表面虫啮的沟壑流下，淌到一半便冻住了，仿佛几道暗红色的蚯蚓。盗马的汉子扶住被钉穿的手掌，发出低沉的闷哼。

离二人约摸五十步的废墟里，慢慢地升起两个黑色的阴影来，仿佛从地底下钻出了两座坟，一高一矮两座黑色的坟头一前一后，慢慢地向着二人移动过来，不时在断壁间隐而又现，谨慎又富有耐心。约有五步的时候，“两座坟”停住了，抖了抖身上的薄雪，露出面目来。

原来是两个人。

高个儿的穿着黑色的大氅，两手藏在氅里，长脸，左脸上有一道很深的疤，从嘴角直豁到耳根，目光冷峻而凌厉。矮个儿身体宽厚，也披大氅，面目又宽又阔，细长而上挑的眼睛仿佛账房先生簿子上的勾对，炯炯有神，留着稀疏的胡子。他手里执着一张鞑靼弓，箭尾抵在弦上，用拇指窝里的一个棒骨扳指拉住，用一种看猎物的戏谑眼神看着二人。

执火的汉子瞥见大氅下皮面官靴的皂底，慌忙跪下叩了又拜：“未见火光，不知官家在此歇息，求大人饶了我二人。”

高个儿说：“若见了火，不早叫你们害了命？”

执火的汉子慌忙又拜，答道：“不敢，那都是阎罗王面前看门的东西[①]，万不敢那里去。”一边心有余悸地抬头望向那片漆黑的废墟。

高个儿说：“这箭须撅了再拔，生拔，手便没了。”

---

①指吃死人的野狗。

执火的汉子千恩万谢，从废墟边上捡了几块烧了半截的焦木，小心翼翼生起火来。借着火光，他把同伴被箭钉在桩上的手向后一推，与箭杆冻在一处的皮肉被扯开来，又让伤者发出一声惨叫。火光下，他看见整个儿箭镞都已没入桩里，便掏出一把手刀，利索地从套筒边缘截断了箭杆，从伤者手背拔出箭来。这箭没有弦槽，箭尾只有一个浅坑①。伤者识相地从火边抓起一把炭灰按在伤口上，用块破布把手裹了。

那执弓的壮汉突然开口："嚯，箭钱！"

两个盗马贼面面相觑。

执弓的壮汉又说："箭钱！箭钱给给！"

两个盗马贼一起伏下身来说："我二人一路逃灾讨饭至此，惟求一口饭食活命，没有分文。"

执弓的壮汉不屑地说："你两个甚么吃食有？"

伤了手的盗马贼伸手从怀里掏了包黑黢黢的东西打开，这东西在空气中散发着一股浓烈的酸味，圆滚滚的，像药丸子一样，用张破纸包着②。盗马贼讪笑着讨好地说：

"我听这位大人口音分外亲切，莫不是山后人③……"

脸上有疤的高个儿表情复杂起来，厉声说："这是军粮！"同时

---

① 没有弦槽的箭，即秃尾箭，对方若无相同的射箭技巧，则无法将箭射回来。
② 明代的一种军粮，用醋浸透整张大饼，然后掰成小块搓成丸子，吃的时候丢进沸水，作为调味品。
③ 山后人，明代对效力明军的蒙古军士的一种委婉而讨好的称呼，蒙古军士也常以此作为自己的"籍贯"。

看向二人的脚下。盗马贼极力想把脚上的靰鞡鞋^①藏在破袍下面，却因为袍短而破，始终不能成功。

高个儿看着伤了手的盗马贼满是燎洞的袄子，冷冷地讥讽道："你二人讨饭讨得连朝廷的铳也卖了^②……"两贼不再辩解，跪在地上只顾着叩头求饶。突然，高个儿盯着伤了手的盗马贼的后颈，眉头皱起又展开，说："走吧！"

两个盗马贼对视一眼，千恩万谢过了，一前一后往茫茫黑夜里逃去。

执弓的壮汉瞥了一眼枯树枝头飘动的几片残叶，从腰后拈出一支齐铍箭^③来，铲子头上泛着幽幽的光。他拉满了弓，右手停在耳后听弦，左手指镞，指定走在前面那人的后脑，弓臂上的肌腱随着开弓发出咯吱咯吱的声音。

高个儿从黑色大氅下伸出手来，按住壮汉的持弓手说："把肚，罢了。"

壮汉收了弓，气呼呼地说："留他两个，投贼去！"一边伸手去拔钉入桩内的箭头。

高个儿再次拦住他，说：

---

①靰鞡鞋，明代辽东军士冬季的军鞋，用皮革制成，内部填充乌拉草，保暖性能好。

②铳手须将火绳两头点着，盘在身上，一磕碰则火星四溅，所以衣服上多有烧灼的痕迹。

③一种近距离使用的大威力箭头，形状像个铲子，常用于射击大型猛兽。

甲申前夜·大晦

"那伤了手的染了疙瘩瘟①，投不了贼，顷刻便要死，另一个也活不长，若真教他有命投了贼，难保不是好事。"

"这些畜生连浅坟也刨了，待你那狼屎不中用了②，保不准要吃活人，待不得。"

高个儿从腰里抽出刀来，斩断了盗马贼摸过的牵马绳，用刀尖挑进火里，又将两个盗马贼慌乱中丢下的破衣和包袱一并挑进火里烧了。壮汉麻利地从鞍袋里取出鞣过的皮绳，修好了马具，二人翻身上马，向着京城方向，消失在黑暗深处。

马蹄踏破了路面上的薄冰，又把冰下没冻住的泥带出来撒在薄雪上，黑色的泥、白色的雪、反光的水，让蹄印像是一块块喷溅的血迹。暴躁的鞑靼公马不停打着响鼻，喷出一道道粗而浓的白雾，吓得路边撕咬尸体的狗群像苍蝇一样轰地散开，又聚在一起。这些因饱食人肉而身体浑圆的畜生不甘心地尾随在二位骑马人后面，不远也不近，不时发出呜呜的低吼，不知是期待人丢下的残羹冷炙，还是渴望活人新鲜的血肉。

被唤作把肚的鞑靼汉子将嘴里的淡巴菰③又嚼了几下，朝后面跟着的狗群啐去：

---

①疙瘩瘟，明代医生吴有性在《温疫论》里对腺鼠疫（黑死病）的称呼，患者常在脖颈、腋下、腹股沟处隆起肿块，随即在短时间内死亡。
②狼屎的气味可以吓阻野狗。
③淡巴菰，即烟草，明中晚期由西班牙人自吕宋带入中国，初期用作嚼食，后来才发展出闻吸（鼻烟）和燃吸（抽烟）的方式。

"我爷儿四五个，甚么狞狠畜生也打死过许多，不曾见过这光景。"

高个儿说："你成日吃烟，怎好打到畜生？[1]"

把肚说："我每本不识得吃烟、吃茶，都是你汉人送了烟、茶来，教俺离不开这东西。再者说呵，自跟随大人过了那漂死人的咸水，一路尽是杀得人，不曾再杀得畜生，大人怎好怪我？"

高个儿说："这世道，再狞狠的畜生也不及人半分，如何不杀人呢……走井陉县去吧。"

跟在马后面的狗群聚了又散，散了又聚，不知换了几批，二人的前方终于出现了一座轮廓模糊的城垣，黑漆漆的没有一丝火光，也没有一丝人烟，与其说是一座城，倒不如说像一座坟。二人一磕马腹，"啾、啾"轻唤了两声，直奔城门而去。

城门竟是开的。

城门大开着，像一张要吞噬一切的大口，城门里面是深不见底的黑，城头静悄悄的，只有一面看不清颜色的破旗随着风呼呼地响。

高个儿朝把肚一扬手，二人立刻从并排而行变成一前一后。高个儿从弓囊里抽出一张开元大梢弓[2]，从腰后拈一根长鈚箭[3]搭在弦上，把肚也搭了箭，二人一个向前，一个向后，分别警戒。

高个儿立马对着城头喊：

"我乃京师南城兵马司刘破虏，请城上兵官答话！"

---

①打猎的人一般不吃或吸烟，因烟味容易引起猎物警觉，在射程之外就逃走了。
②明代辽东军人常用的一种大梢弓。
③明代常用的一种箭，能致远，也较准。

刘破虏又喊了两遍，答话的依然只有城头呼呼响的破旗。

刘破虏回头看一眼把肚，打马往城门里面走去，把肚与他拉开约十五步，也朝城里走去，不时警觉地向后张望。经过城门时，把肚下马，将靠在门边的一根大木用力推倒在两扇门之间，翻身上马赶上刘破虏说：

"活人没有，死人没有！"

大道两边低矮的民房上贴了许多黄色的符咒，被风吹得四处飘飞，敞开的房门吱吱呀呀地一开一合，像是活了。路边虽不见死人，却零零散散地有不少猫尸，被开膛破肚，死状凄惨。猫死了很久，尸体都被风干了，刘破虏下马，掏出一方帕子自脑后绑住，仔细查看了死猫的僵尸，掩住口鼻说：

"猫都被人取了胆，怕是这里遭了疙瘩瘟。"

把肚说：

"我曾听塞外的老人讲，塔勒巴克①地底下带了阴气来，人吃了它，身上发黑，长疙瘩，口里眼里流血死。朱赤兀鲁斯②丢了长疙瘩的死人往斡罗斯③城池里去，不一月人死尽，财货都归了他。"

刘破虏叹口气：

"这瘟从鼠身上来，鼠死不几日，就要死人。愚氓无知，以为猫克鼠，滥吃猫肝、猫胆，却不见猫吃了死鼠，和人一个样，几日便死，如何能治疙瘩瘟？"

---

① 蒙古语，旱獭。
② 蒙古语，对金帐汗国的称呼。
③ 指俄罗斯。

"但，死人哪儿去了？"

刘破虏盯着死不瞑目的猫，想了一会儿说："去县衙。"

县衙在城中，大门向南大敞着，一个破灯笼在门前滚来滚去，像是一颗刚被刽子手斩落的人头。把肚眼尖，指着县衙说："火有！"

二人又催马往前走了十多步，刘破虏才看到县衙中跳动的火光，那光冷冷地燃着，闪耀着不属于人间的颜色。二人下马，将马拴在县衙门前，各执了弓，慢慢地走进县衙去。二人持满了弓，一左一右，侧着身子慢慢绕过照壁去，那青白色的火光，正是从照壁后来的。

持满的弓和脚下的薄雪一齐发出咯吱咯吱的响声，绕过照壁后，咯吱声骤然停止，二人被眼前的景象骇住了。

一大堆尸骸横七竖八地堆叠在一起，有些人死去不算太久，还保持着人的外形，另一些则已经化为白骨。这些死亡时间各不相同的尸骸互相纠缠在一起，几具最上面的尸体身上都有致命伤，似乎发生过什么激烈的打斗，一些带血的农具丢在一旁。白骨压在尸堆的最下面，几朵磷火游魂一般飘在尸堆上，惨白色的核外裹着一团青色的冷焰，飘飘忽忽地来回跳动，似乎想对来者讲述这里曾经的恐怖。

把肚惊骇地望向刘破虏，脸上现出难以理解的表情。这场面比起战场上的尸山血海算不得什么，但本该在炎热的夏日才有的磷火却飘荡在这寒冷的冬夜里，却着实反常又诡异。

刘破虏看看尸堆上跳动的磷火，借着磷火的光四处观察，两侧回廊上也散落着不少尸体，墙上有许多像动物的爪子挠出的痕迹，再细细看过，才发现是人的手指抠出的血印。刘破虏示意把肚看那尸堆的边缘露出的半截棍棒，把肚上前拽那棍棒，却不想拽出个布招子来，布招子上写着四个字：惠民药局①。布招子的下面，是一个破成两半的木箱，空空如也，几具戴着四方平定巾的尸首倒在木箱旁边。一口锅倒扣在木箱边。

刘破虏看着木箱，沉默良久，缓缓地说：

"这几个许是医学②的学生，跟着惠民药局在这里施药，那白骨便是最早的病人。瘟疫起来，人来抢药，杀将起来，剩下的活人都逃往城外去，多半在路上喂了狗。"

把肚看着尸堆下的白骨，若有所思地说："这药真有用呵，人又怎会死呢？"

二人看着尸堆良久，相对无语，把肚想一把火烧了县衙，却找不到可以烧的东西，只好作罢。二人一起退了出来，上马向城门走去，走到门洞，择一避风处，把马拴了。把肚在旁边民房拆了些门窗，将门板搁在地上当床，窗棂子都撅了当柴，生起火来。

吃了两把炒过的米，两人坐在火堆前，看着跳动的火光发呆，把肚眯着眼睛说：

"大人，大米船③来的地方，便是南方，是吗？"

刘破虏把一块刻成如意形状的窗棂子扔进火里，不自觉地跟着刘把肚说起他那种句式奇怪的口外话：

"大米船来的地方，就是南方。"

---

①明代设在各地防治瘟疫、收治病患、低价或免费施药的医疗机构。
②明代设置在各地用于培养医学人才的专门学校，疫情紧急时也参与救治。
③指沿京杭运河北上的漕运船，因多运米，故刘把肚叫它"大米船"。

刘破虏将长短刀具从腰上解下放在身边，把皮大氅紧紧裹在身上躺下，出神地盯着被光火照亮的城门洞。门洞里青黑色的砖一块压着一块，跟大凌河一样。

　　把肚从空房里捡来几个汲水的细颈瓶子，用修缰绳的皮条子绑了，在周围草草拉了几道，又把胡禄里的箭抽空，把空胡禄枕在耳下，侧卧在门板上睡下了。[①]

　　城门洞里跳动的火光、细颈瓶子互相轻微碰撞的叮当声和城头破旗的呼啸，没有给这座黑暗里的城增加一丝生机，反而让它更像一座坟了。

---

①胡禄，古代一种装箭的携具，多用皮革制。明代胡禄是挤压式箭囊，枕在耳下睡觉，能听到敌军从远处来袭的马蹄声。

北直隶·真定府·失鹿

天光放亮，把肚从民房中抱了些引火的秸秆，喂了马，又从见底的口袋里掏了两把黑豆送进马口里。二人吃了炒米，喝几口掺了白酒的凉水①，上马奔京师方向而去。

　　这时他们才看清大灾、大疫和大战给北直隶大地带来的萧条和残破。崇祯十五年清军入关烧毁的房舍，至今仍是焦黑的废墟，几个枯槁的身影游魂一样游荡在废墟里，寻找着任何可吃和可用的东西。

　　从山西来的灾民沿着道路向京师逶迤而行，走不动的人或倒或卧，僵在路边，只有浑浊的眼珠间或动一下，才表示这还是一个活人。膘肥体壮的野狗丝毫不怕人，一边撕扯着路边残缺的尸首，一边虎视眈眈地盯着僵卧在路边的"活人"，等着他们断气。

　　越来越高的日头让白茫茫的原野露出荒芜的斑驳来，年轻些的灾民聚在原野里，不时爆发出一阵阵欢呼。破房和把肚打马过去才看清，他们趁着午时冰雪消融，冻土不严的时候，挖掘田野里鼠洞的积粮。蜿蜒的鼠洞连接着数个较大的洞，每一个洞里都藏着多多少少的粮食，有麦、黍、豆，每挖出一个藏着粮食的洞，都让灾民们爆发出一阵欢呼。鼠洞的深处不时可以挖出一窝窝没长毛的小鼠，还未睁开眼睛，几乎是半透明的粉色身体蜷在一处。

　　灾民们兴奋地拈起粉色小鼠的尾巴，整个儿丢入口中大嚼起来。小鼠吱地一声，随即只有脆生生的咀嚼声，殷红的血顺着嘴角流下来。

---

①北方冬季行军时将白酒和水掺在一起装在皮囊或葫芦里，不易冻住。

刘破虏说：

"莫吃鼠！染了疫，三五十天便死[①]！"

灾民们都哄笑起来，丝毫不怕官，一个年轻的灾民答道：

"染了疫，三五十天才死，不吃食，三五天便死，何况吃了鼠未必染病，不吃鼠必饿死矣！"

另一个灾民插嘴道：

"我见疙瘩瘟并不从鼠来，倒是从贼身上来。"

刘破虏警觉起来，问他：

"从贼身上来，如何讲？"

灾民答："我见凡贼经过地方，三五日后便大疫，多少人家阖门死尽，凡贼未经地方，便能保全。"

刘破虏问：

"那贼自己如何不受其害？"

灾民答：

"贼也染疫，奈何灾民、难民众多，他病死一百，投他的却有一千，反而势大，侥幸不死的，便能作贼首。说来也怪，贼首皆不染疫，号称'天救'，灾民或死于灾，或死于疫，或死于兵，或死于贼，横竖一死，为求天救，多投了他。"

破虏与把肚对视一眼，叹口气，拨马回到路上。灾民的小孩看见两个骑马人，都揪着马尾讨吃的，把肚恐马尥蹶子伤人，反身去驱小孩："去！去！"

---

① 腺鼠疫从感染到发病死亡的时间约为三十七天。

一个年纪大些的小孩怔怔地盯住把肚,突然大嚷:

"达子来啦!"

道路上逶迤的灾民队伍立刻炸了锅,嚎啕着奔逃起来,把肚不得不掏出炒米来,平息这场因他而起的骚乱。食物的魔力迅速平息了骚乱的喧嚣,饥饿克服了对入关恶魔的恐惧,马尾后的队伍又重聚起来。把肚一边给灾民看他办差的腰牌,一边从怀里掏出炒米来,从马上俯下身子散给小孩。零星的炒米从把肚指缝间掉下去,立刻有小孩捡起来吃。

散了几道米,把肚捂住胸口,向小孩示意他没有米了,小孩们仍不甘心,一直跟着他。

经过一处被烧毁的庐舍,灰还很新,不像是清军干的,一对尸首蜷在灰烬中,大的紧抱着小的,像是一对母子。把肚从怀里掏出一串念珠,搓了几搓,嘴里念念有词。

破房说:

"这些年眼见折在你手里的性命,没有一百,也有五十,佛祖怕听不进你念叨。"

把肚道:

"教书的先生说与俺许多圣人的道义,俺听了许久,还是糊涂。喇嘛说与俺佛经,一夕便懂了。这世上活着,尽见了人害人、人杀人、人吃人,不曾见了道义,却似那佛经所说,是来这世上受苦的!"

刘破房说:

"你这达子倒真有些慧根,不该叫刘把肚,却该叫刘智深。"

把肚反问:

"智深是甚么?"

破虏答:

"智深是个和尚,你不是爱听说书?待回到京城,教说书先生说与你听。"

二人说话间,已到了获鹿。这个镇子虽然破败,却已有了人烟,破虏看一眼天边如血的残阳,俯身问一个老人:

"此处可有投宿的店家?"

老人答:

"东、西各有一大车店,东店不许动刀兵,西店可动刀兵。"

破虏问:

"怎的有如此古怪的店家?"

老人不再答话。破虏向东看一眼,二人拨马向东店走去,拴马入院才发现这店的古怪——店里不许带兵器进去,兵器须由店家保管,说是怕客人在店里动刀动枪,伤了性命。破虏扶住腰间的刀,站在门槛上向屋里望去,店里尽是些有盘缠的灾民、逃难的书生、老幼妇孺之类。破虏摇摇头,和把肚上马奔西头而去。

西店的墙上,有许多刀劈斧砍的印子,还有火铳打的枪眼。进了西店的院子,却发现这里如此热闹,一支庞大的驼队驻在这里,高大的双峰骆驼卸了货物,拴在院里歇息,一边咀嚼豆秆,一边从嘴边流下白色的涎子来。

这是去张家口的山西商队。货物都用草席包得严严实实,整齐地码放在院里的棚下。店家是个精悍的回回,深深的眼窝里,一双鹞子般警觉的眼睛扫视着院子里的每个人,他正在指挥小伙计为商队杀羊。

两只大山羊绑在院里的柱上，戴白帽的小伙计把一只羊朝西双蹄跪地按下，念过了宰牲经，从左至右利索地一刀四管①，羊登时向西倒下，两个后蹄徒劳地在地上蹬踏，血顺着沟流走了。

商队里突然出来一个汉子大骂道：

"狗入的，好东西糟蹋了！"

汉子一边骂一边朝小伙计脸上一掌掴去，小伙计灵巧地一缩头，被打掉了帽子。他利索地从地上捡起帽子，望向店老板，见店老板无动于衷，便奔店里去了。

那汉子紧了紧绑羊的绳子，麻利地一刀豁开另一只羊的前胸，从刀口伸手进去摸到心脏，拽断了心管，羊立刻死了，血都焐在了胸腔里。他利索地剥了皮，开膛破肚，草草洗了洗肠子，将胸腔里的掺了盐的羊血灌入羊肠子，用线胡乱缠了几下，和羊肉一起丢进锅里煮起来②。

把肚诧异地望向破房，破房对他使个颜色，示意不要声张。正在这时，在院子里码放货物的商队伙计失了手，一包货物掉下来，崩断了草绳，几块白色的石头滚了出来。

是硝。

把肚紧紧地盯着地上滚落的硝石，表情逐渐凝重起来。

伙计忙把散落的货物收拾了。一个穿着光面貂皮袄、黑绸靴

————————————

①食管、气管、左右颈动脉。
②这是蒙古掏心法。当时的蒙古人认为生命的精华在血液里，故血液是宝贵的食物。

子,像是商队管事的人恶狠狠地对着把肚说:

"臊达子! 你看甚!"

把肚毫不示弱地反唇相讥道:

"我看你这狗命要靠这几个臊达子护着出关哩!"

方才杀羊的汉子一听,腾地拿着刀起来,商队的其他几个人也都拿了刀棒,围了上来。

破虏和把肚背倚在一处,占住了院门,各按在腰间的刀上,用拇指顶着刀镡推开鞘半寸,破虏骂道:

"哪儿来的野狗,也敢在京师办差的官人面前聒噪!"

破虏又打量了穿黑绸靴子的管事,厉声说:

"你等甚么人,敢在天子脚下穿靴①?!"

管事一下被镇住了,悻悻地叫手下收了家伙,假模假样赔了不是,各自散去了。破虏二人饮了马,要了一间房,取了弓箭,进了店里去。

店里的情形让二人吃了一惊——一大群恶形恶状的人,都把兵器大剌剌地放在身边,虎视眈眈地盯着来者,刀剑、斧子、鞭锏都摆在桌上,大枪倚在身边,几乎要碰到灯笼。几只官造的鸟铳靠着墙立在火炉边上,火绳盘在一起。

几个人一边喝酒一边大声笑骂,不时撩开袍襟,有意无意地露出腰间自来火的短铳②。

二人不动声色,拣张桌子坐下,要了些饭食,边吃边盯着商队

①明代规定,平民不准穿靴,后期虽然弛禁,但冒穿黑绸面皂靴依然是僭越。
②自来火铳在明代泛指欧洲传入的簧轮枪和燧发枪。

的人看。商队宰的两只羊一只煮了，另一只剁了包饺子，几个粗壮汉子一边用蒙古话交谈，一边不耐烦地催促店老板：

"邦西①！邦西！"

把肚凑过去对破虏说：

"哈喇慎②的人。"

趁着店老板上饭的时机，破虏拽住他问：

"店家，这东店西店，为何规矩不同？"

店家说：

"大人来获鹿的路上，可曾看见那被烧成白地的庐舍？"

破虏说："见得。"

店家说：

"此地有盗匪，动辄将男人杀尽，掠了女子财货去，一把火都烧光。我这店虽偶有客人斗气相杀几个，盗匪一来，客人便一齐与他拼杀，他折了人马，也不再来。东边那店嘛，大人明早且再去看看。"

说话间，只听一声怒骂"干你的娘"，那边便打了起来，一个汉子叫人扎了肚子，拖到后院去了。短暂的混乱之后，店里又恢复了喧嚣。

把肚想吃羊肉，店家却说这羊是商队自己带的，把肚满不高兴，和破虏一起吃些汤和饼，收拾了武器行李回房歇息。

回到房里，破虏责备刘把肚：

---

①蒙古语，即饺子，山西话"扁食"的讹音。
②哈喇慎，即蒙古喀喇沁部，当时已被清军控制。喀喇沁常年通过晋商替清军从张家口套购战略物资，直到明朝灭亡前一年，这种资敌贸易仍在继续。

"你这达子，全无心计，这些人都有通天的干系，哪个家里没有京师的官？朝里人模狗样的大人，哪个不曾收他的银子？你何故去惹他！"

把肚怒道：

"你等汉人倒有心计！寸铁不予俺每，倒恩养着他，教他占了辽阳、沈阳！留些活口与他耕种，妻女送他屋里头去，其余都如鸡狗杀了！却年年驮了粮食、铜铁、硝石出关与他，作了大炮来害俺！他大炮一年多过一年，打得人在城上站不住，却教俺们弯弓与他为敌，俺若有心呵，不如早投了他去！"

破虏被他说得哑口无言，愣在那里。

把肚突然说：

"老子受这鸟气，今天非吃他羊子不可！"

说完从窗户腾地翻进院子里去，破虏拦他不住，又怕他吃亏，忙带了弓刀一起翻出去。

把肚没找到商队的羊，却在月光下看见一个黑影在二人的马跟前忙活，把肚蹑手蹑脚地走到他身后，见这马贼倒也古怪，不牵马，却在马身上摸来摸去。把肚照着马贼的后脑勺重重地一巴掌打去，骂道：

"狗入的，老子不曾去摸你的羊子，你却来摸老子的马！"

这一掌把马贼天灵盖都打飞了，黑乎乎的一坨掉在地上，人趴在地上不动了。

把肚吓了一跳，自言自语道：

"怎的这不禁打，半个头打落了。"

破虏捡起马贼的"天灵盖"在月光下仔细一看，竟是一团头发，裹在网巾里。二人正在奇怪之时，地上的"尸体"突然跳起来，翻过院墙朝外跑了，破虏把弓箭扔给把肚，自己持刀，说：

"追！"

二人翻墙向外追去，把肚见这人跑得飞快，顷刻已经跑出二三十步去，于是边跑边拈一支箭，没拉满便朝他后背射去。破虏情急之下喊"留"，但箭已经飞出去了。

跑在前面的马贼"噗通"一声应弦而倒，破虏还没来得及责备把肚，却见这人又晃晃悠悠地站了起来，继续往前跑。把肚难以置信地望向破虏，破虏说：

"甲！"

把肚又拈一支梅针箭持满了弓，破虏急忙说：

"活的！"

把肚从腰上取下三个用皮绳相连的石头，转了几下猛地朝那人扔过去，正打在后膝盖窝上，那人当场摔倒了。

破虏上前一脚踏在前胸上，刀尖指住喉咙，看见这人是个光头，用刀尖逼他转过头去，才见他脑后有一块铜钱大小的黑斑，仔细一看，这黑斑是一块比周围稍长的头发。

破虏说：

"搜！"

把肚把这人搜了个遍，这人身上穿个铆过口的锁子背心，身上带着短刀、火镰、炭条、西瓜炮、纸卷子和一瓶不知做什么用的药水。

破虏一惊，问道：

"你是夜不收①？"

这人并不答话。

破虏又问："你是汉人？"

这人方才答话道：

"你是什么人，我便是什么人，既已知道，又何必问？今日折在你手里，也是报应，早就该死了。"

破虏怒而大骂道：

"你是辽人，却替奴贼作奸细，非活剐了你不可！"

那夜不收却并不怕，淡淡地说：

"我是辽人，你大明朝几时又把辽人当人呢？我生来是兵，我儿生来也是兵，可当兵的把衣、甲都卖了，税监还说未饱，一袭单衣，鞋履都无，却叫我与奴贼拼命，被他铁骑冲突，人都踩成碎烂。石米八两银子，父母都饿死，棺材也无。我等上阵杀贼，却将客兵都留我屋中，妻女俱叫他污辱了。我十年前便不是人了，我是奴贼，专杀你大明人的奴贼！"

破虏知道只要把刀往下一放，就能终止这大逆不道的狂言，但这奸细的言语，却像一把沉重的大锤，每一下都重重地砸在他的心上，让他心神不宁。

他岔开话：

"你摸索我二人的马做什么？"

---

① 夜不收，明代的一种特种侦察兵，职能介于斥候和间谍之间。

夜不收说：

"是我生事，你二人进院的时候，我观你二人不是寻常官差，想你二人身上有什么文书，技痒便来一探，不想折在你两个手里，交代了性命，也罢。"

破虏展开纸卷子，却是三张白的高丽纸，上面什么也没有写。把胜翻来覆去地摆弄那个药瓶子，打开了用鼻子嗅嗅说：

"酒不是。"

破虏说：

"这是隐写的药水，夜不收用这药水画了山川地形，回去用药烟一熏，图样便显出来。"

那夜不收笑道：

"既已知悉，瞒不住你，这纸上是京师城头红衣大炮的炮位与标的，今日虽叫你得了，但我几个夜不收、尖子手，都藏了同样的图，走几条路回关外去，折我一个，又有何妨！"

说着说着，他竟得意起来：

"大清如今的罕①，较那老罕精明多了，得了这中国之人，也不尽杀之，能骑善射的、操铳弄炮的、冶铁制药的，都恩养着，汉军就有七八万，红衣炮几百位。罕言明已失其鹿，你二人俱有本事，经我说和，明日随驼队出关，一起投顺了。"

破虏脑子里还在想着他说的其他几路奸细的事，没作理会，把胜一口啐在夜不收脸上，骂道：

①指皇太极，老罕指努尔哈赤。

"投你娘！"

夜不收也不恼，笑着说：

"你虎酋①都死了，大元的印玺都归了我罕，嬢嬢也收养了，三十六部俱归顺大清，你不投顺，连个去处都无，又何必强项。"

把肚一听他提虎墩，顿时火冒三丈，拔刀就要杀他。

破虏急忙拦他，趁着二人争执的当口，这夜不收突然往旁边一滚避开刀尖，腾起身子就要跑，被把肚一手拿住大襟，一手扯在袖上，左脚扫在他脚踝上，利落地摔在地上。这夜不收倒在地上，从靴里摸出把短刀，朝把肚腰上扎去。

破虏一脚踩住他持刀的手，弃了腰刀，拔出短刀，平拿着从他腋下一下攥了进去，刺破了心包，他嘴角呼呼地往外冒鲜血泡沫，徒劳地抓住破虏的手，喃喃地说：

"明已失其鹿……"

破虏猛地一转刀身，他整个身体剧烈地抖了几下，软下去，死了。

把肚解了他的锁子背心，却从背心里找到一块四方白布，拿了给破虏擦刀。破虏把白布展开，见上面有字，这字像草书，在月光下却又认不全，依稀看见上面写着：波平、大晦、凶……其余的都认不出。破虏把白布揣了，将刀在夜不收尸首上反复擦了几下。

把肚踢一脚尸首，问：

"这货怎么办？"

---

①虎酋，明朝人对北元最后的大汗林丹汗的称呼。他1634年败亡于大草滩（sira tala），妻儿和元朝的传国玉玺都被皇太极得到。

破虏四周看看，说：

"自有四条腿的仵作料理他。"

二人翻墙回到院里，悄悄回房睡下了。

第二天早上，破虏二人结了房钱，正要离开，恰巧碰上驼队开拔，少了一人的驼队一切如常，仿佛什么也没发生。

破虏特意去了东店，依然如昨日一样平静，不同的是，店里的客人的面庞全都不一样了，店老板依然和善地跟客人们讲着店里的规矩。

二人脊后一寒，对视一眼，拨马离开了。走到路口，破虏立在刻着"获鹿"两个字的石碑旁边许久，脑子里回想着夜不收死前说的那句话：

"明已失其鹿。"

箭贯盗马贼——《北直隶·真定府·野狗》

踏入修罗场——《北直隶·真定府·野狗》

人何寥落鬼何多——《北直隶·真定府·野狗》

夜宿阎王殿——《北直隶·真定府·失鹿》

崇祯十五年·杏山·赵子龙

破虏骑在马上，从鞍袋里取出地图，用那夜不收身上的炭条，从德胜门画出一条线，向西穿过榆河驿、居庸关、榆林驿、土木驿、鸡鸣驿、宣府、宁远堡，最终停在张家口。又从大同向东画出一条线来，穿过宣府，停在张家口。这是晋商最常走的两条商路，可是这支载着硝石又混有清国奸细的驼队，怎么会偏离传统商路如此远，出现在真定府的获鹿呢？若是那奸细画了京师城头的炮位，在此与驼队汇合，混在其中出关去，只要在商路上的某处等着即可，为何要来这里？另外几个夜不收、尖子手，又会从何处出关呢？

官道越来越宽，从山西被瘟疫和流贼驱赶而来的难民，和崇祯十五年清军入关造成的破坏余波驱赶而来的山东难民汇在一处，形成一股汹涌的人流，充塞了这荒芜的河道，乌泱泱地向着真定府城流去。骑着马的二人像激流中的两片叶子，被裹挟着顺流而下，最终的目的地是：

京师。

流贼的探子和白莲教徒混在难民队伍中，前面叫一句"闯王来了不纳粮"，后面叫一句"弥勒降世"，丝毫不把两个官差放在眼里。尽管他们如此卖力地鼓噪，饥饿而疲惫的灾民中却少有应声者，他们像一群沉默的牲口，被时代的鞭子催逼着，无声地走向毕生都不曾想象的远方。

灰色的真定府城渐渐出现在地平线上，路边的野狗慢慢多了起来。忽地，一只野狗从走在人流边上的女人怀里叼起褓褓皮儿，一溜烟儿地向旷野跑去，一大群野狗狂叫着跟着它跑。叼孩子的狗见有同类想来分一杯羹，回头呲牙低吼。

丢了孩子的女人撕心裂肺地嚎了起来。

破虏还在想那奸细的事，一时没有反应过来，把肚的马被人流挤得身也转不过，气得直打响鼻。情急之下，把肚抽出布鲁头①猛地打过去，布鲁头在空中打着旋儿，不偏不倚正打在狗鼻子上，狗登时断气，孩子掉在地上，狗群吓得轰一声散开。把肚一勒缰绳，又夹马腹，马两个前腿腾空嘶起来，难民们吓得连忙分开，把肚从人群间隙纵马冲出去，经过孩子时灵巧地俯身把孩子和布鲁头一并捡了起来，回到路边上，还给丢孩子的女人。

把肚正奇怪，为什么这孩子受了如此大的惊吓，却不哭也不闹，身体也软绵绵的，像个包袱，递还孩子的时候才瞥见婴儿青灰色的小脸。

孩子早就死了。

那女人却似乎毫不知情，赶忙千恩万谢了，又把死孩子紧紧抱在怀里，继续跟着人流往前走。

把肚费力地挤回人流中和破虏汇合，从怀里掏出念珠来，停了停，又揣回去了。

真定府高大的南城楼上，落满了黑漆漆的乌鸦，怪的是，乌鸦都不叫，静静地盯着城下的人流。

南关赵将军庙前，立着"汉顺亭侯赵将军□□"的石碑，一个衣衫褴褛的说书先生坐在庙前，背靠着石碑，在讲《赵子龙长坂坡

---

① 草原民族惯用的一种兵器，有柄，连着一个金属或石质的锤头，常用于打狼。

单骑救主》：

"却说这常山赵子龙，加鞭而行，不想跉趄一声，连马和人，颠入土坑之内。这张郃挺枪来刺，忽然一道红光，从土坑中滚起，那匹马平空一跃，跳出坑外。这便叫：红光罩体困龙飞，征马冲开长坂围。四十二年真命主，将军因得显神威！"

赵将军庙香火破败，说书先生面前的破锣里只有零星几个子儿，兴许还是他自己放的。评书里雄壮的战斗场面反而让饱经战乱的北直隶大地显得更加萧杀悲凉。灾民都不听他讲赵将军，低着头向南城门走去，只有刘把肚在一旁听得如痴如醉，破虏催他再三，他才在破锣里撇下几个钱，依依不舍地拨转马头走了，边走边自言自语地学说书先生讲的《三国演义》里曹洪和赵云的对话：

"军中战将可留姓名！"

"俺乃山后刘把肚也！"

人流在南门城外一里的广济桥下分开，队伍前面传来消息，为防奸细混入，所有人不得从南门入城，改从西门入城，顺着护城河绕了一个多时辰，才见到了西城门的石桥。真定府是北直隶的军事重镇，城墙都有里外两层，只较西安城低三尺，凸出城墙的马面上，炮口黑洞洞地指向北方。

河里的冰裂开了，大块的河冰缓慢地打着转顺流而下，在河流的转弯处层层叠叠地堆在一起。刘破虏心里默念着刚才说书先生评书里的诗：

"红光罩体困龙飞，征马冲开长坂围。四十二年真命主，将军因得显神威！"

思绪被拉回崇祯十五年的辽东……

历时两年的松锦大战终于落下了帷幕，北至松山，南至杏山、塔山一线，明军全线崩溃，除一部分逃入各城中外，其余残兵被清军赶至海边狭长地带。身体肥壮的皇太极换了三次马，才登上了整个战场的制高点，向东望去，数以万计的明军尸首、衣甲、旗帜、战马在灰色的海面上如燕鸥一般随波沉浮，他望了许久，才缓缓地说：

"明举国精兵，尽没于此，已失其鹿，宜速图之。"

一队衣甲残破的明军携炮一具、铳十二支，带着一些妇女、财货在山下向清军投降，不少人身上带着可怕的箭伤，一个兵半边脸被削掉了，用破布扎着，所有的伤者都异常沉默，一声不吭。缴械之后，一个巴牙喇①吼道：

"炮手出来！"

六个明军炮手被带走之后，周围清兵相视一笑，刀斧俱下，顷刻间将这百余人屠杀殆尽。疲惫不堪又毫无防备的俘虏们在人生的最后关头认了命，许多人坐在地上连身都不肯起就被杀了。

在海边，零星的战斗仍在继续。

不肯认命的明军溃兵在将官的指挥下，背靠大海组成了几个临时阵地各自为战，顽强地抵抗着试图把他们赶入怒涛的清军。

---

①即满语bayara，近卫、护军之意。

清军长甲兵拿着长枪、大刀，推着楯车①缓慢逼近明军阵地，短甲兵②执弓紧随其后，骑兵远远地立在明军射程之外观望着。清军整个队伍进入明军射程后，楯车后的短甲兵不时射出一箭，诱使慌乱的明军败兵先开火，待明军鸟铳③发射几次，身管过热之后，长甲兵④从楯车后一起杀出，短甲兵在两旁用弓箭近距离射击明军面部和两肋，等明军阵地支撑不住崩溃了，远处的骑兵就冲过来追逐屠杀溃兵，把幸存者赶入大海。

清军已经用这种战术连续摧毁了数个明军在海边的临时阵地。刘破虏从午时到酉时，已经射出上千箭，佩鞴⑤勒进拇指肿胀的血肉里，鲜血顺着弓弦淋漓而下，让他每射出一箭，弓弦上都腾起一团血雾。刘破虏一边努力寻找楯车后狡猾清兵的破绽，一边朝旁边大吼：

"把肚呢？"

身旁的家丁宰赛答：

"退兵时夺马跑了！"

明军火炮在退兵时几乎丢失殆尽，鸟铳和弓箭都奈何不了蒙着牛皮和棉被的楯车，唯一的一门佛郎机炮⑥四个子炮全都迸裂。

---

①清军的一种战车，木板上覆盖有棉被、牛皮、铁板等，能抵御弓箭和小型火器。
②清军中穿齐腰甲的弓手、轻步兵。
③葡萄牙样式的早期火绳枪。
④清军中穿过膝长甲的重步兵。
⑤扳指。
⑥一种欧洲传入的早期后膛炮。

几个鸟铳手情急之下一发没响又重复装药，被迸裂的铳管炸得面目焦烂。

清军越逼越近，明军看见对面清军里朝鲜铳手黑帽上的红缨子，纷纷叫骂起来：

"苍天可鉴，大明何曾负你朝鲜，今你助奴贼害我，纵我不能杀你，天也必假他人手报我仇！"

朝鲜的三手军^①是壬辰战争后，由明朝南军按照戚继光的练兵法教习而成的部队，士兵多有通晓汉语的，听见骂声，都羞愧地把头背过去胡乱开枪，不敢与明军士兵对视。

眼见明军能站着的士兵越来越少，立在远处的清军骑兵终于催马小跑起来。刘破虏已身中三箭，有一箭穿透了甲的边缘，把左胸的甲片和衣服一起挤进肉里，没法再拉弓。他低头拔了箭，把弓丢在一边，拔出长刀准备迎接最后的一刻，却见到身边一个士兵从无法发射的佛郎机炮旁抄起一枚子铳揣在怀里，头也不回地向身后的大海跑去，破虏转头大喊：

"回来！"

想跳海自杀的士兵已被清军从背后一箭射倒，面朝下趴在海边，浑浊的海浪将白色的泡沫推向岸边，把他盖住了。

破虏再转过头的时候，一个高大的黑影带着风从他身边呼啸而过，他头上挨了重重的一下，一股热流从头盔里奔涌而下，眼前先是一黑，复而一亮。

_____

①炮手、铳手、杀手。

他看见脚下的大地向他的脸飞速撞过来。

明军在海边所有的阵地都被突破，最后活着的明军退入齐腰深的海水中，再无丝毫的反抗能力，却也不甘心投海自杀，他们紧紧倚靠在一起互相扶住，对抗着海浪。

清军为节省箭支，命令仆从的朝鲜铳手射击海里的明军，每一阵枪响都有人倒下，海里哭声骂声不绝，一个兵大声喊：

"哭甚! 男儿死, 屌朝天! 挺着死!"

朝鲜兵再次准备射击的时候，一个清兵突然扬手制止，快步走进朝鲜军的队伍里，揪出一个铳手，夺过铳朝着他当胸一枪，枪口的火焰灼烧了朝鲜兵胸口的衣服，人却没事。清兵把铳往地上一掼，拔出插在地上的大刀，猛地一刀把朝鲜兵从肩膀斜着直劈到腰。

活着的朝鲜兵都吓得抖如筛糠，清兵叱骂道：

"教你家王运粮，却说遭海盗抢去了，又说国中牛病了，千推万阻。你等前来助战，有药无子，不肯出力。早晚尽杀了你国人，占了你地方!"

清兵再命朝鲜人开枪，明军倒下的速度明显快了，海里的哭喊叫骂声越来越小，最终只剩下海浪冲岸的响声。

刘破虏再次睁开眼睛的时候，看见的所有东西都是血红色的。他的头盔掉在一边，上面有一个深深的凹痕，这是骑兵的骨朵一类武器造成的。清军正在屠杀海滩上垂死的明军伤兵，穿一身蓝甲的清军将领虎尔拜①拽下刘破虏腰上挂着的牌子，见上面写着"刘把

---

①属建州部完颜氏。

肚"三个字，便问他降不降。

刘破虏仰面躺在地上，侧过头去，把嘴里的血和沙子的混合物往旁边啐了一口。

虎尔拜笑了，他叫人把刘破虏拽起来，双膝跪地按在沙滩上，用汉语说：

"我也曾读《金史》，闻你祖先苏布泰[1]，将我祖完颜陈和尚[2]从口豁至耳后，也不肯降，今也同样对你，看是否一样汉子。"[3]

虎尔拜随即用短刀将刘破虏从左嘴角向后一直割到耳后，刘破虏血流满面，目眦欲裂，骂声不绝。旁边屠尽明军伤兵的清军纷纷兴奋地围了过来。

正抬手欲割刘破虏右脸的虎尔拜突然看见自己腋下凭空多出半截箭杆来。抬头望去，一个穿红甲的清军骑兵从远处飞驰而来。虎尔拜张嘴想说什么，却有一股发甜的液体在喉咙里汹涌，让他说不出来。他向那个骑兵伸出手去，试图向周围的人指出箭从那里来，却在瞬间面朝下趴在地上，死了。

红甲骑兵像一团奔腾的火焰瞬间冲入人群，挥舞着一具梢子棍[4]左右乱打，战马的前蹄高高扬起，把一个清兵当胸踩倒，其他清兵不明就里，纷纷躲避。红甲骑兵纵马冲到刘破虏身旁一把揪住他

---

[1] 即成吉思汗时代的蒙古将领速不台。
[2] 金国忠孝军将领，战败被俘后遭蒙古军杀害。
[3] 虎尔拜误以为刘破虏是蒙古人，故提起1232年三峰山之战后，蒙古将领速不台劝降金朝忠孝军将领完颜陈和尚未果，后将其杀害的事。实际上建州完颜氏/王佳氏是胡里改人，未必是金代女真后裔。
[4] 即链枷，一种武器。

的领子大吼：

"走哇！"

是刘把肚。

刘破虏顺着刘把肚提他的劲儿，翻身上马，两人骑一匹马，原地兜了一圈，沿着海岸线头也不回地朝笔架山①方向奔去。清军这才回过神来，方才下马杀俘的骑兵纷纷上马，怪叫着追逐二人而去。

从四面八方堵截的清军骑兵越来越多，渐渐把二人逼得靠近海边，载着两个人的战马颈中了一箭，马臀中了三箭，颓态尽显。二人在一座小山的悬崖上下了马，把甲脱了，把肚藏了马，伏在石头后面，不断用弓狙击上来的清军，不一会儿便用光了箭。把肚想去拔马身上的箭，破虏拦住他，看一眼悬崖下面，明军的浮尸中间，飘着一块清军楯车上的板，这是明军困兽犹斗时从清军手里夺来试图渡海的，板上的人早被清军射死了。

破虏说："走！"

二人一同上马，把肚俯身摸了摸身受重伤的战马的脖子，让马退了几步，从下襟扯下一条布来蒙住了马的眼睛。破虏将马臀上的箭猛地拔出来，又狠狠地刺下去，马狂嘶一声，带着二人纵身一跃，投向了悬崖下汹涌的怒涛之中……

---

① 在今辽宁省锦州市南辽东湾中。

北直隶·真定府·瘟神

穿过漫长的月城甬道和瓮城，终于进入了真定府城，此处距离京师三百里，尚未遭过战火。人们都说，真定府是赵云赵子龙将军的故乡，有神灵庇护，故闯贼和清军均不能犯。

然而城外南关的赵将军庙，却远不如城内的瘟神庙香火鼎盛。进入内城，就见到府城隍庙的西边烟气冲天，远远望去，像是失了火，慢慢走近了，才看到庙里供奉着春瘟神张元伯、夏瘟神刘元达、秋瘟神赵公明、冬瘟神钟仕贵、总管中瘟神史文业。无数百姓焚香叩拜，从庙里一直跪到庙外，把整条街都堵塞了。

刘破虏在缭绕的烟雾中看见一大片人头此起彼伏地叩拜，仿佛又看见在渤海里随波浮沉的明军将士，心里生出恍若隔世的不快。庙里神仙的表情，也在弥漫的烟火里狰狞起来，让他不由自主地攥紧了刀柄，催马快些离开。

两人费了好大的劲儿才穿过叩拜瘟神的人群，却又见到一座城隍庙，原来这真定府城是府县同治，有一府一县两座城隍庙。城隍庙前的说书摊位上，说书先生正说到常山赵子龙离了公孙瓒，要保刘备匡扶汉室，把肚说什么也不肯再走，牵着马站定不动，破虏只能随他，自己打马前往真定府衙。

真定巡抚徐标①出城巡视军务不在，刘破虏足足等了半个时

---

①徐标（？—1644），号鹤洲，济宁人，天启乙丑（1625）进士，巡抚保定右副都御史，守真定。崇祯十七年（1644）拒绝李自成军劝降，后遭奸细出卖，真定知府邱茂华举城投降，徐标不肯投降，被杀害。

辰，衙役通报再三，真定知府邱茂华①才施施然出来。二人坐定看了茶，刘破虏详细报告了井陉县全城死绝、获鹿遇到的晋商商队混有清国奸细，以及吃人黑店的情况，并告诉邱茂华，入城的难民队伍中混有闯贼和白莲教的探子。

邱茂华坐在椅子上，心不在焉地不时支应几声，手里搓着两个暗红透亮的揉核桃，浮肿的眼泡下，一对空洞的眼睛漫无目的地扫射着屋角的一个青花大花瓶，只有刘破虏在地图上给他指出发现商队的位置和商队出关的可能路线时，他才不情愿地挪动一下胖大的身子，故作高深地"哦？"那么几下。

刘破虏见他无心政事，不得不把话说重了一些：

"我二人一路过来，行程千里，所见皆焦土、瓦砾，常数十里荒草寒林，道上野狗食人，井陉县阖县死绝，其他地方民染疫而死者十之三四。现闯贼哨探，直薄京畿，奴贼细作，横行北直，国事已坏至此，大人须有非常之策以应之。"

邱茂华尴尬地假咳两声，又啜一口茶，说：

"刘大人一片忠心为国，日月可鉴，只是不知'国事已坏'这话怎讲？即坏，只要坏不在我二人手里，我等也算为国尽忠了。"

言毕，又假模假样地讪笑两声，二人话不投机，场面十分尴尬，邱茂华岔开话题，问起刘破虏的籍贯来，得知刘破虏是锦州卫人，邱茂华空洞的眼睛突然焕发出异样的神采，吩咐下人：

---

①邱茂华，生卒年不详，山西人，真定知府。崇祯十七年（1644）三月李自成军围真定府城，邱茂华试图逃跑，被巡抚徐标下狱，后由奸细救出，开城投降。崇祯十七年五月三日，李自成军与清军激战失利败逃，邱茂华再次献城投降清军。

　　　　　　　　　　　　　　　　　　甲申前夜·大晦

"快拿老家所送山中老儿来！"

刘破虏还未反应过来山中老儿是何物，下人已经捧了两个鸡翅木的盒子上来，里面用红色的绸子垫了，几根银针把两棵一尺来长的辽参固定在盒子里，芦头上系着红缨子，一根一须都细细展开，恰似老叟的胡须。邱茂华得意地说：

"刘大人辽事熟稔，也帮我品鉴品鉴。听闻那奴贼跋山涉险，追捕山中白头老翁，老翁钻进地里，即用红绳系之，不唤作参，却唤作山中老儿，服之即得老翁寿命，不知真假？"

刘破虏这才注意到，邱茂华不仅穿着貂皮氅衣，连石青缎子的道袍袖口、领口，都镶了银鼠皮。看见这些清人藉以发家的东西，刘破虏的血直涌到脑子里，两个太阳穴突突突地往外跳，死在白山黑水间的故人，面庞一张张地在他眼前打转，他习惯性地向空空如也的腰间摸去，却只能把大拇指伸进绦带里紧紧扣住。

破虏起身把画着晋商出关路线的地图按在桌上说：

"下官还有军务在身，告辞！这图，邱大人留着吧。"

邱茂华见这辽人并不会看参，也是大失所望，不咸不淡地客套几句，叫下人封了十两银子，如打发叫花子一般送刘破虏出府衙。破虏径直穿过三堂，看也不看银子，上马扬长而去，出去没几步，又打马回来，俯身夺了衙役手中红纸封的银子，直奔真定卫而去。

此时，邱茂华的幕僚才从内堂出来，看看桌上的地图，问邱茂华如何处置，适逢衙役回报刘破虏离去的消息，邱茂华忙问：

"他可拿了银子？"

在得到肯定的回答后，邱茂华从鼻孔里哼了一声，说：

"辽人与贼习，不事耕种，又不科举，只念着与虏通利，不见那辽东许多大城，哪个不是辽人骗开的？他虽叫什么刘破虏，我看他便是虏！万历年害了李如松性命的达官，不是也叫李平胡？这等人的话，实不可信。"

邱茂华一边说话，一边将刘破虏留下的地图随手丢进炭盆里，幕僚问道：

"那此人……？"

邱摆摆手说：

"关外胡人，不过贪些蝇头小利，不必理会他。"

刘破虏得了邱茂华十两银子的时候，把肚也得了一笔横财。

在胡乱花完了身上所剩无几的铜钱后，把肚漫无目的地牵马在市上乱逛，却无意中发现了一家"哄达子"的银号，细细的眼睛立刻打了弯。这是一种流行于榆林、宣府、大同、张家口一带的骗局，即利用蒙古人和汉人边民对银两和铜钱比价不熟悉，借机诈骗。银号伙计先以烈酒款待客人，等客人喝得五迷三道之后，与他进行交易。当客人以银两换铜钱时，便按照一贯钱兑一两银子的"官价"兑换，同时在秤上玩把戏，当客人以铜钱换银两时，又按一千三四百文换一两银子的"民价"予以兑换。若客人带有牛马，伙计便代为出售，"售价"自然低得不可思议，客人见银号帮他办妥了一切，不知被骗，反而还要千恩万谢。

把肚把马拴了，把身上官家的东西都掖在怀里，大摇大摆地走进银号去。伙计见到财神爷，自然不敢怠慢，按规矩端上烈性的烧酒来。把肚端起碗一饮而尽，示意伙计再加，又装作关外莽汉的模样，把一锭十两重的银子放在桌上，掌柜的眼睛立刻被银子吸引住了。把肚朝他比划，示意这银子十两重。掌柜验了成色，又拿出铜权称了重，装模作样地说银子只有九两重，而且成色不好，要折一两的色。把肚用袖子一擦胡子上残留的白酒，摆摆手，表示不在乎，掌柜对伙计使个眼色，伙计马上从后面支了八吊钱，开了兑票，把肚把钱和兑票揣在怀里，继续喝酒。

伙计仍不罢休，不停地给把肚斟酒，试图说服他把马也卖了，在把肚喝了七碗酒，依然没有卖马的意思之后，伙计失去了耐心，不再斟酒，催他快走。

把肚摇摇晃晃地出门，解了马向城隍庙走去。

掌柜和伙计两人正在偷乐，却失手把那锭银子掉在了石板地上，声音不但沉闷得像块泥巴，而且半点也未弹起。掌柜的大惊失色，急忙拿出剪子，在银子突出的位置剪下去，第一刀还是银，第二刀下去，便露出黑糊糊的铅胎来，忙抬头对伙计说：

"坏了，快追！"

刘破房去了真定卫和神武右卫，都无功而返，只有真定卫火攻营游击陈三捷①答应带兵去获鹿查查那吃人黑店，同时带给刘破房

---

①陈三捷（？—1644），真定卫火攻营游击。崇祯十七年（1644）真定城破，自杀。

一个重要的信息：

> 李自成已攻取陕西全境，必取道山西进攻京师，歼灭官府、大同精锐明军，防止进攻京师时明军回援。山西总兵官周遇吉[①]与山西巡抚蔡懋德[②]共同布置黄河防线，闯贼号称五十万，朝廷已无援兵可派，黄河结冰，处处可渡，周遇吉后援断绝，已成孤军。

刘破虏回到城隍庙的时候，把肚正被银号的人揪着，要执了他去报官，掌柜声称银号老板是知府邱大人的亲戚，定要治这用灌铅银子骗人的汉子重罪。

把肚不慌不忙掏出兑票给周围人看，上面写着"平足色银八两兑钱八千文立此"，下面有银号的花押。把肚说：

"确是我换了钱，但我银子只有八两重，看你这银子不止八两，莫不是来诓我！且取了秤称！"

掌柜和伙计大惊失色，不肯称银子，旁边却有好事者拿秤来称了，高声说道：

"十两二分高！"

伙计仍要报官，把肚露了腰牌，掌柜知道着了道，拉着不服气的伙计走了。

破虏在旁边目睹了这场好戏，这时上来同把肚一起走了，边走边问他：

---

①周遇吉（？—1644），辽东锦州卫人，明山西总兵，崇祯十六年（1643）李自成取陕西全境，十七年（1644）取道山西进攻北京，周遇吉带兵于代州、忻州阻击重创闯军，后寡不敌众退守宁武关，力战不屈殉国，全家自焚。
②蔡懋德（1586—1644），字维立，号云怡，南直隶苏州府昆山人，明山西巡抚，崇祯十六年守太原，十七年闯军陷太原，蔡懋德自缢殉国。

"哪里学来这勾当？"

"广宁市马时学的。"

"哪儿来的灌铅银子？"

"哪里来的，不是发的饷？莫非大人领的，全是真银子？"

破虏把府衙得来的一封银子丢给把肚，说：

"这银子是真的。"

把肚问：

"这银子哪里来？"

破虏说：

"从真定知府邱茂华那里拿来的。"

把肚奇怪：

"何故拿他银子？"

破虏说：

"我看他与那出关的驼队脱不了干系，不拿他银子，不知他如何向朝廷编排我。"

破虏在庙前买了三炷香，却不进庙里去拜，反而对着山西代州方向拜了几拜，把香插在炉里，和把肚一起上马投店去了。

庞大的难民人流像一条看不到尽头的河，缓慢而平静地朝东方流去，刘破虏和把肚焦躁地站在人群中向前望，仿佛河里的两块礁石，人流遇到这两块礁石便自动分开之后又合拢，继续向前挪动，不时有病发的人倒在路边，口鼻里喷出黑色的血，顷刻就死，像是被河流冲上岸的死鱼。保定府距此尚有三百里，按这"河流"速度，天黑也到不了保定。

破虏拨转马头，艰难地挤上"河岸"，对把肚说：

"走三里堡至新乐，再去保定。"

三里堡与其说是一个镇，倒不如说是一个破败的村子，从周围环境来看，这村子已经废弃有一段时间了，但奇怪的是，这村子既没有像其他村子一样沦为野狗的巢穴，上空也看不到常见的鸦群，唯一的一条路空空荡荡，蜿蜒着从村子中间穿过，前一天夜里刚下过薄雪，路上不见有人来过的痕迹。

破虏向村里张望了一下，又仔细查看了路上的行迹，对把肚说：

"这世道，畜生竟埋伏起猎户来了。"

他摇摇头，转马准备绕开这个藏着死亡陷阱的荒村，把肚示意他别走，伸出拇指来，向着村口方向对着鼻翼刮了一下。

刘破虏对着那个方向深吸了一口凛冽的寒气，寒气里夹杂着一丝不易察觉的味道，那味道像是顽皮的小孩子把尿撒在了火盆里，又像是军营里满是破洞的号衣①。

"是火绳②。"

普通的盗贼一般没有也不会使用鸟铳，更不会提前燃起火绳在一个荒村里张网以待，很显然是有人知晓了他们的行迹，埋伏在这里。即使绕开这个村子，伏击者也会等在下一个、下下一个修罗场。

---

①兵士穿在最外面表明身份的制服。
②火绳用尿一类的含硝溶液浸过，燃烧起来有异味。

破虏伸出两根手指，对着村口指了一下，把肚心领神会地点了点头，破虏说：

"不知有几支铳，当心。"

二人驱马一前一后，相去十步，慢慢走进这个死亡陷阱。

刘把肚把酒囊拿在手里，不时扬起脑袋，往嗓子里灌上一大口，喝酒时却借仰头的时机，不断用目光扫描着两侧房屋的屋顶。

刘破虏从怀里摸出一个西瓜炮，这炮是从获鹿县那个夜不收身上搜来的，他截短了一段火绳，接在西瓜炮上，悄悄点燃了，把炮随手扔在一个汲水用的竹筒里。

把肚仿佛喝醉了，在马上左摇右晃，有几次差点儿从马上跌下来，马因为这一串没头没脑的指示，也只能时快时慢地在街道上一会儿向左，一会儿向右，在白茫茫的路上留下一连串不规则的"之"字。

忽然之间，"砰"一声在空旷的街道上炸响，然后是紧接着"砰砰"两声，弹丸交叉着打在把肚坐骑两侧的雪地上，激起两团白色的雾。把肚似乎一开始就中了枪，身体晃了晃一软趴在马上，一只手奁拉在马脖子下面，受惊的马驮着"死去"的骑手一下窜入了路旁的巷子里。跟在后面的刘破虏也立刻调转马头，逃窜得无影无踪。

百步之外的两所街边大宅的屋顶上，两个埋伏已久的铳手隔着一条路，错愕地望向对方：他们居然听到了三声枪响。更要命的是，这个射击距离对于鸟铳来说太远了，但他们都认为是对方先开了枪，才不由自主地跟着扣下了扳机。

他们还没来得及明白是怎么回事，四个骑手已经从路边风驰电掣般冲出来，追着中弹的刘把肚进了那条巷子。刘把肚受惊的马停在一条仅容一人一马的狭窄巷子尽头，马上的人似乎已经死了，伏在马背上一动不动，头耷拉在马颈一侧，右手垂在马前腿边上，缰绳直拖到地上。

四个骑手往四周环视一番，慢慢地走进巷子，打头的人试图去查看把肚的尸体，随着他越走越近，他终于发现"尸体"手里垂到地上的不是缰绳，而是一支箭，他惊慌地转头去警告同伙，然而"尸体"此时已经坐直了身体，反身射出一支箭来，因为距离太近，箭从左眼射入，从脑后穿出，只留下箭羽停在眼眶外，显得滑稽又恐怖。四个骑手中排在最后的一个反应最快，他艰难地让马在巷子里转过身，正要冲出去，却迎头撞上了从巷口房顶上翻身而下的刘破虏。

刘破虏拿着双手长刀，一手握着刀柄，一手抓在刀镡前面的铜护刃上，并不劈砍，却像短枪一样从下往上猛地扎在马脖子上，一束暗红色的血柱随着拔出的刀锋喷涌而出，迸出几尺射在墙上，受了致命伤的马惊慌地扬起两个前蹄后退，把骑手撂在地上，又把身后的三匹马挤成一团。破虏趁机上前一脚踩住落马者的手腕，他手里的刀霎时松了，被破虏当胸一刀钉在地上。破虏踢开他手边的刀，也不管他死没死透，握住铜护刃从地里拔出刀，顺势上前，一下搠进了另一个骑马人的大腿根，这时把肚已经把第二个骑马人的脖子射了个对穿。

呼吸之间，四个骑手只有一个还坐在马上，他手里的刀无力地掉在地上，似乎放弃了反抗，血濡湿了袍子的整个下摆，顺着马镫大滴大滴地落在雪地上，血滴很快连成了线，又变成细流，带着热气的血融化了带着寒气的雪，在地上形成了一个小池塘。破虏一把将他拽下马摔在地上，却认出他正是那天在获鹿西店院子里杀羊的哈喇慎汉子，破虏问他：

"什么人差你来的？"

汉子的脸越发苍白，嘴里喃喃地说：

"灰吞……灰吞……"

破虏问把肚：

"他说什么？"

把肚说：

"冷。"

哈喇慎汉子的脸色从苍白转为黯淡，眼睛里渐渐失去了活人的光彩。破虏这才想起被他钉在地上的人，他还没死，但是肺被扎破了，每一次试图说话的努力都让他的喉咙里涌出更多的血泡。破虏单手提起长刀，对着左胸再一次把他钉在地上，结束了这场痛苦而无谓的挣扎。

把肚指指外面的路上，说：

"两个铳，左边一个，右边一个。"

路旁埋伏的两个铳手已经意识到事有蹊跷，还在犹豫是继续埋伏还是撤退时，五匹没有骑手的马已争先恐后地从巷子里冲了出来，铳手的目光在五匹无主的奔马之间游移不定，直到两匹马冲到十五步远时，铳手才发现了两个藏镫的人。他们在犹豫不决中错过了射击机会，只能盲目地开了火，他们能蹲着射击，却没法蹲着装药，在他们直起身子的一刹那，两个藏镫的人一起回了鞍，交叉分鬃射出两箭，同时射落了两个铳手。

一个铳手跌进了院子里，另一个顺着瓦滑下来摔在了大街上，倚着一块下马石瘫坐着。二人这才发现，这铳手已经四十开外，身材不高，面目清瘦，像是汉人。宽阔的月牙铍箭在他腹部拧开了一个盏大的窟窿，青灰色的肠子顺着箭杆挤了出来，他一只手按在伤口上，倒在雪地里大口大口地喘着粗气，每一次呼吸，伤口都涌出一股血来。他的铳落在一边，八角形的枪管，龙头向前发火，是南军常用的制式。把肚收了弓拔刀去院子里查看，刘破虏见这铳手活不长了，张口想问，却被他抢了先：

"我……认得你……"

刘破虏说：

"你认得我？"

那人吃力地笑了：

"天启年，浑河南岸，终是不救我等①。"

刘破虏摇摇头说：

"我不曾去过那里，你认错人了。"

他突然猛地想起了什么，又问：

"你是浙兵？！"

那人不置可否，努力睁眼说：

"关外的人要买你二人性命，你知道是什么人，其余不必问了，我等不过亡命之徒，讨些烧埋钱。"

---

① 指天启元年（1627）浑河之战，明军援辽的浙兵全军覆没。

血迹在那人身下越洇越大，那人因为失血而剧烈地抽搐起来，牙齿不由自主地颤抖磕碰。他咬了咬牙止住颤抖，说：

"今次莫再叫我等死了，送一程吧。"

破虏从鞍下抽出长刀，走到他背后，对准锁骨和脖颈中间的窝利索地扎下去，拔刀的瞬间，浙军老兵一声没吭，身子往旁边一歪，默默地死了。刘破虏怔怔的看着他的尸体，呆了一会儿，从怀里掏出那块从夜不收身上搜来的白布，将他的脸和上身盖住了。

此时把肚已从院里出来，用两个指头往胸口一戳，摇摇头，示意跌入那人已经被当胸一箭射死。看见盖着白布的尸体便问：

"盖他做什么？"

刘破虏答非所问，又像自言自语：

"从关外到关内，杀了多少人，还要再杀多少人呢？"

把肚说：

"在关里杀的自己人多些。"

二人都不再说话，立在这死亡陷阱的中心，脑子里各自回响着一句话，破虏想的是那句

"今次莫再叫我等死了。"

把肚想的却是：

"苏日……灰吞……"①

————————————

① 很冷。

崇祯四年十月九日，大凌河战役进入关键阶段，清军派满洲兵五百名、汉军全体携带红衣大炮六门、大将军炮十四门，围攻明军在大凌河城外最大、最险要的防御工事子章台，守台明军远远望着清军构筑炮兵阵地，无不惊骇。尽管从八月十日起，清军已经用火炮逐一拔除了大凌河城外的绝大多数墩台，但不少人仍是第一次见到清军阵地上新铸的红衣大炮，几个清军汉兵正在用锉修整炮口，这意味着清军的重炮不再完全依赖缴获，也意味着子章台的守军即将面对的，是前所未有的猛烈炮火。

　　子章台守将、游击陈天顺面如土色，向后大喊：

　　"放烟！"

　　向大凌河告警的黑烟腾空而起的同时，清军的第一发炮弹也如约而至，炮弹呼啸着径直从黑色的烟柱中穿过，台上的明军全都不由自主地缩了脖子。炮弹打在子章台后面的坡上，激起大团的烟尘。

　　守台明军还在惊异清军炮火的准确性，第二发炮弹已经猛地砸在台上，夯土结构的台楼顿时塌了一块，炮弹接二连三地准确命中，子章台笼罩在一团黑黄相间的浓重烟尘中。受限于墩台的结构，子章台上安置的火炮不如清军的红衣炮①射程远，守军只能撤出顶层台楼，缩在台里默默承受一轮又一轮齐射，所有活着的人身上都蒙着一层土，只有还在动的眼睛证明他们是一群活人。顶层台楼的废墟里，被埋的明军伤兵发出垂死的呼喊，得到的回应却只有远方

---

① 明、清对欧洲传入的寇菲林（culverin）长炮的称呼，后泛指舶来或仿制的欧式大型火炮。

隆隆的炮声。

清军炮兵趁机拉着大将军炮①在骑兵护送下向子章台徐徐挺进。大将军炮的射程远不如红衣炮，需要更加接近目标才能发射，此时如果派出骑兵突袭行进中的清军炮兵，很容易得手。然而子章台的守军都是步兵，所有人都望着大凌河，期盼着救星的到来，如果子章台陷落，意味着大凌河会彻底成为一座孤城，也失去了所有幸存的希望。

骑兵终于来了。

两道黄色的烟尘从大凌河方向往子章台延伸，在台两侧稍作停留，便一左一右兵分两路，向清军炮兵扑了过去。明军骑兵先是驱马快走，边走边放出第一轮箭，随后转入小跑，距离清军约五十步时射出第二轮箭，然后发动了冲锋。几百匹马几千只马蹄怒击着地面，让守台的明军从震颤中看到一丝生的希望。

护送大将军炮的清军骑兵稍作抵抗，就丢下炮溃逃而去，明军一鼓作气将清军炮兵屠杀殆尽，才惊奇地发现这些所谓的炮手根本不是汉军，而是一直为清军充当辎重部队的苏尼特蒙古人。

明军参将刘落河喊出第一声"走"的时候，已经看见了从山坡后面升上来的一片黑缨。明军骑兵还在查看刚缴获的大炮，却听见仿佛蜂群由远及近的声音，一阵箭雨瞬间落在他们的身上、马上和周围的地上，几个骑兵像冰雹里的葫芦一样被射落在地上。刘落河指着子章台，声嘶力竭地喊出了第二声：

①一种火炮，多为锻铁制成，也有铸造。

"走！"

清军骑兵仿佛从地底下钻出来的狼，一瞬间从四面围了上来。明军骑兵且战且退，双方互相向对方倾泻箭雨，对射中有箭在空中撞在一起，迸出激烈的火花后掉在地上。眼看清军围猎的口袋就要扎口，刘落河一马当先朝袋口冲去，他弃了弓箭，一手持缰，一手将一把南军步战用的六尺长刀在头顶盘旋挥舞，清军一时抵挡不住，明军骑兵跟着刘落河如水银泻地般破围而出，朝着子章台方向逃去，清军仍不死心，紧追不舍，不时有明军骑兵从背后中箭坠马。两股互相追逐的烟尘越来越近，子章台上的大将军炮和佛郎机终于响了，几个追得最紧的骑兵中炮身亡，清军围台打援的策略没能成功，用钩子钩了死者尸体，驮着回去了。

明军骑兵头也不回，直奔大凌河而去，子章台里浑身是土的人们纷纷站了起来，他们知道，最后的时刻到了。

大凌河城里，刘破虏焦急地等待着父亲刘落河。城门终于开了，一队浑身血污的人马大呼小叫地驰入城中，好些人、马身上还带着清军的战箭。有的箭射入相当深，只有一尺多长的雕翎还露在外面，有的人背上和两肋插满了箭，像只虚弱的刺猬，只留一口气骑在半死的马上。刘破虏看见刘落河身上没有一支箭，不禁又悲又喜，正要张口，刘落河却在马上晃了两晃，一头栽了下来。

刘破虏找不到刘落河到底伤在哪里，急得拔刀要挑他的甲时，刘落河醒了，示意伤在背后。刘破虏在被血浸透的甲上寻了半天，才在肩胛下面靠里的位置找到了一个小孔，弹丸从这里射入，打穿了里面生锈的铁叶子，却没有从身子的另一面穿出来。破虏为刘落河卸了甲，见到了他背上的伤，这个弹孔比甲上的射入孔大得多，破房试图把铅子挖出来，用刀一探，这伤既宽又深，应是鸟铳打的，不禁急火攻心，泪流满面。周围的人七嘴八舌，都说不见清军中有铳手。

刘落河的脸越来越白，强忍着痛惨淡地一笑说：

"莫作妇人样，此皆报应。天启年在浑河南岸，南兵遣人求援再三，我与李秉诚①总是未救，那冤魂今来索命，故有此报。"

又对破房说：

"不打紧，挖来与我看。"

刘破房一边哭，一边用刀往伤口里探，探了半天，才感觉刀尖碰到了东西，把挖出来的铅子给刘落河看时，他的手已经捏不住东西，也说不出话来了。他垂眼看了看，那血糊糊的铅子已经变形得厉害，但依稀还能认出形状。他抬眼看看刘破房，耗尽生命最后一丝力气，向着山海关的方向用力地一望，死了。

十七岁的刘破房抱着刘落河的尸体，在这座辽东孤城里，放声大哭。

---

①生卒年不详，辽东人，奉集堡总兵。

京师·宣武门外·服妖

二人小心检查了几具尸体的脖子，没见到疙瘩，便搜检了死人身上的财物，敛了几匹方才跑散的马，一人选了两匹结实健壮的，把哈喇慎人身上的箭装满了四个撒袋①，和行李、长刀一起都驮在马上，每人骑着一匹，牵着一匹，出了三里堡。

走到镇子口，刘破虏回头望一眼这劫后余生的修罗战场，说：

"老天又留我等性命一回。"

把肚从怀里小心翼翼地摸出一个金的玛哈嘎拉②像，感谢这火焰中降生的战神又一次庇佑他战胜敌人，念念有词之后，便和破虏一起向着保定府的方向疾驰而去，在白茫茫的荒野里留下四道斑驳的蹄印。身后的镇子里，盖在老浙兵尸首上的白布在北风里猎猎作响，布上的"大晦"二字上下翻飞，仿佛活了一般。

一人双马大大提高了行进速度，到日暮时，二人终于在城门关闭前看见了保定府城南门的双檐八角楼。这里和真定的情形差不多，大小官员都在避疫，城中因为瘟疫和大量涌入的难民而混乱不堪，兵营里只剩下几个行尸走肉般的老卒，竟如乞丐一般向二人乞食，马棚都倒塌了，压死在棚下的瘦马露出的后半边身子都被难民割尽了肉，白骨森森。听守城的兵丁说，自府城至插箭岭③，上百座敌台的官兵几乎逃散一空，破虏蹙眉朝着山西方向望去，想起真定卫游击陈三捷对他说的话：

①撒袋，蒙古语"撒答"的音译，即挤压式箭囊，明清逐渐发展成汉语词，取代了箭囊。
②即大黑天，佛教神祇，蒙古军队奉为战神。
③在今河北省保定涞源。

"周遇吉后援断绝，已成孤军。"

二人一日疾驰三百里，已是人困马乏，又有真定的前车之鉴，破虏也不愿再去衙署寻不痛快，便和把肚寻了一家宽敞洁净的客店，买些柴草和黑豆喂饱了马，选一间临街带窗的屋子，在门窗上都下了铃铛，早早歇息了。

次日天不亮，二人便避开难民流的高峰早早上路，为防前方路上再生枝节，把肚让破虏穿上那夜不收的锁子甲，破虏说：

"在获鹿时已算过他人马，他们还要护硝石从张家口出关，今被我前后杀了七人，分不出人手来了。"

把肚摸出两块粗盐，掰碎了塞给四匹马吃了，又各添了一把黑豆，马吃了盐，都满意地用头来蹭把肚的手。二人趁着官道尚未被难民挤满，快马加鞭赶往京师。

自保定到京师的官道远较前路宽阔，自卯时出发，到未时时，已经看见了永定门的城楼，过了护城河，二人在永定门南边的燕墩旁下马，在破败不堪的满桂祠①前纳头拜了几拜，便上马进城。经过城门时，破虏抬头看城门石匾上苍劲雄浑的"永定门"三个字，却发现石匾上蹲着四只乌鸦低头与他对视，乌鸦黑漆漆的眼珠一动不动，里面是无限深邃的黑暗。

把肚提议日头不早，不如先不回衙署复命，穿东城去德胜门，

---

① 满桂（1594—1630），宣府人，祖籍山东，明军将领，历任石塘路游击、喜峰口参将、总兵，宁锦、宁远之战明军主要指挥官。崇祯二年（1629）十月清军进攻北京，满桂防守德胜门，十二月十六日（1630年1月28日）在永定门外壮烈殉国，明廷为满桂设祠。

德胜门内是去往蒙古的商队的集散地，南方的粮食、货物自通州上岸后汇集到那里，再由北方的张家口出关去，二人可以在那里把多余的马匹卖掉，再饱食一顿塞外的羊肉和山西的烧酒。

破虏知道把肚的心思。几百年来，贯通南北的大运河把财富源源不断地集聚到东城，得了漕运之利的官宦和富人都把宅子置在崇文门内明时坊一带，尤其是总督仓场公署①的大小官员，动辄一掷千金，买地置宅，极尽奢侈。久而久之，饭铺、茶肆、戏台、店铺都集中在东边，依把肚的性子，这一路出生入死得了这许多钱财，不在街面上撒尽了，是断然不肯罢休的。

大量入城的难民挤在永定门内外，一排排的小孩子像乌鸦一样蹲在城墙根上，冻得瑟瑟发抖，脏兮兮的脸上拖着两道清亮的鼻涕，头上都插着一根草，像牲口一样任人挑拣，一个伶俐的男童只值米二斗或六分银子，女孩的价钱只有一半。人贩子趁机拣些长得像男孩的小女孩买了，带到通州装船运回南方去做"鼻烟壶"，就是女扮男装的雏妓，专在船上取悦有特殊癖好的客人，因其年幼，故名"鼻烟壶"，意即"只能嗅嗅"，又叫"不男不女船中娘"。

被买走的小孩都不哭也不闹，他们早就饿得失去了哭闹的力气，他们的父母也沉默无言，因为他们的嘴里塞满了刚刚用亲生骨肉换来的生米。

破虏心事重重，忽然也想喝些酒，便和把肚一起打马向崇文门走去。瘟疫和战乱让外城分外萧条，路人都行色匆匆，二人却听到

①总督仓场公署是明代管理漕运粮食、货物的行政机构，在今北京东裱褙胡同，周围都是朝廷的大型仓库。

远方传来阵阵金戈铁马的声音，静心一听又觉得聒噪，不像兵器的声音，倒像是敲锣，但又比锣声密集得多，越接近内城，声音便越大。破房终于看清，是街边的民居门前，百姓都拿着铁锅、铜瓢，不住地敲打，由外城到内城，民居越来越密集，这敲击声便也越发聒噪。

二人想弄清百姓为何敲个不停，便在崇文门外一家茶肆外拴了马，进店要了茶和饼。把肚注意到茶肆的门板上不但贴满了黄色的符，门口还有一个盛水的铜盆，盆底丢着几个大钱，虽是隆冬，水却未结冰，应该是化了盐或是掺了酒。破房叫过伙计问：

"店家，街面上为何如此聒噪，敲个甚么？"

伙计上下打量二人，却不肯说，破房把几个永乐钱丢在桌上，伙计却抱着手不拿，眯着眼睛盯着他，朝门口的铜盆努努嘴，示意破房自己把钱丢在盆里。破房不明其意，狐疑地扬手把钱丢进铜盆，永乐钱如鸬鹚捕鱼般入水撞击盆底，铜盆发出一串叮咚的响声，伙计见铜钱沉入盆底，对待二人的态度马上热络起来，先是左右看看，然后凑过来说：

"二位官差许是久不在京城，近日死人太多，白日有鬼行市上，啸语人间，小民敲打锅碗瓢盆聒噪，皆为驱鬼。传说皇上在皇城内，虽相隔十数里，却也听得一清二楚，称作'听城'，因此遭官差再三制止，但好生恶死乃小民本性，哪里禁得住？"

伙计说到这里，眼睛又狡黠地左右打量起来，做出欲言又止的样子。破房一扬手，铜盆里又发出一阵响声，问道：

"此盆是何意？为何家家店铺门前都置一盆？"

伙计的表情严肃起来，答道：

"官差有所不知，这白日鬼与人杂处，殊难分辨，他使的银钱，看得千真万确，收到账房里，待日头落了掌灯盘账，却尽化作往生纸！把人吓得半死。门外绸缎铺老掌柜，被那白日鬼的纸钱吓得失了魂，一病不起，辽东的参、山西的参不知吃了多少，还是死了。店家都教客人自己把银钱投在盆里，若是沉底有响，便是活人的钱。"

从死人堆里爬出来的二人面面相觑，都觉得难以置信，把肚问他：

"你亲眼见过市上白日走鬼？"

伙计愈发神叨起来，压低声音说：

"不瞒二位说，一日日头快落了，一客人到店里来，要些南糖果子，投了二百钱，却未听见响声。我哪里敢去追他，过了一刻才出门去，那人早已不见了踪影，二百钱都在盆里漂成一片，不见一个子儿沉底，小人吓得大病一场，喝了龙虎山张真人的符水，才捡回半条命来。"

破虏说：

"龙虎山张真人远在江西广信府，你如何喝得他的符水？"

伙计说：

"官差离京久了，有所不知，京城自八月起，瘟疫横行，妖魔作祟，张真人已带了许多真人、仙童、拥卫、功曹、使者奉诏入京，又于皇城附近宫观寺刹，选僧道各三百人设延禧万寿禳妖护国清醮一坛，建罗天大醮七七四十九天，皇上圣驾躬临，行香祈祷，祝妖魔退散，国祚无恙。"

破虏还要再问，伙计却示意再给钱也不能多讲，一边快速离开二人。破虏转头一看，两个锦衣卫都穿了飞鱼、斗牛服，后面跟着几个缇骑，押着一串人往内城走去，这些人都被锁了颈子，前后相连，像一队鸭子。跟在锦衣卫后面看热闹的市井闲人说，这几个人公然在街上说闯贼已陷陕西全境，不日直犯京师，故被锦衣卫指为"妖人"，当场拿了去。

破虏正暗自思忖，把肚却在旁边指着崇文门嚷道：

"看这几个小娘子倒有意思，汉子衣服穿着。"

破虏顺着把肚所指看过去，见到门里出来的一驾马车停在绸缎铺门口，两个少年由下人搀着，从车上下来。一个少年穿件纯白纱罗的苏样道袍，外罩一领大红色缠枝菊花纹比甲，下套一条织金马面裙，脸上施了白铅粉，唇上咬了胭脂，头发用细黑鬃网巾扎了，再用大红丝线系了髻，虽是隆冬，手里却持一把乌木泥金面的倭造折扇，柄上垂一个蝴蝶水晶坠子，好一个明眸皓齿，朱唇衔玉。

另一个少年穿一袭紫色绉丝的苏样对襟褙子，上面用金线绣了立凤，肩上批一条纯白的狐狸皮，不用网巾，而用绛色的熟湖罗包了头，也用红丝系了髻，脸上同样施了粉黛，手里执一把绫子苏意团扇，上面画了牡丹，穿一双大红虎口绸鞋，翘起来的鞋尖上缀着珍珠。更奇的是他怀里抱着的一只通体雪白的妖瞳山东狮子猫，一只眼睛金黄，一只眼睛湛蓝。

两个由下人搀扶着，故意弓起足，蹙着眉，艰难地向绸缎铺走去，样子像极了缠足的女子。几个一同冶游的京师放浪妇人穿着从质库租来的大红色蟒袍，仿佛命妇一般，围着两个翩翩少年大呼小叫，两个少年仍故意蹙着眉，却愈发搔首弄姿起来，惹得女子们更狂热了。

破虏看了看少年喉头，对把肚说：

"是男子。"

茶肆里另一桌上戴四方平定巾的老者插话说：

"非女子，亦非男子，此服妖也！"

破虏回头答话：

"如何说？"

老者说：

"君不闻：昨日到城郭，归来泪满襟。遍身女衣者，尽是读书人。往昔优伶，男扮女装，博龙阳一笑，今读书人口脂面药，不知廉耻，男化作女，阳变为阴，是为服妖，此乾坤颠倒，国家灭亡之兆也！"

伙计见这老头不要命了，忙出来赶他，又惶惶地看着破虏二人，生怕自己也连带着受了无妄之灾。这时又一驾马车从崇文门里出来，行到绸缎铺门外，又一个涂脂抹粉的绿衣少年掀起马车的暖帘，朝着铺子里猛啐了几口，又坐着车一溜烟儿跑了。几个穿蟒袍的妇人从绸缎铺里追出来，叉腰对着绝尘而去的马车当街叫骂。

破虏向伙计示意无妨，又问老者：

"这些服妖都是甚么人？"

老者愤愤地答：

"皆三吴之地富家公子，在城东置了大宅，终日宴游无度，闹得京城乌烟瘴气。苏人尚巧，如一巾帻，忽高忽低，如一袍袖，忽大忽小，北人无知，争相仿效。浙人亦多千金之家，那苏人巾高袖大，浙人便效之，俗尚未遍，而苏人巾又变低，袖又变小，故苏人笑浙人'赶不着'。方才进了绸缎铺的二人，皆南官苏人子弟，后来啐他的，便是浙人巨贾儿孙。"

把肚调笑道：

"这服妖倒生得稀奇别致，若给奴贼掳了去呵，头也不用剃，直讨了作婆姨，只是不下崽，少不得吃棍棒。"

把肚一语双关的猥亵话惹得茶肆里的茶客们哄堂大笑，方才锦衣卫拿人带来的紧张气氛缓和了些。

破虏见老者士人打扮，谈吐见识皆非市井俗人，便问他：

"你是何人？"

老者以为破虏要拿他，又激动起来，声音激昂地说：

"我乃天启年辽东巡按御史方震孺①，今辽东已失，我巡按何处？辽民尽死，我提何人之学？早已赋闲在家，唯留一口气等着死罢了，你快将我拿了去，我宁在诏狱里与逆贼为伍，也不愿在街面上见这日眼的人！"

破虏见这大儒胆气弥厉，竟气得说了脏话，忙好言好语地劝慰他，说明自己只管缉盗，不拿旁人。二人见天色不早，结了茶钱便走，把肚又买一包黄糖馃子，都揣在怀里，不时往嘴里塞。二人进

---

① 方震孺（1585—1645），字孩未，号念道人，寿州（今安徽省寿县）人，明万历进士，官至御史、巡抚。天启年间曾短暂巡按辽东。

了崇文门，周围逐渐热闹起来，店铺林立，于公祠①一带，占地数顷的高宅大院鳞次栉比，往里望去，琉璃的照壁背后露出苏杭的湖石来，显示着豪宅主人非凡的财力和地位。如此别致的大宅，下人却都把污水粪尿当街泼洒，冻住后经车马摩挲，光滑如镜。

进了内城，"服妖"更多，种种奇装异服不可胜数，还有故意穿着赭色衣服招摇过市的，这是囚服的颜色，从来都被认为不祥，不知是什么意思。几个弓着足的"服妖"落轿时在冰上摔得四脚朝天，又被宽袍大袖绊住，半天起不来，惹得把肚哈哈大笑，服妖又急又气，却敢怒不敢言，便以密集的白眼射向把肚。

这一片妖异又混乱的繁华背后，也不难见到一路走来的寻常景象。染了疫死在街边的难民，都由养济院拖进背街的巷子里去，等到夜里再运出内城。街上来往的行人、商客经过盖着草席的尸体竟熟视无睹，仿佛习以为常。几个游手好闲的浪荡子头上簪着绢做的假花招摇过市，反而因为这旦夕可死的末日气氛变得越发癫狂。

太医院设在灯市口的施药局门庭若市，大量难民和乞丐聚集于此，却不是为了求药，而是为了从炉上咕嘟着的陶罐里分到一碗热汤，许多难民直言不需汤药，只求一碗热水。施药局的门板上被人用炭条涂了一首讽刺的打油诗：

"翰林院文章，武库司刀枪。光禄寺茶汤，太医院药方。"

破虏想起入夏时五城兵马司点验兵马，忽然雷声隆隆，瓢泼大雨兜头而下，兵马司上下官兵撒袋里的箭被雨一淋，尾羽片片脱落，

---

①于公祠，即祭祀忠臣于谦的祠堂，在今北京西裱褙胡同。

全都成了秃杆。事后查验，箭羽不是猪尿脬熬成的脬胶粘的，也不是用鱼鳔熬成的鳔胶粘的，用手一捻，竟是浆糊，线又缠得松，被雨一打，都成了秃箭。唯有破虏把肚二人，平日都用微薄的薪俸自己置办装备，故撒袋中的箭支完好无损。兵马司指挥周兴已对此心知肚明，从此愈发提防排挤破虏，此次闯贼陷陕西，攻山西，兵马司却偏派破虏二人去山西办差，难说与这秃杆箭没有干系。

"连这搏命用的东西都要造假，何况太医院的一碗不知用什么煮出来的汤药呢？"破虏想。

已是日薄西山，敲击锅碗瓢盆的声音仍不绝于耳，二人已不觉得吵闹。随着德胜门高大的城楼出现在视线里，前方的人群却出现了更大的骚乱，黑压压的人潮推推搡搡，大呼小叫地朝德胜门方向汹涌而去，把肚对着前方人群喊道：

"聒噪什么？"

前方有路人回答：

"看帮子①射箭，帮子箭上有神，可避瘟疫！"

---

①帮子，明清两代对朝鲜人的蔑称，即帮手、仆从之意。

京师·德胜门·箭上有神

破雺和把肚随着汹涌的人群慢慢接近了德胜门内货场，空气中羊膻味、马的粪尿味、血腥味纠缠在一起，浓郁地涌进二人的鼻腔里来。自隆庆和议后，前往张家口等地出关去蒙古贸易的商队都在此集结，前往宣府、大同、榆林等镇的官兵也由此开拔，几十年来，在德胜门内形成一片货场，南北货物、大小牲口、四方商民都云集于此，熙熙攘攘，好不热闹。

一匹系在路边的母马对着路便尿了起来，一股黄而亮的水流带着热气，有力地将地上冻在一起的冰雪和污泥呲出了一个浅坑。把肚胯下的公马闻见了母马的尿味，春情勃发地躁动起来，转头就要寻那母马去，把肚一只手拽紧了缰绳，一只手扯它的鬃，嘴里发出威胁的声音，公马拗不过把肚，只好不服气地走了，边走边不住地回头想咬人，鼻孔里喷出一股又一股饱含不满的粗重白气。周围几个卸货的伙计见了，都笑这达子不会选马，骑个没阉过的劳什子货。只有一个老把式摇摇头，对伙计们说：

"这两个老军使马，怕比你等使筷子的年月还久些。阉马性温而驯，故道上商民，多使阉马。然北人使马，赖以摧锋，公马沙场一嘶，阉马心惊胆颤，经它一冲，四散奔逃。惟公马勇悍，绝难驾驭，京营军中多喇唬[1]，不习战阵，也多用阉马、母马，能使公马者凤毛麟角，此二人必边军也。西边各镇都在过贼，此应是山海关的精兵。"

年轻的伙计们都说不出话来，看着二人远去的马屁股发呆。老

————

[1]喇唬，明朝军人中以勒索、诈骗为生的流氓无赖，泛指兵痞。

把式又说：

"二十余年来，眼见着多少这样的精兵从这德胜门里出去，再也不曾归来，这德胜德胜，到底得了甚么胜？唉……"

破虏和把肚纵马上了一个土丘，这土丘是往来的商队宰杀牛羊的地方，腥气冲天。人们宰杀了牛羊，就让血顺着向西的沟壑流下土丘，在土丘上留下了几道暗红色的疤。把肚朝德胜门一指：

"那里！"

破虏顺着把肚所指看过去，德胜门里货场边的空地上，一个朝鲜人正在表演射箭。他穿一身鸦青色的贴里①，带一个宽檐高顶乌纱笠子②，两边各有一根雉鸡翎子，旁边立着一身白色周衣的帮子，看起来约有二十多岁，腿上裹着革翁③，穿一双靰鞡鞋。距离太远，看不清他射中了什么，只见他每发一箭，周围乌压压的人群便爆发出一阵惊叹声。

这人衣着打扮，分明是朝鲜武官的模样，可是自崇祯十年朝鲜沦陷之后，最后一任朝天使金堉④归国，两国便国交断绝，松锦之战中，朝鲜还作为清国附庸出兵攻打明军，朝鲜武官又怎么会在这个时候出现在德胜门呢？

破虏说：

---

①明军和朝鲜军人常穿的一种服饰。

②即大帽。

③绑在小腿上的护具，多为皮质，常和靰鞡鞋配合穿戴。

④金堉（1580—1658），字伯厚，号潜谷、晦静堂，谥号文贞。朝鲜政治家、外交家、文学家，朝鲜最后一任朝天使。1636年出使明朝，次年发生丙子胡乱，朝鲜被迫与明朝国交断绝。

"过去看看。"

两人一起拍马下去，慢慢地向人群中间挤过去，把肚在前，故意让马打了几个响鼻，从伸长了脖子看热闹的人墙中开出一条裂隙来，两人就顺着这条裂隙艰难前行，走了约摸二十步，到了场边，这才看清了朝鲜人的技艺。这朝鲜人三十来岁，面目冷峻如刀削斧砍，几缕黑须随风飘动，眼睛如虎不喇①一般炯炯有神，身上的鸦青色贴里细密地打着不少补子，因为浆洗过多而泛出灰色来，却打理得干干净净，整个人气质高远，不怒自威。

朝鲜人面前三十步的光景，有半截残破的土墙，土墙上伸出半截榫子，挂一个白纸灯笼，里面隐隐约约透着光，能看见蜡烛火焰的轮廓。他将一张三尺的东弓对着灯笼持满，右手轻靠耳后，仿佛在听箭羽上的声音，旁边的帮子随即用一条白布自后蒙住他的眼睛，周围如鸦雀般聒噪的众人仿佛被拽住了脖颈的鸭子，霎时间安静下来，连风仿佛都停了。朝鲜人前手轻推弓臂，后手飘逸地向后一扬，箭"嗖"地划开寒风，随即"嘣"地一声命中了目标，尾羽在外颤着，灯笼顿时灭了。

把肚不屑地哼一声说：

"这算甚么本领？"

白衣的帮子跑上前去，剖开灯罩绕场一周给看客们验看，二人这才看清楚，灯罩中的蜡烛被铊箭齐整地削去了燃烧的烛头，切口像被刀切的一样利落，却不伤一点烛身。周围的看客都啧啧称

---

①即胡伯劳，一种鸟，性凶猛。

奇，破房看了把肚一眼，示意他这朝鲜人并不简单，把肚犹自不服地说：

"他弓力软！"

那白衣帮子拿着破灯笼绕了一圈放下，右手持着方才射灯的箭，左手拿一个浅底素铜碗走向场边，早有急不可耐的看客将一吊大钱丢进碗里，从那帮子手里夺了箭，在周围人艳羡的目光中得意地分开人群，扬长而去。破房问旁边一个没夺到箭的人：

"要他箭做什么？思诚坊里铁箭营、蛮子营，不多的是？"

那人答道：

"这疙瘩瘟是那北方黑瘟鬼钟士季，领万鬼行恶毒之病。都说这帮子箭上有神，随心所欲，发无不中，非人之技，用红绳系了挂宅梁上，可以破瘟神、避瘟疫。"

把肚朝他"呸"地啐了一口淡巴菰的沫子，险些喷在他身上，不满地说：

"他箭上若真有神呵，怎叫那奴不两月破了他王京，大小王俱跪着出城降了，还被那奴酋唤作儿女之国，百般戏弄。他王三跪九叩时，神在哪里？"[①]

说话间，白衣帮子又在土墙上挂了一只灯笼，朝鲜军官用持弓手抓了两支箭，弦上搭了一支。这次他不再蒙眼，而是以极快的速度连续射出三支箭，前两箭几乎首尾相连离弦，后一箭稍慢，只听

①此处指1637年丙子胡乱，朝鲜仁祖自南汉山城出降，君臣对皇太极行三跪九叩礼的事。但把肚搞错了地点，仁祖不是从汉城出降，而是从南汉山城出降。

土墙那边紧密的"嘣嘣——嘣"三声，三支箭竖着并成一列，下面两支箭将灯笼钉在墙上，白衣帮子剖开灯笼之后全场先是哗然，继而呼声雷动，原来那第一箭射断了榫子上拴灯笼的绳，第二箭把坠落中的灯笼钉在了墙上，第三箭又是齐整地削去了烛头。

纵使破虏身经百战，也惊叹于这朝鲜军官绝伦的箭技。把肚虽仍不服，但也说不出多的话来，只嘟囔朝鲜人弓软。

白衣帮子的铜碗里又多了三吊钱，朝鲜军官也不再射箭，秉弓立在一旁。周围的观众却并不散去，反而聚得更密更紧，都伸着头向货场方向张望。白衣帮子朝那边微一拱手，用洪亮的声音说：

"请！"

人群里急不可耐地钻出三个面相不善的精壮汉子来，都带着弓箭、腰刀。两个仿佛是一个娘胎出来的，都戴着马鬃做的黑网巾，藏青曳撒的领口镶着皮子，拇指上戴着鹿腿骨佩鞢，应是一对兄弟。另一人穿箭袖窄身黑色绗缝辫线袄，头发按山后人样式编作两个辫子垂在耳后，撒袋里的箭用红白黑三色染了尾羽，用来标注不同用途的镞。听旁人说，他们是商队雇佣的护卫，这一双兄弟名叫徐森、徐溪，系榆林卫人，山后人唤作吴尔济，常年行走杀胡口一带，三人都是这条路上有名的神箭手，死在他们手里的贼人、商客、同行不计其数。

白衣帮子拱手又拜，说：

"金大人今日只比一场。"

三人听到此言，颇为不满，围作一团激烈地讨论了半刻，最后决定由榆林卫兄弟中年长的徐森出战。三人各取了银子放进一个鹿皮袋里，约有十两的模样，交给白衣帮子，朝鲜军官也从怀里取了一锭十两左右的银子放入袋中，帮子飞跑上前，用细皮绳将钱袋子挂在方才挂灯笼的榫子上。这皮绳较挂灯笼的麻绳细得多，沉甸甸的二十两银子将细皮绳拽得笔直，三十步以外根本看不清。

穿藏青色曳撒的徐森向着朝鲜军官伸出手来，掌心托着一颗黄亮的永乐大钱，朝鲜军官看看他手中的钱，又看看自己胸口飘荡的胡子，收起冷峻的表情，微笑着摇了摇头。白衣帮子立刻心领神会地说：

"金大人说不必了，请您先展绝技。"

踌躇满志的徐森没有料到朝鲜人的策略，有些自乱了阵脚，在这场一箭定胜负的比试里，双方都有能力射断皮绳，把银子收入囊中，先射固然有莫大的优势，双方在掷钱时都希望自己能够成为先射的一方，然而朝鲜人不经掷钱就将先射的机会拱手让人，却让他心神不宁，注意力难以集中在弓上，反而不停地思索朝鲜人葫芦里到底卖的什么药。他拿出一张大梢子开元弓，上了一支铲子箭，朝鲜人在风中飘动的胡子、难得一见的微笑、白衣帮子那自信满满的话语不停地扰乱着他的思绪，让他脑海里原本定位了无数遍的那根皮绳也慢慢模糊起来。他根本看不清那根皮绳，却在胡思乱想间望准了太久，他也不知道自己究竟在瞄什么，他忍不住想去看一旁的朝鲜人，持弓手却因为开弓太久而微微地抖了起来。

破虏轻轻地说：

"胜负已分了。"

把肚"嗯"了一声。

话音未落，徐森的箭离了弦，"嘣"地一声打在土墙上，激起一团黄色的烟尘，震得挂银子的鹿皮袋也颤了起来。围观的人们刚刚发出失望的惊呼，朝鲜军官已经张满了弓，瞄也不瞄，跟着射出一箭，箭呼啸着穿破那团黄色烟尘闷声钉入墙里，钱袋子应声落地。这一切都发生在呼吸之间，速度之快，让看客们都没能反应过来，直到白衣帮子欢天喜地地向着钱袋子跑去，看客们才回过神来，发出赞叹的声音。

白衣帮子取了沉甸甸的钱袋子给朝鲜军官看，他却并不喜形于色，也不去接那钱，只淡淡地看了一眼，便将腿伸入弓中使一个回头望月，下了弦。那短小的东弓下弦后接近半圆，与中原的弓形状迥异，帮子小心地将弓装进一个布套里，忙着收拾物件，朝鲜军官把一柄朝鲜刀挂回腰上，主仆二人兀自忙着，丝毫不搭理旁边互相埋怨的三人。徐家两兄弟和吴尔济争执不休，都怪对方技不如人，称如果自己上场断不会输给朝鲜人云云。三人推推搡搡地离去，互相咒骂对方是酒囊饭袋，叫嚣自己技高一筹。

破虏对身边刚才介绍三人根底的看客说：

"你方才说去杀胡口的路上，许多好汉折在这三人手里，我看也是虚名，他三人射的死物怕要比活人多些，杀的无辜要比好汉多些。此番聒噪，并非惜财，而是怕坏了名头，日后在这道上没了买卖。"

那看客茫然不解：

"怎么讲？"

破虏答：

"那战场上你不杀他，他便杀你，须臾之间，生死两判，哪有功夫予你前思后想、左右为难? 那拴钱袋的绳子,粗细不及筷子,三四十步,哪里看得清? 那绳不在眼里,而在心里,扬手便有,心里的绳不见了,眼便愈想望得准,看不清又如何望得准,望不准又如何射得中呢?"

破虏只顾着和旁人说话,没留意身边沉默许久的把肚已经打马走进场里,他把一条腿盘在马鞍上,胳膊扶在膝头,摆出一个倨傲的姿势,懒洋洋地坐在马上对着正在收拾物件的两个朝鲜人说:

"喂! 帮子莫走!"

白衣帮子闻言大怒,伸手上前就要去拽把肚乘马的络脑,把肚也早有准备,打算待他近前时就纵马跃起前蹄踩他。那朝鲜军官拦住激愤的帮子,不动声色地说:

"阁下有什么事?"

把肚说:

"本领你倒有些,卖艺杂耍的把戏不过是,如何敢说箭上有神,骗了人钱财去? !"

朝鲜军官不慌不忙的说:

"我从未说过箭上有神,无非手熟于心,技艺罢了。贵国愚氓之人讹传我箭上有神,争相购之,我皆言明射艺无神鬼之力,唯技精于勤耳,愚氓不听我言,趋之若骛,与我何干?"

白衣帮子愤愤地补了一句:

"又与你何干?"

被朝鲜军官看了一眼,便退到后面去,不再说话。

把肚从怀里掏出破虏在真定府城得的十两银子,一手拍着撒袋，一手搓着银锭上因铸造时敲打模具而形成的波纹，说：

"我箭上也有神，这神眼里最见不得骗子，一见骗子，就显身助我败他。你若不是骗子，这有纹银十两，我两个较量一番，你可敢？"

朝鲜军官并不理他，淡淡地说：

"天色已晚。"

他转头继续收拾东西。把肚把腿从鞍上放下来，催着马绕着两个朝鲜人小跑着兜圈子，一边往地上啐烟沫子一边故意激他：

"关外的奴贼都说朝鲜人是儿女之国，并无半个男子，今日一见，才知胡人之说也不尽是胡说。"

朝鲜军官停住了动作，用手按在弓上，但仍保持着隐忍。

周围本要散去的人看到又有热闹，纷纷聚拢起来，刚才落败而走的徐氏兄弟和吴尔济三人又带着一帮同行折了回来，想看有没有人能替他们折了朝鲜人的威风，也好证明这朝鲜人只是一时走运，他们这些刀口讨生活的汉子并不是那般废物。破虏也不想阻拦把肚，他知道，把肚心里有气，一个生在马背上的蒙古人，却绝大多数时候都在守城，蜷缩在城堞下面，被朝鲜人的铳炮打得连身子都直不起来。他刘破虏心里也有气，不只是气，还有血，他每每想到杏山城海面齐腰深的海水里垂死的军兵，心里的血就往脑子里涌，耳膜扑扑地往外鼓，耳边回想着那个声音：

"哭甚！男儿死，屙朝天！挺着死！"

他想着想着，不由自主地发了力，马朝前走了两步，进了场子。朝鲜军官见又来了一个人，警觉地看着他。破虏有些局促，对松锦战场那些黑瘦、惶恐、驯服的朝鲜兵的怨恨，和眼前这个沉默、坚毅的人怎么也对不上，让他一时不知说什么好，两人就这么一高一低地对视着，像悬崖上的两只鹰。过了片刻，破虏先开了口：

"我跟注，赌这匹马。"

说罢把牵着的那匹骅骝马往前一送。这是在三里堡收敛哈喇慎人的马，枣红的毛皮光亮油滑，四蹄雪白，额前有一块菱形的白色，在塞外也是一等一的骏马。

场面上变成了二对二，周围的看客见有人下了重注，越聚越多，后面的人都站在马背上，或是骑在别人身上，伸着脖子往里看。场中四人身上升腾的杀气让所有人都停止了聒噪，只有被人群挤在当中的马匹交替着打着烦躁的响鼻。

朝鲜军官拿起铜碗，把几吊钱倒进鹿皮袋里，扎紧了口，往地上一丢，说：

"我等无马，就这些罢。"

把肚停止了兜圈子，让马停下来，和破虏一起下了马，四人很快议定了规矩，破虏用一分碎银向一旁人群中的道士讨了一个手掌大的山鬼雷符厌胜钱①，拿支锥子箭试了一试，确定中间的圆孔只能勉强过一支箭，便薅一根马尾，骑马把铜钱挂在了土墙上。把肚解了自己腰上的弓不用，反而从马背上取下一张没上弦的弓来，这弓不大，形状扁圆，两个梢子向前支棱着，活像一个大螃蟹。把肚一手挂弦，握住弓臂两端，用膝盖往中间一顶，嘴里喊一声"嘿"就上了

---

①一种道教法器，形似铜钱，上铸有雷符，传说可以杀鬼。

弦。看客们都被这惊人的气力惊呆了，纷纷小声议论着。

破虏看在眼里，心里不禁佩服把肚粗中有细。双方议定的规矩是两人相距土墙三十步，背对着站定，同时回头射那厌胜钱，以先中钱眼者为胜。刚才看那朝鲜人射钱袋子时，把肚已经摸清了他的朝鲜东弓力软而箭快，钱眼仅能堪堪容进一镞，需从正面垂直射入，不能偏差分毫，若两箭都能中钱眼，则箭快者先中，箭慢者即使追箭，也不可能挤进钱眼里。这张螃蟹一样的弓是把肚从瓦剌人手里买来的骑弓，箭速极快，把肚用的箭明显较朝鲜人重，即使两箭在空中相遇，重箭也能将轻箭挤开，若二人同时出手，则把肚必胜无疑。

落日只剩下一点余晖，三十步开外，那墙上的厌胜钱在夕阳里成了一个金色的小点，更不用说看清钱中间的孔了。二人各持了弓，背朝着土墙站定，把肚双脚分开肩宽，搭一支雕翎梅针箭，这种穿甲箭专门对付锁子甲，箭镞又小又尖，能撑开锁子甲环的铆口，射钱眼再合适不过。朝鲜人也以同样姿势站定，气定神闲，却迟迟不上箭。把肚已经见识了他方才算计徐森的法子，并不搭理他，打定了主意要射一箭抹鞦，便是在三里堡诱杀哈喇慎骑兵的回马箭，这样可以省去一个转身的功夫。把肚完全不考虑朝鲜人，也不看他，只盯着晚霞里德胜门上的旗子，脑海里飞快地估算着横风，模拟着箭中靶的情形。一旁的破虏却盯紧了朝鲜人的手，他右手拇指的佩鞦上缠了一圈黑色的绳子，却始终没有搭箭，右手贴着身体，看不清手里有什么。看到朝鲜人这古怪的架势，周围的人又躁动起来。

比试的二人互看一眼，示意可以开始。周围的看客一齐喊：

"一！二！"

数到二时，朝鲜军官右手才放在了弓上，破虏终于看清了他拇指上缠的东西，像是一支剖开了一半的洞箫——那是射片箭用的溜子①。

　　"三！"

　　二人几乎同时撒放，把肚下身不动，上身直接回头抹鞦，箭像一束光一样射入土墙。朝鲜人转身极快，贴里的下摆飘飞起来，看不清他如何射出这一箭，一时间弦响声、箭镞划破空气声、金铁交错声、箭镞穿墙声汇集一处，仿佛在墙上放了一个炸炮。烟尘弥漫间，隐约看见把肚的箭羽在外，把肚转过脸对朝鲜军官说：

　　"是我赢了。"

　　朝鲜军官并不看他，平静地看着土墙说：

　　"是在下赢了。"

　　烟尘渐渐散去，只见把肚的箭贯穿钱眼，深入墙里足有两尺，可见这一箭弓力之强，但并不见朝鲜人箭的踪影。周围的看客愣了片刻，如伏日惊雷般排山倒海地欢呼起来，把肚仰起头，用下巴轻蔑地对着朝鲜军官，朝鲜军官却摇摇头，放下弓，拿起佩刀，示意把肚跟他去查验。

　　周围看客早把半截土墙围了个水泄不通，四人走到近前，才看见了朝鲜人的箭，那一尺来长的片箭被把肚的箭从箭尾齐刷刷地剖成了两片，掉在地上。看客们见到这惊人一幕，都骇得掩着嘴说不出话来，饶是破虏这样在战场上见惯了双方箭矢在空中相撞坠

---

①溜子，用片箭射击时的辅助发射工具。将箭装进剖开一半的竹筒（溜子）里，用溜子作为导轨，发射不够长的片箭。

落的老兵，也觉得不可思议。这朝鲜人虽不知把肚螃蟹弓的奥妙，却也用把肚不曾见过的片箭算计他，而且直到最后一刻才露了招，足见其心思缜密。这片箭只有寻常箭的一半长，在空中的轨迹快得看不清，常被朝鲜人用来伏击鹿、麂一类机敏的猎物，来缩短从弓弦发出响动到射中目标之间的时间，避免猎物听到弦响后逃脱。壬辰抗倭时，投降了日本的朝鲜弓手曾在平壤用片箭伏击明军，李如松部士卒多有因此伤亡的，但这箭太轻，不能致远，稍远则准头全无，更不能贯甲，故明军中并无装备，刘破房也是听辽军中的老兵说过这种要借助溜子才能发射的短箭。

把肚对朝鲜军官说：

"还有什么话讲？"

朝鲜人一字一顿地说：

"是在下赢了。"

一边慢慢地从墙里拔出了把肚那支箭，众人这才看清，把肚的梅针箭镞前面还套着一个镞，梅针箭细长的镞直插入那镞的套管里，形成了一箭两镞的奇观。原来那朝鲜人溜子里装的，并不是寻常的铤插①箭，而是一支鐅装②的片箭，片箭速度快，在肉眼看不清的情况下先命中了钱眼，把肚的箭后至，从尾部把朝鲜片箭纵着剖开，然后射入箭镞的套管里，把已经深入墙内的箭镞推向更深的地方。

朝鲜军官指着前面的那个镞说：

"这是我的箭，是在下赢了。"

---

①铤插，箭镞后有一根针一样的铤插入箭杆中。
②鐅装，箭镞有套管，箭杆插在箭镞的套管里。

把肚的脸气得通红，眼睛几乎要迸出眼眶，他把弓往地上一掼，大骂道：

"狗入的！竟用把戏算计老子！"

他上前一把薅住了朝鲜军官的领子，朝鲜人早有防备，一直用左手扶住鞘口，拇指顶着刀镡，此时左手一转，右手已经把刀拔出半尺，却被一旁戒备的破虏伸手硬推了回去。三人近在咫尺，破虏一只手按在朝鲜军官的柄头上让他拔不出刀来，另一只手飞快地拔出腰刀向后指住白衣帮子的鼻子——他正拿着一根马棒试图冲上来护主。破虏又指了一下白衣帮子，示意他不要轻举妄动，看着朝鲜军官的眼睛，慢慢地收了腰刀，表示自己无意为了几十两银子血溅五步，又缓缓地松了按住朝鲜刀柄头的手，对把肚说：

"放了。"

把肚仍不愿放，破虏一根根掰开他的手指，这才放开了，朝鲜军官立刻向后退开几步，整了整衣服，右手仍警惕地按在刀柄上。周围兴奋的看官没能见到血，都惋惜地发出啧啧声。破虏低头捡起被剖成两半的片箭，用拇指捻着箭杆上隽秀的"依柳"二字问那朝鲜军官：

"辽东萨尔浒之战的金应河将军，是你什么人？"

京师·德胜门·依柳将军

朝鲜军官警觉地看看破虏和依旧怒目而视的把肚，又环视周围伸长了颈子等着看这场命局的看客，慢慢把左手拇指从刀镡上移开，右手松了刀柄，看着破虏说：

"请借一步说话。"

破虏说：

"请。"

朝鲜军官却不动，而是盯着怒气冲冲的把肚，左手依然扶住鲛鱼皮的刀柄，侧身让开道，示意把肚先走。把肚倒也不忌讳，狠狠地瞪他一眼，架着胳膊直直地走了过去，经过朝鲜人身边的时候，身子微微一斜，故意用肩膀去撞他前胸，朝鲜军官灵巧地向后一仰身子，避开他的肩膀，在他背后微微一笑，跟着走了。

周围的看客没能品尝到以命相搏的鲜血盛宴，嘴里纷纷发出"喊——"的嘘声，像是惋惜，又像是不屑，像没有得到尸体的鸦群一般，摇头晃脑地各自散去了。

四人四马不言不语地走在德胜门内大街上，穿过趁着城门关闭前涌入的人潮，走进了一家灯火通明的食肆。破虏让伙计将马牵到后院去，把肚也不管旁人，拣一张桌子坐下，气呼呼地大声说：

"哈喇乞①！"

又问：

"甚么吃食有？"

伙计把一大瓶烧酒放在桌上说：

---

①即araki，元代由西亚经中亚传入中国的蒸馏白酒，因其蒸馏工艺不同于中国传统的酿造酒，故称烧酒。

"晌午宰的羊还有半个。"

把肚把酒胡乱倒在四个粗陶碗里说：

"拣腿上好肉切了，杂碎也来些。"

烧酒溅在油腻的桌面上，伙计用块看不清颜色的破布随意在桌上擦了几擦，破虏也坐下，抬头看着朝鲜人，请他坐下。

朝鲜军官看看因常年浸润着动物油脂而纹理纤毫毕见的桌子上刀劈斧砍的痕迹，皱了皱眉头坐下了，却把刀倚在左手边的柱子旁。白衣帮子垂着手，立在一旁，并不坐下。把肚更生不快地说：

"你这帮子，叫你吃肉，你却立着，好不识抬举！"

白衣帮子并不理他，只是低眼看着朝鲜军官，朝鲜军官微一顿额，示意自己安全无忧，又朝门外看了一眼，白衣帮子如释重负，作个揖走了。

朝鲜军官对破虏说：

"大人见谅，我国旧制，孽子不列东班，不与大人同席①。今在大明，本应遵上国之俗，家奴胆怯，不敢同坐。"

破虏好奇：

"孽子？莫非他不孝父母？"

朝鲜军官答：

"非他不孝父母、横暴族亲，仅因其乃贱妾所生，故世代禁锢，不可科举入仕，亦不可承袭家业，此敝国陋俗，积弊难除。"

---

① 指朝鲜特有的《庶孽禁锢法》，规定两班贵族的妾室所生的后代中，良妾所生为庶子，贱妾所生为孽子，在政治上对其采取一系列的限制、歧视政策。

破虏低头沉思片刻,向朝鲜军官一抱拳:

"在下南城兵马司副指挥刘破虏,此乃兵马司达官刘把肚,亦我家人。"

把肚从鼻孔里哼一声,并不理他,而是用一把小刀专注地抠着一块羊拐骨,把残存的筋从骨头缝里剔出来,把拐骨表面刮得干干净净,做成一个散发着玉石光泽的沙嘎①。

朝鲜军官起身还礼:

"在下朝鲜国兵曹佐郎、崇祯十年朝天使随行金倚陆,幸会二位大人。"

破虏吃了一惊,赶忙问他:

"东国陷奴之后,朝天使俱已东归,七八年不闻有使前来,金大人何故滞留于此?"

金倚陆拈起刘破虏随手放在桌上的两片断箭,拿起写着"依柳"的半片按在桌上,警觉地朝周围的汉鞑人等看看,用指头蘸着桌上残留的烧酒,在断箭旁写下一行字:

"我父朝鲜国宣川郡守依柳将军金应河。"

待刘破虏看完,金倚陆马上用手抹去了字。破虏朝着还在跟沙嘎较劲的把肚一抬脸,说:

"这店是把肚照应的地方,金大人可放心说话。"

金倚陆稍放宽心,仍不失警觉地说:

"崇祯十年,建奴陷我王京,迫我王于南汉山城外三田渡,彼

———————

①一种玩具。

时我与金堉大人由海路出使天朝。建奴迫我王献弘文馆校理尹集、修撰吴达济及台谏官洪翼汉，俱押往沈阳斩首，又迫我干献大明逃人及丁卯胡乱抗金官民，我族兄弟七人，俱与三学士悬首沈阳。金堉大人恐我东归之后受其害，故留我在神京，已有七年。”

破虏又问：

“今东国已定，金大人何不归去？”

金倚陆苦笑一声，拿出一张地图来，指着辽东说：

“天朝失辽沈，则朝天之陆路断绝。崇祯十年我自海上渡来之时，从我国大同江扬帆，经皮岛、鹿岛、三山岛、平岛，于登州上陆，过莱州、济南、德州、卢沟桥，由朝阳门入神京，此九死一生之路。今奴贼数次蹂躏山东，海路亦不可行，崇祯十三年洪督师领王师出关讨贼，我亦请命，但我国为贼所迫，遣国兵使柳琳领军与天兵战于锦州，故上不许。”

一心与沙嘎过不去的把肚突然重重一刀钉在桌上厉声说：

“锦州城下放炮放铳的不就是尔国人？！打死我兵多少，竟说与你无干？”

金倚陆也怒目圆睁，与把肚针锋相对：

“大明与朝鲜，父子之国也，父不能护子，子何以尽孝？天朝疆域万里，人民兆亿，尚不能自救，一退辽沈，再退松锦，三退山海，今已退无可退。朝鲜东隅小国，南北不过三千里，东西不过九百里，纵举国玉碎，能救上国乎？且我兵感怀上国恩德，奴贼露刃胁之犹炮不入铅，不忍加害，君不闻'朝鲜义士李士龙'①乎？"

　　三人剑拔弩张之时，伙计端上两个热气腾腾的方木头盘子来，一盘装着前腿的把子肉、锨板肉，又堆些肋条，一盘装着头蹄、血肠、杂碎。金倚陆赶忙收了桌上的地图，把肚也把钉在桌上的刀拔了，破房不失时机地举起粗陶碗，三个心思各异的人在带着膻气的白雾中把碗撞在一处，溅起的酒洒在盘里的羊头上，流入凹陷的眼窝又顺着面颊淌下去，羊头像是在哭。金倚陆不习惯如此烈酒，呛得满脸通红，一边擦去胡子上的酒一边问：

　　"这是什么酒？"

　　把肚笑着答：

　　"哈喇乞，真正汉子才饮得。"

　　破房对把肚说：

　　"金大人乃忠烈之后，非比寻常朝鲜兵官，当以礼相待。"

　　把肚仍旧一脸迷惑，抓起一块锨板状的琵琶骨放在破房面前，又把拇指按在小刀上，刀刃对着自己，从羊脸上片下薄薄的一片肉，放在琵琶骨上，把小刀也一并放在他面前，自己拿起前腿把，用另一把刀将肉一片片地削在盘子里，不时用刀刃往嘴里送一片，边吃边问：

　　"我闻萨尔浒朝鲜军未战便降了，都过了江回家去，你爹怎的

――――――――――

① 李士龙（？—1642），朝鲜星州人，1640年随国兵使柳琳参加松锦大战，围攻锦州时因"炮不入铅"（只装药不填子）被清军发现，清军威逼其发炮轰击明军，不从，被清军在阵前斩首。明军在城头立一牌，上书"朝鲜义士李士龙"，朝鲜偷偷在其家乡星州为其建祠。

死了？"

金倚陆低头从行李中抽出一个轴子，小心翼翼地展开，原来是一幅绢画，画面左侧，一个朝鲜武将背靠着一棵高大的柳树，用弓射击周围逼近的满洲兵，旁边一个武官怀里捧着一壶箭供他使用，另一侧立着的武官擎着一杆大旗，上书一个"金"字，怀里抱着武将的佩刀。三人都身中数箭，尤其是背靠柳树的朝鲜武将，两肋中了十数箭，如刺猬一般，虽寡不敌众，犹力战不已，周围倒伏着数十具满洲兵的尸体，更多的满洲兵已围了上来，几个满洲兵拿着长枪，绕到了大柳树的背后。画面中间的山谷里，朝鲜兵丢盔弃甲，伏尸累累，一队俘虏散着头发，双手反绑，跪在地上等着被斩首。

画面的另一端的山上，两个朝鲜武将弯着腰叩拜一个后金将领，身后的朝鲜兵都跪在地上磕头。山背后，一个明军打扮的将领从悬崖上纵身跳下，身后有四十二明军跟着跳下去。

这一侧的画面让把肚有些看不懂，他指着跳崖自杀的明军将领问：

"这是什么人？"

金倚陆指着柳树下的朝鲜武将说：

"此乃家父，宣川郡守金应河，即大明所称依柳将军，建奴所称柳下将。"

又指着另一侧山上的两个投降的朝鲜武将说：

"此二丑乃狗彘姜弘立①、金景瑞,跳崖殉国者即贵国监军乔一琦。"

破虏不解地问道:

"萨尔浒一役,朝鲜军似与奴贼通款,主帅不战而降,大部得以保全,何以金应河将军一营全军覆没?"

金倚陆握紧了拳头,端起碗将烧酒一饮而尽,下颌的胡子微微颤抖着,讲起了无数从萨尔浒归来的朝鲜老兵给他讲过无数遍的那个故事。

---

① 姜弘立(1560—1627),字君信(군신),号耐村(내촌),光海君时期主和派大臣、将领,庆尚南道(경상남도)晋州(진주)人。萨尔浒之战中任朝鲜军统帅,战后投降后金,1627年领后金兵攻入朝鲜,后病死。

万历十七年·辽东·萨尔浒

朝鲜军元帅、刑曹参判姜弘立和朝鲜军副元帅、平安兵使金景瑞正在中营里焦急地等待着明军的消息，姜弘立背着手，在雪地里不安地走来走去，靴子把湿润的春雪踩实，发出令人烦躁的咯吱声。一个明军骑兵飞驰而至，向姜弘立报告：

"杜总兵[①]已于西边破敌，乔游击请元帅速进兵合力破贼，万勿迟疑。"

明军骑兵言毕转身上马离去，姜弘立、金景瑞狐疑地对视一眼，姜弘立问：

"河瑞国、金彦春可有消息？"

金景瑞答：

"未有消息，我军是否即刻进兵？"

姜弘立并不答话，转头看看身后戴着柳条盔、披着纸甲，围着火堆瑟瑟发抖的士兵，取出一封书信，指着上面的一行字给他看：

"毋徒一从天将之言，而惟以自立于不败之地为务。"[②]

金景瑞知道这是谁的笔迹，不再说话。

朝鲜军从万历四十六年八月出师，顶住明军的不断催促、责问，借口道路泥泞、军粮不济，直到万历四十七年的二月二十七日才和明军会师，就是为了避开与后金军交战，然而杨镐嘴上说"丽兵无用"，却硬是等到了朝鲜军才开拔。朝鲜军跟在刘𬘩军后面，极尽所能地拖延进军速度，这样即使其他三路大军得胜，刘𬘩军尚

---

① 指明将杜松。
② 此信即当时的朝鲜国王光海君李珲给姜弘立的密令，原文收录在《光海君日记》中。

未赶到，也可以借口天气恶劣失期，顶多受到明朝责备；如果其他三路大军失败，那西路军也深入最浅，可以不战而退兵，不承担任何责任。

姜弘立、金景瑞二人一路算计，就在前一天（三月初三）还借口军粮不济，拖住明军一天，此时却终于被逼到了不得不做出抉择的时候。

远方忽然传来隆隆的炮响，在山谷里反复回荡，原本坐在地上的朝鲜兵纷纷忍着冻饿站直了僵硬的身体，惊骇地望向炮声传来的方向。

金景瑞仍在担忧赶不上明军的大捷，那样就得不到万历皇帝的赏赐，然而姜弘立却没有告诉他，战前经刘綎同意派往后金军劝降的朝鲜通事河瑞国、金彦春实际上是姜弘立事先安排好的奸细，已经把明军虚实尽数透露给后金，后金在开战前已经掌握了明军三个关键性的情报：

杜松有勇无谋。刘綎、杨镐将帅不和。明军乏粮。

马林和李如柏本来就是辽军，马林的平庸在辽东人尽皆知，李如柏更不必说，"奴酋女婿做镇守，辽东不知落谁手"[1]的童谣甚至飘过豆满江，传到了朝鲜。

所以姜弘立虽然不知道前线究竟发生了什么，但他不相信杜松的西路军能获胜，越来越密集的炮声坚定了他对自己判断的信心：如果杜松军真的在西边大胜，后金军应该全力收缩退保赫图阿拉，

----

[1]李如柏的小妾是努尔哈赤弟弟舒尔哈齐的女儿。

不可能在东路与刘绖军如此激烈地交战。

但北边腾空而起的黑烟还是让他感到紧张，在料峭的春寒里从头盔的内衬边上滴下汗来。

又一名明军骑兵纵马狂奔直入朝鲜军中营，盔顶缨针上的小旗在风中舒展开来，马尾几乎呈一条直线，在马蹄向后扬起的雪花中飘动着。他丝毫没有减速，直接从飞奔的马上翻身跳下来，一个踉跄摔倒在姜弘立帐前，又马上爬起来喘着粗气厉声说：

"刘总兵①已在富车岭北遇贼急战，令元帅督朝鲜军速前，贻误军机，军法从事！"

姜弘立答：

"请回报总兵，我军即刻发兵与天兵联阵击贼。"

朝鲜兵已经牵回明军骑兵跑远的战马，明军骑兵扶正了头盔，翻身上马，头也不回地向北狂奔而去。

姜弘立看着明军骑兵出了大营，立即吩咐左右传令：

"左营将金应河、右营将李一元领二营前出守御，我与副元帅领中营居后，无我命令，全军不得移动半步，违令者斩！"

北边的炮声渐渐地稀了，雪地里的咯吱声却密集了起来。

几个时辰过去了，再也不见明军前来催逼朝鲜军进兵，战前派往后金军中的通事河瑞国也依然没有音信。

姜弘立想派人去打探刘绖军的消息，但如果被明军发现他墙头草的意图，他必难辞其咎，正在左右为难之时，他的救命稻草来了。

---

①指明将刘绖。

他打开河瑞国送来的蜡封纸卷，上面用谚文[1]写着：

"明兵已堕胡计，万勿交战，顷其败亡，可得款好。"

姜弘立心里悬着的那座山终于轰然落地，他脱下头盔，正了正已经湿透的网巾，对左右传令：

"无我命令，全军不得发一炮一矢，违令者斩，从者连坐！"

他瞥了一眼帐中的地图，突然扬手，叫住了正要往左右两营去传令的兵丁：

"此令不传左营。"

左营将宣川郡守金应河名义上归副元帅金景瑞统制，金景瑞有些急了：

"是战是和，全凭元帅定夺，今独留左营固守，不知何意？"

姜弘立屏退左右，狡黠地一笑：

"今我军不发一炮一铳全身而退，杨经略[2]可肯善罢甘休？你我二人纵保一时性命，若上国震怒，必不得免，副元帅不为自身计，也该为全军将士老小打算。"

金景瑞倒吸一口冷气：

"今元帅陷应河于死地，他日回国，朝堂必有攻讦。"

姜弘立答：

"应河为人孤高桀骜，素不与你我交好，闻他乃江原道铁原人，家徒四壁，父母没于倭乱，独有一弟金应海尚幼弱，朝堂必无朋党。况应河战前于宣川挂印，言'我往必死敌'，人尽皆知，今没于

---

① 朝鲜拼音文字。
② 指杨镐。

阵，攻讦绝无从起，副元帅且安心。"

金景瑞仍不放心：

"军中仍有主战兵官，今若降，恐军心不稳。"

姜弘立又是狡黠地一笑，说：

"我自有安排，届时必上下一心，无从生乱。"

二人交谈之间，左营来报，陆续有刘綎部明军溃兵败入朝鲜军左营，姜、金二人马上出帐，向着北方望去，正看见一队衣甲不整的明军自北向南，直奔朝鲜军中营大帐而来，为首的将领在帐前下了马，正是刘綎军负责联络和监督朝鲜军的游击乔一琦[①]，身后跟随而来的明军骑兵约有四十人，不少人、马身上带着箭伤，浑身是血。姜弘立瞥见乔一琦马臀上露出半截拇指粗的满洲战箭，故作惊讶地问：

"前闻杜总兵已于西面破敌，正欲进兵与天兵联阵，游击何以至此？"

乔一琦喘着粗气答：

"杜总兵已殁于阵，刘总兵在阿布达里冈中伏殉国，我兵已溃，贼约五六万骑，直冲元帅大营而来，还请元帅据险而守，布阵抗贼。"

姜弘立给金景瑞使个眼色，又对乔一琦说：

"游击与天兵且先在帐内休息，我等即刻布阵拒贼。"

---

①乔一琦（1571—1619），字伯圭，号原魏，南直隶松江府上海（今上海）人。万历四十七年（1619）随刘綎出兵攻后金，以游击监朝鲜兵，军败，投滴水崖死，死后赠都督同知。清乾隆赐谥"忠烈"。

乔一琦哪有心思休息，他指着山下说：

"贼骑瞬息即薄左营，请元帅速遣兵马支援！"

平时对乔一琦百般恭敬、予取予求的姜弘立此刻却根本不理他，佯装没听到，命令全军戒备。

后金骑兵像汹涌的波浪一般瞬间袭卷了整个山谷，逼近前出守御的左营朝鲜军。后金骑兵在野地里根本看不起连盔甲都没有装备多少的朝鲜军步兵，并没有使用步骑兵配合楯车的攻坚战术，而是像惊涛拍岸一般直接向朝鲜军发起了冲击。

朝鲜军左营将金应河已经从明军溃兵那里知道了后金军的战法和实力，他立刻布阵，在阵前设置简易拒马，将炮手、铳手居前，杀手居后，弓手布置两侧。左营兵多为倭乱之后由明朝南军和降倭按照戚继光练兵法编练而成的三手军，但他们未经战阵，望着漫山遍野而来的后金骑兵，吓得彷徨失措，大腿止不住地颤抖，炮手往炮筒里装药，竟抖得反复装不进，全撒在炮口上。

金应河见状，策马从阵前小跑而过，慷慨激昂地说：

"今贼数万之众，悉为精骑，我兵不足三千，俱是步卒，若想奔逃，须思量双足不能及四蹄！一旦叫他破阵，铁骑蹂躏，我等必无生还之理！今入死地，唯有破釜沉舟，拼死一搏，方有一线生机！"

言毕，金应河在阵前翻身下马，拔出佩刀，猛地一刀斩下马首，那无头的坐骑立刻倒在地上不停抽搐，胸腔里喷出一股股黑红色的血液，在雪地上洇出了一朵扭曲的木槿花。金应河退入拒马，和炮手站在一起，张弓搭箭持满，凄厉地向左右大喊：

"今我立誓，与尔等同生共死，若退一步，必遭天谴！我等离家千里，若死于奔逃，不过乱世中一无名之人，奋力一搏，纵战死于此，则天下必有知我者，世代受祀，青史留名，使世人皆知我东国亦有忠义死节之士！"

左营兵中极少数咸镜北道来的朝鲜骑兵受此鼓舞，都弃了战马与步兵一同结阵，于是军心稍安，金应河又下令，无论后金军骑兵冲得多近，没有他的命令，绝不可开火。

随着后金军马蹄敲击地面的震动越来越大，连铳手火绳也在龙头上颤了起来，刚刚被驱散了一点的恐惧再次涌上朝鲜兵的心头，金应河不断大吼着鼓舞士兵，让他们稳住阵线，不要开火。

最先冲过来的是几十个穿短甲的骑兵，他们冲到约五十步的距离，朝着朝鲜军的阵线射出箭来，朝鲜军阵线最前方的炮手被射倒了三五人。看到朝鲜军并不开火还击，后金骑兵继续靠近射箭，挑逗朝鲜军开火，金应河知道，如果朝鲜军在这时开火，后金军重骑兵必然利用装填的间隙直接破阵，朝鲜军只有一次齐射的机会。在后金骑兵接近到三四十步时，金应河一箭射倒最前面的一个骑兵，两翼弓手也纷纷放箭，后金骑兵失去了耐心，不再逗弄朝鲜军开火，而是直接发起了排山倒海的冲击。

金应河放下弓，拔出佩刀在炮手和铳手中一边穿行一边大喊着让他们稳住，朝鲜军把后金骑兵放过了五十步、四十步、三十步，最前面的炮手已经看清了后金骑兵的脸，身边不断有士兵被骑兵射倒，后金骑兵冲到约二十步时，金应河手里高高扬起的刀猛地向下一斩：

"放！"

朝鲜军阵营瞬间被青色的浓雾笼罩，后金骑兵组成的汹涌波涛仿佛遭遇了一阵迎面的狂风，被遏住了势头，十几匹失去了骑手的战马冲入了那团青色的浓雾之中，好像被那雾吞噬了。浓雾前面的雪地上，人、马的尸体和残肢断臂洒了一地，受伤未死的人的哀嚎、马的嘶鸣交织在一起，后面的骑兵及时勒住了马，迟疑地在原地打转，又遭到两翼弓手的交叉射击，纷纷撤退了。

浓雾里的金应河却并没有劫后余生的喜悦，他知道，后金军只损失了几十人而已，刚才的冲锋只要再反复几次，朝鲜军一样逃不脱全军覆没的命运。他马上下令：

"速报姜、金二元帅，敌众我寡，孤军恐不可当，请以中营兵支援！"

山上大营中的姜弘立、金景瑞、乔一琦亲眼目睹了刚才金应河击退后金军的战斗。金景瑞脸上阴晴不定，乔一琦则喜形于色，催促姜弘立发兵援助金应河。

正在此时，金应河派往中营求援的兵丁也到了，乔一琦再次催促姜弘立发兵，姜弘立阴沉着脸下令：

"令李一元领右营兵移阵援左营。"

乔一琦大惊失色，忙说：

"左、右二营，互为掎角，拱卫中营，今移右营而援左营，岂非自断一角？况朝鲜军皆步兵，岂有在骑兵阵前移营的道理？"

姜弘立瞬间变了脸，一字一顿地说：

"乔游击，你我素来私交甚好，我敬你是天将，一向礼遇，你今途穷奔我，我亦纳之，然我军中之事，不劳你多言！"

乔一琦惊骇得说不出话来。自他负责联络朝鲜军以来，姜弘立一直毕恭毕敬，隔三岔五孝敬不断，二人私下过从甚密，经常彻夜长谈。乔一琦为避免姜弘立卷入明军将帅间的复杂矛盾而遭到责难，不但将明军中的人际和派系关系如实相告，连明军主要将领的能力、喜好、脾气也全都告诉了姜弘立，使姜弘立对明军虚实洞若观火。

更有甚者，万历四十七年正月，努尔哈赤伐叶赫，刘𫄧命令姜弘立领朝鲜军出亮马佃，配合明军支持叶赫，结果姜弘立阳奉阴违去了庙洞，只令金景瑞率兵前往，而且一路拖延失期，惹得刘𫄧大怒。如此大罪经乔一琦说和，姜弘立居然安然无恙，还得到了明朝兵部犒赏出兵的赏银，刘𫄧也只是训斥了姜弘立几句，并未治罪。

就在明军中伏的前一天（三月初三），姜弘立再次借口缺粮拖延进军，刘𫄧又要发怒，还是他乔一琦出面协调，使刘𫄧同意明军和朝鲜军休整一天。

乔一琦一时想不明白，为什么毕恭毕敬的姜弘立突然变了脸，更想不明白作为主帅的姜弘立为什么要把自己的士兵往后金的虎口里送。

乔一琦还要再说，姜弘立抬手说：

"天将毋须多言。来人，保护天将歇息！"

两个侍卫一左一右跟定乔一琦，自此之后，姜弘立都只以朝鲜话发号施令，乔一琦明白，他被软禁了。

金应河注意到右营兵拔营向他靠近时，也和乔一琦一样大惊失色。他急忙写了一封信，派人送给右营将李一元，里面只有一句话：

"我步彼骑，万勿移营，据险而守，否则必败。"

可惜为时已晚，就在右营兵即将靠近左营之时，后金骑兵长驱直入，将即将合营的两营兵一分为二。左营兵恐伤右营兵，不敢释放火炮，后金重骑兵像犁铧一样深深地犁进了右营步兵的人群之中，留下了一条血肉模糊的沟壑，从中间凿穿整个阵列后，又从两侧反卷包围了朝鲜兵，不断向中央挤压，迫使朝鲜兵互相踩踏而死。朝鲜步兵绝大多数没有盔甲，被铁骑驰突蹂躏得支离破碎，后金骑兵在冲击中将朝鲜兵当胸一箭射穿，冲过中箭的朝鲜兵身边时又俯身将箭顺手拔出来继续杀人，褐色的箭羽瞬间变成血红。

顷刻间，右营兵最后站立的地方就化成了血池地狱，上千人瞬间化为齑粉。金应河不再犹豫，下令左营兵开火还击，后金骑兵损失了几人，又在这血池中反复犁了几道，才在雪地上拖着一条由密密麻麻的暗红色蹄印组成的血痕，恋恋不舍地退走了。

驻扎在山上的朝鲜军主力和姜弘立、金景瑞一起目睹了这场屠杀，姜弘立依旧阴沉着脸一言不发，朝鲜军将士都被这恐怖的场景吓得瑟瑟发抖，此前主战的几个中下级军官也面面相觑，不再说话。

刚刚将右营兵残杀殆尽的后金骑兵稍作休整，又分作两股向着金应河的左营兵冲过来。这一次后金骑兵的冲击队形更加松散，排成数个横队，分批次冲击朝鲜军，专门在阵前二十步以内射杀朝鲜军炮手，朝鲜军不得不用一轮更近的齐射击退了后金军。后金骑兵像海浪一样一波又一波拍在朝鲜军的礁石上，两军交战距离越来越近，朝鲜军的伤亡越来越大，金应河也改变战术，让铳手分三排站立，第一排射击，第二排、第三排装药、递铳，来保持火力的连续性。

正在山上观战的乔一琦注意到姜弘立已经命人撤掉了大营中间的帅旗，换上了一面杏色的无字旗。他已经隐隐约约意识到了什么，看着这面无字旗在猎猎西北风中越来越鼓，他似乎在这形状变幻无常的旗帜上看见了自己的命运。

注意到风向变化的还有在山下指挥战斗的金应河。在无风的情况下，朝鲜军每一次齐射都能让战阵在短时间内笼罩在浓重的硝烟中，让后金军骑兵只能对着一团浓雾盲射，命中率大大降低。西北风起后，齐射产生的硝烟不但被迎面吹在朝鲜士兵脸上，让他们睁不开眼，而且后金骑兵借助风势由西北冲击东南方向的朝鲜军阵地，风力愈猛，箭势愈劲，梭镖一般的满洲战箭竟能将铳手与身后递铳的士兵钉在一起，让人不寒而栗，而朝鲜弓的弓力本身就较满洲弓弱，用箭又轻，被风迎面一吹，威力大减，难以贯穿后金骑兵的铠甲，后金骑兵大胆地前进到拒马前不到十步的距离射击朝鲜兵，每发必中，中则必死。

金应河一刻不停地射箭，狂吼着催促周围的铳手：

"快！快！"

然而周围的枪声却越来越稀疏，金应河转头一看，铳手早已伤亡大半，身边的铳手刚一打开药池的旋盖，里面的引火药就被狂风吹得一干二净，夹着火绳的龙头打在空空如也的药池上，发出无奈的"咔嗒"声，铳手手忙脚乱地把火药往药池里倒，药粉刚离开牛角药瓶的瓶口就被吹散在猛烈的北风里。铳手泪流满面，挂着放不响的鸟铳绝望地望向金应河，泪水在硝烟熏黑的面庞上冲出两条青灰的泪痕。一阵夹杂着钢铁碰撞和马蹄声的狂风从金应河面前掠过，把方才那张绝望的脸吹得无影无踪，金应河知道，那一刻终于到来。

阵破了。

几股骑兵同时突破了朝鲜军的阵线，深深地嵌入已经稀疏松散的人群之中，不断地粉碎着幸存者的生命。一个举着大旗的后金骑兵站在朝鲜军阵中央打转，用生疏的朝鲜话大呼：

"通事来！通事来！"

金应河军中并无通事，朝鲜军中的通事除河瑞国、金彦春等外，还有几个通晓朝鲜话的北道藩胡①，都在姜弘立的中营里，直接听从姜本人的调遣，甚至连金景瑞都不能指挥。金应河终于恍然大悟，在这场姜弘立一手策划的阴谋中，自己和左右两营四千余官兵的热血和性命，不过是他向努尔哈赤献祭的牺牲而已。金应河一箭射倒了持旗的后金兵，回头望向山上的朝鲜军中营，发现帅旗已撤，大骂道：

"狗彘欲降乎！"

一个战马被炮火击毙的后金骑兵，徒步连杀数人之后，判断身着绛色铠甲的高大武将就是朝鲜军主帅，见他射倒了骑手，怒骂一声，甩下遮挡视线的头盔，挺枪上前直取金应河。金应河侧身避开长枪，一手攥住枪杆向前一拉，另一手顺势拔出佩刀一刀劈在他

---

① 瓦尔喀人。

脸上。

朝鲜兵越战越少，金应河见大势已去，带着几个幸存的士兵围成一圈，且退且射，向着山谷一侧的山上退去。金应河看着陡峭的山势，料定后金骑兵无法从山上向下冲击，便站在山脚下的一棵大柳树下对左右说：

"柳树气阴，埋骨甚好。"

后金骑兵顷刻间将战场上的朝鲜兵屠杀殆尽，因山势陡峭，骑马仰攻不便，都下马持弓，形成一个半圆，向着大柳树包围过去。金应河背靠柳树左右开弓，箭无虚发，因后金兵甲胄厚重，每一次开弓都拉到耳后半尺，才能贯穿盔甲，超过拉距极限的朝鲜弓不断发出筋角崩裂的悲鸣。金应河连续拉断了两张弓，射杀后金兵二三十人，自己也身中五箭，身边只剩下亲兵两人，赖着有盔甲在身，尚有一丝气力，但也无法再弯弓了。一个亲兵身上的箭多如猬背，杵着一面写着"金"字的大旗，把全身重量都集中在旗杆上，怀里抱着金应河的佩刀奄奄一息，另一个身中两箭一刀，仍捧着一大壶箭，站在金应河身边供他取用。

后金兵越围越紧，持着大旗的侍卫被一箭射中面部，抱着旗杆慢慢地倒下去。金应河从他怀里拔出刀插在自己脚下，转头从壶里拔箭，手却抓空了，抱壶的侍卫也被射倒了，金应河抽出几支箭抓在持弓手里，又把一大把箭插入脚下不太结实的冻土，继续与围上来的后金兵对射。为了不把最后一张弓拉断，金应河有意在近距离射击后金兵没有盔甲防护的面部和腋下，不时有后金兵中箭滚下山坡，金应河也身中数箭，血浸透了靴子，把他牢牢冻在地上，不能移动半步。

当金应河射出最后一支箭，从冻土里拔出佩刀准备最后的白刃战时，却突然发现自己的胸前多出半截血淋淋的枪尖来。

是几个后金兵从柳树的另一侧爬上了山坡，绕到了柳树后面，用一记背刺结束了这场悲壮的困兽之斗。金应河抓住枪尖，转头去看用长枪刺他的后金兵，这身经百战的巴图鲁看见眼前血人转头一笑，竟不由自主地松开了抓着枪杆的双手，金应河随之向前重重地倒在了柳树下。

几个后金兵围着金应河的尸体静静地看了一会儿，谁也没有说话，过了许久，一个后金兵见金应河刀鞘和刀柄上包着的红色鲛鱼皮稀奇，便拾了刀鞘，去拿他手里的刀。不知是冻硬了还是尸体僵了，金应河的手紧紧地握着刀，后金兵夺了两次没有成功，便去掰死人的手指，旁边一个巴牙喇推了他一下，又从他手里夺过刀鞘，丢在金应河的尸体旁，轻声说：

"留他去吧，有此柳下将数人，还有你我吗？"

山上的朝鲜军中营里，余下的不足一万朝鲜兵亲眼见到了左右两营四千余人在不到两个时辰内覆灭的惨状，都骇得噤若寒蝉。姜弘立见时机已到，命人将几个火药柜推到大帐前，集合全体军官训话，他看着一张张因惊恐而扭曲的脸，缓缓地说：

"今天兵亡师，贼强我弱，天时地利无一在我，两营既覆，我等唯有一死，以谢天恩。若贼攻入我营，我与诸君火起药发，玉石俱焚，不留片帛于贼，不知诸君意下如何？"

帐下军官面面相觑，鸦雀无声，有几个人抽泣了起来。抽泣像烈性传染病一样迅速蔓延，哭声越来越大，几个姜弘立的亲信趁机起哄：

"天兵已败，我等死此何益？纵我全军玉碎，能反败为胜乎？"

"大明与胡交兵，与我国何干？今两营已丧，足以谢天恩！"

之前亲明主战的军官都咬着嘴唇不说话。

姜弘立叹一口气：

"今非但天时、地利不在我，人和亦不在我，非我不战，实战无可战矣。我有一策，可不负天恩而保全，且为诸君计。"

刚才还哭哭啼啼的朝鲜军官们闻言竟破涕为笑，互相祝贺保全了性命，头上的雉鸡翎子兴奋得乱抖，要与后金和谈的消息不一会儿就传遍了全军，整个中营欢呼声此起彼伏。姜弘立吩咐左右，让河瑞国进来，河瑞国进帐后递给姜弘立一封信说：

"金罕请元帅前往大营拜见，元帅如不亲至，则和谈必不成，且罕云元帅帐下有明国兵将，若不尽出，即刻攻营。"

姜弘立咬了咬牙说：

"且复金罕，今我军心不稳，且遣副元帅金景瑞前往拜见，待明日军心平复，我必亲至拜罕。我营只有明国游击乔一琦一员，随从数十，即缚送罕，以表诚意。"

河瑞国离开后，姜弘立走到帐外，对望着尸横遍野的山谷发呆的乔一琦关切地说：

"乔游击，今我军军心崩溃，已无力再战，已得允全军卸甲罢战而归国。游击与我素有恩德，无以为报，请游击更换我国服饰，随我军一同归国，再作打算。"

乔一琦心急如焚，六神无主，刚听到朝鲜军因和谈的消息而爆发的欢呼，更是绝望，对姜弘立的提议只能无奈地应允。姜弘立给左右使个眼色，马上有人奉上一套朝鲜儒生的服饰，乔一琦游魂一般跟着走了。

乔一琦进入一处小帐，正要卸甲更衣，却发现帐后不知被什么划开了一个三角形的口子，透过口子，他意外地看见了卑劣的一幕。

之前败入朝鲜军中营的明军溃兵，和乔一琦带来的几十人一起被朝鲜军绑得如粽子一般，顺着山坡推下去，围营的后金兵手持长枪大刀站在山脚下，如屠鸡狗般一个个杀戮摔得半死不活的明军。

乔一琦的血气一下涌入脑中，他猛地冲出帐外悲愤地大喊：

"狗贼！我大明何曾负你朝鲜，我乔一琦何曾负你姜弘立？你屡犯死罪，得我解脱，今死你手，只怪我有眼无珠，可我大明数万将士何辜？你还我将士命来！"

言毕，乔一琦愈发疯狂，在朝鲜军营中狂奔着大哭大叫，叫声在山峰之间反复回荡，更显凄厉悲惨。有一名姜弘立的亲信从背后射了他一箭，没能射穿他的铠甲，乔一琦背上插着一支箭，突然向山后的滴水崖狂奔而去，尚未被推下山的明军俘虏看见，纷纷起身跟他一同哭着奔向滴水崖。乔一琦嚎哭着纵身一跃而下，后面几十人也跟着跳了下去。过了许久，明军凄惨的哭声还在崖间回荡，让朝鲜兵不寒而栗。

金景瑞早已领教了姜弘立的狠毒，又对让自己先探虎穴的手段不满，此时走到他身边，半带恭维半带讽刺地说道：

"元帅又折一件好礼。"

姜弘立狠狠瞪他一眼，转身走入帐内……

破房和把肚听完金倚陆的家世，都惊得说不出话来，过了良久，把肚才下意识地把手里的腿骨放在嘴里啜了一下，却没有吸出骨髓来，才意识到这故事太悲太长，肉已经凉了。

把肚招呼伙计去舀两勺滚汤浇在肉上，又端起酒碗说：

"我父为那杜太师^①向导，也在铁背山东山崴子^②没了，想来与那柳树相去不远，你我同命，想来也是共业，今日便算结识了！"

又问：

"那狗贼什么姜，后如何了？"

金倚陆答：

"这狗彘听闻大明欲治他罪，亡入房中，并未归国，后又闻癸亥靖社^③，滞留房中不归。天启七年，领贼犯朝鲜^④，后经奴酋作保得免，据传有人出此图示他，他见图羞愧而死。"

把肚不屑地说：

"必是你国人编的，这狗若有这气性，当日在山上亲眼所见时就死了，何必见图才死？小儿都会唱'好人不长命，王八活千年'，想

①指明将杜松。
②即萨尔浒界藩山。
③癸亥靖社，即仁祖反正，指主张中立政策的光海君的侄子绫阳君李倧，在1623年4月11日（农历三月十二日）攻入汉城。政变后李倧奉仁穆大妃之命继承王位，是为仁祖。仁祖即位后奉行亲明反金的政策，引发两次后金/清军入侵朝鲜。
④指1627年丁卯胡乱。

是你国人见这狗善终，气不过，编来解气的！"

金倚陆笑着摇摇头说：

"我也不信。"

三人又饮了一碗，面色都红了，对羊肉坚辞不受的金倚陆禁不住把肚撺掇，小心翼翼地拿起琵琶骨，先皱着眉闻闻，又咬了一小口。破虏见状，用指头蘸着酒在桌上写一个"鲜"字，打趣说：

"鱼羊为鲜，你两个一个不肯吃鱼，一个不肯吃羊，各失一半佳味。"

金倚陆好奇地问把肚：

"你为何不吃鱼？"

把肚眼睛一转，答：

"那物肉里有针，俺手里人命甚多，若有鬼找俺报怨，却知俺这般人物竟吞针死了，气得不肯转生，可如何是好？"

刘破虏和金倚陆哈哈大笑，又干了一碗。三人酒意正酣，却见门外一个白色的影子焦躁地晃来晃去。把肚出门去把他拖了进来，正是那白衣帮子，在门外担心主人的安危。金倚陆有些醉了，对他说：

"你我沦落异国，不过乱世中两亡命徒，何来主仆？且坐下与二位好汉饮酒！"

白衣帮子一脸惶恐，又想逃跑，被把肚一把按着坐下，又把一碗烧酒端在嘴边，催逼着灌下去，淌得满胸满腹。说也奇怪，似乎他喝的不是酒，倒是胆气，一碗下肚，他额头泛起细细的汗珠，红着眼睛就抓起一块肝子大嚼起来。

破虏满意地看着他说：

"这便对了!"

破虏趁着酒劲问金倚陆:

"金兄乃朝鲜国使臣,朝廷平日有米银供养,逢年过节,亦有赏赐,何必在市上卖艺呢?"

已经喝得有些摇晃的金倚陆一点儿也没生气,反而哈哈大笑,随手从那鹿皮袋中摸出一锭约十两的银子,"啪"地一声拍在桌上说:

"刘兄且看这供养!"

他右手风驰电掣般从右侧柱子边反手拽起佩刀的刀柄,左手极快地一拽刀鞘,一道寒光落在桌上,银锭如豆腐般被齐齐斩作两半,刀口干净利落,银锭下面的桌面却没有一丝划痕。

破虏不禁赞叹:

"好刀!"

一边的把肚却拿起半块银子哈哈大笑,原来那银锭铸的时候便是空心的,底部留一小孔,将铅水从小孔灌进去,再用银子将孔封住,是一锭铅胎银。

破虏也从怀里将一锭银子拍在桌上,笑着说:

"金兄也请看我等俸禄。"

言罢手起刀落,也是刀口干净利落,桌面没添一丝新的刀痕。

金倚陆拿起银子一看,原来也是一锭铅胎银。他把银子丢在桌上,三人一齐哈哈大笑。

周围的酒客似乎也见惯了这动刀动枪的场面,看了会儿热闹,见怪不怪地继续喝酒吃肉,哗啦哗啦地拨弄着桌上的沙嘎,丝毫不理会外面街上幽幽响起的三更梆子。

雪霁白骨满疆场——《崇祯十五年·杏山·赵子龙》

生当作人杰——《崇祯十五年·杏山·赵子龙》

安能辨雌雄——《京师·宣武门外·服妖》

来如雷霆收震怒——《北直隶·真定府·瘟神》

京师·德胜门外·吞羯

四人饮至渐渐地都有些醉了，把肚向金倚陆讨了射片箭的溜子，学着金倚陆的样子，把溜子上的套手绳缠在大拇指上，怎么也想不明白一尺长的短箭是怎么从这半片竹筒中射出去的。白衣帮子见他不得要领，斜着眼睛看着他偷笑，把肚凶狠地瞪他一眼，他才乖乖地过来给把肚演示如何把短箭扣在溜子里，再用拇指窝攥住。

　　一旁的破虏和金倚陆互相交换了佩刀，各自拿着对方的武器聚精会神地琢磨着，金倚陆将刘破虏的雁翅刀刀背向下立在指上来回拨了几下，又握住刀柄，朝着柄尾一敲，观察刀身颤动的位置，握着刀柄的手掌张开时，掌心有一层星星点点的黑色结晶，金倚陆用手指捻了一下，是血液干涸后的渣子。他说：

　　"看来二位刘兄这一路不太平。"

　　破虏苦笑道：

　　"盗贼遍地，这一路少有一日不杀人的。"

　　金倚陆说：

　　"如今京城里也是奸恶四起，出这德胜门外不远就有盗贼公然劫杀官差，东直门及大时雍坊一带白日剽掠，稍有不从则杀伤人命。"

　　破虏把目光从那朝鲜刀菖蒲般的刀尖上移开，问金倚陆：

　　"我等离京不过一月有余，街面何以至此？官兵不问？"

　　金倚陆答：

　　"料你二人还未回衙复命。大疫起于京师后，官兵纷纷避疫，惟见厂卫、缇骑拿些不相干的闲人，真正盗贼倒不见他拿了半个，如今连巡城御史也避疫去了，寻常盗案更无人过问。"

破房不再问下去，而是读起了金倚陆的佩刀刀镡上方的刀身上阴刻的两句汉诗：

鬼神泣壮烈，慷慨吞胡羯。

破房把刀身转到另一面，看见与诗文相对的位置阳刻着北斗七星图，顺着星图看上去，烧刃的纹路[①]如寒冬侵蚀河岸的冰碛，又如深秋落霜的层林，刀姿像极了南方贩来的倭刀，但弧度又比倭刀直一些，尺寸也足有三尺半以上，远逾寻常倭刀，刀尖如菖蒲般锐利，也没有倭刀的横手筋[②]。刀柄粗壮，用染了红色的鲛鱼皮包了，柄头挂着一个不长的红缨子，因天长日久而变成了深沉的血色。鞘也全包了红色的鱼皮，鞘口有一个铜制的绷簧，入鞘时绷簧的榫头顶入刀镡上的一个小孔内，整把刀就被锁定，不但能防止刀从鞘内滑落，不熟悉这机关的人也难以将刀拔出来，设计不可谓不巧。破房忽然想起《金应河倚柳射贼图》里持旗将怀里的金应河佩刀，便问金倚陆：

“这刀莫不是令尊在萨尔浒的……？”

金倚陆摇摇头说：

“幼时闻萨尔浒老军言，战后奴酋使被俘我兵堑尸，日久诸尸败，独我父栩栩如生，面有怒色，右手持剑不肯释，我兵将人剑合葬于柳下。此剑系我叔父照我父佩剑样式，使一降倭锻成，我十六岁得之，名之‘吞羯’。

---

① 东方刀剑进行分区热处理留下的痕迹。
② 日本刀切先（刃尖）下方的一条横贯刀身的筋。

"那降倭曾说过，从我国釜山渡海即到倭国之对马，再往倭国之名古屋，即可乘船至大明之宁波。若圣上恩准，盘缠齐备，我立反其道而东归。"

破虏听说他盘缠不足，便问：

"金兄乃一国使节，怎会让那衙门里腌臜小吏用这灌铅银子糊弄？"

金倚陆无奈地苦笑说：

"贵国俗语：江河日下，爷孙不相顾。自崇祯十二年起，米掺砂石，银灌铅锡，习以为常。国事一日坏过一日，我今若欲将这灌铅银子事告于上官，必先使真银厚赂其下，方得拜见，每告一次，只管一月，下月即故态复萌，而我已无银可赂。"

破虏默然。他熟谙京城官场的规矩，但未想到连属国使节也不能幸免，他年少时听说过辽东地方官向朝鲜朝天使索贿行方便的事，但不料京师也是如此。

金倚陆用手指轻轻刮过刘破虏佩刀刀尖以下约摸三四寸新添的几处缺口，嵌钢扭锻的刀身上马齿纹[1]清晰可见，几处不深的缺口上，钢都被剐得反卷起来，不像是刀剑刃口相格留下的那种锐利的缺口，也不像斩切血肉之躯留下的痕迹。他好奇地问：

"刘兄遇到何等盗贼，竟似有甲胄在身？"

把肚已经弄清了片箭的玄机，放下溜子插话说：

"山西流贼几绺子遇上，设伏尽杀了，身上甲有。"

---

[1]马齿钢，一种中国刀剑特有的技术，有淬火和嵌钢两种形成方式。

破虏举起一碗酒结束了这个让他不快的话题，他不想让金倚陆继续问下去。金倚陆的确是忠烈之后，也是可交之人，但他自己也不知为什么，不想告诉这个外国人那个残酷的事实——他和把肚设伏杀光的那一小股"流贼"，都是新投了李自成，连衣甲都没换过的大明官兵。

至少在他们初次见面的今天，不行。

然而金倚陆的好奇心并未打消，他一饮而尽，放下酒碗问把肚：

"流贼好杀吗？"

把肚用熊掌般粗胖的手一抹胡子上的残酒，又伸出手掌张开五指说：

"好杀，怎的不好杀？崇祯八年十一月，俺每随祖二疯子将军[①]泾阳五百骑破他七八万贼，砍了脑袋三五千有！崇祯十年四月汉中又砍了他上千，俺一人射死、踏死不下一百，又擒了那上天龙[②]活剐了，二百两赏银拿着。"

金倚陆反而更好奇了，问：

"贼既如此好杀，为何愈演愈烈，势大不可止，攻城掠地，连败官军？"

把肚挠挠头，看着破虏，一副"你问他"的表情。

破虏本不愿回答这个问题，奈何被把肚架在火上，不得不答：

"民遇灾荒不得救而为贼，遇疫病不得治而为贼，遇乱兵相害

---

①指祖大寿之弟祖大弼，明军猛将，天启七年（1627）五月锦州之战曾险些单骑击杀皇太极，被清军称为"祖二疯子"。
②李自成军将领，于沔县被俘后被押至西安凌迟。

而投贼，遇流贼相害而从贼，灾疫不止而贼不止，灾疫愈烈而贼势愈炽。贼固好杀，妇孺老幼混杂其中，纵成千上万，大兵一过，玉石俱焚，然我兵有限，而贼势无穷，故贼剿不尽，杀不完。"

把肚补了一句：

"近来倒也越发不好杀了。"

破虏在桌下踢他一脚，担心他把西北大批边军投贼的事说出来。

金倚陆没听懂把肚擒获的"上天龙"是什么东西，就问他上天龙是否是什么妖怪。

破虏抢着答：

"流贼之大小头目，俱有诨号，盖掩人耳目，惧官府拿其家人父老，不相连累也。上天龙即贼一小头目之诨号。"

金倚陆叹气说：

"世道崩坏，我国王不过照亲王例，服九章衮服龙袍。流贼一小头目，也敢称上天龙。"

把肚满不在乎地答：

"贼里名堂多呢，甚么上天龙、入地龙、过江龙、遮了天、吞山河。头目里各镇逃军多是，那上天龙不过宁夏镇一把总，真号田五唤作，听闻第二年教人拿去西安市上活剐了，剐了两日一声不吭，第三日才死了，倒是汉子。"

破虏极力遮掩了半天的事实被把肚一语道破，他用手扶住碗边，一边望着桌上已被削食干净的羊头骨上黑洞洞的眼窝出神，一边把金倚陆的佩刀合进鞘里，鞘口的绷簧榫头卡进刀镡的孔里，发出清脆的"咔嗒"一声。

白衣帮子已醉伏在桌上昏昏睡去，三人看着窗外乌青泛白的天空，将残酒一饮而尽。

三个宿醉之人带着浓重的酒气，为了到底要不要把三里堡得来的两匹马送给金倚陆，在晨曦中好生争执了一番，直到街面上稀稀拉拉地有了行人，才在金倚陆的坚辞不受中议定了折中的办法——金倚陆付清昨晚的酒肉钱，但只收下一匹马，又约定日子再叙。惺惺相惜一番后，金倚陆主仆二人才转头回了会同馆①，破虏把肚二人则纵穿京城，奔右安门宣南坊而去。

街面儿上的行人还不多，拉死人的独轮车上盖着簏席，由北城兵马司的老杂役推着，吱吱呀呀地往城外走，死人青灰色的脚沾满了上冻的污泥，露在短一截的簏席外面。还有些尸体堆在胡同口，两三具摞在一起，用席子盖了，等着在天光大亮前运走。更多的难民蜷缩在胡同深处，不知是死是活。

破虏暗自思忖，昨日在德胜门内达官显贵云集的地方通宵达旦地饮酒，不见兵马司一人持牌夜巡，今晨又见到如此多的难民死在城里，可见巡捕营也已经不管事了。又想起昨晚金倚陆所说，连巡城御史都躲起来避疫，看来整个京师的缉盗和治安彻底瓦解，已经是旦夕可见的事。

把肚像是在马上睡着了，打着呼噜左摇右晃，身体前仰后合。二人一路无话过了崇国寺，看见宫里的车拉着门头沟的煤从阜成门

———————————

①明代接待外国使臣下榻的机构，类似国宾馆，有南北两馆。

进来，一路往皇城方向去了，几个地痞无赖坐在大车沿上，见了人也不避讳，这些人都是使了钱，由太监带着进皇城游玩的。忽然，街边一个地痞对着煤车上的同伴得意洋洋地喊道：

"宫墙都塌了，你还花那一吊劳什子钱。"

煤车上的地痞像南方渔船上的鹈鹕入水般扑通扑通地跳了下去，跟着街边的同伙走了。驾车的太监没收到钱，气得抓起车上的煤块砸在他们身后。

破虏摇摇头，余光却在无意中发现身后的把肚不见了，他猛地想起已经有一会儿没听见把肚的呼噜了。他坐在马背上茫然四顾，清晨空旷的大街上只有几个行色匆匆的过客，远去的煤车马脖子上的铃铛摇晃的声音渐行渐远，把肚却像变戏法一样，凭空消失了。

破虏正在疑惑时，听到了马蹄声，把肚从街边的胡同里纵马小跑出来，马后面还拖着一个人。那人两个大拇指被皮绳绑在一起，由把肚拖着，皮绳都勒进皮肉里，两个指头肚像两颗黑紫色的李子。那人的身体在雪地上拖出一道痕迹，蜷缩着身子一边打滚一边哀嚎，破虏不解地看了把肚一眼，把肚示意破虏去胡同里看看。

破虏催马进去，马蹄啪嗒啪嗒地踩踏着胡同里新倒的粪尿，溅起老高。破虏下意识地拽了一下曳撒的下摆，却突然想到，杀人的时候，死者身上除了喷涌而出的鲜血，伴随而出的往往还有横流的屎尿，无意识地排泄是很多人临死之前的最后本能，如今自己这一身一路杀来的血腥气，却刻意去避那屎尿，不禁有些好笑。

破虏朝左右看了看，顿时明白了一切。清晨是各家各户倾倒夜里积攒的粪便垃圾的时候，稍讲究些的地方，会雇佣粪车收集粪便，拉出城或拉到地坛去，腌臜地方便会倾倒在胡同里。专有一种破户贼，在清晨趁着各家各户开门倒粪之时往里窥探，虽门里有照壁阻隔，但家户大小、财力贫富，心中已有一二，便用木炭在门上做些不易察觉的标记，看起来像儿童胡乱涂画，其实各有深意。待晚上大股盗贼来到，便按照各家门上的标记按图索骥，将家境殷实又疏于防备的人家洗劫一空。

破虏打马回到街上，问把肚：

"你如何知道他这勾当？"

把肚说：

"他当老子吃醉了，倒来跟在马后摸我的钱，我追他进了胡同，才知是个破户贼的点子。"

破虏在前，把肚拖着这破户贼在后，往前走了约有三五里，这贼越走越慢，一路嚎哭求饶，惹得路人纷纷侧目，却始终未遇见兵马司和巡捕营的巡逻官兵。眼见被他大大拖慢了行进速度，破虏只得无奈地下马将他绑在路边一棵枯树上，拔出腰刀削去一块树皮，用他身上搜来的木炭在灰白色的裸露树干上写道：

"此破户贼也。"

随即与把肚纵马一路小跑进了宣武门，回到果子巷的住处已近午时，急叫房东烧些热水梳洗了，用条网巾裹了未干的头发，又换了官服，上马直奔南城兵马司衙门而去。兵马司衙门大开着，不但不见巡城缉盗的弓手，连半个守门的兵丁也没有，直到进了三堂，才见了正在指挥几个老军收拾公文的吏目①陈正海，陈正海见到刘破虏先是一愣，之后表情复杂地沉默片刻才说：

"刘大人……何日回京？也未知会一声……"

破虏见他一副难以置信的样子，似乎没想到自己能从山西活着回来，本想多问他几句，又急着要汇报清军奸细潜入京师的事，就问他：

"指挥大人何在？为何弓手②、兵丁、军余③都不见踪影？"

陈正海支支吾吾地回答：

"指挥大人与二位副指挥大人俱在避疫，弓手、兵丁皆在街面巡查。"

刘破虏大怒道：

"混账话！南城兵马司弓手八百人，加上巡丁、尖哨④，足有千五百人，我过宣武门至此，街面上不见一兵一卒，巡查哪里去了?！"

陈正海见瞒不住，只好以实相告：

"近一月余，疫情日烈，我兵走街串巷，病死者极多，加之粮饷不继，补丁日艰，宁自残、自缢而不愿补丁者大有人在。自崇祯十六年十一月至今，兵马司弓手、巡丁、尖哨已病死、逃亡大半，今已无人可用了。"

刘破虏正欲发作，头上结的冰霜融化成水流下来，让他清醒了

----

①官名，兵马司掌管文书的官员，多为八九品小官。
②元、明两代在治安巡防系统服役的士兵，并不特指弓箭手。
③没有正式军籍的军人，多担任杂役。
④都是兵种的名字。

一些，他不再理会陈正海，出门骑上马直奔南城兵马司指挥周兴己的宅邸。

走了没几步，刘破虏又拨转马头，骑着马直接冲入兵马司衙门，正撞见抱着东西准备跑的陈正海。刘破虏恶狠狠地说：

"今兵荒马乱，京师亦不太平，我此去不过一个时辰，归来时你若不在，则你妻小难保！"

之后仍不放心，示意把肚留下看着他，才骑着马再次出门，扬长而去。

南城兵马司指挥周兴己本是前内阁首辅周延儒①的远亲，因这一层关系才在这乱世中得到了本是郡王才能获得的兵马司指挥一职。周延儒因欺君大罪死在流放途中后，周兴己本该同遭灭顶之灾，却不知通过什么手段，攀附上了周延儒的政敌，锦衣卫指挥骆养性，继续坐稳了这个位置。

周兴己的宅邸在白纸坊教子胡同，离南城兵马司衙门不远，破虏纵马小跑不三刻就到了。破虏下马不管三七二十一就捶起了周家的大门，捶了半天，才有人自门上开了一扇小窗，破虏说：

"我乃兵马司副指挥刘破虏，有军情要务急报指挥！"

小窗合上后，门里就像死了一样寂静，破虏等了一刻，索性又在门上捶了一阵，听到门里有人装腔作势地咳嗽几声才停了手。又过了许久，仍然不见有人开门，倒是从墙头上伸出小半截梯子头来，南

---

①周延儒（1593—1644），字玉绳，号挹斋，宜兴人。

城兵马司指挥周兴己披着一件海龙①皮云肩②，面色苍白浮肿，颤颤巍巍地爬上梯子，从墙头露出半个身子来。他死死地抓住梯子头，清了清嗓子，试图保持体面和尊严，在寒风中哆哆嗦嗦地说：

"副指挥有何事相报？"

刘破虏忍住满腔怒火说：

"指挥交代下官军务，俱已办结，归途中于真定府获鹿遇山西商队一行数十人夹带硝石，自张家口出关资敌，有奴贼奸细混行商队之中，被下官擒杀一人，得知其曾潜入京师，暗绘炮位，欲阴携出关，尚有同党数人，分头出关归贼。奴贼居心叵测，似窝藏大祸，宜速令各边封锁关口，缉捕细作，侦知阴谋，早作应对！"

周兴己眼珠转了几转，说：

"本官奉旨避疫，军情政务均在家中办理，军务既已办结，当以文牍报我，怎的如此不知规矩，直冲本官宅邸？各卫、各边均有军兵把守，各门俱有京卫照看，岂劳你多心？你既自山西瘟疫地办差归来，宜速归家避疫歇息，怎的在此胡闹，搅扰上官！"

刘破虏再也忍不住满腔怒火，下意识的向腰间摸去，却忘记自己已经换了官服，弓箭不在腰间。周兴己平日就将刘破虏视为关外蛮夷，心里又鄙夷又害怕，言语虽无好话，但总也有些忌惮，尤其是他那满身杀气的刘把肚用那种看猎物的眼神看他时，总让他心里发毛。他借故将这二人派去瘟疫和战乱肆虐的山西办差，只盼着他们或死或逃，自己眼不见为净，如今这凶神恶煞的二人居然活着回来

---

①明代对海狮一类动物的统称。
②一种披肩。

了，让他愈发六神无主。此时他见刘破虏发了怒，止不住更加害怕起来，身体如筛糠似的抖了几抖，在梯子上有些站不住，死死抓住梯子头努力稳住身体之后色厉内荏地恐吓道：

"刘破虏，莫忘尔等辽人，既不以田舍为业，又不肯读书科举，唯世代从军，杀掠为业，实与鞑虏无异。尔乃归正伪官刘海之侄，使了六百两银子才得了这正七品的官，大军丧师十万，洪督师亦殉国，独你与那达子逃回？本官宽宏，才不与你细细计较，若深究起来，你早已北镇抚司刑狱里睡着。"

刘破虏不想再与这小人废物啰嗦，猛地一勒缰绳，坐骑扭着脖子，高高扬起两个前蹄嘶鸣一声，转了个身，重重地踏在地上，周兴己吓得本能向后一仰，从梯子上失足跌了下去。刘破虏丝毫不理会墙里哭爹叫娘的一片混乱，扬长而去，他知道事已至此，他只能冒险去找一个人，一个与他没有明确隶属关系，但此时此刻唯一有可能解决这个问题的人——骆养性①。

刘破虏在山西就得到消息，孙传庭在潼关阵亡之后，西安随即陷落，孙传庭老小十一口举家自尽，兵部尚书冯元飙②见事已不可为，遂以病重请辞，举荐史可法接任兵部尚书，崇祯皇帝反而以张缙彦接任。这张缙彦是崇祯四年的进士，一介文官，吟诗作对的本领了得，此外一无是处，不仅面对松锦之战后陈新甲丢下的烂摊子

---

① 骆养性（？—1649），湖广嘉鱼人，明锦衣卫指挥使、太子太傅、后军都督府左都督。明亡，先降李自成，继又降清。
② 冯元飙（？—1644），浙江慈溪人，明兵部尚书，崇祯年间进士，曾任天津巡抚、右佥都御史。

一筹莫展，整整一个多月时间未能向岌岌可危的山西前线调去一兵一卒、粒米束草，而且因为性格怯懦，作风软弱，连兵部职方主事马绍愉这种先在松锦大战中犯下大罪，又在出使清国期间自辱国格的汉奸都好端端地在衙门里行走。陈新甲的另一条走狗，与马绍愉一起在松锦催逼洪承畴出战，被围时又率先夺船而逃的兵部职方司郎中张若麒，也只不过论罪下狱而已。

想到枉死在松锦之间的数万明军将士和孤军奋战、凶多吉少的山西总兵周遇吉，刘破虏知道，他无法从兵部这个深渊里得到哪怕一点点人类的回应。

刘破虏决定去找骆养性，不仅因为锦衣卫有监督京师城防的职责，而且前一日在崇文门外，他亲眼看见锦衣卫带着缇骑拿人，无论这人拿得对不对，这至少说明在一片混乱的北京城里，这个机构还在运转着。而在壬午之难时，内阁首辅周延儒集北直及京师之兵，甚至征调了负责京师治安的五城兵马司的兵马出城迎战，当时刘破虏也在军中，然而平时吹得天花乱坠的周延儒对军事一窍不通，不仅在通州逡巡，不敢靠近清军，反而谎报明军大捷。而且军中风传周延儒收了清军贿赂，才放任清军大摇大摆地从直隶直入山东，疯狂杀戮劫掠几个月，安然无恙地出关去了。

因此，当锦衣卫指挥骆养性扳倒周延儒时，刘破虏心里对骆养性平添了一丝莫名的信任和敬意，这也是他此刻冒着越职言事被降罪的风险，立在骆养性宅邸门前八字墙外的根本原因。

骆养性府上的门人是一个面色灰白、没有胡须的矮胖老头，刘破虏总觉得他像宫里的太监。老头用轻蔑的眼神上下打量一番穿着七品武官服的刘破虏，又冲着他脸上触目惊心的伤疤皱皱眉，刘破虏被冻住的湿发就又从网巾滴下汗来，一滴滴噗噗嗒嗒地落在胸口补子中央刺绣的彪眼上。两人相对片刻，门人从鼻孔里哼了一声，刘破虏才如梦方醒般跑到宅邸门前的五脊歇山牌坊^①下的下马石旁，从鞍袋中取出一锭银子奉上。那门人用拇指搓了一下银锭表面水波样的纹路，鼻孔里又哼了一声，一言不发地进去了，留下刘破虏垂着手立在前堂不知所措。

约摸等了两刻，长得像太监的门人就出来了，看了刘破虏一眼，转身就往里走，旁边另一个年轻些的给刘破虏使个颜色，他才赶忙跟着进去。穿过了前堂和花园，又过了二堂进入正厅，却不见骆养性，像太监的老头示意刘破虏坐下，旁边的小僮马上奉上了蒸在锅里的松江布手巾和热茶，刘破虏用手巾不安地擦了擦汗，开始打量起正厅的陈设来。

与骆养性的官位品级相比，骆家的正厅陈设显然朴素也庄重得多，除寻常陈设外，并无多少金石玉器、古玩字画，北面的神龛里供奉着一尊黄铜鎏金的真武大帝，正东面摆着一张楠木八仙桌、两张太师椅，背后有一副楹联：

忠显千古擎铜昭日月

义演春秋秉烛明新天

横批：

德冠三军

楹联前的香案上放着一个鸡翅木的架子，上面供着一支乌黑发亮的铜，从样式和包浆看，应该是年代久远的传世之品，铜前供奉着火晶柿子饼和冬枣、梅干，可见是主人祖先的遗物。

正堂两侧的墙上还挂着一些表彰忠勇的字画，除此之外别无奢侈之物，这股庄重、肃杀的武将家风也让刘破虏的局促稍稍安定下来。"总比那些视武将为猪狗的文官好打交道些。"他想。

刘破虏看着墙上的《正气歌》，读到"或为出师表，鬼神泣壮烈。或为渡江楫，慷慨吞胡羯"这一句时，想起金倚陆刀上刻的字，不禁对他的敬佩又加了三分。正在思忖之时，骆养性昂首阔步迈进正堂，刘破虏见状急忙站起来行礼，膝弯却把身后的椅子猛地推向后方，发出刺耳的"吱——"一声。

骆养性穿一件青绿色窄袖缎地直身便服，身材高大英武，仪表堂堂，举止间英气凛凛，反而将穿官服的刘破虏衬得冒失而唐突。他示意尴尬的刘破虏不必拘礼，二人互相揖过之后便坐下，刘破虏还未想好如何开口，骆养性倒盯着刘破虏脸上的伤口先说话了：

"刘大人未曾谋面，观之不类京官，倒像是九边行伍身经百战之人。"

刘破虏听到"身经百战"四字，不禁悲从中来，不由自主地答道：

"身经百战，尽皆败仗。杀人无数，多是同胞。"

骆养性皱下眉头，却并不生气，问道：

"刘大人此话怎讲？"

刘破虏索性豁出去了，拱手答：

"下官辽东广宁中屯卫人，袭职千户，随祖家将军征战辽东，与奴与虏，无日不战。后随祖二将军数度入援关内，克复遵永，又连年与流贼厮杀，大小百余战，身被数十创。崇祯十四年洪督师兵败松山，奴贼困祖将军于锦州，下官侥幸渡海逃回，叙补南城兵马司副指挥，八月以军务受命往山西，归途中侦知建奴与流贼异动，返京后方知大疫祸烈京师，各衙署诸官避疫，兵丁逃散，已无人可报，军情紧急，万般无奈之下斗胆叨扰大人，万望宽恕。"

骆养性思索片刻，刚想说什么，突然又改口道：

"何等异动？但说无妨。"

破虏于是将在获鹿遇到的商队混用清国奸细潜入京师偷绘炮位、私藏硝石出关资敌，流往京师的难民队伍中混有闯贼奸细，商队护卫在三里堡设伏截杀官差的情形一一说了，又从怀里掏出那夜不收身上搜来的高丽纸，说：

"奴贼为此不惜深入近畿设伏截杀官差，若真如他所说，别有细作数人，携一式数份出关，则耗时费力截杀我等于理不合，恐有未探之隐情。此乃夜不收以隐墨秘写，以硫磺烟气一熏，字画立显。"

骆养性闻言，立刻接过三张高丽纸，吩咐下人叫了一名军官进来，拿着纸出去了，然后说：

"刘大人一身虎胆，连破魔窟，获此紧要之情，我自当使人查明隐情，严加提防。今天下大乱，京师亦连日不稳，巡城御史、五城兵马司、巡捕营皆形同虚设，盗贼四起，威胁内城，官差多一去不返，皇命难出五城。朝廷正值用人之际，不知刘大人有何打算？"

刘破房一时答不上话。他只是想在这"爹死娘嫁人，各人顾各人"的混乱里寻到一个管事的人，一个可以负责的人，一个说话算数的人，一个除了自己的荣华富贵和生死安危之外心里还装着些别的东西的人，现在他觉得找到了，然而这个人突然问他接下来打算做什么，他却不知怎么回答了。

回家吗？已经没有家了，关外已经是敌国了。去山海关吗？他已经打了太多仗，失去了太多人，不想再打下去了。何况，为谁而战呢？为大明朝吗？大明朝的样子就在眼前了。为自己吗？那又何必坐在这个地方。等下去吗？如果连兵马司都没有了，那副指挥又有什么用？去南方吗？他从记事起就被人往南赶，每一场败仗，都发生在比前一场败仗更南的地方，他曾经以为到了山海关就已经退无可退，可如今他却退到了北京，他不想再往南退了。

骆养性似乎看出他的心思，说：

"刘大人军务熟稔，武艺超群，值此国难当头之际，若愿报效皇朝，有些作为，我倒愿意安排。今五城之内，盗贼四起，妖言横行，锦衣卫各司官兵病亡逾半，兵马司、巡捕营不能支事，今流贼已入山西，意欲窥探神京，朝廷必先整顿京师，肃靖五城。刘大人既有一片忠心，可先回兵马司收敛兵丁，整顿军马，危急之时应有危急之法，我虽不能予你官职，但职权事情，我自有安排。"

刘破房吃了一惊，还未回话，骆养性又说：

"诸军器、衣甲着内府监军匠供给，惟官兵无从补正，明日我即拨私帑五百两与你为整顿计。

"今后南城地面若有异动，你可直接报我，不必经兵部。你所报奴贼阴潜神京、描绘炮位一事，也着你亲查。"他顿了顿又说，"若报兵部，恐也无处可报了。"

刘破虏万万没想到这件事最后是这个结果，在大明朝廷的一片混乱中，他从一个提出问题的人，变成了一个解决问题的人。骆养性容不得他多想，话风一转又问：

"刘大人征战辽东多年，对奴情奴势，想必知之甚多。"

刘破虏不敢怠慢，忙答：

"不敢当，但下官与奴贼血战多年，对奴情势，确有了解。"

骆养性又问：

"松、锦陷贼之后，关、宁诸将可有消息，可有书信往来？"

刘破虏顿时紧张了起来，不敢作答。

骆养性笑了笑：

"诸将一时力战不敌，或为情势所迫，只身陷贼，亦非大逆。刘大人可通奴贼言语？我闻奴贼大小九王，刘大人可知悉其尊卑？"

刘破虏小心翼翼地回答：

"奴贼言语，我只略通一二，不能洞其全意。家丁刘把肚，亦我兵马司山后达官，颇通奴贼言语，当日松、锦兵败，即他伪作奴骑救我。"

骆养性满意地点点头，站起来欠身说：

"今日尚有要务在身，不便久谈，他日必差人请刘大人详叙，尚有辽事请教。整顿军马所费，明日有人送你衙门处。"

刘破虏忙起身道了谢，骆养性却已出了正堂。刘破虏像梦游一样跟着太监一样的门人出了骆宅的大门，那门人还是一句话不说，拉着脸，指了一下五脊歇山牌坊下刘破虏的马，破虏以为马在牌坊下拉了屎，急忙过去查看，却不见附近有马粪，直到翻身上了马，才发现鞍袋有些鼓，他伸手进去一摸，掏出来一个红布包，里面包着两锭约二十两银子，其中一锭正是刘破虏进门时孝敬那门人的。刘破虏明白了，十两银是退给自己的，另外十两是门人索贿一事的封口费。

走入后堂的骆养性召来一名亲信，吩咐道：

"拟帖，着兵部命这老军南城地面管着，从府上拨银五百两，明日午时前送到南城兵马司予他，必言明此非朝廷拨银，乃是我赠与他办差用的。专派一人察看他言谈、动向，每七日一报。"

京师·南城兵马司·避疫

破房赶回南城兵马司衙门的时候，吏目陈正海正在苦苦哀求刘把肚放他回家去，说他小儿尚幼，家中无粮。把肚嗤笑他：

"你又哄我，我早知你老婆厉害，你讨了一房小的藏在正西坊牛血胡同，每月初一十五住着，不知你哪个家无粮？若大的无粮，去小的处就食，若小的无粮，去大的处就食，正好一家团圆，这有何难？"

旁边几个老军也忍不住偷笑，陈正海闹了个大红脸，半天说不出话。

破房左右扫了几眼，见陈正海不过卷了些衙门里的旧物件，语气稍微缓和了些，吩咐他：

"陈大人且将破烂放下。今虽天下大乱，但神京犹在，我知大小京官私下南逃者甚多，但你不过蚊蝇小官，这一路拖家带小，耗费不起，不然你何必卷些破烂旧物？现城外盗贼盈野，劫杀南逃官民，今若冒险出逃，只怕走不到通州，已经阖门死绝了。既无路南逃，只有守住京师，你一家老小方得保全。"

陈正海闻言沉默不语，他知道刘破房说的是实情，一方面南逃需要雇车、雇马、雇护卫，到了通州还要雇船，辗转千里。另一方面，他也注意到京城大部分皇亲国戚、官员和富户并未南逃，包括那些从南京六部补列京官的大官，依然锦衣玉食，门前车水马龙，这也坚定了他留下来观望的侥幸心理。但是再耗下去又有什么意义呢？兵马司的兵丁已经病死、逃亡大半，兵马司指挥周兴已已经躲在家里十多天，听说他教人把家里大门从里面顶死，吃喝日用都用一根长竹竿挑进院里去。两个副指挥虽没有这般胆小，但也有些日子不露面了，这乱世像一个大漩涡，把怕死的、不怕死的都漩在一处，有人努力找路逃出生天，有人想抓救命稻草，有人随波逐流，但所有人都无一例外地在这乱世的漩涡里越陷越深。

他陈正海固然是精明人，在南城这么多年，兵马司至少账面上干净利落，每每遇到难以运转的局面，他也总能虚构出一些根本不存在的弟兄去巡街，或者硬把一些已经去了下面的弟兄从阎王爷那里拽回名册上领饷，不让指挥动怒，也不让下面的弟兄背锅。

他给军马的柴草总是足数的，只是吃不上豆，因为杨刀儿胡同的粮贩子陈三儿每个月底就在衙门后门等着，把他之前卖给兵马司的马豆拉走，再从前门卖给兵马司一次。所以南城兵马司的军马只是羸弱，没有像东城那样大批倒毙。

他给兄弟们发饷时坚持三块掺一块假的，既不让弟兄们饿死，也不让脾气暴躁的达官[1]们动不动就把刀架在他脖子上，或是用持满的弓顶在他脑门上。他在兵马司十多年了，一直用这种"好事不做尽，坏事不做绝"的行事之道尽量地平衡着一切人和事，对付着一切危机，十多年里兵马司的指挥走马灯般地换了几番，频率赶上了内阁首辅，他都能侍奉得满意。崇祯二年后金兵围了北京城，连他陈正海也披甲登城，亲眼看见了后金大队骑兵扬起的滚滚烟尘像一条黄龙盘住了永定门。

但都没有这一次让他感到绝望和慌张。

去年清军南掠时，内阁首辅周延儒拼凑了一支军队，连五城兵马司的弓手都征调入内，出城迎击进犯的清军，却驻扎在通州一动

---

[1]明军中的蒙古族军士。

不动,让他看见了摧毁他内心最后一点侥幸的一幕:清军阿巴泰部还兵时,将掳掠来的女人和财物绑在牛车上,前后绵延三十余里,不加防备地从芦沟桥上走了整整一天,数万勤王军屯驻在不足百里之外的通州,一动不敢动,眼睁睁看着清军大摇大摆走了。从那一天起,陈正海就觉得,这一次的危机,他对付不过去了。

他想跑。

他是吏目,但没有荫庇,完全是阴差阳错走大运当上的。他很精明,但他也很胆小,所以等他鼓起勇气来搬衙门里的东西时,却发现最值钱的东西只剩下一个黄花梨的笔山,即使朝廷已经乱成这样,他也只是想把这些东西搬回家去而暂时不敢变卖,深怕突然从天上掉下一个大人来追究。这些年他小心翼翼为历任指挥、副指挥弄了不少钱,但自己留下的很少很少,他用自己留下的那一笔小钱,赎了多年的相好,安置在自己管理的南城正西坊的牛血巷,好有个照应。刘破房说得很对,他没有钱也没有能耐带着两个家往南跑。

他不喜欢也不讨厌刘破房。他不喜欢刘破房阴郁的表情、触目惊心的伤疤和浑身的煞气,身边还总跟着一个和他一样杀气腾腾的蒙古人,但他也从未为难过刘破房,因为这个人从不多话,也从不多事。他只想在衙门被彻底搬空之前,以避疫的名义把剩下的东西搬回家去,至于回家之后怎么办,往哪里去,他心里还没有打算。刘破房想干什么,他不知道,所以他也不打算立刻回话。

刘破房看着沉默的陈正海,从怀里掏出一锭十两的银子丢给他。正在发呆的陈正海一时没有反应过来,银子掉在地上弹了两弹，陈正海下意识地赶紧弯腰捡了起来。

刘破虏说：

"这银子陈大人先拿去家里买粮，明日还有银子送来，先清查兵马司剩余兵丁人数，病死的给银烧埋，卖了妻儿的给银赎回，老弱残病的，人给银一两遣散。精壮的留下，月给银一两、米三升，明日辰时兵马司衙门前点验。不能驰奔的老弱军马宰杀制脯，堪用的日给草一束、黑豆一升，交兵丁牵回喂养，七日一验膘，夺马粮者治罪。"

又看一眼还盯着银子发呆的陈正海，揶揄道：

"这是真银子，比陈大人发给我等的银子堪用得多。"

陈正海的脸又是一红。

他还是没弄明白刘破虏想干什么，也没弄明白为什么大家各寻出路的时候这个平时沉默寡言的人突然出来做了主，但是十几年的吏目生涯让他养成了服从强势者的习惯，而且他两个家都在南城，刘破虏若真要整顿南城地面，对他有利无害，更何况，自己手里还捏着他一锭银子呢。

陈正海心里还没把事想明白，嘴里却已经不由自主地答应上了。他一边把那黄花梨的笔山放回桌上去，一边自顾自地解释：

"只是打算将办差的物件先拿回家去避疫，待开春瘟疫过了再回衙门，幸得副指挥回来主事，我等也不必回家办差了。"

这话像是在向刘破虏解释，又像是在说服他自己。

他以十几年老吏目的熟练一个个地报着他印象中尚在人间的兵丁名字和住处，这些名字他早已烂熟于心，甚至连他为了吃空饷而编造出来的"弟兄"，他都一个个记得清清楚楚。旁边一个老军麻利地在名册上勾画着，另一个老军则按各人所住区域将名单誊抄数份，交给另外几人去分头找人。

刘破虏对陈正海的办事效率很满意，突然想起来什么事，示意先勿出发，让把肚将他鞍袋里的一本书取来，翻了几页，然后说：

"瘟疫之邪自口鼻入，凡登门入室，必以巾掩口鼻而入，若见丁户家中有人病亡，则无论该丁是否染病，一律不用，更不可用他家一茶一饭。嘱其家人焚亡者尸及生前所用物，若不舍，必上屉蒸过才可。"

陈正海瞥了一眼，看见刘破虏手里拿的是一本从未见过的苏印书，名叫《温疫论》①。

看看天色不早，刘破虏又叮嘱陈正海几句，才和把肚一起出了衙门。日头西斜，远远地从广宁门的门楼飞檐上照下来，已是酉时了。

沿街店铺、住宅都在上板、关门，偶有几个家丁把大枪背持在身后，从半开的门里警惕地向外张望，随后将门关上。路上的人行色匆匆，都急着在天黑之前赶回住处，只有几个衣衫褴褛的乞丐凑在街边赌钱，不一会儿就有人输得精光，寒冬腊月里耍横将一条破棉裤抵了大钱五百，又将腰间的破麻绳紧了几紧，光着腚蹲在地上继续赌。

南城乞丐多，北城无赖多，夏天天气炎热时，成千上万的乞丐沿着内城的墙根睡下，绵延几里长，巡捕营的兵丁手持大棒从这头

---

① 明吴有性著，成书于崇祯十五年（1642），对传染病的诊断、治疗、防控均有相当的见地，并第一次准确地描述了腺鼠疫（疙瘩瘟）的症状。

打到那头，回头一看，背后又睡下了。二人见怪不怪，打马从赌钱的乞丐旁边过去，不一会儿就听见背后打了起来，回头一看，原来是两个乞丐为了争执户部铸的崇祯当五钱[1]究竟能不能当五文使闹起来了。破房摇摇头，双脚一磕马腹，和把肚一起走了。

把肚打心眼儿里不喜欢京师，春秋两季的沙尘自不必说，不下雪的时候，街上总有半尺深的浮土混合着人和动物的粪尿，一下雨就变成一个巨大而腥臭的烂泥塘，马蹄每一次费力地从泥泞中抽出，都会带起泥浆，糊满马的腹部和人的靴子，南方来的官员们对此深恶痛绝，出门就坐轿，坐不得轿的地方也叫下人背着，双脚绝不沾一点儿地面。内涝形成的积水在雨过天晴后再经太阳一晒，就生出无数的蛆和孑孓，这些东西最终变成大群的蚊蝇，纠缠着人们直到深秋。把肚怀念关外的辽阔、自在和凉爽，又从南方来的官员对京师嫌弃的言语和表情中隐隐约约地感到，南方，那个大米和银子似乎都无穷无尽的地方，是比京师和关外都要更好的去处。

所以在把肚看到衙门已经名存实亡的时候，心里不禁有些快意，这一年来他已经受够了这个巨大的城市，逼仄的住处总让他想起背靠城堞躲避炮火时的憋屈，他打心眼里不想再在这个憋屈的地方待下去了。但是他知道，关外已经无处可去，要去漠北外喀尔喀地方，必须先通过清国控制的漠南蒙古，西边是瓦剌人和回子，注定是一条颠沛流离之路。他想去南方，如果去不了，就向西通过撒

---

[1]崇祯十六年（1643）开始铸造的一种铜钱，面值五文。

甲申前夜·大晦

里畏吾尔人①控制的草原去乌斯藏②。

破虏留在京师的决定让把肚难以接受，辽西的蒙古人生活在大明和清国之间，被称为"夹道之人"，在明、清、蒙古的"三国志"变成明清两方不死不休的国运之战后，蒙古人的政治命运也和他们所处的地理位置一样，变成了"夹道之人"。明清双方经年累月地在山海关外恶战，双方阵营里不同部族的蒙古军士彼此弯弓相向，流尽了蒙古的血。把肚厌烦了这种自相残杀，他不喜欢大明，但更仇恨清国，与其说他在为大明作战，倒不如说他在为刘破虏作战，所以当刘破虏突然决定要为这个注定灭亡的朝廷和注定沦陷的城市战斗到底的时候，把肚看着破虏穿着大明官服骑在马上的背影，心里重新涌起崇祯十五年锦州城外那种复杂而愤懑的感觉来。

在松锦之间清军包围圈里兜转了半年之久的破虏和把肚重新摸回了锦州城外。二月二十八日，松山城破，洪承畴被叛将夏承德生擒，除杏山、塔山等小据点外，锦州成为大明在关外的最后一座孤城。破虏和把肚在笔架山下潮水在礁石上击出的凹陷里藏身数日才侥幸脱出，又被清军在明军各个据点之间追逐搜捕数月，历尽千辛万苦才又回到锦州城外，试图与祖大寿部一起突围退往关外。与那些关内调来的客兵相比，无论是在武力上还是在感情上，破虏和把肚都更信任辽军关宁集团，尤其是崇祯八年，朝廷调祖大寿率关

---

①即黄回鹘，指裕固人。
②即西藏。

宁军由锦州至宁远迎击后金军，因粮草不济，祖大寿军中的蒙古骑兵纵马沿途啃食禾苗，在宁远驻扎期间，依然纵马啃食禾苗，地方官将状子递到祖大寿手里，官兵都恐惧不已，祖大寿却将全军集合起来，当着他们的面把状子撕掉焚毁，这也是把肚坚持不与内地客兵一同突围，而要以身犯险回锦州的重要原因。

二人乘夜摸到距离锦州城外极近的荒山上，藏了马，将两张羊皮光板的一面朝下铺在地上，伏在羊皮上，将积雪盖在自己身上一动不动，等待着天亮后观察城门的动静。

山丘上乳白色的晨雾在朝阳中散尽之后，破房才发现围城的清军都不见了，城头明军的旗帜也不见了，让破房一时无法判断锦州到底控制在明军手里还是清军手里。在反复确认清军已经撤围后，把肚示意由自己去城门附近抵近侦察，破房点了点头。

把肚摸到城门外不远处一条清军围城时挖掘的废弃壕沟里，伏在壕沟边上朝城门望去。城里静悄悄的，门楼上也没有守军，斑驳的城墙密布着深浅不一的坑，有的部分砖质被红衣大炮击穿，露出黄色的夯土，有的部分颜色与周围明显不一样，应该是被轰塌后修补的，现在曾经厮杀不休的双方都不见了，整座城池像死了一样沉默着。

突然，城门里涌起了一片嘈杂的声音，城门吱吱呀呀地开了，出来的是明军。

大约两三千明军夷丁①，多是虎墩兔败亡后不愿降清的察哈尔

---

①泛指非汉人的外族雇佣兵。

人，都由一员明军游击带着，徒步从城门里缓缓地出来，不少人在长达三年的围城战中被折磨得形同饿殍，面有菜色，这些人眼里明显充满了怀疑、怨恨和不安，很多人警惕地将手按在腰间的佩刀和弓箭上，不住地左右张望。

夷丁们出城约走了一里，在接近把肚藏身的壕沟处停了下来，明军游击说：

"总兵有令，今总兵决意降清，乃天亡归路，无可奈何。总兵已侦知尔等不愿降清，意欲生变，总兵与诸位生死一场，亦不深究，今总兵与清国大帅和议，是走是留，悉听尊便，惟尔等身上所着衣甲，均系朝廷发放，理应留下，各官兵所带弓、刀，听凭携带，以保路途平安。"

随后，明军游击令人奉上酒食，示意夷丁们卸甲。夷丁们满怀疑虑，面面相觑：锦州已经被围三年，不但军马被宰食殆尽，连皮革制的鞍具、马缰都吃了，哪里来的酒肉？他们中的不少人是在大凌河吃过人的，如今这酒肉从哪里来，不言而喻。

酒肉的诱惑终于战胜了重重的疑心，第一个人脱掉了身上的盔甲，然后是第二个、第三个，有甲的夷丁都卸了甲之后，跟随明军游击的步兵将夷丁的盔甲绑在牛车上，吱吱呀呀地赶着车回城去了，城门随即在他们身后吱吱呀呀地关上，短暂复活的孤城就这样在吱吱呀呀声中，重新死了过去。

忍饥挨饿一年多的两三千夷丁，就在旷野中对着冰凉的酒肉不管不顾地吃喝起来，他们心里知道这场面很诡异，但他们已经无从选择，不少人因为饿得太久，几口酒下肚就醉了，另一些人吃得太多，坐在地上起不来。把肚也察觉到事情的诡异，他不知道会发生什么，但直觉感到此时翻出藏身的壕沟必死无疑。

忽然，把肚看见脸旁干枯的鼠尾草猛的一震，毛茸茸的种子和草上的积雪一起簌簌地落下来，大地随即颤抖了起来，马蹄声仿佛天边的惊雷，由远及近地席卷而来。身经百战的夷丁们立刻反应了过来，在瞬间的骚动之后，他们试图围成一个圆圈，最精锐的射手全部持弓向外，把老弱和家小围在圈里，这是他们的祖先从成吉思汗时代起就会的步兵防御战术，如今运用起来却已力不从心，圆圈尚未合围，两股在山后埋伏已久的清军骑兵便一头撞进了圈里，一时间马蹄声、嘶鸣声、哭声、骂声、喊杀声响成一片，只有弓箭和佩刀的明军夷丁在身着重甲的清军骑兵驰突蹂躏之下如镰下野草一样成片倒下，瞬间就被屠杀殆尽。随后，仆从清军作战的郭尔罗斯兵和土默特兵①赶到战场，将未死的明军夷丁一一射死，确认无一存活后，才心满意足地纵马离开了。北风呼啸而过，城外的旷野和死掉的锦州城一起重新恢复了沉寂。

城中阴沉着脸的祖大寿背着手走来走去，他手里捏着一封多尔衮和济尔哈朗差人送来的皇太极手谕，里面写着：

"诸王因尔相持日久不下，欲尽加屠戮，不留一人，朕深加悯念，如将锦州人民尽行诛戮，以后将何以招携怀远，俾大军一至，各来归顺乎？因悉将尔部众留养，其在锦州之蒙古兵及山海关官兵尽诛之。纵使生全，彼亦不肯为我留也，如或逃去，养之何益？且恐

---

①郭尔罗斯和土默特都是蒙古部落，当时已降清。

甲申前夜·大晦

不利于尔。"①

听到城外的一切归于平静之后，祖大寿重重从胸腔里发出一声：

"唉！"

壕沟里的把肚只听到呼呼的风声和自己扑通扑通的心跳，他反复眨了眨眼睛，又抓了把雪擦在自己脸上，确认自己和眼前的一切均属真实。他感到心中的什么东西突然破碎了，他曾经以为他是战争中的一方，但如今他突然意识到，他只是这场战争中的一件武器，一件双方都可以用，即使毁掉也不能为敌人所得的武器，和一张弓、一把刀没有区别的武器。

这根本就不是他的战争。

他喘了几口大气，平复了一下自己的心情。从关外杀到关内，又从关内杀回关外，射杀清兵时，他从没有犹豫过，射杀关内的流贼时，他也没有犹豫过，甚至射杀清军阵营里的同胞时，他都没有丝毫犹豫，可现在他犹豫了：到底要不要回到拼了命救下来的那个人身边去？他突然厌倦了无休止的杀戮和逃亡，想抢一匹马跑回草原，远远地离开这一切，那个念头在他脑子里反复回想着：

这根本就不是他的战争。

正在他靠着壕沟壁喘粗气的时候，一个黑影从天而降，"嗵"地一声立在他身边，让他的心一下提到了嗓子眼上，他下意识地把短刀拔出来一半才看清是刘破虏，他刚持着一张搭了箭的弓，从壕沟边上一跃而下。

---

①此信存于《清太宗实录》，时间为崇德七年（1642）三月壬午。

刘破虏什么话也没说，靠着壕沟壁和把肚并排坐下，两人就这样愣着，过了整整一个时辰。城外发生的一切，他在山头无疑也看见了，他听不见明军游击对夷丁们说了什么，但他猜到了十之八九，这些人里应该没有把肚的亲人，因为他在这世上已经没有亲人了，但一定有他的族人和朋友，此时此刻，他不知道该说什么，又能说什么，也许他们不该冒险来这里，而应该追着吴三桂去山海关。

把肚沉默了一个时辰之后，突然起身，踩着半截烧焦的木头跃出了壕沟，头也不回地走了。破虏跟着跳了上来，问他：

"去哪里？"

把肚还是没有回头：

"找船。"

现在，那种想要远远离开的心情再次涌上心头，让把肚心烦意乱，他催马赶上破虏，说：

"宫墙都塌了，衙门的人死的死，跑的跑，流贼不破此城，奴贼早晚破此城，我等留此何益？不如南方去。"

破虏把马停住了，回过头来看着把肚，沉默了一会儿说：

"我等已然在南方了，不想再退了。"

京师·果子巷·南下

把肚怔住了，他这才后知后觉地意识到，和自己回不去的家乡相比，这里已经是南方了。征战十年，他眼看着清军有了铳，有了小炮，有了大炮，甚至有了战船，眼看着清军有了朝鲜的铳手、汉人的炮手，眼看着清军用大明朝的红衣大炮轰塌了曾经要用人命去填的高城大堡，眼看着大明朝九边的精锐全部葬送在松锦之间，他已经隐隐约约地意识到清人的志向并不只是山海关以外，而是他们所知的整个世界，也就是汉人说的：

　　天下。

　　如果是那样的话，到底要往南走多远，才算是南方呢？

　　两人骑马不语，在夕阳中立了一会儿，影子在街上越拉越长，破房开了口：

　　"天下兵马已应檄前来勤王，周总兵①若能遏贼于山西，京师则可得保，纵京师难保，则朝廷必有南迁之计，届时一同南渡便是，并不急这一时。"

　　然而他心里清楚，前来勤王的"天下兵马"就像陈正海簿子上那些总在街面上"巡逻"的弟兄一样，都是不存在的幽灵，周遇吉不满两万的孤军也不可能挡住愈来愈强的李自成，这话像是在安慰把肚，倒不是说是他在哄骗自己。

　　他在内心不断地说服自己，这个巨大而肮脏的城市里充斥着乞丐、小偷、无赖、娼妓、手无缚鸡之力却鼻孔朝天满口大话的儒生和文官、大难临头还不自知的服妖和浪妇，根本没有什么他想要保护

①指周遇吉。

的东西，他只是单纯地厌倦了无休无止的南逃，不想再跑了。

把肚没好气地说：

"奴贼知了那城上炮位又能如何？你且抬头看那城门楼上还有活人几个？"

破房下意识地抬头望向正传来叱骂声的宣武门外护军校场，守备百户正在催促兵丁登城准备夜巡，兵丁都半死不活地坐在地上不肯起来，百户狠狠一鞭子抽在一个兵的背上，他才不情不愿地站起来。百户转头去抽另一个兵，刚挨过抽的这个又一屁股坐在了地上。

破房又沉默了一会儿，说：

"腊月运河结冰，冻住了，我两个等过了除夕，就往南京走，兵荒马乱，若那朝鲜的金大人蒙允回国，也可邀上一道，南京再往南，就是杭州、绍兴、宁波，彼此有个照应。"

把肚高兴了起来，说：

"那倒是爽快人！"

两人骑着马往果子巷的住处走去，把肚问破房去南京的路线如何，又问南京离金倚陆要去的宁波多远，破房心不在焉地支应着，心里却在盘算骆养性给的五百两银子究竟能找回来多少兵。

进了果子巷，刘破房才注意到他之前匆忙回来换官服时没有发现的变化——巷内有一半的人家都没有升起炊烟，也没有亮起灯火。这里居住的多是京城的平民百姓，南逃的可能性不大，住宅失去人烟的可能性只有一个，就是主人死了。

回到住处换了衣服，破房将半吊京钱交与房东老沈，请他割些猪肉来准备饭食。房东面有难色，拿了钱却站在门前踟蹰不去，破房看出房东为难，便问他怎么了，房东说：

"二位大人离京两月有余，有所不知，今秋入冬以来，京师周边州县残破，物价腾贵，豲猪一口四两，米一石三两，圆麦一石二两五钱，小麦亦如之，大麦也要三四贯钱一石，二位大人食量颇大，饭食若办得不好，恐得罪了大人。"

破虏正在思忖自己能找回多少兵来，一听这粮价，心里倒大概有了个数，他给老沈添了五百钱，吩咐道：

"去办吧，记住，要见荤腥，再问问黍、豆的价钱。"

老沈喜形于色，答：

"小的去给大人办两只鸡回来，鸡不过一两百文一只，较割肉划算得多。"

破虏扬扬手让他快去，他心里知道，老沈说的是实话，买鸡确实比割肉要划算些，但他也知道老沈没有说出口的小算盘，杀鸡时掏出的肠子、嗉囊子、胗子这些东西，破虏和把肚都不吃，可以让他和他的小女儿沾些久违的荤腥，若是割了肉，这等好事就未必有了。

老沈兴奋地将腰间的布带往里紧了紧，又将一根顶门的杠子插在腰间，转身就要出门，把肚笑他：

"老沈，你何时中武举？"

老沈讪笑着摆手说：

"街面上不太平，我这老骨头交代了倒不打紧，莫误了大人用饭。"

把肚知道这是客套话，老沈真正担心的是他的女儿，便把一口刀递给老沈，老沈一边摆手一边慌忙出门去了。

老沈六岁的小女儿正坐在屋檐下，给破虏洗换下来的衣服。她将羊油胰子①反复擦在衣襟黑紫色的血迹上，又卖力地揉搓，双手在腊月的冰水里冻得通红，额头却冒出细细的汗珠来，两股清亮的鼻涕从她鼻孔里流下来一半，经她一吸，又缩回去了。

这一路杀的各色人等的血迹互相重叠在衣服上，长的有十七八天，短的也有三四天，小姑娘怎么也洗不干净这些黑紫的斑块，愈发卖力地揉搓，涨得脸庞通红。

破虏见了便唤她：

"外头天冷，小女屋里去洗。"

小姑娘抬头答道：

"天不黑爹不让生火点灯，屋里比外头还冷。"

把肚勾起中指在她鼻子上刮了一下，说：

"不听你爹的，去把火生了，这些都是桑泡儿②弄的，洗不净，不洗了。"

小姑娘跑进屋里生火去了，破虏瞥了把肚一眼，笑着问他：

"现在数九寒天，你在哪里吃的桑泡儿？"

把肚意识到自己的谎话并不高明，拍拍肚子若无其事地看小姑娘生火去了。

不到两刻钟，老沈就倒提着两只鸡，腋下夹着两根大萝卜回来了，他见屋里掌了灯，便对着小姑娘骂道：

---

①古代用羊油和草木灰制造的土肥皂。
②即桑葚。

甲申前夜·大晦

"贼杀才,一斤桐油五分银子,大白天掌灯,过不得除夕你就饿死。"

又把鸡扔在地上,扬起手吓唬小女儿。那姑娘忙躲在把肚身后,双手抓着他的腰带,露出半个脸,瞪着圆圆的眼睛看着她爹。

破虏知道老沈舍不得打女儿,笑着劝他:

"不妨事,天早就黑了,我要看书,才让姑娘掌了灯,你快去弄饭食吧。"

老沈刚一转身,把肚又把他叫住,问:

"教你问的黍、豆什么价钱?"

老沈慌忙赔罪说:

"大人恕罪,小的给小女气晕了。今黍一石两千钱,豆一石千五百钱,黑豆千钱。"

老沈又不解地问:

"大人用豆喂马,为何又问黍米?此乱世下人充饥之物,太平年月喂鸡的东西,大人要来何用?"

破虏没回答他的问题,指指地上的鸡,示意老沈赶紧杀鸡做饭。

老沈忙不迭将一个破碗放在地上,抓着鸡的两只脚倒提起来,一刀割开了鸡脖子,不肯浪费一滴血。鸡血顺鸡头沥沥拉拉地流进碗里,那垂死的鸡突然张开翅膀猛地一扑腾,将一串血滴甩在了老沈的粗布衣服上,留下了一片和破虏衣服上相似的黑紫,破虏看一眼把肚,把肚撇撇嘴,示意自己也没办法。

外面突然响起一阵由远及近的马蹄声,几人互相对视,不知道有什么人会在日暮时分骑马冲进巷子来。不一会儿,外面就响起了敲门声，把肚熟练地拔了刀背靠着门侧藏好，老沈一手提着放干了血的鸡，一手拉着女儿进到屋里去，破虏慢慢地取了顶门的杠子，打开了门，却是镇抚司衙门的缇骑。缇骑往院里扫视一周，没有要进来的意思，笑着说：

"指挥使骆大人已知刘大人开始整顿兵马，特遣小的送来纹银一百两、蓟酒①两升，照料刘大人生活。整顿兵马用银，明日送到兵马司衙门。"

随即将十锭封好的银子交给破虏。破虏道了谢，又取出一千钱谢他，那缇骑坚辞不受，上马走了。

破虏还没有想清楚骆养性的目的。骆养性已经差人上门来了，传递出来的信息很明确：第一，他要刘破虏感怀他的恩德；第二，他要刘破虏清楚，他的一举一动，他骆养性都了如指掌。

把肚问：

"穿花缎子的为何送酒银给你？莫不是又要拿你当枪使？"

破虏答：

"你我生来便做这营生，走到何处不是给人当枪使？"

又看看一对装酒的蓝釉梅瓶，塞给把肚，边往屋里走边说：

"这是蓟酒，较你那哈喇乞要好得多。"

把肚在傍晚黯淡的天光下看了看怀里的瓶子，这样的瓶子一只也值银好几两，又狐疑地看了一眼走在前面的破虏，跟着进屋了。

昏暗而逼仄的屋里，一颗黄豆大的火苗幽幽地跳动着，在黑黢

---

①明代北方的高档名酒。

黢的桌面上照出一尺见方的昏黄。炉子刚生起来，烟气尚未注入火墙，屋里确实比外面还冷，把肚揶揄老沈说：

"老沈！你莫不是欺我眼睛小！用的灯也比别人小，一会儿将饭吃进鼻子里可如何好！"

老沈忙不迭将灯芯从油盏里拨出一截来，见火苗跳动着变大了，照亮了整张桌子，便提着炉子上的沸水出去烫鸡毛去了。破房见他出去了，说：

"万历朝制度，京城地面捕盗治乱事，从卯至申由兵马司统制，属巡城御史参究。自酉至寅，责成巡捕营，属巡视科道参究。今御史、科道均已不存，兵部只余一具空壳，锦衣卫指挥骆养性命我收拾南城地面，我等暂且为他办着差事，待运河冰消再作南迁计。"

把肚打开蓝釉梅瓶的塞子闻闻，说：

"你口里心里总不说一样话，你想查那夜不收做的勾当，却说要收拾南城地面。如今这情势瞎子也看得清，或贼或奴，这城非陷不可，真要收拾，不如替他用黄沙铺了地，绿席遮了天。"

多年残酷的军旅生涯确实让破房养成了心口不一的习惯，被把肚戳穿也并不气恼，他沉默了一会儿说：

"从山东一路逃回，所过之处尸山血海，你都亲眼看见。这城若教贼得了去，情势如何倒未可知，这城若教奴得了去，临清、济南之惨，近在眼前。"

把肚问：

"贼在山西，近在咫尺，奴在宁、锦，远在天边，如何让奴得了去？"

破虏答：

"那奴酋早已志在天下，所谓和议，不过鱼大而口小，缓兵之计耳。如今九边残破，流贼直薄京师，又无火炮，必顿于坚城之下，届时鹬蚌相争，两败俱伤，奴自蒙古窥伺战局，时机一到，破关而入，如探囊取物。

"即奴不自蒙古入，若流贼攻京师急，朝廷必撤山海之兵以救京师，山海一撤，则奴入关之路自通，故奴非与大明争天下，而与流贼争天下，我等非为大明守此城，实为百姓守此城。"

把肚拿起瓶子直接往肚里灌了一口，说：

"所以南下之说，也是诓我？"

破虏说：

"十几年来，我等一败再败，一退再退，所守之城寸土不保，所护之人无一幸存，锦州破则退宁远，宁远破则退山海，山海破则退京师，今京师再破，我退南京，苟活一两载，奴又叩城，我再南逃？已逃了半生，我不愿再逃了。"

把肚愤愤地说：

"我也不愿再逃，只想回关外去，可你这朝廷，文的不拿武的作人看，读书的不拿当兵的作人看，关内人不拿边疆人作人看，南人不拿北人作人看，做官的不拿老百姓作人看，人看人作牛马、鸡犬！上下里外，都是诓、骗，事事俱坏极了！这样的朝廷，你纵死在此处也是枉死！"

破虏还要再说，老沈的小女儿拿了几个黑陶碗进来放在桌上，一边蹲在火炉边烤自己冻僵的双手，一边出神地看着火炉上烧开的水，想象着一会儿有什么东西煮在锅里。火炉散发出的热量让她耳朵上的冻疮开始发痒，她忍不住抓挠起来，破虏将她叫到身边，问把肚要了旱獭子炼的油，用指头蘸了仔细涂在她耳廓破溃的冻疮上，又问她：

"你属什么的可知道？"

小姑娘用脏得发亮的袖子擦了一下呼之欲出的鼻涕，认真地回答：

"我属虎，我爹说，我本命年时，我娘就从山东回来了。"

破虏知道，老沈一家本是山东大户，逃难来到京师后用所剩无几的余财买了这个院子，但老沈是个鳏夫，从未听他说过他妻子的事。

属虎……山东……破虏似乎突然明白了什么，他看小姑娘还扑闪着一对大眼睛等着他回应，忙把眼神移开，重重地应了一句：

"唔！"

老沈从门帘露出脑袋来唤她：

"快来帮我。"

小姑娘蹦跳着过去把厚重的棉布门帘掀开，老沈才端着两个热气腾腾的盆进来。他将鸡煮了，又用油盐将萝卜炒了一盆，叫女儿把饭端进来，向破虏作个揖，就拉着女儿要走，破虏说：

"且坐下一起吃杯酒，女儿家也坐下吃饭。"

老沈忙说使不得，拉着女儿就往外走，小姑娘却直勾勾地盯着桌子不愿走，老沈哄她：

"快走，爹给你炒鸡肠子吃。"

小姑娘却不愿意：

"我不想吃麦子蒸的饭，我想吃米。"

老沈又作势吓唬要打她，破虏又劝了父女两个再三，老沈这才小心翼翼地坐下，却将女儿哄去炉边坐着。把肚问他：

"你为何不许人家吃饭？"

老沈解释道：

"并非不许她吃饭，只是女儿家命贱，岂可与大人同桌。"

把肚立刻向右咧开半边嘴，用牙缝发出啧啧啧的嘲弄声。

破虏说：

"老沈，此话不对，下至贩夫走卒，上至王侯将相，哪个不是女子生的？若男子生来高贵，女子生来低贱，人下之人又如何生得出人上之人呢？"

老沈还想反驳，却被破虏的大道理困住了，脖子梗了几梗，又把没出口的话咽下去了。

把肚笑着说：

"你这老山东，分明将女儿视若珍宝，嘴上却说她命贱，和这刘大人一样，心里想着的，嘴上不说，嘴上说的，却不是心中所想！"

老沈讪笑着把烫好的酒给破虏和把肚斟上，又把女儿叫来，却让她坐在桌角。把肚见状，把小姑娘抱起来并排放在老沈身旁坐下，说：

"真不爽利，桌子角顶在脸上，教人如何好生吃饭？"

破虏拧下一条鸡腿给小姑娘，说：

"女孩家也吃些肉。"

小姑娘埋头吃起来，三人同吃了一盏酒，破虏问老沈：

"为何用麦蒸饭吃，不磨了面做饼？"

埋头吃鸡腿的小姑娘突然抬头说：

"麦子蒸的饭吃多了拉不出屎。"

破虏赶忙示意无妨，免得老沈又要装腔作势，老沈说：

"实不相瞒，今米一石之价可籴麦一石五斗，可供我两个多活些时日，但麦若磨成粉又有损耗，故蒸作饭，平日里只用黍子煮些粥早晚对付。这世道，只恨我父女不能如骡马，吃着草豆过活。"

老沈叹口气，又说：

"便如此，也比那城墙根上的一夕命强得多。"

把肚问他一夕命是什么，老沈答：

"一夕命便是连饭也讨不动的难民，躺在城墙根等死，白天还有一口气，一晚之后必死无疑，只要躺下去，就只剩一夕命了。"

答毕捡起女儿吃剩的鸡腿骨，将腿骨末端较软的骨头都咬碎吃了，又嘣了嘣，才将那根仿佛暴晒了多日的鸡骨头放下。

破虏从怀里掏出十两银子给老沈，说：

"老沈，临近年关，衙门里公事繁忙，你去为我两个准备每日饭食，我月支你十两银子，你父女也与我两个同吃，我吃甚么，你也吃甚么。"

老沈大惊失色，连说：

"这使不得！这怎么使得？"

破虏端起碗放在他眼前，示意他不必再说，老沈惶恐地用双手接住碗，嘴里还不住念叨着使不得。

破虏扬手制止了他的唠叨，三人又吃了几盏，老沈收拾了桌子，带着女儿回屋去了。把肚往炉里填了些煤，二人熄了灯，正要各自回房睡下，破虏突然对把肚说：

"沿着运河走，过了山东，走到不结冰的地方，坐船继续走，过了徐州、宿州、滁州，就是南京。把头发剃了，换上官家衣服，一路小心。"

把肚却答了一句毫不相干的话：

"那孩子若活到如今，也有这般大了吧？"

破虏没再回应，似乎听懂了，又似乎没懂，两人在黑暗中，背对背走开，各自回房去了。月光挟着寒风从破烂的窗户里涌进来，在地上照出一个残缺的圆。

京师·南城兵马司·喇唬

次日天还未亮，破虏就起来了，老沈的小女儿早用铜盆打了热水放在屋外，把肚听见响动也起来，只用腰间的手巾湿了水，在脸上胡乱抹了几抹，他用这手巾擦嘴、擦汗，也擦刚杀过人的刀。破虏见他并未更换汉人装束，知道他不走了，却也不问他，梳洗完了就和他一起坐在桌上等着吃饭。

老沈终于舍得用麦子磨了面，却又把麸皮掺进去，和鸡血揉在一起，蒸了些鸡血饽饽，又用吃剩下的鸡骨头混着萝卜煮了汤，热气腾腾的一盆端上来，又从缸里捞块老咸菜切了一碟，二人呼噜呼噜吃得额头冒汗。老沈已在外面备好了马，见他们翻身上马，老沈才招呼在屋檐下铰鸡毛的女儿进屋吃饭。

清晨的骡马市街上寂静无人，凛冽的北风让马和人的睫毛上都结上了一层剑戟样突兀的冰霜，破虏觉得这是崇祯朝最冷的一个冬天。夜里下了雪，还没被人踩结实，路上不滑，不到卯时就到了衙门，陈正海却早已在门前候着了。

二人目光交错时，破虏有一丝怀疑陈正海就是那个把他的一举一动报告给骆养性的人，随后又否定了自己的怀疑——陈正海的品级太低，心思也太小。一声洪亮的答应声打断了刘破虏的思索，骆养性差人送来的银子到了，陈正海眼睛直勾勾地盯着五十两一锭的官银上漩涡状的波纹①，刘破虏咳嗽了一声才让他回过神来，他手忙脚乱地翻开准备好的簿子，开始向刘破虏汇报：

"南城兵马司原有弓手四百一十八名，疫死九十七名，遭

---

①铸造官银时敲打模具造成的波纹，是质量上乘的标志，故称纹银。

散病弱一十三名，止存七十八名，余皆逃亡，或不知所踪。尖哨一百五十一名，疫死三十三名，遣散二十名，止存十一名。匠户十一名，其中铁匠七名，余七名。弓箭匠四名，皆疫死。应付烧埋银[①]一百一十二两，赎妻并儿银四十四两。原有官马四十八匹，宰杀病、弱、老马二十二匹，现存官马二十六匹。"

破虏有些奇怪，问：

"铁匠竟无一人染疫？"

陈正海答：

"都说铁匠补籍前去延庆城的火神庙拜了火德真君和五部神将，故不染疫。但旁人也去延庆拜了，却不济事。"

破虏又问：

"兵士、匠户卖妻卖儿的为数不少，何故止付赎买银四十四两？"

陈正海苦笑着说：

"如今各物皆贵，惟人命最贱，未出阁的姑娘不过四两，仅值一口猪价，小童不过一贯钱，女孩儿只值一捧米。"

二人说话间，天光已放大亮，一群乞丐一样的人三三两两地聚到兵马司门前来。刘破虏从门里往外望去，才确认这就是南城兵马司所有还活着的"兵马"。

多数人都穿着又脏又破的胖袄，袄上的破口里耷拉着烂分兮的棉絮，更惨的还不时飞出些芦花和破布、鸡毛，好些人连毡帽也

---

① 元、明法律上用于赔偿死者的一种罚款，此处泛指丧葬费用。

无，用破布包着头，耳朵和手上都带着成片的冻疮，只有腰里没上弦的弓和秃了尾的箭，才能将他们和大街上的叫花子稍稍区分开来。更难得的是还有人穿了甲来，铜泡钉掉了一半不说，身上一动就从腋下和下摆窸窸窣窣地掉下一片片的锈来，里面的甲片想来早已朽透了，据陈正海说，这极有可能是工部厂库在嘉靖朝造的那一批紫花布甲[1]，算起来快有一百年了。

刘破虏低头瞥见一个弓手腰间裂开的刀鞘里，后半截空空如也，伸手拔出他的刀，刀柄上只有半截摇摇欲坠的锈铁。破虏摇摇头，把这破烂扔在地上，竟然"吮"地一声摔断了，那弓手赶忙捡起刀柄，又插回裂开的鞘里，似乎这破烂是他身上唯一还能证明他是个"兵"的物件。这群乞丐一样的人也斜着眼睛，又疑又惧地看着刘破虏，疑的是他到底能不能发下钱粮来，惧的是他若是真的发下钱粮来，到底要拉他们去干什么玩命的勾当。

刘破虏再次把这群面有菜色的汉子扫视了一遍，故意提高了声音对陈正海说：

"速差人去买吊炉烧饼一百个散予各兵，点验兵丁，但选精壮的留用，发给袄、裤，月给麦三斗、银一两，人给牛肉一斤。"

陈正海瞬间明白了刘破虏说的"牛肉"是什么，马上应承下来。

兵马司门前沸腾了起来，这群形同饿殍的兵士疑惧的眼神顿时变得热烈，刘破虏回头拉过陈正海说：

---

[1] 明中后期普遍装备的一种布面铁甲，用一种叫"紫花"的颜料染色，故名，实际是土黄色的。

"这些人哪个老实，哪个油滑，哪个胆大，哪个怯懦，哪个身上有武艺，你俱在名册上标与我。"

随后叫人将一众兵丁带入衙内点验，自己和陈正海进了后堂，吩咐道：

"着虞衡司军器局①从戊字库②出胖袄、棉裤、皮帽，各人均给一套。选堪用之黑漆角弓五十张、真皮撒袋五十副，着军器局造箭六千支，必用雕翎、鱼鳔，不得用鹅毛、猪尿脬以次充好，大铍③、月牙④各两千，梅针箭一千。勿用戊字库积年旧烂之甲，着盔甲厂照边军样式打造盔甲十五套，水磨铁盔须内衬毡里，铁臂手⑤掇去不要，止留齐腰身甲，务用精钢好火，以轻便为宜。每五人择一身强力壮、腿脚便捷者着之，善骑者给马一匹，就说骆指挥意思。

"着户部讨要经年旧账本，多多益善，以账本旧纸相叠两寸，湿水后反复捶打至半寸晾干，施以桐油两面洇透阴干，照九边军士样式制训甲⑥五十副，除着铁甲者外，余者皆发给训甲，穿在胖袄之外，号衣之下。

"兵马司所属匠户，日夜赶工，制倭腰刀五十口，铁要多炼，刃用好钢，有能做马牙钢者，赏。

"速着人采买粮食，今日必将钱、粮发下。

---

①明代工部掌管武器装备制造的部门。
②工部贮存武器装备的仓库。
③指大铍箭，一种箭镞有刃的杀伤箭。
④指月牙铍箭，一种箭头形似月牙的杀伤箭。
⑤盔甲上的铁质护臂。
⑥边军用废纸制成的纸甲，平日用于训练，紧急时也用于作战。

"选老实而有力者四十五人，每五人为一花队①，各使弓、刀、枪，巡逻街面。选精明而有武艺者二十人，每两人为一队，捕盗。选猾而善言者十人为尖哨、摆塘②，四出打探消息。余皆备役。

"办粮时一并采办黍米，在大报国慈仁寺外择一空旷洁净处设粥棚施粥，每三日一施，验看颈上、腋下无疙瘩者，发给粥牌，人凭牌给稀粥一碗，勿使过饱、冒领，不可拥挤，只施精壮，不施老弱，若有愿分与他人食者，听其自便。领粥时必报南城地面奇怪事情一件，谎报、捏造者罚没粥牌，不准再领。"

陈正海一边飞快地记录下刘破虏的一道道命令，一边在心里同样飞快地计算着置办这些物资所需的银两，手上笔刚一停住，心里的算盘也停住了，说：

"现有兵丁八十九人，为何兵仗甲胄只备五十副？"

破虏答：

"只有五十人。"

陈正海一时没明白过来，也无暇深究，继续问：

"如此这般，这五百两银子也只可支持一月。"

刘破虏冷冷地说：

"先捱过这月再说，过了正月，或是不愁粮了，或是不吃粮了。"

陈正海一琢磨这话，后颈冒出的汗珠不禁顺着脊骨一路滑下去。刘破虏已经出了门，去检视点验兵丁的状况。

已点验完毕的八十九名兵丁都挤在前堂里，见刘破虏过来，个

①指队中士兵使用不同武器，相互配合作战的混编小队。
②侦察兵一类的兵种。

个竭力地挺起胸膛和脖子，把腰间的麻绳、草绳和布条往里勒了又勒，一直勒进干瘪的肚子里，使自己看起来更符合刘破虏说的"精壮"。刘破虏对着名册，一一详细问了各人的年纪、家境、本事，又安抚了因兴奋而稍显躁动的兵丁，告诉他们钱粮一会儿就到。

正在说话间，一名缇骑骑着马直入前堂，先是傲慢地环视众人一周，继而坐在马背上高声说：

"锦衣卫提督东司房太子太傅左都督骆大人请刘大人府上问事！"

刘破虏对锦衣卫的人纵马直冲衙门的行径非常不快，他强压下火应承下来，兵丁们先是面面相觑，又齐刷刷地望向刘破虏，他们被缇骑倨傲蛮横的态度震住了，同时也被刘破虏震住了，他们弄不明白，为什么才来了一年多，平日里闷不吭声的副指挥，忽然从一个正七品的小官一跃成了朝堂上大人物的座上宾。

缇骑又朝众人轻蔑地扫了一圈，骑着马在前堂转了一个圈子，拖长了声音叫一声：

"回事——"

这才打马走了。

破虏心想，幸好把肚还在后堂补觉，不然这跋扈的东西走不出大门，那马就要莫名其妙失了蹄，运气好便跌折了手，运气不好也说不定摔断了脖子。

破虏一边想，一边叫人备好马，转身对着背后窃窃私语的兵丁们说：

"诸位，我已领命整顿南城地面，此事非我一人之力可成，非仰仗各位不可，如今当务之急，系广宁门外一伙喇唬，约有二三十骑，俱系九边逃兵，穷凶极恶之惯匪，流窜于广宁门、西便门、永定门外，劫杀商民官差。今我已查明其在白纸坊①内有一巢穴，今日点验之后，即出府库所藏之盔甲、刀枪，与诸君剿贼，事毕即发钱粮，养活老小。刘某先行回事上官，午时前即返回兵马司点兵开拔。"

刚才还看着刘破虏的兵丁们再一次面面相觑，继而哗然，开始窃窃私语。刘破虏看也不看他们，提着一个看起来沉甸甸的包袱，转身出了衙门，上马扬长而去。

这一番石破天惊的动员让陈正海目瞪口呆，愣在原地半晌，但他很快反应过来，永定门外确实不太平，但白纸坊内有喇唬的巢穴，则闻所未闻，以他对南城地面的了解和掌握，这情报很可疑。陈正海虽然还未参透刘破虏葫芦里的药，但已经觉察出其中的蹊跷，他决定先不声张，而是办好差事，于是抛下一群议论纷纷的兵丁，进了二堂。

刘破虏第二次拜访骆养性的待遇与第一次截然不同，远远便看见门口有人候着，刚在歇山牌坊下驻了马，便有马僮上前牵了笼头。破虏下了马，却未见着上次索贿那老头，由一个年轻的门人恭恭敬敬地引进了正堂。骆养性正坐在那里吃鼻烟，从一个水晶内画鼻烟壶里，把淡巴菰的粉末倒在拇指上，然后手心向外朝鼻孔上一抹，随之将其吸入鼻腔，像马一样爽利地打了两个喷嚏，用一方丝绸帕子揩了揩，给刘破虏还了礼，请他朝东坐下。马上有人奉上茶

①在今北京西城区。

来，奇怪的是，奉茶的却不是下人，而是一名缇骑，破虏定睛一看，正是刚才骑马闯入兵马司衙门的家伙。缇骑对满腹狐疑的破虏笑笑，又朝骆养性作个揖，退下了。

骆养性哈哈大笑，对破虏说：

"刘大人勿怪，是我教他有意为之，我想刘大人自关外返京日短，恐有所不知，无论这锦衣卫、京营、巡捕营，还是你那五城兵马司，其官兵多系官宦子弟、市井无赖、京郊商贾猾民、各卫兵痞，惯会察言观色、见风使舵，我闻刘大人今日点验官兵，特遣属下前往为刘大人立威，事前不曾告知，还请见谅。"

刘破虏恍然大悟，连忙站起来道谢，一边在心里感叹骆养性的心思缜密，手腕高明，一边又生出一丝忧虑来：骆养性对他这样一个辽东败军之将、正七品的芝麻绿豆官如此上心，到底又有什么目的呢？

骆养性接着说：

"刘大人所要胖袄、弓箭、盔甲等物，我均已派人接洽，至多不过三四日，必置办齐备，刘大人无需担忧。今日请你来，是前次尚有辽事未曾讨教，今日正好得闲，也不耽误刘大人带兵去白纸坊捣巢。"

言毕再次哈哈大笑。

刘破虏脑中"嗡"地一下，一边下意识地自谦，一边飞速思考起来，必是那陈正海通风报信，但回神一想，向陈正海交代军务之时，旁边尚有三四个老军余在场，无法断定是陈正海报信。至于去白纸坊打喇唬一事则更是离奇，自己交代完这事就上马直奔骆府，中间没有一丝耽搁，骆养性又是如何在自己到达之前就知道了喇唬的事呢？

骆养性却不给他思考的时间，紧接着说：

"我已知刘大人部属，只是前次听刘大人自云乃祖总兵麾下军官，应出自北军辽兵一系，治军手段却颇有万历朝戚南塘①风范。前朝所谓'南戚北李'，均不世之名将，刘大人系出北兵，却用南军练兵法度，其中曲折奥妙，愿听究竟。"

刘破虏听骆养性与他谈论军务，散乱的思绪稍稍集中了些，信心也提振了起来，谨慎地答道：

"辽兵系边地塞上之人，性悍善斗，惯能骑射，稍加笼络，即自成军，惟性烈桀骜，难以节制。京兵如骆大人明见，多市井无赖，狡而多变，猾而善走，武艺生疏，必严以法度，明以赏罚，令其成伍，庶几堪用。况北兵多骑兵，今在城中捕盗缉贼，街巷逼仄，胡同繁复，多用步兵，因而宜用戚继光练南兵之法。"

骆养性一边拊掌称是，一边又提出一个刁钻的问题：

"所言甚是，依刘大人之见，这南戚北李，究竟孰高孰低呢？"

刘破虏下意识地咬了咬牙。从渊源说来，祖承训系李成梁嫡系，祖家将系李家将分支，若说李不如戚，无疑是自贬，于己不利。若说戚不如李，显然与事实不符，也让自己使用戚继光之法治军的解释说服力不足。

刘破虏思考片刻，答道：

"戚、李二将，平倭御虏，功业相当，论仕途君恩，则戚不如李，论治军练兵，则李不如戚。"

---

①指戚继光。

骆养性继续追问：

"戚、李治军有何异？为何李不如戚？"

刘破虏答：

"李成梁以心治军，戚继光以法治军。以心治军，则必有人衰心死之时，强兵亦不复存；以法治军，则人死而法不灭，军法代代相传，则强兵生生不息。"

骆养性更加专注，忙说：

"细说来听！"

刘破虏谈论兵法也意兴正酣，不再避讳，直率地答道：

"成梁、如松父子，以子侄兄弟之心厚待士卒，其麾下作战日久者遂纳为家丁，俱改姓李，吃穿住用，不啻五品之官，故如松云其麾下殁于碧蹄馆之兵非兵也，皆手足兄弟也，古人云'打虎亲兄弟，上阵父子兵'，焉能不强？然成梁、如松既殁，恩养之心不再，手足之情不存，骄兵悍将垂垂老矣，止留跋扈之气，萨尔浒闻贼一声号响，未见贼而自相践踏而死者千人①。

"戚继光以法治兵，军法森严，赏罚分明，令行而禁止，浙兵皆选垄亩之间忠厚农民，既无骄矜之气，又无剽掠之习，若论骑射武艺，恐去北兵甚远，然其进则齐头，退则并足，若得命令，则刀山火海一往无前，枪矛如林不敢缓步，未得命令，纵满地金银亦不敢取一分，全军覆没而不敢退一步，故其不在兵强，亦不在将强，而在

①指萨尔浒战役时李成梁之子、李如松之弟李如柏率领的南路军撤退时未与敌交战却自相践踏导致损失惨重的事。

法强。故戚驾鹤之后，其麾下将领如吴惟忠[①]等，仍能得其法而练强兵，遂有朝鲜之捷。"

骆养性怔怔地看着刘破虏，突然站起来径直向他走来，刘破虏连忙作起揖来，骆养性忙扶住他，拍着他的背说：

"只知辽兵中猛将如云，不知辽兵中还有如此智将，今日真大开眼界，受教了。只怨与刘大人结识太晚，不能早些向朝廷举荐英才。"

刘破虏有些不知所措，嘴上客套了几句，赶紧把包袱拿了出来，说：

"大人恩德，下官无以为报，惟有精甲一领，献给大人。"

骆养性饶有兴趣地接过那沉甸甸的包袱，刘破虏头上泛起一层细细的汗珠，包袱里正是那夜不收身上的锁子甲，用猪鬃细细刷去了血迹。刘破虏已经领教了骆养性的城府，把这死人身上扒来的东西献给骆养性让他有些惶恐和忐忑，但他确实也没有其他任何可以让骆养性多看哪怕一眼的物件了。

骆养性打开了包袱，用手从冰凉的锁甲表面滑过，说：

"唔？像是瓦剌人的锁子。"

破虏忙说：

"此乃撒马尔罕回回所造锁甲，不同寻常恶铁，乃用精钢丝作环，环口锤扁钻孔砸铆，坚牢非常，下官曾以弓射之而不入，箭镞两刃铁皆反卷，实精甲也。"

一边指出锁甲背部把肚射击造成的刮痕给骆养性看。

---

①吴惟忠（1533—1611），字汝诚，号云峰，浙江金华府义乌县吴坎头人。明朝将领，戚继光部下。

骆养性显得很高兴，这反而加深了刘破虏的不安，担心他看出了端倪。骆养性把甲展开看了看，又用手反复摸了摸被箭射过的位置，啧啧称奇，叫人将甲收到库里去，坐回自己的椅子上心满意足地啜一口茶，意犹未尽地说：

"方才说到戚李治军之高下，刘大人所见实在洞彻，然刘大人只说了治军之道，却未说为官之道。"

刘破虏忙说：

"请大人指点。"

骆养性悠悠地说：

"正如刘大人所说，李成梁以心治军，以情驭兵，故李家之军如参天大树笼罩辽东，兵兵将将盘根错节势不可分，故成梁位极人臣，本朝开国以来所罕有，其诸子一封再封，备极恩荫，纵参告成梁之使自辽东至京师不绝于道，而成梁不损一毫，何也？成梁下狱，辽东翻天。

"戚南塘以法治军，故人去而法留，法留则军留，故虽有戚家军之名，实大明之兵也，成梁之兵虽无李家军之名，实李家之兵也，故成梁屡有大过而位极人臣，寿终正寝，南塘偶有小嫌而一贬再贬，困厄而死。"

刘破虏头上又开始冒汗，骆养性见了，又哈哈两声，安抚他说：

"我虽是武官，却不甚精通军务，刘大人身经百战，却不谙为官之道，逢此乱世危难之时，幸得结识，今后当以兄弟相称，共谋报国之举。"

刘破虏不胜惶恐，起身一边作揖一边应承，同时留意着窗外的天光，希望能在午时之前赶回衙门。

　　　　　　　　　　　　　　　　甲申前夜·大晦

骆养性却一点没有让他回去的意思，反而把话题引向深入，说：

"你我既以兄弟相称，则百无禁忌，军务辽事，刘兄必要知无不言，言无不尽。"

刘破虏唯唯诺诺地说：

"一定，一定。"

心里却想起晚年凄惨穷困潦倒而死的戚继光，和把肚说的那番话：

"你这朝廷，文的不拿武的作人看，读书的不拿当兵的作人看，关内人不拿边疆人作人看，南人不拿北人作人看，做官的不拿老百姓作人看，人看人作牛马、鸡犬！上下里外，都是诓、骗，事事俱坏极了！这样的朝廷，你纵死在此处也是枉死！"

骆养性没有理会刘破虏的若有所思，啜一口茶，态度突然严肃了些，问道：

"我闻辽事败坏以来，奴贼日益势大，现麾下各色汉军，已有十万之众，刘兄征战辽东多年，想必见过，言官指从贼者皆辽民辽兵，前朝熊廷弼亦有辽人从贼之说，当真？"

刘破虏心头一紧，脸上一热，答：

"确是实情，附贼之汉军多系大明军民陷于贼者，亦有奸佞投献，受封伪官、伪将。贼境约有辽民三四十万户，生丁一百余万口，汉军约七八万，约有红衣炮六七十位。"

骆养性微微一笑，似乎对刘破虏的坦诚很满意，继续问：

"奴贼狞狠，百倍于虏，历次入关荼毒直隶、山东，每破一城必屠尽军民，老幼不留，济南、临清之惨，塘报字字滴血，不难推揣辽东情形，袁崇焕亦报自天启朝以来，辽民为奴贼所屠者不下百万，其中岂无从贼者之父母兄弟？何故辽民投贼如蚁附，甘为仇寇之奴，而不愿为大明之民？"

刘破虏脸上阴云密布，思索良久，咬咬牙答道：

"奴贼法度，强者生，弱者死，视人如牛马猪狗。无用者如老弱病残，悉杀之，妇幼收为奴婢，青壮者若孔武有力，则以其武力强弱依等纳之；降兵、降将有能骑善射或能领兵治军者，往往善待，授予官职，使其仍领旧部，发给金银、牛马、女子、奴仆；有能操炮者，或携炮投献者，尤其厚遇，使其自成一军，号乌真超哈，重兵之意也。故虽奴贼屡屠辽民，而投贼者络绎不绝，盖乱世之秋，青壮不顾老弱，男丁不顾妇孺也。"

刘破虏这一番话避重就轻，并没有说出辽民辽兵在大明苛政恶吏下民不聊生的惨状，他知道，京城里最开明睿智的大人们，也只承认大明朝败在器具、败在战技战法，甚至愿意承认败在军事制度，而绝不愿承认大明朝败在人心，在他们看来，辽人投贼是因为和胡人混居日久，沾染胡俗，气类相习，是天生的奸民，如果不是朝廷从关内调去的军队都不堪一击，不得不仰仗他们守住山海关，早就该将这些不服管教的奸民严惩不贷。刘破虏从关外逃回京师两年，早已对此心知肚明。

骆养性点点头表示认同，说：

"我闻奴自夸云杀我山东兵如刈筑[①]，当真如此，或奴作大言？"

———————

①割草。

　　　　　　　　　甲申前夜·大晦

刘破虏答：

"大抵不差。奴数次入关，对我关内之兵强弱了如指掌，颇轻关内之兵，且奸细甚多，我山海关内外各兵虚实，尽为其所知。奴军中早年谚云：'辽人好浪战，浙兵善鸟铳，川兵习枪棒，湖兵只管走，此皆不足畏，只怕大炮筒。'今奴大炮齐备，益轻我兵。下官去年随周延儒出城御敌，亲见奴在我京畿重地大军之侧解鞍饮马，卸甲嬉戏，视我军为无物。且如今我朝文武大小官员，多是花钱买的，文官不知军事，武官弓马不熟，故关内之兵，虽十倍于奴，仍难抵御。"

骆养性再次点点头，沉思片刻，忽然笑了笑说：

"卖官鬻爵，实在官场痼疾，大小废材如附骨之疽，百无一用。唯一好处，赖以得见刘兄耳。"

刘破虏心头一紧，复又脸上一红。紧的不是骆养性对自己的底细摸得一清二楚，这一点他早就已经领教过了，他心头紧的是骆养性掌握了如此多关于他的信息，显然非常看重他，然而骆养性真正的目的，至今尚未显露半分。他脸红的是他虽然极度排斥和抵触买官卖官，然而他自己这官却也是六百两银子买来的。

刘破虏担心谈话继续深入下去，这一紧一红的情形会越来越多，况且天色不早，他不知道那一百个烧饼能稳住这帮叫花子一样的残兵多久，他已经在飞速盘算退去的借口。

骆养性还在笑，似乎已经洞悉了刘破虏的内心，他开口说：

"天色不早，刘兄还有军务在身，我也不便强留，改日待刘兄安顿好衙门，定要把酒畅谈。刘兄家中熟知奴情之山后军士，也一并邀约，必兴尽而归！"

刘破虏凭空得了这台阶,忙不迭客套几句就要退下,骆养性又笑眯眯地调侃了一句:

"那就祝刘兄旗开得胜,剿尽喇唬了。哈哈,哈哈哈哈哈!"

刘破虏几次三番领教骆养性的本事,已经不再对此吃惊了,他一改拘谨的态度,反而附和着哈哈了几声,行了礼转身昂首走了。

骆养性一手握着绦带[1],拇指摩挲着绦带上冰凉的青玉带铐[2],脸上带着骄矜自满的表情看着刘破虏的背影,仿佛将军在看自己新置办的一口宝刀。

忍耐了许久的骆祚久[3]一脸不满的从后堂走了出来,骆养性头也不回,仍看着刘破虏离去的方向,慢悠悠地说:

"听过了?"

骆祚久行过了礼,有些急切地说:

"京城大族,半数已作南迁准备,满朝文武,多只留一人在京,妻小俱送南京安顿,南下车马络绎不绝,人人想的都是南方的事,父亲何必与一达子整日商谈关外那些不着边际之事!"

骆祚久失了态,骆养性却也不恼,淡淡地说:

"并非达子,不过辽军一老兵官。"

骆祚久忿忿地说:

"父亲难道不闻'辽人半贼也'?初一领饷,十五投贼,为贼骗

---

① 一种腰带。
② 腰带上用于装饰的板,多用玉石或金属制成。
③ 骆祚久,生卒年不详,骆养性长子,明亡后随骆养性降清,康熙年间曾任广东从化知县,后罢官。

开城郭，从贼架炮攻城，父亲派去山海关的锦衣卫，至今可有一人回事？此等关外兵痞，粗莽武夫，笼络何益？！"

骆养性并不直接回答问题，而是问他：

"太平年岁，京城里一把倭刀售价几何？"

骆祚久被问住了，他胡乱答道：

"许是十几两吧。"

骆养性摇摇头：

"太平年岁，寻常倭刀一柄不过二两，倭样腰刀不过一两，粗者贱至几百钱，倭扇一柄二十两。如今倭样刀一柄直价五两不止，有铭之倭刀几十上百两求而不得，却不见肯以刀易扇的蠢人，何也？思自保耳。人亦如刀扇，太平年月，文人贵，武人贱，乱世危局，文人贱，武人贵！

"你不见那白广恩[①]，不过是一草寇，无非能杀赢几阵，如今不但沐猴而冠，称得一声将军，皇帝召他来见，他顿兵不来，不但不降罪，皇帝还要拿两万两银子安抚他哩。"

骆祚久好像懂了一点儿，又好像没懂，问：

"父亲是想让这辽军护送我等南下？为何又不见父亲吩咐家里准备车马？父亲不怕这辽军是清国细作？"

骆养性似乎对儿子的悟性有些不满，他转过身来，盯着骆祚久的眼睛说：

---

① 白广恩（？—1648），陕西人。流贼出身，后降明，官至蓟州总兵，寻镇山海关。与清军战，屡败，后归陕西。崇祯十六年（1643）降李自成。顺治二年（1645）在陕西降清，授骑都尉世职。

"南下？我大明朝虽有两京之制，然而南京朝堂，岂有善人待你鸠占鹊巢？北官南渡，龃龉必多，党争之祸，近在眼前！江南膏腴之地，豪商巨贾、官宦世家如过江之鲫，况南人善科举，在北京为官之南人一旦南渡归巢，其根基岂是寻常北官可比？我骆家在京城虽属大户，但若南渡，田、地、宅既带不走，又无处可卖，隆冬跋涉，路途叵测，家产必损失过半。生逢乱世，一则真刀真枪，二则真金白银，到时为父空有太子太傅左都督的一品衔，也未必保得住这一家老小富贵。"

骆祚久说不出话来了，他的眼界和心思都太浅，所以只能领悟一半，他明白了为什么骆养性执意不打算南渡，却不明白骆养性到底要留在北京做什么。

骆养性对儿子的驽钝并不意外，也不指望他明白，直截了当地说：

"为今之计，止有与虎谋皮。流贼虽势大，却是乌合之众，各股皆有头目，一时听闯贼号令，却并非部曲，那闯贼虽有大志，不过流贼中一霸主，终非皇帝之命。奴贼虽远在关外，种种制度悉从中原，耕战皆有其法，数次入关，数万大军进退有度，纵横千里，不输中原名将。今有辽兵数万从之，又得红衣大炮，则关内坚城，且夕可下。奴酋黄台吉①已自称天子，其志已不在关外，而在天下矣！三桂亦辽人，岂不知贼意？无非据关守望，待价而沽也，故今虽乱在关内，大定之事，却在山海之外。"

---

① 指皇太极。

甲申前夜·大晦

骆养性突然想起了什么，问骆祚久：

"派去山海关的人，可有消息？"

骆祚久答：

"前后三拨人马入关，均被吴三桂留下，日给吃喝用度，但不许见他，父亲手书已请人转递，亦无复信。我人进出均有兵丁监视，如同软禁，只留一人回事，言总兵留锦衣卫军官关上小住几日，讨教军事，不日即送回。"

骆养性沉思片刻，摇摇头说：

"前有袁崇焕事，吴三桂已成惊弓之鸟，终不信我，惧我差人诱他回京治罪，又不愿开罪于我，故扣留差官不遣。"

骆养性又沉思片刻，缓缓地说：

"三桂必降清……"

骆祚久猛地想起刘破虏刚才说的话：

"奴贼法度，强者生，弱者死，视人如牛马猪狗。……降兵、降将有能骑善射或能领兵治军者，往往善待，授予官职，使其仍领旧部，发给金银、牛马、女子、奴仆。有能操炮者，或携炮投献者，尤其厚遇，使其自成一军，号乌真超哈，重兵之意也。故虽奴贼屡屠辽民，而投贼者络绎不绝，盖乱世之秋，青壮不顾老弱，男丁不顾妇孺也。"

不禁被骆养性的心思惊出了一身冷汗，骆养性的大胆和悖逆让他畏惧，骆养性的缜密和远谋又让他折服，他羞愧于自己没有这种胆量和韬略，不配做眼前这个人的儿子。

骆养性没理他，自顾自地说下去：

"自古得北方者南征易，得南方者北伐难，奴贼志在天下，一道长江岂能拦得住？南渡不过妇人之见，南渡南渡，愈渡愈南，渡去崖山吗？刘破虏随祖家诸将在关外征战多年，大凌河降人之中，岂无其故旧？三桂系大寿外甥，山海关之辽兵中，岂无其亲朋？他手下那通晓奴语的达子，更有妙用。

"方才你也听见，奴贼法度，强者生，弱者死，我今一苦于手中无精兵强将可倚，二苦于无路与奴通款，三桂之路既绝，则我必有他路。刘破虏若不是清国细作，便是我的刀，他若真是清国细作，便是我的桥。"

骆养性说的直白露骨，吓得骆祚久大气也不敢出，汗水顺着后脑流过颈子已是冰凉，又顺着脊骨淌下来，让他浑身打了个寒战。他已经不知道说什么好，骆养性的算计早已超出了他的见识和理解，他思索了半天，问出了一个很蠢的问题：

"依父亲之见，刘破虏是不是清国奸细？"

骆养性笑了，摆摆手说：

"我倒愿他是清国奸细，可惜不是。不过是穷困潦倒一老军官而已，有些城府。"

骆祚久说：

"父亲三番五次给他银子，原是此意，父亲又如何知道他是真穷，不是装穷？"

骆养性说：

"若是装穷，怎么会冒着犯讳的险，献一领死人身上剥来的甲给我？"

骆祚久大吃一惊，难以置信地看着骆养性，似乎不明白他是如何看出甲是从死人身上剥来的。

　　骆养性命人将那甲从库中取出，让骆祚久去看。骆祚久细细查看，并未在甲上找到一丝血迹，又用鼻子嗅嗅，只闻到防锈的猪油味里，混着一丝不易察觉的白酒味①。骆祚久复用手摸了摸锁甲的后背位置被箭射过的痕迹，疑惑地摇摇头，表示仍然看不出玄机。

　　骆养性斜他一眼，幽幽地揶揄道：

　　"倘你试射坚甲，第一箭会从甲背面射吗？"

　　骆祚久呆立在当场，手里的锁甲如水银泻地，哗啦一声摊在了地上。

①白酒可以溶解和清理血迹，掩盖血腥味。

平明寻白羽——《京师·德胜门·箭上有神》

死亦为鬼雄——《京师·德胜门·依柳将军》

此破户贼也——《京师·德胜门外·吞羯》

万死孤城未肯降——《京师·南城兵马司·避疫》

西北望长安——《京师·果子巷·南下》

浩荡离愁白日斜——《京师·南城兵马司·喇唬》

京师·大时雍坊·避瘟楼

刘破虏用靴跟轻磕马腹，在雪地里早就站得不耐烦的公马猛地摇摇头，抖去鬃毛上的浮雪小跑起来，凛冽的冷气夹着冰晶一下冲入他的鼻腔，让他对世道和天气都起了疑心：北京已经快要和辽东一样冷了，是不是预示着北京最后也要和辽东一样血流成河……

拉尸的独轮小车吱吱呀呀地碾入他杂乱无章的思绪，一只青黑色的手露在草席外边，耷拉在车沿上，却一点儿也没有吓住路边一群兴奋的闲汉，他们争相从路边一所房子外墙上明显有人刻意凿出的几个破洞向里窥探，一边你推我搡互相笑骂，一边评头论足。

刘破虏勒住了马，瞥一眼小车上南城兵马司的破招子，又看看拉尸的杂役，这老汉戴着一个绛红色的破毡帽，脏得发了黑，穿一件不合身的号衣，脸上蒙着一块破布，看不清面貌，从破布两侧露出的两鬓斑白，想来年岁也不小。他推着车只管往前走，对旁边的闲人熟视无睹，似乎已经司空见惯。

刘破虏唤了他两声，独轮车的吱呀声戛然而止，老汉扶着车站住，双眼空洞而茫然地看着他，很显然，他不认识这位副指挥。

刘破虏问他：

"你可是兵马司杂役？认得我吗？"

老人局促不安地立了半刻，犹豫该不该放下手里的车把，刘破虏示意他不必撂下车，他才答了话：

"回大人的话，小的不认得大人，我儿是南城衙门火兵[1]，腊月初一染疫死了，吏目陈大人可怜我，容我代了差，领一份嚼谷续

---

[1] 即伙兵，杂役的一种。

着命。"

刘破虏看着他，对着围在墙洞旁的闲人扬了扬下巴，老汉会意，回过头看看，说：

"大人恐来京日短，有所不闻，此京师娼窝中，最下等的一种，唤作窑子，盖因它有墙无顶，墙上有孔，如烧砖之窑。京城无赖勾买难民丐妇赤身裸体陈在这窑子里，游子过客，孔窥其中，中意即人窑与其交合，不过七八文钱。遁入边墙避奴的鞑妇鞑女、入关避难的辽人妇女，往往也被边军边将掳了卖入其中，形状极惨。

"往日里，窑子多设于外城，如今大疫，阖户死绝的人家甚多，教无赖们占去空宅凿了墙，便在皇城根儿下卖起人肉来了。"

刘破虏怔了怔的功夫，小车已经吱吱呀呀地在他身后响起来了，他转头一看，几个闲汉看好了"货"，已经在叩门了。一种失望、愤怒和怨恨混杂的复杂情绪夹带着往事从心底涌上喉头，但他不愿也没时间去想，猛地一夹马腹，催马在大街上奔驰了起来，原本洋洋洒洒的雪花和冰晶瞬间变得狂野起来，猛烈地拍打在他阴郁的脸上。

陈正海正在衙门二堂的里屋不安地走来走去。屋外堂下的乞丐兵吃完烧饼之后，借口上茅房溜走的已有一半，剩下的四十来人百无聊赖地蹲在地上，用指头肚儿蘸了唾沫，粘砖缝里掉落的芝麻粒吃，几个胆大的嚷嚷要把衙门桌椅劈了烧火取暖，被陈正海拦住了。眼见着砖缝里的芝麻粒越来越少，人群也越发躁动起来，陈正海感到自己已经留不住他们了。

他把破棉布帘子掀开一条缝，窥视着堂下人群的动向，忽然，蹲在地上的乞丐兵们纷纷站起来向着大门张望，陈正海心里才有了着落，他猛地掀开帘子大步流星地迎了出去，他知道，刘破虏回来了。

刘破虏掸去身上的落雪，目光如炬，环视众人，厉声说：

"再点！"

众兵卒鸦雀无声，有人刚用指头从砖缝里粘了芝麻，忙杵进嘴里吮了去，又把腰里的破麻绳紧紧，努力显出坚毅的神情。

陈正海又点了一遍，有些无奈地说：

"尚有四十四人。"

刘破虏倒不生气，反而满意地点点头，在众人面前反复走了几圈，看了看每个人的眼睛，对陈正海说：

"五十副衣甲兵仗，够了罢？"

陈正海恍然大悟，从"一百个吊炉烧饼"到"只有五十人"再到"白纸坊的喇唬"，一连串困惑瞬时解开——根本就没有什么喇唬，而是刘破虏的计策，他手里有限的银子要尽量维持住一支勉强可用的小规模部队，就必须淘汰无用之人，烧饼把人引来，喇唬再把无用之人吓走，留下的人虽不说人人可用，起码个个都有为了一口吃食拼命的胆气。

陈正海还在讶异于刘破虏带兵的手段和缜密的心思，已经有急躁的兵丁开了腔：

"大人要我等去搏命，既无衣甲，只管自家机灵些，倒也认了，只是如今我等弓刀也无，只能各自执些棍棒，只恐不能为大人办妥了差，倒教他白白害了性命。请大人先出些堪用的刀枪，再教我等去与他拼命，我等便死在阵上，也无怨了。"

刘破虏笑了笑：

"搏命却也不急这一时半刻，吃饱穿暖才是当务之急。陈大人！兵马司府库之积年袄裤、棉布，都先散与各兵支应，待衣甲兵仗齐备之后，即行下发。即刻将月粮、牛肉下发。在正阳门大街、宣武门大街、骡马市街、广宁门大街、礼拜寺街、西斜街设暖铺^①，供巡城兵丁取暖休憩。再出面粉、清油制棋炒^②，与肉脯一并发与当值兵丁。"

四十四名下定决心要用性命为自己和家人拼一条活路的残兵，你看看我，我看看你，还没明白刘破虏的意思，方才说话的兵丁疑惑地问：

"大人意思……不去剿那喇唬了？"

陈正海连忙说：

"大人治军的本事，你等都看在眼里，事事俱有条理，又岂会让众弟兄赤手空拳办差呢？喇唬之事，不过大人试探尔等胆气，不唬走那混饭的，如何多留些嚼谷给你等真正捕贼的？你等还不快谢过大人！"

命，暂时不用拼了，钱粮和肉却近在眼前，人群热烈地沸腾起来，将刘破虏团团围住，这时候运粮食的驴车正巧到了衙门的后

---

①明代兵马司、巡捕营巡逻时休息的岗亭，设有火炉的称暖铺，未设火炉的称冷铺。

②明代的一种便携式军粮，如棋子般大小，用面、油、芝麻等炒熟后压制而成，又名炒棋。

甲申前夜·大晦

门，犹如翻滚的油锅中泼了一瓢凉水，人群顿时更加沸腾起来。陈正海指挥几个杂役，将一条条冻得梆硬的马肉充作牛肉，和粮食一起发给兵丁们，又写了新的腰牌发了，排了日值、月值，忙得不亦乐乎。

陈正海见人心已定，抽出身来，走到刘破虏身边说：

"冷铺、暖铺都久已废了，房倒屋塌，如今隆冬，无可恢复。"

刘破虏答：

"我见西江米巷至宣武门大街一带，多有窑子，明日遣兵执棍棒尽行驱散，设窑之无赖不准再入南城，所设之窑俱用硫磺熏过，辟为暖铺。"

又叫陈正海取了笔墨，从怀里掏出一本《温疫论》翻开到折页处，在"盖温疫之来，邪自口鼻入，感于膜原，伏而未发，不知不觉"这句话下面重重画了一道，吩咐道：

"兵丁一律遮蔽口鼻，嫖客、娼妇、设窑之无赖，一并驱散。"

陈正海有些顾虑：

"京城无赖，素有干系，占宅设窑，亦非重罪，贸然驱散，到时闹将起来，如何安抚？"

刘破虏答：

"就说近有闯贼细作随难民混入京师，携病妇设窑，欲使官兵染疫，以图神京。

"无赖若欲生事，即施其贯耳①之刑。"

---

①明代军队的一种刑罚，用箭刺穿耳朵。

陈正海有点儿蒙，问道：

"贯耳系营中惩治军士之法，何故施于无赖？"

刘破虏狡黠地一笑，说：

"他若受了贯耳之刑，再入南城，我即以逃亡军士之名拿他，他岂有活命之理？他纵逃往别处，不是给人当逃兵擒斩了，就是给人拉去当兵，横竖难逃一死。"

陈正海无言以对，正要本能地恭维几句，发现身边已挤满了欢天喜地的兵丁们，就住了嘴。他们刚领了半月的钱粮和肉，菜色的面孔洋溢着苟活的欢欣。

刘破虏见士气高昂，正要再吩咐几句，却听见急促的马蹄声由远及近，转头一看，又有人骑着马直冲进衙门来了！

掌管京城地面儿的兵马司衙门，一日之内两次被人骑着马直入二堂，惹得刘破虏动了怒，握住腰刀骂道：

"哪里来的贼杀才！"

几个兵丁立刻抄了棍棒把住二堂，打算给来者一个下马威。

来者身上裹着外面风雪和寒气，腋下挟着一个包袱卷样的东西，瞬间冲到了众人面前，把那东西"噗通"掼在地上，那东西一落地，就慢慢地蠕动起来。

是一个人。

刘破虏在骑马者跨过二堂的时候就看出这正是本该在后堂里屋睡觉的把肚，他何时悄悄溜出了院外，又在何处擒了人骑马回来，没有一个人知道。

把肚翻身下了马说：

"这贼狗攮的厮已在墙头门外,伸头你等看着有半天,你等却一个不知道。"

被掼在地上的人顾不得痛,腾地翻身跪在地上喊冤:

"大人!各位大人明鉴,小的并非贼人,实系陈阁老①家仆陈七,家中入了贼,特来衙门报官的!"

陈正海问了他陈家的情形、位置,来人一一对答,不似有假,陈正海便又问:

"既说报官,又为何在衙门墙头窥伺,却不进来?"

陈七答:

"巡捕营、巡城御史无处可寻,只得报了顺天府,只出了三四个衙役,登时给贼射死。阁老又动了京营,然军中染疫,旦夕冻死、疫死者上百人,求了半日,只出了一哨兵围了院子,甫一进去,给那贼用铳打死了十几个,便一哄而散,再去营中求兵,连门也不开了。今日见大人在衙内点兵,便想进来报官,又怕搅扰了大人,思前想后之际,就教这达官当贼一只手捉了去,掼在堂下,真是冤枉。"

刘破虏听得蹊跷,普通盗匪只为求财劫色,偶与官兵厮杀,多因狭路相逢,夺一条生路而逃,或是劫夺官差手里的重要货物,讲究来去如风,怎么会盘踞在京师内城高官大宅里等着官兵来攻打?纵他一时强横,也架不住官兵人多,无论如何也难逃一死。于是便问:

---

① 陈阁老即陈演,四川井研人,字发圣,号赞皇,天启二年(1622)进士。曾任礼部左侍郎、东阁大学士、户部尚书、武英殿大学士。崇祯十六年(1643)任内阁首辅,崇祯十七年(1644)被罢免,因财产过多无法南逃,李自成入京后降闯,献巨金贿赂刘宗敏,仍被杀害。

"那伙贼有多少人？占了陈宅几日，见了官兵竟不跑？"

陈七答：

"贼有十多人。前大公子避疫，为防贼平了后院，不许有人居住，又起了楼，楼下门窗俱用木板封死，楼中积金玉，与妻妾居住楼上，饮食由下人用竿挑入，已有两月。贼不知何处而来，腊月二十一夜里占了楼，日夜糟践少奶奶，饮食柴薪，肆意索取，稍有不从，即折磨大公子相迫，大公子日夜哀嚎，阁老心急如焚，已有三日了。"

刘破虏紧皱着眉头问：

"贼人什么模样，竟杀败一哨京军？"

陈七答：

"贼首藏匿楼中不得见，只闻其音，只见过二贼往来院中，索要饮食、资财，夜间常逾墙而出，不知所往，晨归。京军败走之后，贼首于楼上言，若二贼中一矢，则公子断一手，若二贼中一铳，则公子失一足，故我家再不敢动。二贼着青衣、毡帽，使铳，腰间有长刀、锡鳖①、搠仗②、铅子袋③，每人十数个竹药管④，用布斜挎在胸口。贼人皆铳、箭如神，家仆尝蹑其踪，黑夜中骤见一星火，旋听铳响，举火视之，前者眉心已中一丸立毙。贼胆大俱不遮面，好大言，云贼首是关外来的强人，纵我家搬来千万兵马亦不惧，只可小心伺候着，其大事成后自然散去。"

---

①明军铳手用于携带火药的扁圆锡罐，形状像个王八。
②明军铳手用于推送和捣实火药的杆子。
③明军铳手用于携带铅丸的口袋，皮质或布质，口上有紧绳。
④明军铳手用于定装火药的竹管。

刘破庼吸了口气，又屏住，缓缓地问：

"自称是关外来的？"

陈七点点头，说：

"贼虽肆无忌惮，然临阵时号令严明，进退有度，与京军对阵时鸦雀无声，如若无人，待官兵近楼，忽听一声螺响，则楼上门窗俱开，弓、铳一齐打放，官兵虽人多，一阵便败了。"

陈正海倒吸一口冷气，声音有些颤抖地说：

"是喇唬。"

众兵丁从兴高采烈到寂静无声，俄而窃窃私语起来，半日之间起起落落的他们顿时又感到自己被命运推上了风口浪尖，他们紧紧地攥着刚领到的粮食和肉，一边交换着不安，一边看向刘破庼。

刘破庼却不理会他们，继续若有所思地问陈七：

"你说你每跟着他们，在夜里刚见到火光，就有人中丸？"

陈七点点头。

铳手在夜里要如此快速地射击，火绳一定是保持闷烧状态的，而跟踪他们的家仆说只见到火光突然一闪，走在前面的人就中弹了，说明他们在行动时掩住了火绳的火头，这种手法刘破庼只在关外见过。在天寒风大的塞外，铳手的火绳往往盘在右臂上，一旦遇到大风，火头不但容易灭，而且极易被吹得迸出连串火星，这对胸前挂满了火药的铳手很危险，有经验的铳手往往用一个剖去了底的小葫芦，里面烫了锡，套住火绳的火头，射击时把火绳从葫芦里抽出来夹在龙头上，这种方法在夜间也能最大程度地掩盖火绳发出的光亮，避免铳手成为弓手的活靶。

长刀、锡鳖、搠仗、铅子袋都是官军铳手的装备，尤其是标志性的竹药筒，每个药筒定装火药三钱二分，更是南兵惯用的东西，这两人极有可能和路上伏击他们的铳手一样，是关外回来的老兵。

想到这里，刘破虏看看把肚，把肚一只手捻着唇边的胡子，另一只手摩挲着念珠，也不说话。

刘破虏这才转头看向众兵丁，安抚道：

"喇唬也好，土匪也罢，既他败了京营，可见非常贼也，各兵已出门半日，各有妻小待哺，且先回家中歇息，明日按值街面上巡着。此事需从长计议，我二人先随他去查看情形。"

众兵丁谢了刘破虏，安心离去了。陈七听到刘破虏愿随他去，一溜烟从地上爬起来，就要带路，却并不见刘破虏有动弹的意思。

刘破虏背着手，眼睛看着衙门外，说：

"你并非见我在堂前点兵，才来报官，而是有人指使你，锦衣卫的人如何教你说的？"

陈七吓得一下伏在地上，说：

"陈阁老亲自去见骆大人，但骆大人说锦衣卫正在满城抓捕闯贼细作和妖言惑众的白莲妖人，寻常捕盗之事，锦衣卫爱莫能助，阁老央求再三，骆大人才说刘大人正在点验兵马，阁老这才差我来找大人。"

刘破虏眉头紧锁，什么也没说，取了弓箭和撒袋，看也没看伏在地上的陈七，说：

"走。"

骆家大宅里，自知平庸的骆祚久被骆养性教训了一番，灰头土脸地正欲告退，忽然又想起一件事来，走到骆养性背后，拜了一拜说：

"父亲，陈阁老又派人送来一千两银子、珊瑚树一棵，求锦衣卫救他那被贼拘在家里的蠢儿子。"

骆养性轻蔑地从鼻孔里哼了一声，说：

"理会他作甚，他本是个不知死活的废物，靠给太监使些银子作个甚么东阁大学士，不看看什么时节，皇上在位十六年，换了十八个首辅，有几人得善终？如今改天换地之际，闯贼已过黄河，人人都缩着头，不往皇上近前去，他倒赶上前去，以为自己交了甚么大运，急着敛财，实在可笑。他倒以为我看得起他，尊他一声阁老，却不知自己死期将至哩！

"他那混账儿子，为了避瘟疫，平了大时雍坊几十户百姓的宅子，起了几丈高的楼，叫什么避瘟楼，这都是僭越的大罪，死不足惜，这呆子以为把自个儿关在楼里，不与人照面便可避疫，铲平了十几亩地起了这扎眼高楼，你猜这楼里有没有财货，招不招贼来？陈演这老狗更是蠢，大白天都敢坐在府里记账收钱卖官，却拿两千两银子打发叫花子一般来找我买他宝贝儿子的命，这父子两个，真是蠢到一家。"

骆祚久跟着讪笑几声，却还是对刘破虏的事不服气，问道：

"既然这陈演父子俱是无用的废物，父亲又为何收了他的银子，教他去南城兵马司找刘破虏？刘破虏的底细与本事，父亲已一清二楚，又何必为了这对废物，让他以身犯险，铳箭无眼，父亲不怕折了好刀？"

骆养性转过头来盯着骆祚久的眼睛，说：

"便如你玩那促织①一般，观头、看翅、验腿、听声，百般挑选，耗费百金，若得一好货，则视若珍宝，然欲真正知其所值，终须瓮中一斗！"

骆祚久见自己玩蟋蟀的事也被骆养性侦知，额上冒出汗来，连忙岔开话题说：

"那陈家后送来这一千两银子……"

骆养性笑着答：

"收啊，为何不收？天予不取，反受其咎。教人速去把刘破虏要的衣甲、兵仗办好，着内府监出几套精甲予他，莫教他轻易折了性命。"

骆祚久得了台阶，赶紧退下去，一边走一边胡思乱想，想到"天予不取，反受其咎"的后半句，心中一惊，脚下一绊，险些磕倒在三堂里。

刘破虏和刘把肚第一眼看见陈七所谓建在他家"后院"里的"避瘟楼"时，都惊得一时说不出话来，与其说这是楼，倒不如说是边军镇守的墩台更贴切些。平地上起了约一丈的夯土，如城墙一样外面砌了砖，土台上起了十字歇山顶的三层楼，二层设有平坐、抱厦。初看除了有些逾制之外并无奇特之处，仔细一看才发现，一层窗户全是假的，只在南北各有一门，二层的平坐、抱厦也是假的，粗看是抱厦，实为铳炮的射击窗，平坐紧贴着狭窄的窗户起了一层

①蟋蟀。

粗壮的栏杆，根本站不得人，只为加固二层窗户，可见窗户也是枪眼，三层倒无防御设施，视野开阔，应该是用于瞭望。

更让刘破虏震惊的是，这楼根本就不像陈七所说，建在他家后院里，而是在陈家大宅之外，大时雍坊靠近内城城墙的位置，内阁首辅陈演的儿子陈逸儒为了建造这楼避瘟，竟驱散了方圆二里的百姓，拆光了民宅，又砍光了树木，只留下一块平地，以便他登高防贼，避瘟楼周围的平地上，仍能见到被拆毁民宅的地基，和被砍伐古木留下的粗大树墩。对进攻者来说，不用炮火，要夺取这座碉堡一般的楼台必然付出重大伤亡。

刘破虏用马鞭指在陈七的鼻子上，又指向远处的避瘟楼，厉声说：

"你家后院何时起大过了王府！"

陈七跪在地上抖如筛糠，央求刘破虏随他去陈家见陈演，他若没能带救兵回去，小命旦夕不保。

刘破虏何尝不知恶主无善奴的道理，但骆养性扔给他的投名状，他却不得不纳，更重要的是，他从一开始就隐隐约约地觉得，这件事和自己回京一路上遇到的凶险，有着千丝万缕的联系。

刘破虏让陈七再带他离近些观察这楼，陈七却连连摆手说，楼上的贼人只要望见执弓带刀的人进入视野，就在楼上折磨陈逸儒，陈逸儒的哀嚎随即传入陈家大宅，让陈阁老断了动用武力解救儿子的念头。

刘破虏稍加思索，同把肚一道，带着陈七从宣武门登了城，城上守备的京军稀疏到十垛不见一兵。三人站在城墙上，朝避瘟楼望去，这楼南距城墙约四五里，北距陈家大宅约半里，选址处地势较高，以楼为中心，方圆二里光秃秃的，无处可藏，更无法使用火攻，如不细看，很难想象陈逸儒之大胆，竟敢在皇城根下建造如此易守难攻的堡垒。

许久没有说话的把肚开了腔：

"你家都是什么废物，便是二十只羊，只要长了角，这楼也守住了。"

破虏也问：

"贼是如何进去的？"

陈七的眼神突然从慌张和急切变成了惶恐和神秘，他用一种充满恐惧的口气压低了声音说：

"贼是趁着闹鬼占了楼。"

把肚不屑地啐了一口，说：

"这世道，鬼吃人我不曾见过，人吃人倒亲眼见过！人都不怕，你倒怕鬼？"

破虏说：

"如何趁鬼占楼？你细细说与我。"

陈七支支吾吾不肯说，只是一味央求二人同他去陈宅见陈演。

刘破虏说：

"你若不说，我二人即刻回衙，既然京军不能剿贼，我亦无剿贼之能，更无剿贼之理。"

陈七看看日头，告诉刘破虏一件匪夷所思的怪事：

陈家本有意南逃，但陈演积年所敛财货太多，不能全部带走，陈演又舍不得抛弃一部分，犹豫不决，加之嫌江南地贵，于是南逃之事一拖再拖。崇祯十六年五月，周延儒死，陈演补了内阁首辅的位置，更加专注于敛财，南逃之事就此作罢。六月，陈家遭了贼，陈家家奴与一伙喇唬里应外合，趁夜纵火，偷抢了一批财物出城。陈逸儒就按照陈演的意思，开始修建避瘟楼，名为避瘟，实际上是为了保住陈家积年聚敛的财物，修建期间甚至私动了京营的军人代役。十月刚一完工，陈逸儒就带着一妻一妾和十几个贴身奴仆住了进去，又计划围着避瘟楼修一堵围墙，奈何今年天寒得早，地冻了，役使的工匠军匠病死的很多，这才作罢。陈家嫌京军无用，人多费粮，便从德胜门外雇了二十多个善射的把式，分作日夜两班巡逻避瘟楼周边。

怪事是腊月十三晚上发生的，那天晚上，巡夜的家丁死了一个，蹊跷的是，一同巡夜的家丁，却没有一个看清他是怎么死的。有人说他打着灯笼走在最前面，突然一阵妖风吹过，听见一声金铁磨错之声，灯笼便灭了，人也不见了，待一片混乱之后再掌起灯来，那提着灯笼的人已经倒在三丈开外，身子自眉心到鼻尖、肚脐，齐刷刷地剖作两半，肠子、脑子流了一地，仿佛一个"火"字被竖着劈开，景象十分恐怖。队末执灯笼的家丁却说，妖风吹过时那人并没有死，只是灯灭了，他分明看见灯灭之后，队首那人又慢慢地向前走进看不见的黑暗深处去了，他应当是在一片混乱中离了队，又在不远处被人杀了。

第二天傍晚，家丁们就为了谁去巡夜争执起来，几乎动了刀，最后陈阁老下了赏，在避瘟楼上举了火，正巧当晚皓月当空，将楼前楼后照得通明，才有几个胆大的执了弓刀掌灯去楼前转了几转，却什么事也没有发生。

腊月十五晚上，陈逸儒嫌避瘟楼彻夜掌灯，搅扰他睡觉，命人减了灯，怪事再次发生了。阴风吹过，又是队首的灯笼先灭，几个胆大的家丁并未慌乱，各持满了弓警戒着，大声呼唤队尾掌灯的人上前来，掌灯的家丁刚上前两步，灯便灭了，一片漆黑中，家丁们持弓乱射一气，不少人脸上溅到了温热的血，以为射中了贼人，直到再点起灯来，才看见队尾的掌灯人已横死在众人脚下，队首的掌灯人死在了不远处，死状一模一样，都是颅顶竖着劈到鼠蹊。

浑身溅满了血的家丁们吓得魂飞魄散，当晚就逃得不知所踪，陈家闹鬼的传说不胫而走，越传越玄，都说陈家修避瘟楼时工期太紧，逼死了军士，如今化作恶鬼来索命了。

陈家请了和尚道士开了水陆道场，吹打了三天。第四天陈家来了两个人，自称是常年在长城两边跑的护卫，临近年关，寻一个落脚处。管事的见他二人举止并非江湖人士，倒像行伍，本有疑心，但二人说，他们本有十一人，平日都混在德胜门外，可让他二人试试，若是合意，他们可将十一人一并带来，只要月支十两银子。

管家将信将疑，来人便现了本事，一人从腰间掂出一颗铅子，随手一掷，本在墙头聒噪的麻雀应声而落，管家见他真有本事，便叫他二人留下巡夜，一边叫人从大宅上盯着他二人，二人尽心尽力，每个时辰巡楼一次。说来也怪，一连三夜，相安无事。腊月十九，管事的叫二人立了约，当晚带人来巡楼，第二日早上，陈家人听见陈逸儒在楼上的哭嚎声，才知道楼被这伙贼人占了。

刘破虏蹙着眉问陈七：

"你可曾亲眼见过闹鬼？"

陈七摇头答：

"小的晚上不敢出去，都是听人说的，小的只见过那死人的尸首，那尸首像……"

把肚有些不耐烦：

"像甚么？！"

陈七瞪大眼睛惶恐地说：

"那尸首像是铡刀铡开的一般齐整。"

刘破虏略一沉思，说：

"这并不是甚么闹鬼，而是那贼中有一刀法高超之人，设了局要取这楼。这楼如一方瓶倒扣，檐角均在二层之上，若无绳梯，万难攀爬，楼上抱厦实为马面，楼中之人藏身其中，举一铳可御百夫。若我没猜错，这鬼闹来闹去，无非为了取这避瘟楼的钥匙。"

陈七似乎有点儿明白了，忙说：

"大人说的是！避瘟楼有内外两道锁，为防楼中走水①，内锁的钥匙在大公子手里，外锁的钥匙由管事的每日傍晚交与巡夜的。"

刘破虏心里已对事情的来龙去脉清楚了七八分，但有两处仍不明白。从取楼的局来看，这伙喇唬不但武艺高强，而且心思缜密，以他们的手段，完全可以卷了楼里易取的财货，以陈演的儿子儿媳为质，安然遁出城去，再勒索陈家一大笔钱财，而不是困守楼中，作茧

---

①失火。

自缚。现在京城虽然大乱，但京军明面上的兵力还有十几万，还有东西厂、锦衣卫，若真的闹大了，强攻此楼，陈家儿子儿媳固然没有生理，但这伙喇唬也必然难逃一死。

他们留在此处一定有什么别的意图，陈七说有两个往来行走的贼人每天晚上出去，早上才回楼里，说明他们在城里还有些别的勾当。

把肚问：

"甚么日子顺天府报了官，京军围了楼？"

陈七答：

"腊月二十三。"

这正是刘破虏二人回京那天，刘破虏惊讶于内城发生了如此恶性的案子，街面儿上居然一点风声和异动都没有，便问陈七：

"贼人腊月二十就占了楼，你家为何拖了三日才报官？"

陈七哭丧着答：

"那贼日夜在楼上折磨大公子，蹂躏二位奶奶，哭声传得甚远，阁老怕人知道，不许家里人说，又调京军远远地围了方圆五里，不许人进来。腊月二十三京军攻楼，老爷恐伤了公子，不许用火，也不许用炮，京军败了一阵便散去了，如今风传闹鬼，寻常人也不敢再近前来。"

刘破虏不说话，用手搭个凉棚再望向避瘟楼，片刻之后用马鞭尾上的铜钉在城墙砖上画个圆圈，在当中画了个菱形代表避瘟楼，菱形南北各画一个方块代表楼门，用马鞭子指着代表避瘟楼的菱形绕了几圈，抬头看着把肚。

把肚眯着眼睛迟疑片刻，又抬眼从城墙上再看了看，微微闭上眼睛摇摇头，否定了刘破房攀楼而上的设想。他伸出粗大的手指，从南边画出一条直线指向避瘟楼的南门，转头问陈七：

"这，到这，二里地有？"

陈七不明所以，迟疑一下点点头说：

"不到二里。"

把肚的眼睛登时放了光，他把五个指头捏在一处又猛地张开，嘴里轻轻发出一声：

"卟！"

刘破房心领神会，点点头说：

"嗯，太远了，不用佛郎机，用发烦①，拉近些，平放。"

一头雾水的陈七终于明白了二人在说什么，大惊失色，连连摆动颤抖的双手，说：

"大人使不得，使不得啊！万万使不得炮！"

把肚不耐烦地问：

"使不得炮是为甚？"

破房也奇怪，问：

"你说人都在二楼，楼下只积财货，炮用得准些，怕甚么？不用炮碎了门，莫非我等有翅膀，能飞上去？"

陈七面有难色，吞吞吐吐地说：

"阁老本欲南方避寒，金银、珠玉倒方便带得走，瓷器、金石、

---

① 即falcon的音译，西欧传来的鹰炮、隼炮在明代的名称，是一种中小型野战炮，弹道较平直。

珊瑚形大且重，不易上路，才一拖再拖，留在京城，建了这避瘟楼，都堆在楼下，件件都是阁老心尖血肉，大人这一炮下去，阁老心血毁于一旦，登时就要断了半口气。

"京军也说用炮，阁老不准，硬逼着上去强攻，死了不少人……"

舍得用一堆军士的命去填楼救自己儿子的命，却舍不得一堆瓶瓶罐罐，刘破虏被陈演的荒唐气得噎住，一时说不出话来，把肚却开了腔：

"那就教你家阁老自己去救儿子吧，我等爬不上你家楼上去，怕是人救出来，你家二位奶奶已经和贼人下崽了。"

破虏铁青着脸，和把肚拔腿要走，陈七一把抱住破虏的腿，跪在地上苦苦哀求：

"大人无论救不救公子，也请先救救小人，日落之前小人若搬不回兵去，横竖就是一个死啊！"

破虏压住火，转念想想，用马鞭狠狠的朝城头打了一鞭，说：

"走！"

陈家大宅在大时雍坊正中偏西，避瘟楼南边，刘破虏和把肚按陈七嘱咐，在鞍袋下藏了弓刀，在门前拴了马进了宅院。刚走到大门前就明显觉察到异样，陈家大宅上空有一大群乌鸦呈逆时针方向盘旋聒噪，如战场一般，刘破虏警惕地站住，厉声问陈七：

"你家院子里有甚么？"

陈七吓得不知所措，结结巴巴地说：

"没，没……没什么。"

刘破虏盯着他的眼睛看了片刻，不似有假，便径直走了进去，陈七慌忙跑在前面拉长了声音报信：

"南城兵马司刘大人到——"

一大堆穿着绫罗绸缎的人吵吵嚷嚷地从堂屋里涌了出来，为首的一个气呼呼地直冲刘破虏而来，却不是陈演，而是大学士魏藻德①。崇祯十五年清军逼近京师时，刘破虏早已在周延儒鞍前马后目睹过这位状元郎的风采，因此魏藻德虽不认得他，刘破虏却认得魏藻德，知道他是什么货色，所以气定神闲，站定了等他发威。

魏藻德扶住了因为走得急而不稳的纱帽，指着刘破虏的鼻子呵斥道：

"汝即南城兵马司指挥？竟胆大至此，阁老唤你回事，为何迟迟才来？"

刘破虏双手将拇指扣在鞓带②里搭住，懒得理他这一套官威表演，反而四周打量起来。一个涂了红漆的猪头丢在院子角落里，地上散落了不少祭品，想起来陈七说陈家做了许多天的法事，便不难理解陈家宅院上空盘旋着如此多的乌鸦了。刘破虏想到这里，不禁为自己被战场磨砺的敏感神经感到有些好笑，轻轻地摇摇头。

魏藻德以为刘破虏对他摇头，朝着刘破虏身后一看，只有一个随从，更是火冒三丈，嚷嚷着要治刘破虏的罪。

---

①魏藻德（1605—1644），顺天通州（今北京市通州）人，字师令（一作恩令），号清躬。崇祯十三年（1640）状元。擅长辞令，有辩才，崇祯十七年（1644）接替陈演担任内阁首辅，李自成入京后降闯，被刘宗敏逼赃，因嫌钱太少，被夹棍夹碎脑袋，全家被杀。
②皮革制成的腰带。

陈演赶忙上前去拉住魏藻德，让他到后边去，一边掩饰自己的慌乱，一边装腔作势：

　　"既是骆大人举荐的，想必刘大人定是精明干练之人，若能救犬子于水火，本官立赏银一百两，凡出力官兵，人各赏银一两。"

　　陈演想了想，自己也觉得一百两太少，又改了口：

　　"赏银二……二百两。"

　　魏藻德顺势在一旁狐假虎威的恫吓：

　　"还不快谢过阁老！"

　　刘破虏已经对陈演和魏藻德专门演给自己看的这一出不算高明的官场戏感到由衷地厌烦，又对陈演只肯出二百两银子救儿子的命感到好笑，刚才想不明白的账，一下就想明白了，对这个家财万贯的守财奴来说，一群兵士的命也抵不过他儿子的一条命，一群兵士的命加他儿子的命，也抵不过他聚敛起来的财富。

　　刘破虏还在沉思，把肚却早已按捺不住了，陈演和魏藻德演戏给刘破虏看时，他已经不知何时悄悄绕到了魏藻德的背后，魏藻德恫吓刘破虏的话音刚一落地，把肚的大脑袋就伸到了魏藻德耳边，平地炸雷地喊了一声：

　　"谢大人！"

　　熊瞎子喊山一般的咆哮，裹挟着战场带来的杀意和宿醉未散的酒气，猛地撞进魏藻德的耳蜗，让他肝胆俱裂，膝后发软，一屁股坐在地上，不可遏制的尿意让温热的液体在他身下肆意蔓延。

　　陈宅上方由乌鸦组成的黑圈轰地一声散去，院里仿佛也亮堂了不少，陈演见这军官对官威和赏银都无动于衷，急如热锅上的蚂蚁。魏藻德还不罢休，想起身再发威，站起来之后才发现身下的薄雪地上洇出了一滩不规则的黑渍，臊得没脸再闹，举起袖子掩着脸往外跑，全然不顾门外响起了急促的马蹄声，一个锦衣卫的缇骑纵马跨槛而入，险些把夺门而出的魏藻德撞倒，魏藻德起身要骂，待看清了来人又不敢张嘴，又羞又愤地跑了。

缇骑从鞍上解下两个沉重的包袱交给刘破虏，又从胸前掏出一封信，说：

"骆大人给刘大人的手令。"

心急如焚的陈演仿佛盼来了救命稻草，跺着脚凑上前来，催促刘破虏看信。

刘破虏用拇指搓碎了信上的封口蜡，展开一张鹅黄烫金笺，信里只有一句话：

"非为老狗取此楼，乃为大明取此楼。"

大时雍坊·陈宅·捉鬼

刘破虏在陈演急躁又期待的目光中看罢了信,意识到事态的发展和自己预想的差不多,无论这句"为大明取此楼"是不是真的,他都真的要为骆养性取了这该死的楼。

刘破虏把信折了几折揣在怀里,没解开包袱,从包袱口的缝隙伸进去摸了一下,指尖滑过次第堆叠在一起的冰冷甲片,像是摸到了两条巨大的钢铁蜈蚣,那是边军甲的铁臂手。刘破虏把缝拽大些,往里一看,黑黢黢的铁臂手上泛着淬火留下的蓝光,甲片压合处隐隐有些没抛磨的锻痕,伸手往铁臂手下一掀,蓝色布面下厚实的钢叶子铿然有声,确实是一等一的精甲。

从辽东回来之后,刘破虏只在去年随周延儒出城抵御清兵那一回①披过一次甲,那是一件罩甲,表面看上去样子尚可,里面却偷工减料,甲片只勉强护住了要害,其他位置的甲片根本没有,却依然在外面钉上了铜泡钉糊弄人,甲片既薄又软,未经锻过,两相一碰,声音暗哑,以手用力一掰,竟然弯了,可见钢口无火。官兵们私下里都说,这种粗制滥造的劣甲,穿了上阵护不了命,逃跑的时候又嫌累赘,还不如不穿。

刘破虏见了这甲,百感交集,这正是他爹战死在大凌河时穿的式样,也是他在关外戎马倥偬十多年不曾离身的式样,这甲当然不可能是一时片刻造出来的,而是从某个他不知道的府库里取出来的。大明朝有好钢,却用不到刀刃上,大明朝有好甲,却披不到卖命的人身上。骆养性送了这式样的甲来,固然有抬举刘破虏的意思,

----

①指崇祯十五年(1642)末,清军再次入关威胁北京的事件。

但更深层里，是不希望他刘破虏死，有这精甲在身，刘破虏固然不易死了，但刘破虏被劣甲害死在战场上的无数同袍、部下们，在九泉之下的冤屈，又与谁说呢？

陈演见刘破虏抚着沉重的包袱不说话，还以为是什么金银财宝，贪婪之心又起，伸着头来看，刘破虏猛地抬头说：

"阁老，家中何处最高？"

陈演吓得一哆嗦，舌头也打了结，说：

"大……大屋，大屋楼上最高。"

刘破虏把包袱丢给把肚，轻轻地说：

"走。"

陈家的女眷们见救兵应承下来，又或真或假地哭成一团，陈演一边让人给刘破虏带路，一边厌恶地向着她们摆手，把她们赶回屋去。

陈七在前面引路，陈演和刘破虏一起进了陈家大屋正堂，刘破虏看见朝南的墙上挂着一副楹联：

忠良永葆金瓯固

英魂世代镇三韩

两联中间是一幅画像，一个穿着大红色官服的文官端坐正中，这应该是某位去过朝鲜战场的陈家先祖[1]。

刘破虏还注意到，陈演这个满朝闻名的大贪官，反而专门偏好

---

[1] 陈演的祖父陈效，壬辰倭乱时任监军御史，后病死。

松、竹这些东西，屋里放了不少罗汉松和碧玉雕成的假竹子，北面墙上挂的一幅字"清风两袖，一世高洁"带来的强烈反差更加重了此人身上的荒唐。刘破房想起随祖大弼在陕甘一带追击流贼时，流贼大小头目们为了避免祸及家人，也为了在流贼中立威壮声势，专起些与自身特征相反的诨号，唤作"通天柱"，捉住的却是个五尺差半寸的小矮子；唤作"胖弥勒"，捉住的却是个麻杆样的瘦猴子；唤作"玉面王"，捉住的却是个大麻子脸，真是缺什么"补"什么。流贼们这么干有无奈的因素，陈演的荒唐却远远在这之上。

陈七心有余悸地推开二楼窗户，避瘟楼的全貌第一次如此近距离地映入刘破房的眼帘，他和把肚伏在窗户上，细细观察这座高大的建筑物之后才发现，之前在城墙上的设想未免有些太乐观了。避瘟楼的整个楼体建筑在一个夯土包砖的台子上，刚才只看到这台有一丈多高，现在近距离观察才发现，台体角度陡峭，且十分光滑，难以攀爬，一层墙壁甚厚，朝南的门在一个狭窄的门洞里，要把炮弹准确地打在门上，不但需要一门弹道低伸平直的火炮，而且必须抵近射击才能保证第一发就将门击破。

即使炮手足够高明，第一发就准确命中击破了门，如果压制不住楼上的弓箭和鸟铳，兵丁从陈宅冲进楼里的途中势必承受惨重的伤亡，即使兵丁顶住伤亡冲到楼下，也要花好一阵工夫才能攀上台子，这么长的时间足够楼里的人决定是不是要撕票拼个鱼死网破了。

楼上密密麻麻狭窄的窗户倒不如说是枪眼，每一扇都有向上开的盖板，抱厦突出楼体，楼里的人从抱厦里探出身来，可以杀伤试图攀台的人。看见这些，再想到自己手里那几十个乞丐兵，兴许刚在家里吃到几个月来的第一顿饱饭，刘破虏在脑海中一个又一个快速地否定着自己的设想。

把肚看出刘破虏内心的纠结，眯着眼睛估摸了一下陈宅到避瘟楼的直线距离，说：

"晚上打，铳有火，弓没有，但能使弓的太少，金先生请来。"

破虏诧异地看着把肚。二人在关外喋血十几年，破虏如何能不知道把肚的想法？鸟铳在夜晚射击时，火绳的亮光是弓箭很好的目标，而且弓箭较鸟铳射速快得多，如果有足够的神射手，距离够近，自然可以压制住对方的鸟铳，掩护兵丁登楼，黑夜是最好的掩护，这几乎是最安全可行的方案了，也是刘破虏第一时间就想到的方案。

刘破虏诧异的不是把肚的策略，而是把肚管金倚陆叫"金先生"，而不是"帮子"或别的什么诨号。他轻轻摇摇头，说：

"你忘了，还有个善使刀的鬼，夜里帮着他。"

把肚答：

"那就先捉了那鬼，再夺这楼。"

陈演听到二人谈起"鬼"来，先是浑身一抖，复又大怒，打骂起陈七来：

"混账东西！甚么事也敢往外说，今日便撕了你的嘴！"

这句话刚一吐口，他又注意到刘破虏脸上从口至耳的骇人伤疤，想到还要靠这两个关外的莽夫办事，不禁为自己的言语有些后悔，又怕闹鬼的事吓退了刘破虏，赶忙打圆场：

"刘大人莫怕，这鬼晚上才闹，也不敢入宅，刘大人只管白天夺楼。龙虎山张天师前日向皇上告假，回江西去了，我已去信，请他早日回京作法，除了这鬼。"

刘破虏冷笑两声说：

"阁老不必多虑，下官所惧甚多，唯独不怕鬼，因在关外厮杀多年，常年与鬼为伴，夜夜听鬼嚎哭。"

陈演听出刘破虏话里有话，却不明白是什么意思，一时接不上来，只好尴尬地讪笑两声。

刘破虏却未罢休，冷笑着说：

"阁老不想知道，那关外的鬼夜夜哭些甚么？"

陈演听到这里，心里恐惧陡增，但又有求于人，不好拒绝，只好顺坡下驴，颤抖着说：

"哭……哭些什么？"

刘破虏咬着牙，面目狰狞地说：

"那些死在沙场上的鬼心有不甘，夜夜游荡号哭，说京师里庙堂之上运筹帷幄的大人们，害我等死得好生冤屈！"

陈演只听懂了一半，依然吓得半死，嗫嚅了半天，没敢说出半个字来。把肚轻轻地拍了拍刘破虏，才把他的情绪从辽东拉回现实。

把肚指着避瘟楼说：

"好生怪这楼。"

刘破虏回过神来，也觉得跟陈演这种废物说这些事，也是白费口舌，他顺着把肚所指再次看过去，才意识到之前没发现避瘟楼的"怪"，是因为注意力全被它的军事防御功能吸引住了，把它当作了一个要塞,心里想的全是如何攻克它的事。现在把它作为一个建筑物整体打量,才发现这楼的形制和模样确实透着说不出的古怪,它具备其他类似的建筑物应该有的所有结构,却在每一个细节上都有所不同,它像是另一个时空里的东西,凭空出现在了本不该出现的地方。刘破虏一时无法形容这楼在近距离给他的视觉感受,直到他脑海中浮现出两个字:

邪性。

刘破虏看着避瘟楼上密密麻麻的小窗子问陈演:

"这楼谁人建造?可有图纸?"

陈演眼睛转了几转,答:

"系南方请来匠役,楼未成即疫死,身后物都教人烧埋了,故也无处寻他图去。"

刘破虏观他神色,知道其中必有蹊跷,但一时半刻难以问出实话来,心里已有计策,便不跟他计较,继续问他:

"楼上有多少条铳?多少火药?"

陈演支吾半天,说不出来。

刘破虏以为他真不知道,转头看向陈七,陈七小心翼翼地说:

"约有二三十条铳,火药四五百斤,铅子一千粒。"

破虏和把肚都吃了一惊,破虏半震惊半揶揄地说:

"陈阁老,您这是要造反啊?"

陈演惊惧地不停摆手道:

"刘大人可不敢乱说!"

刘破虏又问:

"楼里家丁原有多少? 夺楼那夜, 没有一点动静?"

陈演已经吓得不敢再答话, 示意陈七回答, 陈七说:

"楼里家丁男妇约有二十人, 夺楼那晚没有一点儿动静, 第二日午时, 那贼恐尸首臭了, 才从窗子一一扔将出来, 俱是男的, 共十三具。"

刘破虏一算, 此事过去没几日, 天气冷, 尸首兴许还没有烂得很厉害, 夺楼前必须确定那个使刀的高手到底是在楼里还是依然潜伏在周围, 忙问:

"尸首在哪里?"

陈七答:

"尸首俱按阁老吩咐, 拉出西便门丢了。"

陈演恶狠狠地看着陈七, 干瘪的嘴唇一动一动, 却不出声, 只看见两条稀疏的鼠须不住地颤动。

刘破虏心中一凉, 忙追问:

"尸首中可有被竖着劈成两半的?"

陈七不敢再回答, 惶恐不安地看着陈演, 直到陈演闭了一下眼睛表示默许, 陈七才怯生生地说:

"没有。"

刘破虏眉头紧锁, 他怀疑每天晚出早归的两个铳手里, 有一个就是那个刀法凌厉到被人当作鬼的高手, 但他确定不了, 这关系到夺楼究竟要在白天还是晚上。前者势必要死不少人, 死人的事他见多了, 但他现在死不起太多人, 若是楼里没这几个肉票, 虽然这楼古怪, 要取它也易如反掌, 楼四周都是空旷的平地, 将兵四下一围,用楯车抵近了架炮、用火，都能用最小的代价夺楼。

但现在，人质和鬼，把他的头脑和手脚都牢牢地束缚住了。

他决定先放下这个难以捉摸的鬼，把注意力集中在楼上，于是要来纸笔，粗略地把避瘟楼周边的地形画了下来，又标注了陈宅和内城城墙到避瘟楼的距离。画完之后对陈演说：

"阁老，下官还要回衙门调兵，还要烦请阁老备些酒肉，以飨官兵。今日天色已晚，下官明日再来府上为大人筹划。"

陈演见刘破虏应承下来，且颇有韬略，不禁喜上眉梢，暗自思忖把这两个粗鄙武夫方才的种种不敬先记下，且先使了他俩再说，于是一脸堆笑，颔首如捣蒜说：

"那是自然，不知刘大人动用兵马多少？好吩咐下人准备。"

刘破虏昂首答道：

"下官麾下青壮官兵八十人，劳阁老费心。"

陈演听说刘破虏手里只有八十人，刚刚上浮的心情再次跌入谷底，眼前一黑，再回过神来的时候，刘破虏二人已经下了楼正往门外走。陈演赶紧催促陈七赶上去送，自己也提着过长的下摆急匆匆往楼下走。

待陈演走到门前，破虏把肚二人已坐在马上，向他草草作个揖，便向宣武门方向去了，气得他胡子再次抖动起来，冲着陈七骂道：

"不知死活的狗奴才，还不快再去南城兵马司！"

陈七一时反应不过来"不知死活的狗奴才"到底是在骂自己，还是在骂刘破虏，胆怯地问道：

"老爷，再去南城兵马司作甚？"

陈演更加火冒三丈，跺着脚尖声叫道：

"去问这两个达子明日何时来！"

一众下人都吓得不知是进是退，不由自主地朝院子里缩。

破虏和把肚骑着马接近了宣武门，包袱里的盔甲随着马臀的起伏发出哗啦哗啦的响声，本该昏黄的日头在京城灰蒙蒙的天空里坍缩成一个白色的圆斑。把肚用马鞭指着左边天主堂顶上青灰色的十字架叫破虏看，说自己曾在西边的草原上，见过许多刻着这东西的石头和石人，破虏没有接他的话，反而向左抬眼看看那白色的圆斑，说：

"去会同馆请了金先生，吃酒去罢。"

把肚也没有接他的话，反而问他：

"分明只有四十人，你如何诓那老儿八十人有？"

破虏答：

"你看不出他是个蚊子脚上剔肉，鹭鸶腿上刮油的小器东西？教他办四十人的酒食，他必按二十人准备，只有教他办八十人的酒食，方能够用，夺这贼杀的楼如何能不死人呢？便是死，也不能教执弓的人饿着死了。

"不早了，快些走罢。"

二人催马快走，包袱里哗啦哗啦的声音变得剧烈起来，宣武门破败的城楼上密密麻麻的乌鸦用漆黑的眼珠一动不动地盯着二人越来越小的背影，一声不吭。

陈正海见二人回来，急忙上去问了情形，刘破虏简单应了几句，就给他十两银子，叫他去办一桌好些的菜，又让人回家去取骆养性送的酒，告诉老沈晚上不回去吃饭了。随即急匆匆写个帖子，差个会骑马的弓手去会同馆请金倚陆。

陈正海拦住去送帖子的弓手，问：

"大人还不知席设何处，如何送帖子？"

刘破虏一边叫过弓手来，把帖子拿在手里，一边吩咐陈正海：

"席设正阳门外观音庙旁福禄居，快些订。"

陈正海看见帖子中央三寸宽的红纸上写着：

"腊月二十五酉时 正阳门大街福禄居 洁樽 金倚陆 拜订 南城兵马司 刘破虏"

刘破虏又拿过笔，在"拜订"的下面写上"速驾"①两个字。

陈正海觉得有些哭笑不得。刘破虏邀请的这位金大人住在会同馆，想必也是官家人物，若说刘破虏不重视这位大人，他竟舍得出十两银子设席，若说他重视，他这样请人赴宴实在古怪。京师文武官员、士大夫之间互相邀约宴饮，必提前三五日一帖邀请，宴饮当日一帖提醒，对方应邀途中一帖相迎，是为"三帖"，对方出于礼节还应至少回一帖，如今刘破虏不但申时请人赴酉时的宴，还在帖子上写"速驾"，实在是天大的无礼。陈正海觉得自己有必要提醒刘破虏，这样请客是会得罪人的，于是把顾虑说了出来。

刘破虏摆摆手，说：

"来不及，速去办。"

陈正海嘟囔着，一边叫人备马一边往外走，正巧和满面愁苦的

---

①务必赏光前来。

陈七迎头碰上，陈正海虽然好奇刘破虏在陈家的经历，此时却没空理他，匆匆走了，将他一个人撇在堂下。

陈七未开腔便先"唉"一声，表明自己身不由己的处境，然后才开了口：

"刘大人……"

刘破虏早就看见了陈七，却佯装没看见，等陈七开了口，眼睛抬也不抬，问他：

"你又来作甚么？"

陈七为难地说：

"阁老差我来问大人，明日何时夺楼破贼？"

刘破虏依然不抬眼，答：

"你家主仆上下俱不说实话，不肯将实情一一相告，我不知楼中虚实，怎可贸然动兵？夺楼破贼，说来轻巧，还需从长计议，我既应承，必破此楼，你教阁老安心等着罢。"

陈七噗通一声跪在堂前，哭着说：

"但凡大人所问，小的知无不言，句句属实，不敢有半字相瞒。大人若不出兵破贼，公子若有闪失，小人也活不长了。"

在一旁眯着眼睛半晌没说话的把肚突然睁开了眼睛，揪着陈七的领子把他从地上提起来，说：

"城里、城外俱是乱的，守门的兵一半都死了，多的是逃奴，奴变也甚多，他要杀你，你却不逃？说，你有甚么在那楼子里？"

陈七被把肚的话扎在心里，刚被拎起来的身子再一次伏在地上，泪水夺眶而出，哽着嗓子说：

"我本是军匠，不堪喇唬勒索，夫妻两个离籍卖身为奴到陈家，我妻儿俱教大公子带进避瘟楼里伺候他夫妇去了，我儿才十岁，楼里扔出的尸首并无我儿，我儿尚在啊！"

破房和把肚对陈七的身份和事情的原委都感到有些唏嘘和诧异，一时说不出话来，堂上堂下的几个人方才都被刘破房支出去办事，剩下三人相对，听着陈七抽抽搭搭地哭。

刘破房等他哭了一会儿，语气稍缓和了些，问他：

"我已知陈阁老有事瞒我，此楼究竟何人所建？此人现在何处？你既有妻儿在贼手，助我即是自助，你需思量清楚。"

陈七擦了涕泪，忙不迭地答：

"这楼确系阁老从苏州请了工匠北上所建，此人姓何，在府上住了三月有余，入冬时染疫死了，此事不假。但图纸并非寻不到了，那图纸分明是阁老交给姓何的工匠，楼未建成便收回去了。"

刘破房看得出来，这已经是陈七所了解的极限了，事情比刘破房预想的还要复杂得多，但已然是酉时了，他已经没时间思考了，便和把肚急匆匆地往外走。

陈七怅然环顾四周，堂上堂下空空荡荡，不见半个兵，刚才的人也都不见了，便对着刘破房的背影大喊：

"大人，大人！你的兵在哪里？"

刘破房头也不回地快步往前走了约十多步，停了一瞬说：

"在海里。"

陈七听不懂刘破房在说什么，望着破房和把肚的背影喃喃地重复着：

"在海里？"

腊月天暗得早，刚过酉时，天就黑了，大街两旁尚有活人的宅子纷纷点了灯，稀疏的灯火星星点点散布在骡马市街的两旁，并未给漆黑的大街增添生气，却伴着呼呼的北风平添几许凄凉。破房和把肚都摸出马铃，坠在胸带上，以免在夜里撞到了人。行色匆匆的路人手里的灯笼忽明忽暗，灯笼上都贴着避瘟符，被北风吹得噗啦噗啦响，飘动在黄纸上的符脚像活了一般，刘破房盯着灯笼，又想起了那个"鬼"。

根据陈七的描述，这鬼两次行凶都在没有月光的夜里，杀的都是掌灯的人，可见他试图通过斩杀掌灯的人使对方陷入彻底的黑暗，伺机在混乱中屠杀其他人。闹鬼的第二天，即腊月十四，皓月当空，楼上又举了火，鬼就没有出现，说明他很可能是一个人单独行动，不愿或不能在光亮下以寡敌众。但不知为何，他两次行凶都在斩杀了掌灯人后便无影无踪，这令人难以理解。更难以理解的是，鬼出现了两次，杀了三个人，都是一刀毙命，手法相同，成功为这伙喇唬骗到了钥匙，但到了夺楼的关键时刻，鬼似乎又没有参与。这些疑惑在刘破房脑子里绕成了一团缠死的弓弦，让他头痛，完全没有注意到陈正海骑着马从对面小跑过来。

陈正海一脸焦虑，欲言又止地说：

"金大人到了……"

刘破房闻言，立刻拍马疾走，马铃急促地响了起来，走出几丈远，才发现陈正海依然站在原地，于是拨转马头回来，有些不耐烦地问他：

"如何不走？"

陈正海的声音有些颤抖，不知是冷的还是恐惧：

"大人并未告诉我这金大人乃是朝鲜人……武官私结外国使臣，若是让御史闻知，这……这是杀头的大罪啊！"

刘破虏不以为意，笑着答：

"杀头的大罪，今日犯了没有十个，也有五双，头却只有一个，故今日横竖只吃一刀，不能斩我两次。御史？你若能寻到活着能管事的御史，且告知我，我正有状要告。"

把肚在旁不屑地说：

"怕个毬……"

刘破虏见陈正海仍在犹豫，也不管他，和把肚两个拍马沿着骡马市街朝东走了。眼见二人在黑暗中本就模糊的背影渐渐消失了，陈正海把牙一咬，心一横，循着那叮叮咚咚的声音追了上去。

一个唱曲的不知在何处卖唱，声音忽远忽近地飘来，却偏能和二人的马铃声合上，仿佛有人有意唱和一般：

> 二十载金戈铁马
>
> 十八年南征北伐
>
> 魂断了，辽东路
>
> 成败也萧何，胜负都随他
>
> 山河破碎，关内万里，无处归家
>
> 了却残命，只落得一条老狗，两个鸣蛙
>
> 独臂将军，犹说关外事

锦州城外，人不言，马不语，惊涛拍岸，古塔昏鸦

这曲子很怪，却一下扎进了刘破虏的心里，他猛地勒住马，想用耳朵捕捉这飘忽不定的声音，把肚也在前面勒住了马，陈正海赶了上来，三人停在一处，马蹄的哒哒声和马铃的叮咚声顿时都停下了，不料那唱曲的声音也随之戛然而止，三人三马立在寒风中，只听见呼呼的风声。刘破虏环顾四周，从怀里抓出一把折五的崇祯大钱，朝空中一撒，大喊道：

"莫留此处，往南去！"

大钱噗噗噗地掉在雪地里，留下一片密密麻麻的圆形小坑，仿佛锦州被铳炮打得坑坑洼洼的城墙。唱曲的人没有理会刘破虏，回应他的依然只有呼呼的风声。刘破虏不知道唱曲的是和他一样从松锦战场回来的老兵，还是吴三桂从海上运回关内的辽民，他又朝四周看了看，说：

"走。"

三人拍马疾驰，沿着正阳门大街一路向北，道路两旁的灯火越来越密，路上也越来越亮，不一会儿就到了正阳门的瓮城处。这里是京城为数不多的几个仍很热闹的地方，十多家茶肆酒楼鳞次栉比，排列在关帝庙和观音庙的两旁，观音庙前仍残留着未拆除干净的木质牌楼，这是皇帝为了祭奠洪承畴殉国而修建的祭坛的一部分[1]，现在被食客酒徒用来拴马，被戏称作"督师桩子"。店铺前游

---

[1] 松锦之战后，崇祯皇帝误以为洪承畴殉国，在正阳门下观音庙前设坛祭他，后洪承畴降清的消息传来，坛被拆除。

人如织，残破的牌楼下拴着不少马和骡子，等待主人醉饱而归的下人都挤在各店的前堂下取暖，背街的暗处散布着不少人老珠黄的流莺，用墙上的白灰抹了脸，希望能借着昏暗迷了酒徒的醉眼，寻些生意。正阳门下的情形，和这座大城里其他地方的衰败和凄凉，形成了鲜明的对比，看着这片混乱而繁华、嘈杂又污秽的人间烟火，谁能想到在这个城市的黑暗角落里，发生着世上最可怕的事呢？

刘破虏想。

福禄居是外城数一数二的馆子，以苏造肉、焖炉鸭子等南菜闻名京师，酒楼上下三层，平日里座无虚席，需提前半月预订，闯贼一过黄河，京师士民南迁日多，这才轮上陈正海订上了三楼的雅间。福禄居有后院，因此不必冒着被盗的风险将马拴在那督师桩子上，三人匆匆将马交与伙计牵去后院照看，便急着上了楼。楼下座无虚席，京师冬日流行吃关外传来的热锅子[①]，木炭的烟火、热锅蒸腾的白气让整个大堂都变得雾蒙蒙的，木制的楼梯在三人脚下咯吱咯吱地响，楼下的伙计识相地追上来，将一个铺着红布的盘子呈给刘破虏，盘子中间放着订好的菜单：

肥鸡佘子炖豆腐

笋干拆肉

青韭菜炒虾干

多葱肝肠

---

①明代对火锅的称谓。

苏造肉攒盘①

南炉鸭子

苏州丸子

口蘑锅烧鸡热锅子

羊血烩羊肝

鲜汤炖萝卜

老米水膳

金银红糖饽饽

京师这些有名的馆子，依然能在这么乱的世道下，从西山的暖房②里拿到本不该在冬天出现在桌上的韭菜、黄瓜，这并不令刘破房感到奇怪，他奇怪的是为何陈正海几乎点了一桌子荤菜，他转头问陈正海：

"怎的不许桌上见半点儿素？"

陈正海尴尬地回答道：

"出门前把肚大人吩咐过，说他不吃草。"

刘破房看一眼把肚，把肚正在挤眉弄眼，看见刘破房看他，理直气壮地说：

"十两银子三头羊办下了，怎的花这多钱来此吃草？天气热了草多的是。"

刘破房对把肚的这套歪理哭笑不得，转念一想倒也有几分道

---

①即拼盘。
②古代用于在冬季培育蔬菜水果的设施，设有火炉。

理，这些暖房里的菜，平素也无人真的吃它，只是要请只有一面之交的朋友做刀头舔血的勾当，不得不摆些排场罢了。

三人在伙计接引之下，进了三楼雅间，金倚陆早已在外间正襟危坐，佩刀倚在桌边，白衣帮子垂手立在一旁。金倚陆见刘破虏进来便起了身，刘破虏快步上前去，三人互相行了礼，刘破虏赶紧赔礼道：

"今日军务在身，冒昧相邀，非但不见三请，竟致宾客待主，万分失礼，望金兄海涵。"

金倚陆爽快地说：

"若非刘兄赠我骏马，我又何以赶在刘兄之前呢? 并无失礼之事，兄且宽心。"

寒暄一阵，刘破虏便邀金倚陆入席，二人稍作推让，金倚陆便靠窗坐下，却依然将佩刀倚着窗户放在右手边上。把肚见他刀不离身，以为他对二人还有防备之心，不禁觉得这朝鲜人气量褊狭，便出言揶揄道：

"金兄弟要用这大刀吃肉怎的? "

金倚陆下意识地扶了一下刀柄，愣了片刻才琢磨出把肚话里的意思，随即拊掌哈哈大笑。把肚不知这有什么好笑，费解地看着他，金倚陆停住笑说：

"刘兄误会，刀不离身系我少年时习气，二十年来，不曾有变，并非为防备二位。"

把肚想起来金倚陆曾将佩刀交给刘破虏把玩，如果真有防备之心，断不会这样做，确实是自己想错了，可他还是有些不明白，又问道：

"莫非朝鲜和大明一样，不太平，贼多？"

金倚陆摇摇头，表情严肃了些，答道：

"我父战殁于萨尔浒后，万历皇帝赐我父辽东伯，适逢我国局面不稳，恐建奴东侵，国中奸臣有阴倡擒我叔侄二人献奴者，我叔父金应海遂携我避居南方釜山，自此刀不离身，枕戈待旦，已有二十年矣。"

把肚听罢愤愤不平，一巴掌拍在桌子上说：

"我看你这国也不过是个小大明！"

金倚陆的一番话本来让席间气氛有些凝重，但众人又都被把肚的"小大明"逗乐了，席间复又热络起来。刘破虏请白衣帮子也坐下，金倚陆也吩咐他坐下，他才客随主便，有些拘谨地守着门坐下。把肚想起上次忘了问他姓名，便问他叫什么，白衣帮子没有立刻回答，反而抬眼看着金倚陆，金倚陆笑着说：

"大人问你姓名，你答便是，看我作甚？"

白衣帮子起身作了揖，答道：

"在下金明镝，廿岁有二，朝鲜国江原道华川郡人，崇祯九年随金大人朝天至京师。"

刘破虏见他总是眉头紧锁，心事重重，未料到他如此年轻，掐指一算，他随金倚陆来大明时，不过是个半大孩子，转念又想到他的身世，也就有些理解了这年轻人为何总是郁郁寡欢，于是客套道：

"金兄射艺绝伦，贤弟跟随金兄多年，想必亦非等闲。"

金明镝低头不语，金倚陆接过话说：

"我国旧俗，孽子文武不能登科，故我虽时时督促，他读书习武总不上心，游手好闲，倒好山林游荡射猎，故射术略有小成。"

把肚看金明镝闷闷不乐，挤眉弄眼地对他说：

"我也好使鹰用犬，追羊逐鹿，更次我两个较量较量。"

伙计上了些攒盘、果子，又在桌中央架了热锅，刘破虏招呼伙计斟了酒，举杯道：

"前次与金兄相约，便思良晤有期，不如乘兴而起，今得蓟酒一樽，必飨知遇，且共饮此杯，以迎年关。"

几人举杯一饮而尽，刘破虏说：

"我几个地北天南，虽风俗殊异，却气类相投，相聚于此，并无甚么规矩，顺义尽情罢。"

众人闻言，彼此客套几下，便推杯换盏起来。把肚嫌酒杯太小，叫伙计换了碗来，又弃了筷子，拧下鸭子腿给金倚陆，金倚陆也不客气，拿起便吃，赢得把肚赞许的目光。

酒过三巡，金倚陆举杯笑道：

"贵国俗谚，无事不登三宝殿，我知刘兄必有以教我。我寄人篱下一废人，承蒙刘兄看得起，不知何事，不妨说来。"

刘破虏本打算酒意浓些的时候再开口，不料却给金倚陆抢先将了一军，索性豁出去了直话直说：

"今日之事，万难启口，乱世逢难，需借金兄要紧之物一用。"

桌上的人除了把肚，全都怔住了，金倚陆先是一怔，复又一笑，仰头一饮而尽，说：

"金某身无长物，惟有一弓一刀傍身，犹如臂膀，除此之外，刘兄拿去便是。"

刘破虏也一饮而尽，笑着说：

"要借金兄性命一用。"

金明镝大惊失色，试图从椅子上站起来，陈正海也慌张地在椅子上转来转去，只有彼此试探的二人依然气定神闲。金倚陆笑着说：

"我闻贵国边军旧有杀良冒功者，曰'借人头'，不知金某项上人头，所直几何？刘兄若能将我人头送还故国，拿去便是。"

刘破虏正色道：

"方才是玩笑话，不过试探金兄胆气，若金兄作难，我即住口，权当一笑话。既然金兄胆气豪壮，我便明说，想请金兄为我赴险射贼。"

金倚陆闻言哈哈大笑：

"我以为刘兄有借无还，不料有借有还，引弓射贼，这有何难，不过以二位刘兄的本事，是何等贼人，竟让刘兄作了难？"

刘破虏随即将那白日见闻，拣要紧的说与金倚陆听了，又将避瘟楼种种古怪凶险之处细细道来，金倚陆的眉头越来越紧，刘破虏讲完，金倚陆的眉头已经锁在一处，随即问道：

"那避瘟楼下之台，系堆石而成，或用砖砌筑？"

刘破虏答：

"应系夯土包砖，陡峭难攀。"

刘破虏见金倚陆半天不说话，以为他犯了难，便宽慰道：

"此据楼之贼，非常贼也，行踪诡秘，阴鸷狠毒，若我猜得不错，其中必有关外建奴的细作，此去以身犯险，九死一生，并非擒捕小贼，应手即下。我部下官兵，器械粗劣，衣甲也无，武艺荒废，气力难当，只可壮声势，实难杀贼，故出此下策，金兄若为难，在下决不强求。"

金倚陆还未说话，金明镝倒急了，脱口而出：

"不是说要动身东归……"

金倚陆抬手，示意金明镝不必再说，随即正襟危坐，闭上眼睛，像是睡着了。众人见状都不说话，时间仿佛凝固了一般，过了片刻，金倚陆猛地睁开眼睛，笑着举杯说：

"金某这条命，就暂借给刘兄了。"

众人一齐举杯，又饮了几轮，金倚陆说：

"闻刘兄道那楼种种古怪，我似有见闻，宜早去查看。"

刘破虏连连应承，又说：

"金兄既然相助，刘某感激不尽，惟求金兄改换我国服饰，盖因文武官员私结外国使臣，乃我国之大罪，况金兄与我等穿街走巷，也方便些。"

金倚陆答：

"那是自然。"

刘破虏吩咐陈正海，替金倚陆备好大明衣冠，又见众人皆酒足饭饱，索性撤去碗盘，在桌上铺开白天绘制的草图，谋划起来。

刘破虏在避瘟楼周围画了一个圈，指着圈说：

"方才说过，贼中有一刀法绝伦之人，形如鬼魅，我等若夜里攻楼，难免堕入其计，况茫茫黑夜，我潜伏虽易，贼奔逃亦然，若我兵伤亡溃围，贼挟质逃出城去，则前功尽弃。"

金倚陆说：

"刘兄意思，先设计擒了这鬼，再图此楼？"

刘破虏点点头：

"我思那两个使铳的游贼，有人身上带着长刀，许有一人是鬼，若我等能设计擒了二贼，一可知楼中虚实，二来若是真擒住了鬼，则我兵可在夜里攻楼。"

刘破虏见众人都不说话，索性把思索了半天的夺楼计划和盘托出：

一、腊月二十六日再侦避瘟楼，从京营中拉一门发烦炮藏在楼南民居之中，对准避瘟楼南门，设好标的。

二、腊月二十六日傍晚设计擒捕昼伏夜出的二贼，务必活捉，问清楼中虚实。若那鬼在二贼之中，则设法拖延至天黑，破门夺楼，若那鬼不在二贼之中，则即刻夺楼，天黑之前，必破此楼。

三、若在白天破楼，则由兵马司官兵围住避瘟楼，四面鼓噪，让贼人不知官兵从何处进攻。发烦抵近平放一发破门，金倚陆和刘把肚率兵丁用弓箭压制住楼上贼人铳箭，刘破虏着甲率兵从南门冲入楼中破贼。

四、若在夜里破楼，则由两个与二贼身形相仿的官兵，穿了贼人的行头，骗开楼门，刘破虏等人四处埋伏，一拥而入，其他官兵，四面围楼，擒斩零星逃贼。

刘破虏的整个计划考虑周全，且把最凶险的任务放在自己身上，让金倚陆心生佩服。他仔细看了草图上陈宅到避瘟楼的距离，又根据刘破虏的描述推测了避瘟楼射窗的大小，知道自己完全有把握在这个距离上准确地把箭射入窗子，心中有了底气，也明白了刘破虏请自己来的用心。兵马司的官兵虽多，能在这个距离上用箭射杀楼上之人的，只有他和把肚、明镝三人而已，贼人却有不下十人，且居高临下，刘破虏冲入楼中的一段路确实如他所说，是九死一生，请金倚陆和刘把肚一起压制楼上之贼，等于把自己的性命交到了二人手里。金倚陆想到这里，手心沁出汗来，脑海中开始设想自己狙杀楼上之贼的画面。

把肚急切地说：

"我同你一齐进去，我有玛哈嘎拉黑天大菩萨护身，铳箭不能伤我。"

刘破虏摇摇头：

"兵马司众兵技艺，你我难道不知？纵有强弓利铳，不过胡打乱放，徒壮声势。要害所在，一在捉了那鬼，二在遏住楼上之贼，此事非你和金兄不可。"

席间从头到尾没有说过几句话的陈正海此时突然开了腔：

"尚有一件要害事情。"

把肚问：

"甚么事？"

陈正海一字一顿地说：

"还缺一个善使炮的人。"

宣武门外·天主堂·炮神

刘破虏和金倚陆在兵马司商议夺楼的时候，陈正海已经带着驴车回来了。拉车的公驴天不亮就起来干活，又没给足料，在兵马司衙门前用蹄子刨着雪，转着圈不满地大叫，硬是吵醒了在内堂补觉的把肚。赶驴的杂役扬起鞭子要打驴，公驴倔强地不肯服软，一人一驴对峙在门前的雪地里，惹得正要去日值的官兵挤在门前笑。

把肚随手从马料袋里抓了一把铡碎的干草，走到杂役身边，把他拿鞭子的手按了下去，把草递到公驴嘴边。公驴瞬间温顺了，闻了闻草料，随即大口咀嚼起来。把肚一边捋公驴的长耳朵，一边说：

"饿呀它，饿了你，也叫。"

刘破虏和金倚陆闻声也走了出来，陈正海见金倚陆并未换上备好的曳撒，依然穿着他打了补丁的鸦青色贴里，但摘去了大帽上的雉鸡翎子和串珠，乍一看已经是大明武官的模样，但仔细一看，大帽和网巾的样式仍有些许不同，但普通人已经很难辨别出来了。陈正海赞许地说：

"大明风俗，帽有翎羽者多下等番役，官民不知东国风俗，恐轻慢了大人，如此这般甚好。"

陈正海疑心是自己准备的衣帽不周，所以金倚陆不肯穿，又问：

"下官所备曳撒、鞶带、靴帽式样是否不合金大人心意？"

金倚陆拱手道：

"谢陈兄美意，衣帽带靴甚合意，只是倚陆少时立志，我东国一日未破奴贼羁困，凤林大君一日不还王京，倚陆一日不着华服，不享安乐。"

一旁的金明镝似乎也对金倚陆的清贫生活不满，趁机插嘴道：

"先生攒着银钱一点不肯化，说要带回朝鲜去献给王上练兵御侮哩！"

刘破虏和陈正海都劝金倚陆，这些衣物在明朝不过是寻常料子，但穿无妨，但金倚陆心意已决，坚辞不受，二人便不再强求。众人一齐来到驴车跟前，陈正海利索地解开用稻草捆扎的一个五尺长的圆柱体，一门金黄泛青的长管发烦露了出来，炮身光洁如新，只在炮耳上有星点绿锈，刘破虏点点头，问：

"是崇祯九年西洋人督造之炮？"

陈正海摇摇头，又把稻草扒开一些，指着火门上的铭文说：

"系天启四年西洋人督造之炮。"

火门上方的炮身上铸着四行字：

　　捷飞灭虏大发烦

　　炮筒重伍佰贰拾斤　用药一斤　子三斤

　　天启四年王恭厂造

　　工部韩奋监　炮匠赵拾陆　王哈山

下面还有两个西洋字，一个像乾卦劈了一半，另一个像只耳朵。

刘破虏伸手在炮膛里摸了一把，把手伸到鼻子下面闻闻，又仔细观察了火门的烧蚀程度，有些诧异地问：

"此炮铸成之后，至多试放几次，再也未曾用过？"

陈正海答：

"京营之炮，惟城头红衣大炮尚精利可用，其余大将军、佛郎机、灭虏①等炮俱不堪用，佛郎机子铳迸裂，大将军炮膛积水成冰，京军平时操练俱有药无子，徒听个响，恐放子炸裂，杀伤人命。此炮系王恭厂拣拾来，京军不肯用，库里放着近二十年了。"

刘破虏奇怪道：

"王恭厂拣拾来？此炮铸造得法，京军为何不肯用？"

陈正海说：

"天启六年五月初六，王恭厂火药局药发，黑焰冲天，声闻数十里，东自阜成门，西至刑部街，瞬间化为齑粉者千人②。石驸马街有一大石狮子，重五千斤，平地飞出城外。药发火起之后，京师妖异之事不断，后朝廷废王恭厂，于北直门街之北再建安民厂，王恭厂废址挖出大小炮数十位，京军以为不祥，皆不用。"

把肚在一旁说：

"这样精炮，库中吃灰二十年有，却不肯发送辽东去，害俺每蹲在城头挨，好生憋屈！"

刘破虏想起去年夏天随京军出城布防时，京军挤在德胜门嚎成一团，哭声震天，不肯出城，各军士的家属云集道路两旁纠缠不休，京军诸将互相观望，极力怂恿对方先行，以至于明军久久不能完成集结，最后只好调集军士手持大棒，从后向前猛击拥堵逡巡的京军，明军大队才勉强出了德胜门。被一场爆炸弄得风声鹤唳，草木皆兵，并不奇怪，想到这里，他不禁开始担心陈正海是否能在这样一支军队里找到合格的炮手了，急切地问道：

---

①都是明军常用的火炮名称。
②指1626年王恭厂大爆炸。

"炮手呢？"

陈正海叹口气说：

"京军籍额十一万，今病死、逃亡十之七八，余皆半死之僵尸，或坐或卧，鞭而不起。偶有能立者挟一无弦弓、二三秃尾箭，挎一空鞘，闻炮掩耳，驰马坠地，已无炮手可用了。"

刘破虏追问道：

"一人都寻不到？"

陈正海摇摇头说：

"京军十一万，依万历祖制，使弓箭刀枪者四，火器铳炮者六，能放铳放炮者应五万有余，今依我看，喘气者不过七八千，尽是长生军、不死马，哪里寻炮手去？城内郊外，官民红喜白丧，俱从京军讨买火药放炮。今我持锦衣卫驾帖①，寻那火器营千总讨要柳炭火药一百斤，竟被他胡搅蛮缠，硬是讹去一两银子。"

陈正海又凑近刘把肚，压低声音说：

"京军营中也不太平，有闯贼细作混入军中，扬言贼军破城之日，若遭一炮，城破之后，炮手一个不留，故炮手多有异志，或逃亡，或隐匿。"

金倚陆没听明白，问道：

"长生军、不死马是甚么兵马？"

陈正海苦笑道：

"老军年逾六十，替役②则处处要钱，本营要钱，户部要钱，

---

①执行公务的凭票。
②明代京军服役到一定年限后可申请不再服役，由他人顶替。

下粮厅要钱，老军皆身负重贷，哪里有钱？故至死不能替役，名留军籍，如生人一般，戏称作长生军。军马倒毙不报，草豆照领，年三四十之神马比比皆是，故戏称作不死马，皆军中玩笑。”

金倚陆被震住了，他又想起了把肚昨晚在酒桌上说的话：

“我看你这国也不过是个小大明。”

金倚陆觉得把肚说的有道理，但他又有些困惑：究竟朝鲜是小的大明，还是大明是大的朝鲜？

刘破房也陷入了困惑，他觉得命运跟他，跟清军，跟闯贼一起开了一个大大的玩笑。炮手都死光了，他试图想要守住的这座城池，其实从一开始就根本不可能守得住，而清军派了那么多人手，想要送出关外的城防炮位图，其实根本就没有任何用处。李自成一路浴血而来要夺取的帝国京城，是一个瘟疫泛滥的地狱，无论他的将领们在瘟疫中获得了何种恐怖的抵抗力，他的士兵都不可能拥有同样的能力，只要他的流寇大军停止无休止的流动，长期驻扎在这里，最终的命运就是要么离开，要么解体。

在崇祯十六年这个寒冷的冬天里，所有的人都想得到北京城，但所有人的努力在老天爷面前都像个笑话。

想到这里，刘破房忽然觉得夺楼本身可能也没有任何意义，就算楼里的喇唬里混着从关外来的清兵，就算他们和获鹿的夜不收是一伙的，拿着一张废纸能做什么呢？杀戮、奸淫、折磨，不正是这个世道的主题吗？陈演不是好人，他儿子也不是，甚至陈七可能也好不到哪儿去，真正无辜的人可能只有陈七十岁的儿子，可是在这乱世里，随随便便就死掉的十岁孩子太多了……各种胡思乱想萦绕在刘破虏的脑海里，影响了他的判断力，他下定了快刀斩乱麻的决心，服从于自己从军十多年的本能：

战争一旦开始，未达目的之前，永不罢休。

他吸了一口寒冷的空气，调整了一下思绪，用手摸着炮身上的两个西洋字，忽然想起昨天和把肚经过宣武门时，把肚指着天主堂叫他看顶上的十字，他马上对陈正海说：

"炮手有了。"

陈正海迷惑不解地说：

"哪里有了？"

刘破虏答：

"宣武门内，天主堂，快差人去请洋和尚来。"

陈正海面色为难，不情不愿地说：

"洋和尚请不得，方才我去借炮，听京营人说些古怪事情。"

刘破虏说：

"为何请不得？有甚么古怪事？"

陈正海鬼鬼祟祟地说：

"我听说那洋和尚每铸炮一位，即在炮前设坛，着祭服、祭巾，洒水念咒。京军说，炮属火神，洋和尚洒水下咒，他自放便威能致远，他人施放，则水火相冲，药发伤人，使我天朝铸炮、用炮必仰赖于他，以挟技自重。"

刘破虏对这种荒诞不经的说法感到好笑，但又不知如何说服陈正海，忽然灵机一动，说：

"你过西便门青龙桥时，可曾见过天启年放炮殉职的佛郎机墓^①？"

陈正海不解地点点头说：

"见过。"

刘破虏说：

"下咒之事且不论真假，若那洋和尚下咒真灵，怎的会炸死自己人？若那洋和尚下咒不灵，你怕他作甚？"

陈正海被刘破虏说得愣住了，他对洋和尚的传说还是有些畏惧，但又无从反驳，正要转身备马去天主堂，忽然听到车马喧嚣的声音，抬头一看，是内府兵仗局来送衣甲武器的马车到了，于是忙差了两个弓兵去天主堂请人，自己迎上前去招呼接应。

两辆马车一辆从戊字库来，一辆从安定门内东条儿胡同枪局来，刘破虏从陈正海手里接过清单，才发现骆养性给他的远比想象的多，单子上写着：

朱漆勇字盔^②五十顶

紫花布甲三十套

青甲^③三十套

黑漆阔面弓^④五十张

黑漆铋子箭两千支

---

①指1624年，从澳门入京铸炮的葡萄牙工匠Goliath。试炮时发生炸膛事故，不幸身亡，天启皇帝赐葬西便门青龙桥，何乔远为其撰写碑文。
②明军装备的一种头盔，钢质，涂朱红色漆，中央用黄漆书一"勇"字，故名。
③明军装备的一种青色的布面铁甲。
④明军装备的一种样式较老的角弓。

黑漆梅针箭一千支

朱红长枪①三十条

黑漆鞘把倭腰刀三十口

黑漆鞘把倭滚刀二十口

麻子油真皮撒袋五十副

鸟嘴铳十支

鸟铳用火药一百斤

迅药②一百斤

药线一百条

脂皮鞢带③五十条

胖袄五十套

袄裤五十条

牛皮靰鞡鞋五十双

靰鞡草④一百斤

这些盔甲兵仗应该是戊字库积存的，显然比刘破虏要的东西要好得多也多得多。陈正海忙着点给几个押运的番子一人五钱银子，番子们满不高兴地把银子拿在手里掂了掂，才努努嘴示意可以搬了，陈正海千恩万谢，赶忙指挥人往下搬东西。金倚陆双眼一动不动地看着这些武器和盔甲，整个人仿佛魔怔了，刘破虏招呼他去

①明军装备较多的一种长枪，长一丈四尺，枪头锻钢，枪杆涂朱红色漆，故名。
②一种含硝比例较高的火药，常用于爆破。
③扎在外面的腰带。
④即乌拉草，多产于辽东，干燥后填充入靰鞡鞋中，可以保暖防寒。

陈宅查看避瘟楼附近情形，他一点儿反应也没有，刘破虏靠得近些，说：

"金兄，且让兵丁点验穿戴，我等先行去查看那楼。"

金倚陆却没有回答他，兀自喃喃地说：

"我国若有此等器物，何愁不破建奴呢？"

刘破虏轻轻地拍了拍金倚陆的背，把他拉回现实，问道：

"金兄可曾与建奴阵上厮杀过？"

金倚陆摇摇头，说：

"丁卯胡乱时我尚年幼，建奴退兵时，随叔父、族兄袭杀过江零散之奴。建奴除勇悍不畏死外，也并非甚么三头六臂、铜皮铁骨，所用无非弓箭、大刀、长枪，倒也不难杀，故不知天朝与我国兵马与之对垒，为何阵阵皆没。"

刘破虏说：

"奴贼之强，不在兵强，而在军强，以我之精兵十数人与他十数人战，多能斩获，以我之精兵数百人与他数百人战，亦能杀伤相当，然而开堂堂之大阵，对千万之大敌，则我每战必馁，出阵愈众，败之愈惨。"

金倚陆不解地问：

"这是为何？"

刘破虏答：

"奴贼军强，强在法度，奴畏法度甚于死，故敢迎炮矢而进，不得命令，死战不退，其兵皆子侄兄弟，奴酋即其族长。而我兵多客兵，南北兵多不相能，北兵又分东西，故他一旗兵有一万则实为一万，我兵一万不过十个一千，且我兵愈多便愈杂，龃龉滋长，进则彼此观望，退则一哄而散，割级争先，逃跑恐后，如我虽有十指，却不能当他一拳。"

把肚也在一旁说：

"大明兵虽多，气力却使不一处去，武的都文的管着，文的却太监管着，大炮有着，胜他一阵却难！"

金倚陆叹口气，不舍地把目光从武器和盔甲上移开，与破虏和把肚一起上马，准备再去陈宅查看。

刘破虏吩咐陈正海快些把衣甲器械发给兵丁，因为没有铳手，鸟铳施放不当容易伤人，故先行将鸟铳封存，如果洋和尚请到了，就带着他一起去陈宅。又用稻草盖了炮，让赶驴的杂役拉着炮跟他们一起去陈宅。

宣武门外·大时雍坊·倭城

三人上了马，又让陈正海从兵马司牵了一匹温顺的牡马给金明镝骑上，后面跟着拉炮的驴车，一起向宣武门走去。辰时刚过了三刻，路上车马行人不多，吹了好几日的风也停了，一向喧嚣的城门内外显得有些静谧，刚从城门洞里出来入了内城，便听到右边远远的传来阵阵吵闹声。这种地方平日里没有吵闹倒显得不寻常，只是这吵闹声正是从天主堂方向传来，让刘破虏不禁疑心是刚才陈正海派去的兵丁办坏了差，于是他临时决定，过去看看。

一行人远远看见几个人在天主堂门前对峙，争吵不休，走近一看，刘破虏不禁哑然失笑，一个须发皆浓、深鼻高目的西洋老人，穿一件青黑色缎地道袍，头戴方巾，完全是一副士大夫的打扮，只有胸口挂着的金色十字还能显示出他西洋僧人的身份。他手持一把倭刀，一只脚跨在门内，一只脚跨在门外，对着门外的两个南城兵马司的兵丁怒目而视，两个中国教民藏在他高大的身躯之后，也对着门外的兵丁指指点点，五个人在天主堂大门前争执不休。

刘破虏拍马上前，只听了几句，就发现这完全是一场误会。南城兵马司的兵丁试图进入天主堂面见"洋长老"，而天主堂内的中国教民和洋和尚则因为兵丁衣着褴褛形同乞丐，腰里却还别着弓刀，因此怀疑他们是要进入天主堂打劫的喇唬，坚决不许他们靠近大门一步，于是双方就在大门前争执起来。

刘破虏见那西洋僧人虽然年迈，目光却坚毅深邃，仪表不凡，发起怒来浓密的须发暴起如同雄狮，隐隐有一股悍威，既不像僧道，也不像儒生，倒像是个武将，不禁心生几分好奇，连忙下马上前去作个揖说道：

"在下南城兵马司副指挥刘破虏,此二人确系我兵马司弓手,奉我之命请长老相助,其军容不整系我疏失,无意中冒犯长老,错在本官,与他人无涉,万望长老海涵。"

刘破虏又给西洋僧人看了腰牌、令旗和驾帖,他的神情才慢慢缓和下来。他将刀收了起来,给刘破虏回了礼,答道:

"在下汤若望,天启二年来京传教,崇祯三年经故礼部尚书徐大人[1]举荐入钦天监,平素在历局衙门[2]行走,不知刘大人有何贵干?"

刘破虏见周围看热闹的百姓越来越多,担心夺楼的计划走漏了风声,拱拱手说:

"在下有一要事相求,请汤长老准予入堂一叙。"

汤若望欣然应允道:

"自然,天主之堂下无外人,凡心怀善念,有心求人生之解者,天主皆纳之。大人请进。"

尽管身后的中国教民竭力反对,汤若望依然打开了天主堂大门,请刘破虏一行进去。这是刘破虏第一次进入天主堂,进了大门才发现传教士们如此巧妙地隐藏了这么大的一个院落和建筑群,让它从外面看起来完全不怎么起眼。天主堂坐落在一个长方形的院子里,前后约有六十丈长,有三进大门,前两进是中式的,最里面的一道按照西洋式样起了拱券,门里有一个大院子,长宽各百尺,院子里用石板铺得如棋盘一般,院子两边有游廊,游廊里或坐或站着一些手持工具的中国教民,正用惊惧和疑惑的眼神看着进入院子

—————————

①指徐光启。
②明朝负责历法的机构。

甲申前夜·大晦

的一行人。

汤若望一边引路一边解释道：

"刘大人见谅，近日来京城颇不太平，盗匪、喇唬横行，白日当街杀人抢掠，官、兵、匪、贼混在一处，小民多难分辨，故多有教友避入我堂，见几位大人腰悬刀剑便心生疑惧，请诸位大人莫怪。"

整个天主堂从外面看起来完全是寻常的中式院落模样，进入之后才发现别有洞天，越往里走西洋风格越浓重，待来客心无芥蒂地走到最里面的时候才能感到异域感，这在很大程度上降低了中土人士对洋教的戒备和抵触心理。天棚遮盖的游廊的尽头是院角钟楼和八字墙，拱卫着天主堂的主体建筑，这是一座高大的西洋建筑物，上面浮雕着复杂的西洋图案，顶部就是一出宣武门就能看见的青灰色石质十字架。刘破虏一边应承着，一边在心里感叹西洋僧人为了在中土传教的良苦用心。他见汤若望已是心平气和，不禁有些好奇地说：

"汤长老，我国无论僧道，皆谓兵凶战危，轻易不惹俗世纷争。贵国僧人却晓得铸炮、教炮、放炮、攻战之法，助我征伐，今见长老执剑挺身而立，如我国之门神，殊为奇异。"

汤若望笑了，答道：

"天主教我等斗战，助天主之子，伐天主之敌。大明保护我宗教，天主之子也；鞑靼忤逆大明，天主之敌也。故我等奉主旨意，助大明伐鞑靼。"

刘破虏听懂了汤若望的意思，洋和尚在战争中是有立场的，他们的立场是由战争双方对他们宗教的态度决定的，他们愿意助大明,是因为大明皇帝允许他们在这里传教,朝廷中有一批信了天主的大臣帮助他们传教。如果闯贼和清国也允许他们传教,那么谁是天主之子,谁又是天主之敌呢?

刘破虏不愿继续再往下想,至少目前,汤若望显然是友非敌,他听说过汤若望其人,知道这位洋和尚其实是朝廷的客卿,一直在为朝廷铸造火炮,承受了不少怀疑、指摘和非议。刘破虏正在思考之时,汤若望开口打破了他的沉思:

"诸位,请先卸去刀剑,再入天主之圣堂。"

言毕,将倭刀交给一位中国随从,把肚和金倚陆迟疑地看着刘破虏,刘破虏点点头,三人都把弓刀放在马上,由金明镝在堂外看着马。汤若望的中国随从要把马牵去拴起来,金明镝坚定地摇摇头,表示要守着马,汤若望看了笑笑,示意不必强求。

门上高挂着崇祯皇帝手书的"钦褒天学"匾额,以嘉奖汤若望在天文历法方面的建树。一进入天主堂,刘破虏就闻到了一股浓重的香烛味。把肚对天主堂里的一切都充满了浓厚的兴趣,好奇地指着墙上的画像问:

"长老,你主竟是个女人为何?"

刘破虏看了把肚一眼,示意他不要乱说话。金倚陆则始终带着戒备和敌意,阴郁地打量着这座富丽堂皇的建筑物里陌生又疏离的一切。汤若望听了把肚的话并不生气,心平气和地解释道:

"此非我主,而是我主耶稣之母玛丽亚。"

他注意到金倚陆的敌意,指着堂上高挂的另一块"旌忠"皇匾,意味深长地说:

"此皇上本月初二赐予我等之御笔。"①

又向堂内望去，说：

"此为替世人受难者，我主耶稣。"

刘破房向里望去，看见了一尊从未见过的神，一尊被钉在十字架上受难的神，一尊没有三头六臂和各种法器，模样和凡人无异的神，一尊没有任何侍从和护法的神。他孤零零地立在那里，面前既没有摆放瓜果，也没有供奉猪羊，只有一些彩纸做的假花和香烛。

刘破房第一次见到西洋人的神，在震惊于这尊神的平易近人之外，也产生了其他的想法：中土的神仙都是中土人的模样，西洋人的神仙便是西洋人的模样，回回的神没有模样，无疑要高明些，因为中土的人若见回回的神与自己形象不同，肯定心生疑虑，正如现在看着西洋神仙的自己一样。

汤若望深邃的蓝眼睛盯着刘破房，似乎看穿他心中所想，缓缓地说道：

"《中庸》有云：'郊社之礼，所以事上帝也。'吾天主者，即中国之古经书所称上帝也，圣子耶稣诞于泰西，故为西人模样，但刘大人若历观古书，自知上帝与天主，特异其名耳。"

对汤若望和他的神一直持敌视和戒备态度的金倚陆听到汤若望讲起儒学，不禁露出惊异的神色，脸上的阴郁和警惕也消散不少。汤若望敏锐地察觉到金倚陆神色和态度的变化，不失时机地从一旁的架上拿起一本书，和蔼地对金倚陆说：

---

① 此匾与"钦褒天学"匾原存于宣武门南堂。

"此利玛窦神父①所作《天主实义》②，赠予这位大人。贵国孔孟圣学，几近天主之义，惜东西远隔，说法殊异，种种渊源，尽在此书。"

金倚陆愣了一下，赶忙一揖，双手接过书揣在怀里，又向汤若望道了谢。汤若望见双方气氛逐渐融洽起来，便请几人在外间坐下，马上有小童奉上茶水、糖缠③来。三人这才注意到，天主堂里有不少小孩子跑来跑去，擦拭桌椅家具，掸去壁画上的灰尘。把肚好奇地问：

"长老既有徒弟伺候着，又买这多小奴儿作甚？"

汤若望在胸前画一十字，随后说：

"非也，吾天主之子，既不予他人为奴，亦不奴役他人。万历三十八年，利玛窦神父与熊三拔神父赖已故李之藻大人帮助，建成此堂，既传天主之义，亦播天主之仁。方才所见小童，皆所收留弃婴、孤儿，奈何经年战乱，苦难连绵，我力有不及，常目不忍睹。"

汤若望这番话赢得了三人的极大好感，也卸下了刘破虏心里最后一丝包袱，他便打开天窗说亮话，将避瘟楼的草图铺在桌上，把喇唬占楼一事和盘托出，并详细介绍了自己夺楼的计划。见汤若望陷入沉思，刘破虏以为汤若望有为难之处，继续说道：

"破虏知长老有仁心，然此楼妖异，非京师内城应有之物，现

---

① 利玛窦（1552-1610），原名Matteo Ricci，意大利人。1582年到达澳门，初在广东、肇庆，随后在韶州、南京、南昌、北京等地传教，1610年卒于北京。
② 一部利用儒家思想阐述天主教教义的著作，1603年在北京出版。
③ 明代一种用麦芽糖和果仁制作的甜品。

甲申前夜·大晦

已成匪类巢窟，若不及时剿灭，迁延时日，必成京城大患，恐他日流贼薄城，楼中贼匪里应外合，酿成大祸。且妖楼距此不远，兵火一过，恐延及圣堂，亦未可知。

"如今要破此楼，非用大炮不成。破虏征战关外多年，素悉西洋大炮物料真，制作巧，药性猛，法度精，实克敌之神器。崇祯五年十二月，破虏随祖家二将军①讨伐登州叛贼，闻西洋铳官公沙的西劳②所率官兵，当阵不避贼，已胜不杀降，不奸淫，不掳掠，其忠孝之心，不负大明，故相求长老，以期破贼。"

汤若望闻言，也受到很大触动，坚毅地说：

"凡人在宇内有三父：一谓天主，二谓国君，三谓家君也。逆三父之旨者，为不孝子。天下有道，三父之旨无相悖；天下无道，三父之令相反。故忠孝之义，东西皆同。我等远游异乡，匡君辅国，广播福音，亦忠孝也。故大人所求，有必克之义，无袖手之理。

"刘大人既要用炮击贼，可有炮乎？请容我一见。"

刘破虏心里一块大石落地，赶忙说：

"炮正在门外，请长老随我查看。"

一行人起身出了门。拉着炮的驴车还在门口候着，饥饿的公驴躁动不安地打转，杂役只能不时从缚炮的稻草上抽出一束来安抚它，一见刘破虏等人出来，杂役如看见了救星一般，炮上的稻草快要薅完了，他已经快要控制不住驴子了。

----

①指祖大弼。
②即Gonzalvés Texedia Correa（1584-1632），葡萄牙人，明军雇佣兵军官，于登州兵变中战死。

汤若望命人拿些草料来喂驴，又用手拨开炮身上稀疏的稻草，仔细查看之后，指着炮身上那两个西洋字（E.D）说：

"此乃天启四年，阳玛诺①神父在京铸成之炮。发烦者，我国语鹘鹰也，大发烦即鹰之炮，此炮合用，甚好。"

刘破虏以为汤若望要和他们一同去陈宅，不料他吩咐身边的教民说：

"去后堂唤葛雷亚来门前，为他备一匹骡子。"

然后转身对刘破虏说：

"刘大人，我已年迈，且堂中事务头绪甚多，教民教友老少不下百口仰赖于我，贼匪无赖，日夜逾墙而入，伺机偷盗，故恐难以相助。今遣我堂中神父葛雷亚，香山澳人，其父即崇祯四年战殁于登州之西兵方斯谷②，母华妇，其人精明伶俐，随我铸炮多年，亦通算术、铳理，必可助大人一臂之力。"

随即，汤若望用严肃的口吻对刘破虏说：

"葛神父乃天主之仆，非大人麾下之兵，其父已为大明捐躯，我受人之托，必使其保全，故葛神父只以炮助战，不临阵，不当敌。我已知大人亦知书达理、洞明世事之人，无有不允之理。"

刘破虏连忙应允下来，几人一同等待葛雷亚神父，许久不曾说话的金倚陆忽然对汤若望作个揖，说道：

"闻长老言，远游异乡，匡君辅国，亦忠孝也。依长老之见，如

①即Emmanuel Diaz Junior（1574-1659），葡萄牙人，服务于明朝的传教士，善于铸炮，明亡后继续效忠南明。
②即Francisco（？-1632），葡萄牙人，明军雇佣兵，战死于登州兵变中。

今大明天灾人祸，疫疠连年，内寇外虏，摩肩接踵，当如何匡扶？"

这本是刘破虏想问的问题，只是今日相求汤若望太多，已不便再张口，不料被金倚陆问了，于是也转头望向汤若望，想听听他的见解。汤若望不慌不忙地答道：

"如今当务之事，一则君臣同心，爱主事天，天主赏罚至公，凡奉主道者世福从之，凡背主道者必遭灾祸，故若能君臣一心，敬天爱人，则天主自赐福于大明，降灾祸于贼寇。

"二则厘清吏治，选贤任能。圣学沉沦日久，士子不得真形，徒务虚文，满口大言，朝堂之上，空谈心性，兵临城下，一无所能，犹如濒死之人榻前教其养生之道。所谓大儒如刘宗周者，于清兵横行京畿之际，言堂堂大明以西人铸炮御敌，失了体面，见识如此者，安能救国？况此辈成事不足，败事有余，国家偶有一进步之举，则拼命阻拦，以彰其能，故大明如泥足巨人，进跬步而难于登天，国事日坏。

"三则破除愚昧之俗，笃行格致之学。开矿山，冶铜铁，铸铳炮，练兵马，革重文轻武之旧俗，不以武将士卒为牛马，而平等视之，扬其自主之权，固其荣誉之心，授其战守之法，加以主佑神守，必能克敌制胜，扬主荣光。"

刘破虏和金倚陆对第一条不以为然，却对第二条和第三条感同身受，二人正惊叹于汤若望卓越的见识，他却话锋一转：

"今有朝臣多人，均已受洗，然迷惘者仍多，若福音广布，则救国可期也。"

刘破虏忍不住反驳道：

"朝臣之奉天主者，皆赖奉天主而得泰西格致之学①、铳炮攻战之法，方能救国家，非因其奉天主而国家自得救也。"

汤若望仍保持着心平气和的态度，说：

"天主之道，主学也；格致之学、铳炮之道，旁学也。舍主学而求旁学，如舍本而逐末，国家安能得救？"

刘破虏仍有不服，但不愿再与一个不求回报帮助自己的异邦人争执。汤若望的话印证了他刚才的猜想，这些西洋僧人不远万里，九死一生来到中土，用自己的聪明才智和高超技艺辅佐大明朝，制造大炮、千里镜②、铳城③，甚至直接参与到战争中去，无非是为了获得传教的许可和保护，让中土的人信他们的神。刘破虏觉得汤若望来错了地方，中土之人拜神，总是有所求的，或求金榜题名，或求平安富贵，蝗虫若是能不啃食庄稼，那蝗虫也是可以拜的，若是拜了灵验，则还了愿依旧拜他，若是拜了不灵，则愿也不必再还，这不是和朝中买官时打的包票"若未高就，分文不取"一般吗？

刘破虏觉得，徐光启、李之藻、孙元化信天主，是以此为途径获得泰西格致之学，尤其是为了获得西洋大炮的技术来平寇御虏，拯救国家，而汤若望却认为，正是因为这些人信了天主，大明朝才有机会得到拯救。

大明朝需要的是西洋人的炮，西洋人最想给大明朝的却是西洋人的神，又或者，西洋人的炮，就是他们的神吧。

----

①指西方自然科学和军事技术。
②即望远镜。
③明代指炮台、棱堡一类的防御工事。

就在刘破虏沉思的时候，汤若望走到他面前画一个十字，庄严地说：

"刘大人今入圣堂，并非偶然，乃由主选中，指引入堂证道。我闻大人所述楼中喇唬之罪行，已观见大人此行之敌非是贼寇，乃是恶魔，天主留恶魔在人间，乃为炼人之德，我自将为大人祷祝，惟愿大人行善立功。"

刘破虏听不太懂汤若望的意思，但面前这个西洋老人表情庄严肃穆，神色凝重，坚毅深邃的蓝眼睛里散发出一种超然的力量，让他不得不有几分相信这个西洋人真的洞见了自己的命运。

汤若望又走到金倚陆面前画个十字说：

"你虽问我大明事，但我已知你与我一样，皆为异邦人，假托大明，所问者贵国事也。你虽有心敌主之道，却不知已入主之道矣。"

言毕，汤若望丢下满面惊讶和不解的金倚陆，径直走向把肚，画一个十字，接着做出了一个令人惊讶的举动——他将右手放在了把肚的头顶上。平日里桀骜的把肚的反应同样令人惊讶，他双手合十，低下头来，温驯地让汤若望将手放在头顶，刘破虏和金倚陆大吃一惊，都愣在当场。

汤若望亲切和蔼地对把肚说：

"你虽未闻主之道，但已为主选中，必得救赎。"

把肚似乎也没听懂，但谦恭地答了礼，表情十分严肃、恭敬、虔诚，接着就同汤若望说起西边草原上那些刻着十字架的石头①。汤

①指景教徒留下的遗迹。

若望对此十分感兴趣，从袖中取出小簿子和炭条，将把肚所说有石头分布的地域一一记录下来，又问把肚，可曾在草原上见过叩拜这些石头的人，把肚摇摇头，说：

"老人们说，大元时也里可温人①东西，人都不在了。"

汤若望叹息不已的时候，一个二十多岁的年轻人牵着一匹大青骡子，从院里走了出来。他穿一袭黑色的道袍，也戴着方巾，同汤若望一样作儒生打扮，眉眼之间既像西洋人，又像中国人，若不是胸前的金色十字架，说是钦天监供职的回回，也没有人会不信。这应该就是葛雷亚神父了。

汤若望把葛雷亚叫到一旁交代一番，又叫人提来一个木箱交给他，葛雷亚细心查看了驴车上的火炮，又将木箱小心地放在驴车上，下面垫了稻草，又用麻绳绑紧，才示意可以出发了。刘破虏等人早已翻身上马在一旁静候，葛雷亚于是再次来到汤若望面前，相对画了十字，低头诵经片刻，才由人扶着上了骡子，一行人向汤若望道了别，缓缓向南走去。

为了避免大队人马进入陈宅引来楼里喇唬的注意，五人一车将彼此之间的距离拉得很长，刘破虏和金倚陆、刘把肚骑马走在最前面，金明镝和葛雷亚与他们相隔约一箭之地跟在后面，杂役赶着拉炮的驴车紧随其后。刘破虏仍然对刚才那一幕感到难以理解，问把肚：

"你平素只信喇嘛，为何这西洋僧人对你施法，你却不避不让，欣然受之？"

---

①蒙古人对基督徒的称呼。

把肚挠挠头说：

"说来奇怪，这洋和尚的相貌，甚像那西番喇嘛的尊者，偏这洋和尚摸顶赐福也同喇嘛一样，故不知所以便低头给他摸了。"

刘破虏仍觉奇怪，但既然把肚也不明就里，他也不再问了。

陈宅与天主堂本就相隔不远，随着避瘟楼妖异的尖顶逐渐映入眼帘，金倚陆的眉头也拧得越来越紧，他眼睛一动不动地盯着避瘟楼的重檐，任由胯下的马随着刘破虏的马自由行走。快到陈宅大门的时候，背后突然传来急促的马蹄声，三人转身的工夫，金明镝已经纵马从背后猛冲了过来，他想将马停住，却不由自主地夹紧了马腹，眼见到了三人身边，他情急之下猛拽缰绳，胯下的牡马得到了两个完全相反的指令，不知如何是好，干脆猛地停下，他整个人眼见着要越过马头向前飞出去，把肚眼疾手快，一把拽住他后背，硬是把他拉了回来。刘破虏心中一沉，以为身后的几人遇了伏击，猛地调转马头大喊：

"甚么事？"

却见葛雷亚好端端地在后面走着。他再转头看金明镝，却见他伸手指着避瘟楼，张大嘴巴却急得说不出话来，刘破虏一时不知道金明镝到底看到楼上有什么，却听到金倚陆在旁边用阴沉沉的声音说：

"这是倭城①。"

———————

①指天守，日式城堡中的核心建筑物。

大时雍坊·故衣胡同·射狐

"倭城?!"

刘破虏讶异地问。

金倚陆坐在马上,对着避瘟楼,面色阴沉地点点头说:

"是倭城。丁酉再乱时,倭人在我庆尚道、全罗道之釜山、蔚山、顺天均建有倭城,天兵与我兵屡攻不克,今尚留残垣,我曾查勘,绝无差错。"

刘破虏猛然想起在陈家大宅正堂里见过的那个穿着大红色官服的官员画像和两旁的对联,心里顿时明白了几分,对金倚陆说:

"我已猜到七八分,请金兄再仔细看看,还有何蹊跷之处。"

金倚陆再次仔细观察了避瘟楼的上半部分,说:

"此楼下半为陈宅所遮不得见,但应有数尺之石垣,此楼建于平地之上,又仅此一楼?"

刘破虏答:

"并非石砌,系夯土外包青砖,其他一如金兄所言。"

金倚陆说:

"我猜建楼之人恐只有图样,并未得倭城奥妙,倭城之易守难攻,不在其楼,而在地势,所谓倭城者亦非一城一楼,而是于奇险之上,加筑石垣,珠联楼堡。他这平地孤楼,若有大军,取他不难,但今我寥寥数人,属实凶险万分。"

刘破虏在心里把所有的蛛丝马迹联系在一起,立刻勾勒出了避瘟楼的线索:陈演那位穿大红色官服的祖先[1]曾经随明军去过朝

①指陈效。

鲜，在壬辰倭乱里见识过倭城的厉害，又恰巧得到了倭城的图纸，带回了大明，藏在家里①。崇祯十六年夏秋之际，京师因瘟疫而大乱，李自成又攻略陕西，陈演和他儿子有意南逃，但舍不得积累在京城的财货，又见朝廷纲纪废弛，官员离散，于是胆大包天，拿出倭城图纸在城中建了避瘟楼，意图在京城彻底大乱之时全家避入楼中，不料却被这伙神秘的喇唬占了去。

想到这里，刘破虏对金倚陆说：

"少时进去，金兄先不必说话，我自有办法，若有妖楼图纸，则凶险可去其半。"

金倚陆颔首称是，又安抚了金明镝几下，吩咐他带着葛雷亚，在周围街上乱绕几圈，再入陈宅，随后便和破虏、把肚一起，走到大宅门前下了马。车马声早就把陈家一干人等引出门外候着，见刘破虏等人来了，陈演马上带着一群人来迎接救星，礼也不顾，劈头盖脸地问：

"刘大人，你的兵在何处？"

刘破虏已经捏到了陈演的把柄，此时答话也毫不客气：

"阁老，若我列队齐整，旌旗高擎，枪炮齐鸣，直入你宅，贵公子还能活到午时否？"

陈演先是一愣，继而点头如捣蒜，连连称是，又夸赞刘破虏考虑周全，心里却咬牙切齿，盘算着事情了结之后，就吩咐人罗织罪名，治了这武夫不敬的大罪，下狱取他性命，一来解心头之恨，二来

---

①陈效实际上是病死在朝鲜的，带回图纸的应另有其人。

杀人灭口，但骆养性那边也知道些情形，拿他没什么好的办法，只能忍痛多出些钱财，小心笼络着。

一行人进了陈家院子，等待着金明镝和葛雷亚过来，把肚听见后院有猪在嚎叫，便问一旁的陈七：

"几口杀了？"

陈七羞愧地伸出一根指头。

把肚装模作样地叱骂道：

"贼杀才！亏你想得出，一口猪喂八十人吃，一人可吃猪毛几根？你好大胆，阁老办事，你骗我等用命便罢，阁老面子敢折了？还不快再杀一口来！"

陈七惶惶不知所措地看着陈演，陈演闭着眼睛厌恶地摆摆手，示意他快去，陈七转身带人往后院去了，金明镝和葛雷亚正好从前院带着驴车进来。

刘破虏见葛雷亚已经自去了胸前的十字架，不禁暗自赞许这个年轻人虽然说话不多，但做事心思缜密。把肚扒开炮身上覆盖的稻草，又用绳子在炮身前后各绑缚一个穿杠的结，呼喝陈演身后的下人找杠子来。陈演见到用稻草捆扎的圆柱体，心中已有不妙的预感，在确认里面就是火炮之后，立刻撕破了脸皮大发雷霆道：

"刘破虏！莫说你这七品的芝麻绿豆官，便是那天杀的巡城御史，也不敢少许逆了我的意！我既已差人告知你不许用炮、用火，你竟作耳旁风，携此凶物入我宅邸，你……你真一不知死活之半达子！"

陈演气得整个脸都扭曲起来，眉毛胡子都仿佛错了位，颤巍巍地抖动着，一边跺着脚，一边坚持不许下人将火炮从驴车上卸下来。

刘破虏见天色不早，也懒得再和他绕，直截了当地说：

"阁老，我确是关外不知死活之边人，终究不过瓦罐井边破，将军阵上亡，只是阁老却也命悬一线哩。阁老若不信我，我即刻离宅，在衙门静听阁老发落，阁老若是信我，请借一步说话。"

陈演嘴唇直哆嗦，仿佛还要发火，但眼神已是将信将疑，见刘破虏往院子角落里走，两只脚不由自主地跟了过去，心怀鬼胎地跟了约有两丈地，刘破虏头也不回，背着手在前面边走边云淡风轻地说了一句：

"阁老，胡惟庸被诛九族啊。"

陈演被刘破虏气得颤颤巍巍的眉毛胡子，顿时和头发汗毛一起倒竖起来。他有些想退，但这里就是他家，他又习惯性的想叫家丁来灭口，但瞬间就想清楚了在这个形势之下到底谁能灭谁，正在他手足无措的时候，刘破虏转过身来，意味深长的说：

"阁老在天子脚下建倭城，真是心宽。"

陈演的胡思乱想已经统统化作了无限的恐惧，开始口不择言起来：

"皆是我……皆是犬子失察，下人胡作非为啊！"

刘破虏盯着陈演的眼睛，慢慢地说：

"阁老，是谁之过，尽可容后再议，如今之计，必请阁老将此楼图纸示于下官，一利夺楼，可保公子性命，二利破贼，可保下官等人性命，诸事皆毕，付之一炬，世间再无人知，阁老的性命，便也保住了。"

刘破虏看陈演还在又惊又惧，接着说：

"事关重大，还请阁老命人空出大宅，为我等作夺楼计，以免走漏了风声。"

陈演此时已在惶恐中全无主张，只能木讷地应承下来，离去了片刻后，回来将一个木盒子颤巍巍地交给刘破虏，又命人将大宅清空，只在一层留了七八个精壮下人，供刘破虏等人驱使。

刘破虏一行几人上了二楼，再次打开正对着避瘟楼的后窗，避瘟楼的全貌展现在金倚陆眼前，他转头看向刘破虏，示意自己之前的判断一点儿没错，刘破虏往左右看看，把那个狭长的木盒子打开，将一张有些发黄的图纸铺在桌上。

图纸所示确实与金倚陆所说分毫不差，完整的倭城类似大明九边的"墩、台、城"体系，是一连串据险而守的堡垒群，避瘟楼只不过是这一串堡垒所拱卫的主体建筑而已，可见无论是陈演，还是他的祖父陈效，都并不了解倭城真正的奥秘，无非依样画瓢而已，而且避瘟楼的细节与图纸上的倭楼还有少许不同，可见陈七说楼未建成陈演就拿走了图纸应该是真的。

刘破虏对着图纸，将夺楼的计划详细给葛雷亚又讲了一遍，然后指着避瘟楼北门，谦虚而恭敬地说：

"请葛师父看看，可否一炮而碎其门，使我兵可由此登台而夺楼？"

葛雷亚从木箱中取出一支千里镜，从窗户上细细观察了避瘟楼，又仔细回来查看图纸，然后再次用千里镜查看了避瘟楼，当他第三次把目光移回图纸上的时候，刘破虏注意到他咬了咬嘴唇，以为他缺乏信心，便问：

"师父可有为难之处？不妨道来，我等一起再拿主意。"

葛雷亚又思索了片刻，抬起头来，说出了一句震惊众人的话：

"击破此门，倒无难处，在下还有一策，似可使刘大人不必犯险登楼。"

正在众人吃惊之时，葛雷亚已经取出纸张和炭条，对照陈家的倭城图纸，寥寥几笔就勾勒出避瘟楼的全貌，然后在避瘟楼射窗最为密集的二楼南侧用炭条圈了一下，说：

"此处铳孔最密，墙壁甚薄，若有讷瑟①一门，将贼引至此处，与官兵互相射打，届时与破门之炮齐发，刘大人或不必身被铳矢而登楼。"

把肚问：

"讷瑟？何物？"

葛雷亚似乎一时想不起怎么说，便伸出两个指头，又弯成钩状放在桌上，仿佛一人双膝跪地，然后抬头看着把肚。

破房和把肚恍然大悟：

"虎蹲炮！"

刘破房也瞬间明白了葛雷亚的策略，他试图用一次佯攻将楼里的射手引到二楼南边与官兵对射，然后用虎蹲炮轰击二楼，最大程度地杀伤楼里的射手，与此同时从陈家大宅发炮轰破避瘟楼西门，这样刘破房带兵从西门突入的时候，可以最大程度的减少攻楼官兵的伤亡。这无疑是一个大胆而出色的计划，但这个计划隐藏的风

---

①即Argamassa，臼炮.

甲申前夜·大晦

险和不确定性也太多。

在不能确定陈逸儒和他的妻妾所在位置的情况下，用本来就没什么准头的虎蹲炮轰击楼体，万一有所偏差，夺楼之后陈家人发现儿子儿媳死于炮火，必定不依不饶。

此外，这个计划要求布置在南面的虎蹲炮命中避瘟楼楼体的同时，大发烦击破避瘟楼西门，这样才能尽量缩短楼里喇唬的反应时间，以免他们意识到大势已去以后玉石俱焚。

这确实是个奇兵之计，但是要天衣无缝实现这一切太难了，想到这里，刘破虏几乎已经在心里否定了这个计划。

金倚陆盯着眉头紧锁的刘破虏一会儿，突然发问：

"刘兄若是楼中人，将于何处放质？"

刘破虏明白了，金倚陆已经看穿了他的心思，提醒他喇唬正是因为手中握有人质才会有恃无恐，所以一定会把人质藏在他们认为最安全的地方，因此人质不会出现在战斗最激烈的地方。想到这里，刘破虏指着避瘟楼二层南边用炭条圈黑的一排铳窗问葛雷亚：

"师父，只击此处，可有准？"

葛雷亚看了一眼避瘟楼，又看了一眼众人，坚定地点点头，旁边的把肚却冷不丁地说了一句评书里听来的话：

"出家人不打诳语。"

本来紧张的气氛突然被这句话打破了，众人都笑起来，连葛雷亚也笑了起来，他在胸口画个十字，学着把肚的口音说：

"不打诳语。"

刘破虏也点点头，说：

"就依师父说的办，请师父先设炮位，再由把肚带师父找陈吏目挑选合用虎蹲炮，子、药一并带齐，未时由宣武门蹑墙近楼布设炮位，各兵寻房伏下，申时我同金兄与你会合，捕那一双狐狸，酉时前必破此楼。"

言毕，环视众人一周，众人都无异议，破房便唤陈七上来，问他：

"那昼伏夜出的二贼，甚么时辰出去，走甚么道，你可知道？"

陈七答：

"知道，小的曾随人寻过这二贼踪迹，他两个约酉时出去，一前一后，相去约十步，行踪不定，但多是往北走。"

"多往北走？

刘破房一边问，一边陷入了新的沉思。东边是锦衣卫、都督府、兵部、吏部、礼部、銮驾库，京城再乱，这些地方也会有兵士维持着最基本的局面，更何况西长安街还有锦衣卫的射所，喇唬不往东去，很容易理解。西边是大理寺、都察院，也是同理。可是他们往北又是去干什么呢？难道他们要去皇城？这就更不合常理了。

陈七一边支应着，一边转向葛雷亚，葛雷亚正轻轻地拍了拍他的背，拱手说：

"请差人将炮抬至楼上来，再取一五尺大木剖开，按炮身尺寸挖去一半，务使其能半入其中，再取一石臼、一石杵来。"

刘破房一时想不明白两个喇唬的动机，注意力却全被葛雷亚的动作吸引了，他从刚才搬上楼的木箱中取出一架黄铜制的天平衡来，调度了一番。楼下已经将火药和石臼、石杵送了上来，葛雷亚将火药谨慎地放在木箱里，这才叫人在石臼里用几团纸点了火，又加些细碎柴禾，待火烧尽后，葛雷亚用手摸了摸石臼的温度，才将灰烬仔细地扫了出去，一边看着周围不解的众人说：

"烧去臼中水汽，使所舂之药药性精猛。"

确保没有一个未熄的火星之后，葛雷亚才小心翼翼地取出火药桶，撕去了药桶破烂不堪的封条，封条上写着：

崇祯十一年安民厂

把肚掏出刀来，帮他打开药桶，葛雷亚用一个金色的黄铜药铲，费力地将结成块的火药铲入尚温热的石臼中，一开始铲出的火药发黑，然后发黄、发白，葛雷亚停了下来，仔细观察了一下火药的颜色和桶内的情况，又铲了几铲，开始用石杵将结块的火药在石臼里细细地舂成粉状，一边舂一边解释说：

"大明火药，经年日久，则性轻之炭浮于上，性沉之硝沉于下，硫磺居其间，兼之潮气一侵，粉结为块，故用炮则不能致远，用铳则不能透甲，军士无知，往往以火相焙，以致药发，枉送性命。用药之妙，一在纯，即炭、硝、磺三者所选精纯；二在燥，即不受潮气相侵；三在精，铳有铳药，炮有炮药，引火有药，迅发有药，各有不同，不相混用。"

将石臼里的药粉反复舂过再三，确保所有的结块都已被舂碎拌匀后，葛雷亚又用石杵将药粉细细碾了一遍，又在天平衡的托盘上放上一张黑黄的绵纸，再用药铲将石臼里的药粉铲起来放在纸上，每称出约一斤，便用药铲再加少许，用绵纸包成一个包，捻实了两头，小心地放在身边的木箱里。金倚陆不解地问：

"炮身有铭曰用药一斤，用子三斤，师父何故于一斤之上，又加二两，岂不有药崩膛炸之虞？"

葛雷亚点点头，回答道：

"西人用药，以磅为量，大明用药，以斤为量，磅与斤所去二两有余，西人教习以磅，军士误以为斤，遂酿大祸。寻常小炮，不过错一二两，倒不打紧，炮愈大则用药愈多，其谬愈大，炮崩药发之祸愈烈，天启以来，所毒甚广。今此炮用三斤之子，则药为子重三之一，我码用一磅，则一包药短二两，务需补齐。"

金倚陆不动声色，转过头看了金明镝一眼，金明镝心领神会，向前挪了半步，一动不动注视着葛雷亚的每一个动作，葛雷亚头也不抬，笑着说：

"我与汤神父平日常在铸炮所行走，你若愿习这操炮之术，可来铸炮所寻我。"

金明镝尚未答应，金倚陆却抢在前头，斩钉截铁地说：

"只习这操炮之术，但不可入你教门。"

葛雷亚闻言微微一笑，也不说什么，继续忙着手头的活计。

刘破虏知道，金倚陆跟他想的差不多，他们想要洋和尚手里火药的方子，想要洋和尚操炮时望准的法子，想要洋和尚铸炮时计算炮口与炮身之比的式子，他们相信这些才能拯救自己的同袍、自己的百姓和自己的国家。

可是，真的可以只要洋人的炮，不要洋人的神么？

一阵沉重的咯吱声里，四个强壮的家丁两前两后，用木杠抬着绑缚起来的发烦，吃力地从楼梯一步一步地走上来，紧随其后的两个家丁抬着一截竖着剖开的松木，中间用刨子刨出了一道深约两寸的沟。葛雷亚指挥家丁把炮靠墙卸下，炮口朝上，炮耳倚墙立住，命人扶好，用一根缠了棉布的搠仗反复清理了炮膛之后，小心翼翼地将一个药包用搠仗送入炮膛，又将一个木马子①用搠仗推进去敲实，说：

"药必松紧有致，过松则药迅，徒耗药力，过紧则药弱，经年之药，硝性走散，必补硝而用之。"

像是自言自语，又像是在有意无意地教导金明镝。金明镝头上冒汗，两眼发光，恨不得把葛雷亚说的一字一句都背下来。

葛雷亚取出一个铅子，用手掌按住，在桌面上滚了几滚，似乎对圆形的铅子不太满意，用刀在铅子表面细细修整了一番，也用绵纸包住，小心地送进炮膛里去。确保火药、木马子、铅子在炮膛中严丝合缝之后，他指挥陈家家丁将炮在树干中间的槽里放平，发现某处曲度稍有不合，即吩咐人将炮抬起，在树干的槽内用刨子修整，使凹槽和炮身能够紧密地结合在一起。刘破虏顿时明白葛雷亚是在制造一个简易的炮床，他想起少时在辽东，因为大炮没有合适的炮床，只能放置在城头、墩台上，而难以在野战中使用，偶有使用时，为了防止燃炮时炮身乱跳伤人，炮手甚至要先在火炮旁挖一个一人深的坑，点燃火炮就翻身跳入坑中，准头也就无从谈起了。

---

①用来隔离发射药和炮弹的圆形木片。

葛雷亚反复检验，确认炮身的一半紧实地嵌入木头，炮位死死顶住之后，才让人用绳子将炮身和木头紧紧绑在一起，将炮床抬到窗口，对准避瘟楼的西门放下，将一把奇怪的尺子①插入炮口，这尺子像个从中间劈开的长柄团扇，放入炮口后，半个扇面自然垂下，上面刻有度数，确定大概方向后，葛雷亚让下人用木块按照炮床的弧度刨了些楔子，开始往炮床尾部下面一点点地打入木楔子，不断调整着炮身的角度，忙得满头大汗，在窗口凛冽的寒风里，一丝丝的白气从他头顶的方巾上升腾起来。葛雷亚又用木槌将楔子向炮尾打了几下，突然整个人呆在那里，一动不动地紧盯着炮口，仿佛被寒风瞬间冻住了，众人也都不由自主地屏住气息，过了半刻，刘破房才小心翼翼地问：

　　"妥了？"

　　仿佛冻住了的葛雷亚这才再次活动起来，他的目光顺着炮口的延长线一直望到避瘟楼的西门，然后掩上窗户，表情艰难又坚毅地点点头说：

　　"不许人挪动炮身半寸，不许这楼上见半点火星。"

　　又用炭条在炮床尾部的地面上画了两个圈，让人去刨两个三角形的楔子，将平的一面紧贴着炮床尾部打入地面。

　　刘破房转头看看陈七，陈七连连点头会意，众人都长出了一口气，几股白气从口中喷出，在虚掩窗户中透出的阳光下交织在一起，又慢慢散开，方才紧张凝滞的气氛，仿佛也随着白气散开。金明

---

①明代自欧洲传入的铳规，插入炮口后，可以利用重力自动计算出火炮的仰角。

镝兴奋的盯着阳光下散发着金色光泽的炮身,仿佛在想象那惊天动地的一声。

突然间,远处"轰"的一声巨响,刘破虏、把肚、金倚陆几人都浑身一震,各将手机警地按在佩刀上,眼睛朝着窗外东北方向望去,陈七等几个下人都吓得以手掩耳,伏在地上瑟瑟发抖,只有葛雷亚连连摆手,示意众人无碍,然后说:

"不妨事,此乃汤神父知道刘大人用炮,遣人于铸炮所助刘大人一臂之力。"

东北方又是紧接着两声巨响,避瘟楼里随即传出一阵阵撕心裂肺的痛苦嗥叫声,很显然,楼里的人也被炮声惊动了,陈七满脸惊惧惶恐,看着刘破虏,刘破虏从两扇窗户的缝隙间望了一眼,陈七颤抖着说:

"贼人……贼人唤人前去了。"

原来楼里的喇唬是靠折磨陈家儿子来驱使陈家人,刘破虏想起辽东战场上,清兵常利用折磨明军伤兵设伏,心头猛然一沉。

葛雷亚镇定地说:

"不慌,少顷再去应他,就说方才已打问过,宣武门天主堂汤若望神父在铸炮所为朝廷试炮,教他莫要惊慌。"

刘破虏完全明白了,汤若望命人不间断地在铸炮所试炮,既是为了迷惑楼里的喇唬,也是为了保护在城里冒险用炮的刘破虏,方才汤若望和葛雷亚临别时的窃窃私语,原来不是念经,而是在商量这件事。想到这里,刘破虏不由自主地往天主堂方向望去:他们的心思、学识和技艺都太缜密、精巧,这些洋和尚,到底想在这片土地上，找到什么呢？

闻声而动的陈演已经惊慌失措地冲了下来，看见楼上一群人都把手按在腰间的刀上，又吓得停在楼梯中央，犹豫着要不要上去。刘破虏稍加思索，觉得这个时候不能让他坏了大事，忙把刀拽到腰后去，上前扶他上来，又缓和了语气安抚他一番。然而嗥叫声依然一阵阵地从避瘟楼传出，没有最初那般撕心裂肺，却拖长了声音，显得愈发凄惨了。

心急火燎的陈演看着刘破虏，又不敢出声，急得把袖子攥在手里不住地哆嗦，刘破虏转头望向葛雷亚，葛雷亚估计时间差不多了，点点头，刘破虏看着陈七说：

"记住了？"

陈七不安地点了点头，刘破虏冲他一扬下巴，陈七跟跟跄跄地从楼梯下去了。葛雷亚把千里镜递给刘破虏，示意他利用这个机会观察楼里的情况，刘破虏把千里镜从两扇窗户中间探出去，眼睛瞬间被这镜子拉到了楼前面，不由得感到一阵眩晕，他定了定神，仔细地观察了二楼的窗户，估计了墙壁的厚度。随着陈七战战兢兢地跑到楼下，避瘟楼二层冲着陈家大宅方向的窗子开了半扇，刘破虏赶忙将千里镜对准窗子，窗口却看不见人，只听到陈七飘飘忽忽的声音：

"军爷甚么吩咐？"

窗子里的人声音更加飘忽：

"你家老爷挂念你家少爷，想听他唱曲怎的？"

陈七拖着哭腔说：

"这与我家无甚干系啊！是那宣武门天主堂姓汤的洋和尚在铸炮所为朝廷试炮，军爷细听，那炮声距此十里不止啊！"

窗户里依然没有人影，也没有回话，东北方隆隆的炮声再次响起，仿佛在给陈七作证。

过了一会儿，窗口人影一闪，丢出一个细小到刘破房用千里镜都看不清的东西，声音随即传出来：

"你家少爷叫你老爷勿念，若你家老爷闲不住，你家少爷身上这等零碎，再来几次怕不够用。"

刘破房把千里镜向下移动到陈七身上，陈七哆哆嗦嗦地捡起那东西，似乎受了什么惊吓，立刻扔在地上，一屁股坐在地上，然后从地上猛地弹起，用袖子把那东西捡起来包了，踉踉跄跄地朝陈家大宅跑来。

刘破房想到了什么，又安抚陈演一番，连哄带骗的让陈家下人把哭哭啼啼的陈演带离了大宅。陈演刚被人簇拥着离了大宅，失魂落魄的陈七就跌跌撞撞地出现在楼梯口，刘破房伸出一个手指，示意他不要惊慌，然后伸出手来说：

"给我。"

陈七颤抖着伸出袖子，却又不敢把东西放在刘破房手里，而是轻轻丢在刘破房手前的地上，那东西掉在地上"砰"的一声，似乎有些分量。

众人定睛一看，是一截男子的中指，上面戴一个马镫形的古折金戒指，戒面上一个"安"字，两边雕着鹭鸶莲花纹。把肚捡起手指看了看问：

"可是你家公子物件？"

陈七哆嗦着点点头。

把肚转头和刘破虏、金倚陆眼神交汇，随即把戒指从断指上撸下来，将断指从窗外直接丢了出去，用桌布的角把戒指胡乱抹了几抹，丢还给陈七说：

"就说楼里丢出了这东西，安好着哩他儿子！"

失了魂的陈七早没了主意，拿起戒指，摇摇晃晃地朝楼下走去，刘破虏从背后叫住他，说：

"那二贼酉时出去，只往北，对吗？"

得到肯定的回答后，刘破虏跟金倚陆商量，让金明镝协助葛雷亚从南面安置虎蹲炮炮击避瘟楼，若是南边的虎蹲炮出了闪失，夺楼不过多了风险，若是陈宅这边的发烦没能将门打开，必然是全盘皆输。况且南面是佯攻方向，炮矢无眼，刘破虏经过一番考虑，决定将葛雷亚留在陈宅，也算履行了对汤若望"只助战，不临阵"的承诺。

不出刘破虏所料，金倚陆爽快地应承下来。刘破虏已经窥破了他的心思，金倚陆想让金明镝学习西洋炮术，以便日后回朝鲜起师抗清，但饱读经书的金倚陆对汤若望的天主教始终抱有一种警惕的态度，这种警惕压抑了他对火炮的渴望，只能采取方才那种不动声色的方式催促金明镝学习技艺。

刘破虏摸清了金倚陆的心思，却也有自己的心思，金明镝在这几人之中，年岁最小，技艺最生，阵上的经验最少，让他在南边施放火炮，比进楼杀贼要安全得多。

虽是人命如草芥的乱世，草芥也总要有种子留下罢，刘破虏想。

于是众人商议了一番，重申了方才的法子，由把肚带着葛雷亚、金明镝去找虎蹲炮，然后带兵埋伏在避瘟楼南边，布置佯攻阵地，酉时攻楼，以炮为号。葛雷亚布好虎蹲炮之后返回陈宅，闻南边虎蹲炮一响，即刻燃发烦破避瘟楼西门，刘破虏即由西门突入，把肚、金倚陆以弓箭压制楼上幸存射手，随后突入。

把肚把右手插入左手的虎口里，问：

"进去后，留人不留人？"

刘破虏说：

"除却陈家人与贼首，进楼后一个不留，若辨不清贼首是哪个，留最后一个喘气的。"

商量妥当后，众人掩好了窗户下了楼，在偏房坐定，让陈家送些饭食来，陈家的下人不一会儿便端来两盆蒸熟的白切肉，一碟咸鱼，腌过的萝卜、马兰头，一盆白面饽饽，一盆马齿苋的汤，一盘炒过的豆芽，一盘煮过的鸡子，两瓶酒。

把肚厌恶地把咸鱼推向一边，伸手抓过白切的猪肉，拔出腰间的小刀，将肉剔成肥瘦相间的薄片，一只手拈起肉蘸了大酱送入口中，另一只手朝着酒抓过去，刘破虏见状忙把酒按住说：

"莫误了事。"

把肚看一眼金倚陆，把手缩回去捋住自己的胡子，狡黠地一笑说：

"我与这金大人一样，箭上有神，若用酒祭上呵，箭便愈准，故金大人也喝些。"

被莫名绑架的金倚陆一边摇手，一边只顾着笑。

刘破房见金倚陆也不反对，便松开了扣在瓶上的手，自寻台阶道：

"天寒地冻，时候尚早，吃些酒也好，一人三盏，莫吃多了误事。"

话音未落，把肚早已撕去了瓶口的封泥，给众人各倒了一盏，轮到葛雷亚时，刘破房忙伸手阻挡，把肚不满地说：

"洋和尚喝酒，方才堂里看见了。"

金倚陆好奇地问：

"我怎不见堂中有酒？"

把肚得意的说：

"我这鼻子，最为灵验，眼睛虽未见酒，堂中却有果子酒香，不信你问和尚。"

众人一齐望向葛雷亚，葛雷亚笑着点头说：

"堂中确有酒，却非荒宴①之用，而为大祭我主耶稣时，祷祝圣饼为我主圣体，圣酒②为我主圣血，分我主血肉飨众以救其魂灵。"

然后又说：

"我等并非僧道，诸位若能以'泰西先生'相称，则感激不尽。"

众人闻言都惊得面面相觑，原来他们并不喜欢被称为和尚，金倚陆忍不住说：

"教人钉在架上，又身被几创，还分血肉以救信众？这世上竟

---

①大吃大喝。
②指弥撒时所用的葡萄酒。

有如此的神仙？若真是神仙，又如何被害至此呢？"

葛雷亚继续笑着说：

"我主慈悲，由此可见。"

众人不能理解，也说不出什么，只有把肚问：

"这酒你能吃不能？"

葛雷亚点头称谢，把肚立刻给他倒满一盏，众人吃了几轮，身子热了起来，岔开话题摆脱了这尴尬的局面。

酒足饭饱之后，刘破虏叫来陈七，叫他盯着避瘟楼，昼伏夜出那二贼一旦出楼，马上在大宅二层窗户上挂一布，贼往北去则挂黑布，贼往南去则挂白布。随后众人分头出发，刘破虏和金倚陆去侦察伏击二贼的猎场，其余人由把肚带着，找陈正海寻炮去了，众人议定申时三刻，在宣武门东二里处的城墙根下会合，各自上马走了。

刘破虏料定二贼若往南去，必过宣武门，届时安排些兵内外把住即可，往北去倒不太好办，于是决定先往北走，便和金倚陆两个骑马穿过西长安街，进了小时雍坊，沿着苑池往太仆寺方向兜转。

这一带有不少达官贵人的深宅大院，不少人已经赶在运河结冰前南逃，因此虽然靠近皇城，人迹却不算多，正是伏击的好地方，坏处也显而易见——万一一击失手，贼人从宽阔的道路上逃入宅中，就再也难寻踪迹了。

把贼人可能通过的路线估算妥当之后，刘破虏和金倚陆沿着西长安街转入宣武门里街，向着宣武门方向走去，与把肚商议的时辰快到了，天色已经黯淡了下来，路上本就不多的行人更加稀少了，二人催马快跑，不到两刻便到了宣武门，沿着城墙往东走了两里多，就遇上了兵马司的人马。兵丁们都换上了新袄新甲，勇字盔里衬了遮耳的毡帽，防止头盔结冰时扯下头皮和耳朵，甲上的铜泡钉在夕阳下闪着金色的光。

兵丁们显然刚吃了饱饭，脸上菜色褪去不少，城墙根下民房大都空了，寒冬里屋里比外面还冷，兵丁都三三两两地凑在一起晒太阳，将刀枪倚在肩上，双手揣在袖里说些闲话。

刘破房看见了这群盔明甲亮的散兵游勇中匆忙跑出来的陈正海，厉声问：

"把肚呢？"

陈正海忙向东边一指，刘破房说：

"各兵速入无主民房隐匿，不得随意走动，有聒噪者衔铁枚①，再犯者斩。"

这数九寒天里，铁枚入口，唇齿不存，兵丁们都被吓住了，纷纷避入两边的民房里候着。

刘破房和金倚陆向着东边的一个小院小跑过去。这个小院选得十分巧妙，一座大宅正挡在小院的南边，挡住了楼上的视线，让避瘟楼上的人看不见小院里的情形，安置在小院里的虎蹲炮如果操持得当，却可以越过大宅轰击避瘟楼。

一进小院，正见到把肚带着金明镝聚精会神地看葛雷亚置炮，

---

①古代行军时为保持安静，兵士嘴里衔的片，多用竹木制成。

一门乌黑的虎蹲炮放在一旁，炮身上一道道的铁箍让它看起来像一只长了两只脚的桶，一个兵丁将一桶滚烫的开水交给葛雷亚，他随即将开水慢慢地倒在脚下的地上，混合着污秽的脏雪顿时消失了，露出黑色的泥地来，周围弥漫着一股动物粪尿和泥土混合在一起的臭味。葛雷亚却不管这些，他迅速用一根棍子在泥地上戳出三个坑，让兵丁将虎蹲炮抬起来，炮的两只脚插在前两个坑里，炮尾放在另一个坑里，葛雷亚用方才见过的尺子反复测量之后，稍微调整了炮身，点点头示意兵丁，两个兵丁马上轮流挥动木槌，虎蹲炮的两只尖脚随着木槌击打炮身的声音，一寸一寸地深入到刚刚解冻的泥地里去。在获得自己想要的仰角之后，葛雷亚伸手制止兵丁，槌声马上停了下来，虎蹲炮黑洞洞的炮口斜着指向不远处的避瘟楼，金明镝赶忙拿来药包就要往炮口装填，葛雷亚却叫他莫急，众人在寒风中立了不到一刻，方才融化开的泥地就重新上了冻，又过了片刻，葛雷亚用手推了推炮，虎蹲炮已经结结实实地冻在了地里，葛雷亚这才接过药包，仔细地填入炮口，又将一个木马子紧紧地打入炮膛压住药包，将一簸箕约有二三十个鹌鹑蛋大的铅子慢慢倒入炮口，又将一个比拳头大些的铅子压在上面，用木槌往里打了几下，确保铅子紧紧卡在膛里，炮膛被填满了，大铅子与炮口平齐，几乎露出炮口。

葛雷亚对金明镝说：

"以大压小，则大子赋准，小子伤人，炮短而口大，若俱用小子，则出膛即散，百步之外，十不能中一二。"

金明镝点点头。

众人还在议论葛雷亚用炮的技艺，金倚陆却敏锐地发现，葛雷亚已经不在人群里了。他转头一看，葛雷亚正在用千里镜望向陈家大宅，他顺着葛雷亚的千里镜所指的方向眯起眼睛望过去，只看见一个白点在陈家大宅二层飘动，他马上望向刘破虏想提醒他，却发现他已经注意到这一点，正向着那边张望。

楼里的贼人竟然不待天黑，光天化日的反其道而行，朝着南边来了。放置虎蹲炮的院子距离避瘟楼不过七八十步，兵马司的伏兵距离避瘟楼也不过两三百步，万一给这二贼撞破了，又逃回楼里去，之前的一切都前功尽弃。

刘破虏容不得自己再想，一脚蹬在墙角的水缸边上了墙，顺墙小跑几步，腾身就上了屋顶，踩得屋顶上的瓦片混着冰雪哗啦啦地往下掉。金倚陆也跟着蹿了上去，顾不得可能被楼里的人看到，两人往北望了一望，跟着从房顶上跳下来抄起弓，连撒袋也不带，抓起一把箭插在腰带里说：

"走！"

二人连院门也不走，依旧踩着水缸边翻墙出去，把肚和金明镝拿着弓箭紧随其后。把肚刚跨过院门，突然想起什么，转身一把把金明镝搡进院里，头也不回地走了，金明镝跑出去一看，三人已经折过巷口不见了。

三人在大时雍坊纵横交错的胡同和巷子里穿梭，刘破虏最先观察到对面巷子里两个不寻常的身影，这两人戴着毡笠子，一个上身穿青灰色棉衫袄，下身穿袄裤、革翁、方口千层纳^①，另一个穿着

①一种布鞋。

黑色窄袖短摆程子衣，下身不穿靴，却穿着革翁、靰鞡鞋，显得极不协调。两人都背着一个长长的布袋，里面毫无疑问是鸟铳，发火的龙头位置隐约鼓着一个包，应该就是那掩火绳的锡葫芦。短打装扮的铳手腰带上还插着一把长长的东西，也用灰布包着，约有五尺，刘破房疑心这是南兵惯用的长刀，进而疑心这铳手就是那鬼。

三人贴着墙根疾步向前，刘破房背靠着墙，向着对面张望，一只手朝着膝盖拍了两下，金倚陆和把肚心领神会，都拈了箭搭在弦上，突然，刘破房向后扬手，示意不要妄动，然后指了指避瘟楼，用双手做了一个拉扯的动作，随即跟出了巷子口。金倚陆和把肚也跟上去从巷子口望外瞥了一眼，这才看见两个铳手已经一前一后相距十步向东折去，刘破房的意思是让他们走远些再动手，免得他们叫喊惊动了楼上的人。于是三人慢慢退回巷子里，从另一头迅速离开了。

刘破房顺着墙根不紧不慢地跟着两个铳手，显得极有耐心，两个铳手却连头也不回，默默地低着头向前走。平日里熙熙攘攘的道路上此时却没几个行人，让胡同里的四个人都处于一种尴尬的境地，前面的人明知道后面有人跟踪，却因为不知道对方的意图和人数，不敢轻易回头，后面的人明知道已经被前面的人发觉，却也只能一路跟着。

三人相隔约五六十步，刘破房始终控制着这个距离，这是鸟铳能够精确射击的极限，也是刘破房让两个铳手始终保持犹豫的极限。

腊月的方铁胡同里，三个身怀杀器的男人彼此较量着耐心，路上匆匆过往的行人在他们眼里似乎都不存在,刘破虏仿佛回到了关外的白山黑水之间,不知疲倦地追踪着狡猾的猎物。过了叮堂宅进了故衣胡同,行人反而越发少了,再往前是西江米巷,那里街道宽阔,已经不是合适的猎场了,刘破虏觉得时机已到,他突然抽出箭搭在弦上,加快了脚步拉近距离,前面两人依然不回头,但仿佛与刘破虏商量好了一般,两人明显放缓了脚步,各把一只手拽住了背上鸟铳布套的下端,三人之间的距离迅速变得越来越短。

刘破虏似乎完全不顾对方有两人两铳,顺着墙边快速前行,头越来越低,脚下越来越快,手里的弓的两个弓弭①急速地向后扬去,弓背上的肌腱发出咯吱咯吱的嘶鸣。双方的距离拉到了四十步,这无疑是鸟铳射击的最佳时机,在这个距离上,鸟铳的威力和精确度都要胜过弓箭。

两个铳手也深知这一点,他们几乎是同时从下面扯动包着鸟铳的布套,那布套的顶端套在铳口上,是个活套,一经拉扯便从鸟铳上整个儿掉了下来,两人用快得不可思议的动作摘去了火绳上套着的锡葫芦,同时把火绳夹在了龙头上。两人转身的同时,刘破虏看见了两个黑洞洞的枪口和两颗跳动的红亮火星,他突然在这生死一线的瞬间,产生了一个离奇的想法:这两颗火星蔓延到黑洞洞的枪口里,变成一团喷涌而出的暴烈火焰时,也许就能看到永远留在大凌河的父亲。

然而铳却没有响,取而代之的是骨骼和坚冰残酷碰撞的"嗵

---

①弓梢上用于挂弦的装置。

嗵"声，以及鸟铳跌落在冰面上的金铁铿然之声，随后，野兽被捕兽夹夹住时发出的那种狂野的嘶嚎响彻了整条故衣胡同。

两个铳手都被人从背后一箭射穿了膝盖，跪在雪地里哀嚎，鲜血在膝盖下迅速蔓延开来，穿黑色程子衣的铳手距离刘破虏稍近些，金倚陆的片箭从后面的膝弯射入，卡在髌骨缝里，使他能勉强用伤腿单膝跪在雪地里，在最初的几声本能的嗥叫之后就憋住了劲闷哼着，发出了困兽犹斗的那种粗重喘息声。穿青灰棉衫袄的情形要惨得多，他被把肚从后方用钑子箭射穿了膝盖，箭镞击碎了髌骨，从膝盖正面带着碎骨破肉而出，使他刚一跪倒就侧卧在地上惨叫不已。

很显然，两个猎手有意使用了速度不同的两种箭，几乎在同时让两个距离不同的猎物以完全相同的姿势倒下了。

尽管两个铳手都身受重伤，三人却仍不敢大意，一人在前，两人在后持满了弓，从胡同两端慢慢接近两头落入陷阱的野兽。穿黑色程子衣的铳手依然用伤腿单膝跪在雪地里，如果不是他剧烈起伏的胸膛和背部，以及身下洇成一只展翅乌鸦的大片血迹，他简直像庙里的护法天王踩在脚下的夜叉恶鬼像。

突然，单膝跪在雪地里喘息的铳手用没有受伤的那条腿奋力一蹬，整个人扑了出去，将火绳尚未熄灭的鸟铳抱在怀里顺势一躺，对准了金倚陆和把肚的方向，刘破虏想也没想一扬后手，准确地射中了那铳手的小臂。铳手的铳也响了，却不是冲着金倚陆和把肚去的，反而打在另一个铳手身边的墙上，激起一团烟尘。

在命运的最后一刻，这铳手并不是想拼死一搏，却要杀掉自己的同伴？三人都被他奇怪而残酷的选择惊呆了，不由自主地停下了脚步，看着这个凶恶的垂死野兽。

然而更加惨烈也更让人目瞪口呆的一幕出现了。那黑衣铳手凄惨地冲着刘破虏咧嘴一笑，勉强抬起半个身子重新跪在地上，用左手将右臂上射入的箭生生拔了出来，新鲜的血肉带着活人的热气被箭头拉扯进腊月的寒风中，沥沥拉拉地淌在地上。那铳手握住箭竖着立在地上，张开嘴毫不犹豫地一头猛磕上去，箭镞带着半支箭杆霎时从他后脑枕部刺穿出来，突兀地指向天空，喉咙里汹涌而出的鲜血肆意泼洒在雪地里，他就以这样一个诡异的姿势伏在地上，干脆利索地死去了。

不知是不是老天爷不愿在光天化日见到这么多鲜血洒在大街上，好不容易晴了半日的天空重归了阴郁，洋洋洒洒的纸片子雪打着转儿盖在尚未完全冻结的血迹上，旋即成为了血迹的一部分。

饶是死人堆里爬出来的刘破虏和刘把肚，还有将门之后金倚陆，都被这惨烈又离奇的一幕惊呆了，谁也没有说话，谁也没有动，三个人静静地立在雪里。空旷的故衣胡同里，只有另一个铳手的哀嚎还回荡其中。

刘破虏最先从震惊中缓过神来，他拔出刀向着另一个铳手狂奔而去，如果他也自杀了，这场狩猎就毫无意义了。另一个铳手显然没有自杀的打算，他用一只手反握住长刀的柄，用尽全身力气连拔带砍地贴着地面朝刘破虏的腿扫过去，刘破虏早有防备，向后一跳让开刀锋，用刀脊重重地磕在了长刀的刀身上，巨大的杠杆力显然伤到了铳手的腕子，让他发出一声惨叫，长刀掉在了一边。刘破虏一脚踢开火绳已经熄灭的鸟铳，俯身用刀尖贴在长刀的刀镡上，将长刀挑飞到墙边去。

看到猎物的爪子和牙齿都已被切掉，刘破虏慢慢地把腰刀送入鞘内，对还沉浸在震惊中的二人说：

"他不是鬼。"

大时雍坊·避瘟楼·破贼

地上的人已经失去了一切抵抗能力，右手捂着腿侧卧在雪地里，身下的血渍越洇越大，他痛苦的呻吟夹杂着粗重的喘息，飘荡在腊月的寒风里。把肚用靴头轻轻碰了碰从他膝盖里冒出的半截箭头，他立刻捂住膝盖惨叫了起来，刘破虏见他还有求生之意，不动声色地说：

"你还能活。"

地上的铳手用从嗓子眼儿里憋出来的声音说：

"我横竖是个死……"

刘破虏在他身边蹲下，看了看他的伤势，轻轻地说：

"我说你能活。"

那铳手不再答话，抱着腿把头扭到一边去，只顾喘气。刘破虏拽下已经熄灭的火绳，从他膝弯后面穿过，紧紧缠了两圈勒住，打了个死结，用小刀在箭杆上切了个凹口，两手攥住一掰，箭杆断了，只留下一拃多长的杆连着簇穿在膝盖里，然后说：

"腿废了，但还能活。为何要占这楼？说罢。"

铳手仍不言语，只是望着响起马蹄声的方向，是金明镝和陈正海带着人马循迹而来了。刘破虏用手敲了敲浸满了血而被冻得坚硬的袄裤，发出"梆梆"的声音，对铳手说：

"你时候不多了。"

铳手颤抖着长出一口气，用这口气的最后一点儿吐出两个字：

"我说。"

刘破虏点点头，两个弓兵马上过来把铳手从地上拖起来，面朝下横着绑在刘破虏的马背上，又把一件蓑衣盖在他身上。铳手的血止住了流淌，但仍顺着结冰的裤管慢慢往下滴。刘破虏又看一眼不远处的尸首，兵丁心领神会，将那尸首驮在另一匹马上。

刘破虏牵着马，轻声说：

"你说得快些，我便走得快些，你说得慢些，我便走得慢些，你自己的命，自己算计着。"

然后转头对跟随而来的人马说：

"楼里的人恐已惊动，都小心些顺着墙根走。"

马背上的人已经因为失血，全身一阵阵地颤了起来，刘破虏牵着马，依然不紧不慢地走着，直到脑后响起了那铳手发抖的声音，脚下才稍稍快了些。

这铳手名叫卜子才，崇祯十一年九月，清兵从墙子岭毁墙而入，杀蓟辽总督吴阿衡，直抵通州，七万勤王明军连败七阵，十二月，卢象升[1]被围于巨鹿蒿水桥，身中四箭三刀战死，大量明军的残兵败将散在京师周围，成为打家劫舍的喇唬。卜子才所在的部队于广平府溃散后，他因为有一手放铳的本事，遂于永定门与广宁门之间为盗，一边打家劫舍，一边劫掠南下避难的商民，偶尔也截杀官吏，倒卖印信，纵横多年，形成了一股四五十人的大绺子。崇祯十六年腊月初，南下商民日少，他们却在永定门外发现了一支奇怪的商队，约有人马二十余骑，骆驼十多峰，他们在永定门外伏击了这支商队，却不料这商队里的人个个凶神恶煞，且骑且射，铳箭齐放，瞬间将卜子才的绺子四五十人屠杀殆尽，卜子才放铳打死两个，自己也被生擒

---

[1] 卢象升（1600—1638），字建斗，号九台，江苏宜兴人。天启二年（1622）进士。崇祯十一年（1638）末与清军激战，壮烈殉国。

了去，原来这是替清军买硝的晋商商队，要穿北京出德胜门往塞外大青城①去。驼队的人本要杀卜子才，却因为自己折了人手，又见卜子才有放铳的本事，便逼降了他，裹着他入了城，但一直提防着他，不仅说话议事不准他听见，白天一举一动都有人监视，晚上睡觉俱用绳捆着。驼队在德胜门内大街货场逗留了三日，便分作两拨，大部仍带着硝由德胜门离了京，分出七人留在京师，俱是身经百战的辽军老兵，议定三日后离京，由山东渡海回关外。到了期限，为首的老兵却改了主意，决意留在京师，一伙人经卜子才指点，又笼络了其他三个武艺高强的喇唬，每日在城外杀掠，抢得财货又入城中挥霍，落脚点飘忽不定。临近年关，城内越发混乱，皇城之内，白日走盗，这伙人也越发大胆起来，干脆夺了避瘟楼作魔窟，占了陈家公子妻妾仆妇，日夜奸淫。卜子才多年在京城内外为盗，盘查路线，打探消息，出了不少力，夜间睡觉也不再捆着，但出去办事仍有人看着。

刘破虏的心中顿时浮现出不祥的预感，他问卜子才：

"他们为何改了主意不走？"

卜子才虚弱地回答：

"关外的强人说：锦衣卫如鸡狗，应手屠之，京兵连鸡狗也不如，惧他作甚？大清早晚破此城，我等回去何益？不如在此享福等候大兵。"

刘破虏问：

"他们在京师做什么勾当？要带什么东西去关外？"

---

①即呼和浩特。

卜子才说：

"也不见他做什么，无非娼馆妓院，饭铺酒楼，硝石早叫骆驼驮着走了，不知他要带什么回去。他每议事，都不教我听见，每天出来办事，都叫这辽兵跟着我。"

刘破虏问：

"办什么事？"

卜子才说：

"每日天见黑，便叫那辽兵与我出来，绕着皇城忽南忽北，时东时西，将个什么物件每日挪来挪去。"

金倚陆冷不丁问：

"是什么物件？"

卜子才说：

"我不知是什么物件，他不教我看见，只教我举铳，远远守着他退路，他每用块白布招子裹着，我见像铳。"

眼见事情变得更加扑朔迷离起来，把肚马上在那辽兵的尸首上摸索，很快就在他胸前摸出一块叠得四四方方的白布来。把肚在风中把那白布展开，那块布马上像活了一样飘飞起来，像一只剧烈扇动翅膀的蛾子，发出扑棱扑棱的声音。这块白布被人血浸出了一个不规则的圆形，上面用墨画着些古怪难懂的符号，几个熟悉的字一下戳进了刘破虏的脑海之中：

波平 大晦 凶 天正十五年

刘破虏的脑袋嗡嗡作响，这正是在获鹿杀死的夜不收身上的那块白布，他分明把这块布盖在了三里堡那个浙军老兵的脸上，为什么这块布会突然再次出现在这个辽兵铳手的怀里呢？

这一切都远远超出了常理，显得太诡异了，刘破虏所有的推断和揣测都不足以把这些事情联系在一起，多年的疆场生涯让他在心理上远离了一切神鬼，但在此时此刻，他开始怀疑自己了。

但他时间不多了，风雪越来越紧，天色也越来越暗，至多一个时辰之后就是彻底的黑夜，到时候他要拿什么来对付楼里的七个和他一样身经百战的辽军老兵，和那个不知道游荡在什么地方的鬼呢？他不能再想下去，问道：

"楼中有几人？平素在何方位？陈家儿子夫妇两口安置何处？你如实说来，我让你活。"

卜子才答：

"楼里有九人，一人楼下把着门，一人楼顶瞭看，守着陈家儿子。这楼外头看着大，里面却逼仄得紧，楼下都是老狗瓶罐、枯木败竹，惟二楼宽敞些，故我等与陈家妻妾僮仆，平日俱在二楼吃睡。"

刘破虏心中迅速构建出楼中情形，开始策划突入的细节，嘴上却继续问道：

"贼之中有一刀法极高之人，在何处？"

卜子才说：

"七个清兵，俱剃过头，六个使弓，一个使铳，都是辽人，还有两个是我昔日搭火的勾当，也使铳，都有百步射人的本事，却不知哪个刀法高些。"

刘破虏冷笑一声，不屑地说：

“百步射人？方才我距你不过六七十步，怎不见你等放铳射我？”

卜子才答：

“我们在楼里听得外头炮响，清兵便疑那老狗有异心，故教我两个早些出来查看，见你一人，便想设套活捉了拷问，不曾想计不如你，反被你捉了去。”

刘破虏反问：

“楼里人已有备？”

卜子才答：

“老狗差人云番僧试炮，清兵将信将疑，差我等出来查看，若逾时不归，则必有备。”

楼里的人已经起了疑心，但还不知道外面的情形，因此攻楼必须提前，从卜子才嘴里也得不到更多东西了，尽管他把自己做过的孽都有意一笔带过，或是推托为清兵所迫，但他能在这伙人中间活这么久，手上是不可能干净的。刘破虏已经不想再带着这个恶贯满盈的累赘了，但他突然想起了一件事，于是仍不动声色地问：

“楼里可有一个小孩儿，约摸十岁大？”

卜子才的眼珠快速转了几转，含含糊糊地答：

“是有一个小孩儿，成日使唤着。”

刘破虏停住了脚步，突然回头解开了绳子，卜子才登时从马背上滑落在地上，膝盖上露出的半截箭杆磕在地上，疼得他再次惨叫起来。刘破虏翻身上马，头也不回地往西走了，跟在后面的把肚慢慢地从鞘里拔出腰刀来，卜子才觉察到不妙，因为失血而惨白的脸此时已经变成了青灰，他顾不上叫痛，一只手撑着地想往后退，一条未伤的腿在雪地里徒劳地蹬踏着，嘴里直嚷嚷：

"他说我能活！他说我能活！"

把肚猛地一刀扎进卜子才心窝里，惟恐他死得不痛快，又翘起刀尖往上一撅，连肺叶子也捅穿，卜子才嘴里嗯了一声，当场就断了气，两只手却死死地攥着插在胸前的刀。把肚当胸给他一脚拔出刀，连他攥住刀刃的手指也带掉了好几个，掉在地上滴溜溜地滚。

把肚把带血的刀在卜子才身上反复擦了两擦才入了鞘，对着卜子才的尸首说：

"他说你能活，我又不曾说过。"

金倚陆骑着马立在一旁，皱着眉头说：

"杀降不祥。"

把肚把另一个铳手的尸首从马背上推下去，上马道：

"他虽降了，我未受降。"

两人迎着风雪沿着刘破虏留下的蹄印疾驰而去，身后的兵丁迫不及待地从腰间拔出刀，扑向雪地里的两具尸首，唯恐时间久了血肉冻住，首级不好割了。

把肚和金倚陆很快追上了刘破虏，陈正海也赶了上来，四人一起回到放置虎蹲炮的院子，葛雷亚早已经拿了一块布将炮盖住，刘破虏看了一眼布的凹陷处半指厚的积雪，下令道：

"去陈家教他将酒饭送来此处，各兵立地就食，肉随各兵取用，酒止各人一碗，不许多喝。半个时辰后攻楼，以螺响为号，金大人、把肚领二十能射之丁在此并力与他射打，陈大人分二十人于东、北两面举火鼓噪，敲锣打鼓，却不与他接战，若有贼逃窜，尽行堵截围杀，勿使走脱一人。我自拣身强力壮者三人披甲，于西门夺楼。"

众人闻言，都领了命各去准备，陈正海取了带来的盔甲散给各人，刘破虏把铁臂手和兜鍪①都摒了不戴，只把罩甲套在身上，用鞶带在腰间勒了又勒，金倚陆穿了件深红色的鸳鸯战袄②，外面套了件对襟锁子甲。金明镝穿了步卒用的青甲，金倚陆走到他面前，拽着甲的下摆往下扯了扯，让甲片贴伏在他肩膀上，眼睛里闪过一丝不易觉察的忧虑。

陈正海看了一眼葛雷亚，也取了一件青甲给他，葛雷亚伸手要接，刘破虏却示意不可，葛雷亚也不再坚持。

众人准备齐整，陈家的酒饭也送到了，兵丁们都蹲在地上，一边用油乎乎的手拼命往嘴里塞已经冰凉的冷猪肉，一边瞪大了眼睛紧紧盯着盆里的肉。

把肚在一旁吓唬他们：

"少吃些，万一霉头你触着，着那铅子儿钻肚里去，若你肚里饿着，不过马蜂蜇一下，若你贪嘴，将别人的肉也吃去了，铅子儿打烂了肠子，酒肉都跑你肚里去，顷刻就死。"

兵丁们闻言先是一愣，脸上随即浮现出害怕的神色，但不停往嘴里递肉的手只是慢了片刻，随即再次埋头继续大吃起来，一会儿就把盆里的肉吃光了，猪腿上的筒骨都给啃得干干净净，骨髓也给吸了去，骨头扔在地上。兵丁们随即将注意力转向杂和面馎饦和咸

①头盔。
②一种棉质的双面战袄，穿在铠甲下面。

鱼，又是一阵风卷残云。

所有的盆碗都见了底之后，兵丁们就围在一处，轮流喝瓶里的酒，把肚凑过去喝了一口，说根本不怕兵丁们喝醉了，一来这酒掺过水，二来这酒根本就不够喝醉的。刘破虏这才放下心来，让人牵了马过来，又让陈正海拣了三个精壮大胆的弓兵，都穿了双甲①跟着。葛雷亚把金明镝叫到一旁，叮嘱再三，拍拍他的肩膀以示勉励，才叫人牵过骡子来上去。

刘破虏本想对兵丁们说点儿什么，鼓一鼓士气，纵马在空地上兜了三四圈，却只憋出一句话：

"都莫死了。"

随即看看天色，吩咐陈正海：

"两刻之后，以螺响为号，东、北一并起火，攻楼！"

转身正要离开，却看见刚才跟在后面的几个兵，提着两个血淋淋的人头欢天喜地地回来了，为首的一个身强力壮的弓手右手拎着那辽兵头颅脑后的辫子，另一个拎着卜子才的发髻，两人喜色溢于言表，后面跟着两个垂头丧气的，显然是抢人头抢输了。

周围的兵丁马上露出艳羡的目光，谁不知道一夷当三虏，一虏当十贼？关内的流贼脑袋砍上几十颗，也比不过一颗关外"真夷"的首级，更何况如今杀良冒功的太多，听说宣府、大同一带男子的首级不够用，还要将女子的首级扮作男子充功，因此流贼的首级每一颗都要反复验看。如今不用出塞，在京师里就割到了"真夷"的脑

---

①即两层铠甲。

袋，怎能够不让人羡慕呢？

刘破虏阴沉着脸催马上去，狠狠地一鞭子打在提着辽兵脑袋的手上，那辽兵的脑袋顿时掉在地上，沿着一条不规则的曲线滴溜溜地滚了出去，刘破虏转过马来又一鞭子抽落了卜子才的脑袋，然后用马鞭指着两个弓兵说：

"一会儿攻楼，你二人打头阵！"

又转过身对着兵丁们说：

"今日破贼，若有争割级者，夺功论罪，杖一百，贯耳。有不顾贼而割级者，以从贼论。"

言毕带着人马往西边去了。

骆养性的堂上，一个千户正奉着一封帖子，恭恭敬敬地双手给他，骆养性却不接，他眯着眼睛，听着远方时有时无的炮响，慢吞吞地说：

"念。"

千户展开帖子，朗声念道：

"刘破虏，广宁中卫人，生年不详，天启七年入宁远卫学，初业儒，后袭职，随父从军。其父刘落河，原系祖大寿军大凌河游击胡弘先麾下守备，有人云落河系反正伪官刘兴祚[1]之兄，无据，兴祚有弟

---

[1] 辽宁开原人，万历三十三年（1605）被女真人掠去，后官至后金副将，因反对努尔哈赤屠杀辽人遭疑，崇祯元年（1628）降明，1630年遭后金军伏击杀害。

刘兴仁、刘兴贤、刘兴意等五人，未闻有落河之名。崇祯四年大凌河破，刘落河死，胡弘先降，刘破虏没入乱兵，不知所踪。崇祯五年七月始知其随祖大弼于登莱逐叛贼孔有德。崇祯七年，刘破虏随大弼入援宣大，数与建奴战。七年十月，大弼升宁夏总兵官，刘破虏随大弼戍宁夏。八年、九年，数与流贼鏖战，八年五月，随大弼于陕甘之间，连破闯贼七八万，擒上天龙、小黄莺、啯啯王、青山王、二老虎①，斩级无数，升守备②。九年五月，大弼杖死宁州驿丞，夺衔③，十年四月，刘破虏随大弼退归辽东，数与奴战，十四年，与奴战于松、杏，大败逃归。十五年二月，锦州陷，大寿一族皆降，刘破虏携家丁渡海逃至山东，来京后捐任南城兵马司副指挥……"

骆养性嗯了一声，说：

"拣要紧的念。"

千户顿了一顿，念道：

"崇祯十五年二月，大寿开锦州降奴，大乐、大弼随之，刘破虏故旧皆随大弼编入奴蓝旗营，姚时雍辖之，奴蓝旗营尚有祖泽沛、陈锦、李盛、李廷植等伪将④，皆系大凌河及松锦降人……"

骆养性点点头，说：

"念那朝鲜人的来路。"

千户清清嗓子，念道：

---

①均是被祖大弼击败的闯军将领。
②一种下级军官。
③指1636年祖大弼殴打小官致死，被夺官的事件。
④均曾为明军辽军系统将领。

"金倚陆，朝鲜国江原道铁原人，兵曹佐郎，万历四十七年萨尔浒之战朝鲜左营将金应河之子。崇祯十年朝鲜朝天使随行。崇祯十年建奴连陷朝鲜两京，朝鲜王降于南汉山城，金倚陆数言与奴战，结怨于奴，不得东归，遂滞留京师会同馆，日以射猎博戏为乐，阴结其国流人，欲结兵与奴战。崇祯十四年上书欲随洪承畴出关，上不许。现已侦知其欲寻其国亡将林庆业[1]，结伴南下，不知其所图。"

骆养性闻言，在扳指上摩挲的食指停了下来，皱着眉头说：

"刘破虏虽有大用，这朝鲜军官却是祸害，其身负国恨家仇，必不能为我所用，即便可用，现朝鲜已为清国藩属，隐匿朝鲜逃人，岂不自引祸于东？即行查明其国亡将林庆业因何遁入关内，现在何处，二人南下意欲何为，水落石出之后，一并擒获拘押，若有抗命，尽行诛杀。"

千户领命，正要退下，骆养性却把他叫住说：

"刘破虏攻楼情势，多遣爪探，一时一报，摆塘、爪探[2]不可以一矢助他，违令者斩。命人带兵好生照看宣武门外天主堂，汤若望若有所求，一并遂他意愿，万勿使其随众南下，此奇货可居也，若有闪失，拿你是问。"

千户连连称是，作着揖倒退着往门外去，退到门槛处俯首再拜，犹豫不决地说：

---

①林庆业（1594—1646），字英伯，号孤松，朝鲜忠清道忠州人，抗清将领。崇祯十五年（1642）抗清事发，被清军通缉逃入大明，坚持与明军并肩抗清，后遭出卖被俘，押送归国途中被朝奸杀害。
②兵种名称，类似侦察兵。

"辽人半贼也，万望大人……"

骆养性五指并拢扬起手来，示意他不必再说，千户又拜，这才退下。待千户退出三堂之外，骆养性转身看着背后"忠显千古擎铜昭日月，义演春秋秉烛明新天"的楹联，自言自语地说道：

"既要见贼，又如何缺得了半贼呢？"

骆养性在家里运筹帷幄的时候，刘破虏正拿着千里镜，焦急地等待着一道火光。从下午开始飘洒的雪越下越大，天色也越来越暗，如果等地上的雪落得厚了，那么他从陈家大宅冲入破瘟楼的时间和风险都将大大提高，他觉得不能再等下去，冲着葛雷亚点点头。葛雷亚麻利地拔出一根三棱钢钎扎进发烦崭新的火门里，刺破了药包，又把一个牛角瓶里的颗粒状火药倒入火门中，拿起旁边的一支缠着火绳的长枪，用嘴轻轻地冲着阴燃的火头吹了一下，暗红色的火头顿时变得明亮起来。葛雷亚这口气仿佛吹到了窗外一般，只听一声螺响，避瘟楼的东、北、南三面的天空也随着火绳的头霎时亮了起来，除了陈家大宅所在的西面仍保持着昏暗和寂静外，避瘟楼瞬间被冲天而起的火光和螺号、唢呐、锣鼓和锅碗瓢盆组成的奇怪喧嚣淹没，南边城墙方向的民房间隐约可以看见一片旌旗攒动，阵阵呐喊声从四面八方传来。

楼里的人虽猝不及防，但并没有被这阵势吓住。短暂沉默了片刻之后，楼里的人似乎判明了攻楼者的意图和主攻方向，突然大开南面窗户，从二楼喷出火蛇与飞蝗般的箭矢，直朝楼下旌旗攒动之处而去。

金倚陆和把肚见楼中人已半堕其计，一边催促兵丁继续摇旗鼓噪，以壮声势，一边将半个身子藏在民宅的墙后，交替着探出身子与楼上的人对射，箭矢被一支又一支准确地射入避瘟楼狭窄的窗户里，却好像被漆黑的窗口吞噬了一般，让人吃不准是否命中了目标。

兵马司其他兵丁虽无此等箭术，但人多势众，对着二楼胡乱打放，倒让楼里的人也不得不忌惮，只能在窗口时隐时现地还击。金倚陆敏锐地看见一个小红点在窗口一闪而过，机敏地转身藏在墙后，却忽然听见旁边一声惨叫，转头一看，一个弓兵探出放箭的身子回得太慢，被鸟铳击中了头部，捂着脸倒在地上生死不知，另一个兵上去拽他，立刻被一箭射中了肩膀，被其他兵丁拖了回去。把肚扬起一只手，一半的兵丁停了下来，往楼上射打的箭矢顿时稀疏了不少，楼上的人意识到他们得了势，都齐聚在南面向下射打，箭矢和铅子都密了不少，顿时压住了楼下的人。

金倚陆回头大声呼喊金明镝放炮，却不见有人回应，便猫着腰回头跑进放虎蹲炮的院子，却见他头发上都结了冰，仿佛一个白头老翁，正手忙脚乱地摆弄一根熄灭的火绳，立刻意识到出了什么问题——大雪把火绳弄潮了。

金明镝看见金倚陆冲进来，还不等他说话，一咬牙冲出院子，扑向旁边点着的火堆，楼上的人看见光亮处有人跑动，都聚在窗前一齐向着人影射打，密集的铅子和箭噗噗噗地射入金明镝脚下的雪地里。金倚陆冲出院子的时候，正和冲进院子的金明镝撞了个满怀，金明镝胸口插着一支箭，右手抓着一把火钩子，疯了一样一把推开金倚陆，冲向虎蹲炮，把火钩子烧得暗红的尖端猛地戳进火门里，只听见"轰"的一声惊天动地的巨响，金倚陆在一团爆燃的火焰与闪光中，看见冻在地里的虎蹲炮仿佛活了一般，猛然跳了起来，一股呛人的硝烟凶狠地迎面冲来，立在火里的金明镝瞬间被这团浓烟吞没不见了。

正在与楼上对射的把肚听见背后巨响，本能地一缩脖子，抬眼看见了一幕奇特的情景，避瘟楼仿佛是一个巨大的蜂巢，从炮口以极速飞出的一群黑影如归巢的野蜂猛然扎入其中，激起一片砖石碎片组成的烟尘，烟尘散去之后，把肚才看清了这一炮的威力：装填在虎蹲炮最上面的大铅子准确地在避瘟楼二层的南面开出了一个簸箩大的窟窿，整个二层的南边都被散子彻底打烂，破烂的椽子和砖瓦不停地从千疮百孔的楼梯上掉下来，楼上突然安静了，残破的二楼已不见半个人影，陷入了一种诡异的平静。

把肚大喊一声，从墙后冲了出来，一边一支接一支地往楼里射箭，一边在可以暂时遮身的建筑之间闪转腾挪，步步逼近避瘟楼，其他兵丁不敢跟着把肚近楼，却也探出身子来拼命向楼上射箭掩护把肚。金倚陆有心去帮把肚，却忍不住先跑进正在散去的硝烟里，一把抓住了金明镝，金明镝整个脸都被炮烟崩得乌黑，只露出两个亮闪闪的眸子和一排白牙，正冲着金倚陆傻笑，金倚陆低头一看，先是倒吸一口凉气，接着感到天旋地转：一支箭直棱棱地插在金明镝的当胸，看箭杆露在外面的长度，深入体内至少也有两寸，青甲和战袄无疑全都被射透了。金倚陆马上扶住金明镝，希望把他放在地上，金明镝却不可思议地一把攥住箭杆，从胸前硬生生把箭拔了出来，正如金倚陆所料，箭镞从被射穿的青甲里拔出时，与甲片上箭孔的边缘相互摩擦，发出一阵刺耳的金铁之声，金倚陆知道若箭中得不深，登时不拔出来幸许有救，但伸手去阻拦时已经来不及了，马上本能地用手紧紧按住青甲上的箭孔，却没有意料中温热的液体从里面流出来。金明镝推开金倚陆的手，解开最上面的一个甲袢，费力地从战袄的领口伸进手去，拽出一本不厚的线装书来，金倚陆借着跳动的火光定睛一看，书上印着三个字：

则克录[①]

书的右下角有一个三角形的洞，印书的绵纸都被箭镞的刃切开了，整整齐齐地翻在外面。金倚陆不记得金明镝有这么一本书，也不知道他为什么把书揣在怀里，无暇再理会他，一手持弓一手按住腰间的佩刀，就往院外冲，刚跑了两步，就听见西边一声惊天动地的炮响，他知道，刘破虏要夺门了。

他加快脚步，顾不得楼上可能射出的冷枪冷箭，一路跑到把肚身边，交替着掩护对方，步步从南向西斜着朝避瘟楼逼近，希望能压住楼上的人，给刘破虏赢得机会。

金倚陆和把肚不知道的是，葛雷亚从二楼放出的这一炮，效果却远不如学徒金明镝手忙脚乱的杰作。发烦射出的铅子准确地命中了避瘟楼的西门，却没有如想象中那样把整个大门轰碎，而是穿透了大门，只在门上留下一个大洞，但这个洞不管怎么看都无法通

[①] 即《火攻挈要》，汤若望写的一本关于火器制造和应用的书，介绍了当时欧洲最新的军事科技成果，崇祯十五年（1642）刊印。

过一个人。

门没能打开，形势急转直下，刘破虏毫不犹豫将一捆绳子斜挎在身上，抄起藤牌对葛雷亚说：

"不必管我，再放！"

葛雷亚又惊又愧立在一旁，惊的是这门居然没有碎，愧的是自己没能做到对众人的承诺，刘破虏一把拍在他肩上说：

"再放！"

接着打开窗户，直接从二楼纵身跳了下去，消失在风雪、火光和喧嚣之中。葛雷亚定了定神，转头看了一眼发烦炮，得益于足够分量的树干做炮床，以及定位用的楔子，炮床的位移不算太大。葛雷亚在旁边兵丁的帮助下，很快复位了炮床，沾湿了推杆上绑的布，用最快的速度清理了炮膛，撕开一个药包倒掉少许火药，把药包装入膛里，飞快地往膛内打进一个木马子，拿起一个铅子，突然想起什么又把铅子放下，把一个大小相同的石弹包在一块极薄的麂子皮里送入膛中用推杆捣实，随即扑在窗前，用千里镜向避瘟楼西门观察。他看见刘破虏猫着腰，把整个上半身遮在藤牌下，迅速向着避瘟楼抵近，已经快到楼前的台子下了，把肚和金倚陆从南面一边朝楼上射箭，一边朝西门逼近。葛雷亚毫不迟疑，猛地把钢钎从火门刺入药包，又把引火药倒入火门中，拿起身边的长枪，把火绳的火头放入火门中，火门里"呲"地发出耀眼的光亮，一股青白色的烟雾腾起，随即"轰"的一声巨响，整个陈宅都震颤了起来。葛雷亚的耳里虽然嗡嗡地响，依然能听到房顶上的瓦片哗啦哗啦地往下掉，他顾不得许多，扬起袖子扇开弥漫在空中的硝烟，再次把千里镜指向避瘟楼的西门。

刘破虏先是感到背后一亮，然后听到这声巨响，紧接着听到头顶上有一个看不见的东西挟着凄厉的嘶鸣声飞过，让他本能地身子一沉，用藤牌贴近了头面护住，台上随即发出一声巨响，不知一堆什么东西像瞎了眼的蝙蝠一样噼里啪啦地打在刘破虏的藤牌上，他低头看见朱红色的碎木片夹杂着青色的砖石落在脚下，知道第二炮有了，立刻掼了藤牌拔出腰刀来，紧紧地背靠着避瘟楼的台子站下，身边两个黑影次第闪光，把肚和金倚陆赶了过来，也贴着刘破虏背靠着台子站下。把肚捡起地上的藤牌端在腰间，刘破虏抬头向上望望，第一脚踩藤牌上，第二脚踩在把肚肩上，双手扒上了台沿，用力一撑爬了上去，这才看清了葛雷亚第二炮的准头：这一炮准确地命中了避瘟楼西门两个门扇之间的位置，巨大的冲击力向内击碎了门杠和门轴，使残破的大门整个儿洞开。刘破虏冲到门前，双手飞快地把绳子打个活结套在门前的云涡门墩上，把绳子的另一头抛下台去，却见金倚陆已攀着台子上来了，二人拔刀一前一后突入楼内，看见昏暗的大厅里满地狼藉，一团火光被门外涌入的风催动，在地上忽明忽暗地跳着。

一个黑衣人倒在血泊中，胸口剧烈地起伏着，身上像是落了些雪，白花花的，一张边军常用的开元大梢弓丢在一旁，一个点燃的火把落在另一旁。把肚赶了上来，三人不敢大意，各执了刀，前后错开，慢慢逼近地上的人，刘破虏走近了才看见，那人身上白色的东西根本不是雪，而是青的白的各色瓷器的碎片，深浅不一地密密麻麻插满了他的全身。原来葛雷亚开的第一炮贯穿了整个一楼，将陈演积存在这里的瓷器打得粉碎，飞溅的瓷片当场重伤了在这里看守大门的喇唬，那人双眼睁得滚圆，直勾勾地盯着刘破房，一片扇形的青花瓷片斜着插在他脖子上，刘破房毫不迟疑，挥刀在他颈间一扫，四管齐断，只听见"嘶嘶"的出气声，血液从他喉咙里咕嘟咕嘟地喷涌而出，又用刀尖在他头上一挑，网巾上兜着的假头发掉在一旁，露出了下面的金钱鼠尾来。金倚陆的眼中霎时腾起仇恨的火焰，擎着刀就要往楼上冲，却被把肚拦住了。

把肚把藤牌遮在胸前，从藤牌上沿露出一双眼睛来，一手持刀慢慢地往楼梯上走，刘破房警惕地向后扫视一圈，提防残寇，却意外发现了葛雷亚第一炮失常的真正原因——避瘟楼的西门表面上看只是普通木门，里面却用一指宽的铁条纵横加固，门上却不露钉，从外面发现不了，整个门像是有了一个铁的骨架，无法一击而碎，葛雷亚的第一炮恰巧从铁条纵横形成的方格中射入，所以只留下了一个洞。刘破房看到这里，顿觉侥幸，却不敢大意，藏在把肚身后顺着楼梯往上走，楼上是死一般的寂静，只能听见楼外兵丁偶尔射进楼里的箭嘣嘣地钉在木头上，让刘破房有了一种不祥的预感。

楼梯在把肚脚下发出咯吱咯吱的声响，把肚在楼梯半中央停住，静静听了片刻，突然猛地冲了上去，刘破房紧随其后，金倚陆杀敌心切，赶在两人之前，翻身顺着楼梯扶手一溜烟蹿了上去。

意料中的短兵相接并未出现，虎蹲炮抵近射击造成的惨烈后果却远超过众人的预期，三人借着微光看见，南边射窗附近地上，横七竖八地倒了一地不知死活的人，能听见有人喘着气，却不见一个动弹的。楼外的天色已经完全黑了下来，在二楼看不见的黑暗中，似乎还有倒在地上的人蠕动着，楼下的人还在不住地往楼上射箭，刘破虏担心那善使刀的鬼埋伏在楼下，便示意把肚让兵丁们进楼来。把肚侧身立在窗前，探出半个头说：

"楼拿着，莫浪射了，都进来！"

一支箭"噔"地钉在他脸旁的窗棂子上，气得把肚朝窗外大骂：

"狗杀才，射贼没准，射你娘老子倒有准！"

金倚陆杀气腾腾地瞪着眼睛，紧紧盯着黑暗中蠕动的东西，刘破虏却在弥漫在空气中的硝烟味、血腥味、垂死之人的粪尿味之中，闻到一丝熟悉的味道，这是一种香味，是一种人间罕见的、与任何食物的味道都不相类似的奇异的香味。这味道，他只在八年前的大凌河闻到过，他还清楚地记得，他闻到这香味时，耳边响起的那句令人毛骨悚然的话：

"吃罢，邪香。"

楼下闹哄哄的亮了起来，兵丁们举了火，噔噔噔的上楼来，有了刘破虏之前的警告，兵丁们都贪婪的看着楼下尸体头上的辫子，却不敢在楼下逗留片刻。火光逐渐填满了二楼所有的黑暗，让刘破虏更加清楚地看见了楼里的情形：两个清兵一个颈上中箭，一个头上中箭，当场就死了，应该是在佯攻中被把肚和金倚陆射杀的，另一个清兵整个儿头颅不见了，腔子里的血都喷出来糊在楼顶上，应该是被虎蹲炮直接把脑袋崩碎了，其余几人都身负重伤，有的被散子削去了胳膊，有的浑身插满了木刺，都倒在地上大口喘着粗气，却无一人呻吟。冲上三楼的兵丁又下到二楼，对着刘破虏摇摇头，示意三楼一无所获。

忽然，二楼深处的一片狼藉中，一个阴阳怪气的声音似乎强忍着笑说道：

"刘大人，这一阵，你胜了吗？"

说完，说话的人好像再也忍不住了，哈哈大笑起来，笑了几声却变成了剧烈的咳嗽，笑声夹杂着咳嗽，显得十分古怪，刘破虏用刀指着发出声音的方向说：

"出来！"

无人回应。弓兵们马上持满了弓，对着发出声音的地方警戒着，刘破虏举着火，慢慢地走了过去，看见一堆被虎蹲炮轰得支离破碎的檀木家具里，坐着一个人，这个人一手按着自己的腹部，一手持刀支在地上，低着头一边笑一边剧烈地咳嗽，每咳嗽一下，都有一口血泼溅在地上。他突然抬起头，手离开腹部向头上摸去，刘破虏这才看清，一枚虎蹲炮的散子在他腹部开了个大洞，又从后腰上穿出去了，兵丁们看他往头上摸去，都以为他要从背后掏出什么东西，紧张地把弓弦又往耳后拉了半寸，地上的人看见兵丁们紧张的样子，哈哈一笑，从头上扯下兜着假发的网巾，一把掼在地上，露出剃的发青的头皮，戏谑地对刘破虏说：

"刘大人，你还认得我吗？"

这张血肉模糊的脸一下冲进了刘破虏的记忆，他确定自己在关外见过这个人，却一时想不起他到底是谁，他平静又倨傲地答道：

"认得，你是贼。"

这人笑得更厉害了，他不再徒劳地去捂腹部的伤口，任由血潺潺地流出，边笑边说：

"刘大人在寻贼首吗？在下便是。想刘大人在关内做狗不几日，便将关外的事都忘却了，害我等辽人家破人亡犹不能完税的，是大清吗？害我等辽人卖儿卖女不能置斗米的，是大清吗？害我等辽人男的当兵在营廿载不能归家，妻女沦为娼妓的，是大清吗？逼我等辽人生于辽而走于胡者，是大清吗？

"这等好事，不都是你刘大人的大明朝做的？刘大人却骂我作贼。我是大明朝的贼不假，刘大人却是我辽人中的叛贼！

"大清好杀人，但刘大人怎不问问那尚可喜[①]，为何大清兵杀他一门老小，他却要渡海投效，你大明对他恩重如山，却怎的将他逼入绝路？"

刘破虏沉默许久，尽力压抑住内心激荡的情绪，并不接他的话茬，反问道：

"陈家人藏在哪里？"

那人咳出一口血来摇摇头，说：

"刘大人不念手足同胞，不念同袍旧情，倒念着这些猪狗废物哩，也罢，都放在三楼夹层里，那小娘子与我等耍了不少时日，到底南方婆娘，刘大人不妨也试试，滑嫩。那陈家废物也没死，只是不太囫囵，在下已然活不长了，刘大人既铁了心，就收下在下这份礼，快邀功去罢。"

刘破虏转身向陈正海示意，陈正海立刻带人上了三楼。趁着这

---

① 尚可喜（1604—1676），字元吉，号震阳，辽东海州人，明朝将领，全家被清军所杀，后降清，康熙年间封平南王。

个工夫，地上那人用尽最后一丝力气干笑了几声，问刘破虏：

"刘大人，你身经百战，我却问你一句，除了杀自己人，你可胜过一阵没有？"

刘破虏不答话，在他身边蹲下来，眼睛死死地盯着他，那人也毫无惧色，用眼睛与刘破虏对视，只是瞳孔越来越大，眼神越发地涣散了。对视片刻之后，那人把眼神移开，凄然一笑说：

"我已看不见了。"

陈正海从三楼下来对刘破虏说：

"陈家一男二妇俱在，仆妇止有八人。"

刘破虏心里一沉，问：

"没有一个十岁的男孩？"

陈正海摇摇头。

刘破虏的表情狰狞起来，他似乎料到了什么，却依然勉强压抑着自己，尽量平静地问地上的垂死之人：

"陈家有一十岁大的小僮，哪里去了？"

那人已经因为失血过多而失明，此时却睁大了空洞的眼睛向前望去，似乎想了一会儿，突然笑着说：

"吃了。"

"吃了？！"

刘破虏全身都剧烈地颤抖起来，一旁的金倚陆双手将刀举在头顶，将牙齿咬得咯咯作响，目眦欲裂，活像一尊庙里的怒目金刚。

那人平静地回答：

"吃了。"

刘破虏再也压抑不住自己，上前一脚踏在他脖子上怒吼道：

"你在这楼里不愁吃喝，陈家对你有求必应！为何还要吃人？"

那人仰着脖子，依然戏谑地说：

"初时吃人，是给围在城里，饿急了吃，后来不饿了，心里却还想得慌。刘大人不也吃过？如今却装什么活菩萨。"

金倚陆已经按捺不住，举在头顶的刀尖颤抖的幅度越来越大。

刘破虏松了脚转过身去，背后却又响起了那个最开始的问题：

"刘大人，这一阵，你胜了吗？"

他似乎完全不期望刘破虏会回答这个问题，自言自语地答道：

"这一阵，你也胜不了，因为你要敌的，根本就不是人，哈哈，哈哈哈哈哈！"

他恐怖的笑声响彻了整个避瘟楼，让这座阴森的倭楼显得更加恐怖，兵丁们都觉得背后发毛，忍无可忍的金倚陆猛地一刀斩下，那颗带着辫子的头颅骨碌碌滚到了众人脚下，方才还渴望割级的兵丁们此时却都吓得让开了脚，那头颅在地上停住之后，才有胆大的兵丁举着火凑上去查看，只见这死人并不闭眼，反而满脸含着笑，更显诡异。经火一照，那死人头颅突然张开嘴，转头一口将自己的辫子咬在嘴里，表情也变得异常狞狠，这才不动弹了。举火把的弓兵吓得一屁股坐在地上起不来，尿在了裤子里。

刘破虏看着地上那颗狰狞扭曲的头颅，觉得他说的可能是真的，自己对付的，根本就不是人。

神京刁斗频——《京师·大时雍坊·避瘟楼》

鬼群乱啸西风酸——《京师·大时雍坊·避瘟楼》

新鬼烦冤旧鬼哭——《京师·大时雍坊·避瘟楼》

绿袍进士倚长剑——《大时雍坊·陈宅·捉鬼》

如露亦如电——《宣武门外·天主堂·炮神》

龙吟动地来——《宣武门外·天主堂·炮神》

凿破混沌作两间——《大时雍坊·避瘟楼·破贼》

黄纸除书无我名——《大时雍坊·避瘟楼·破贼》

宣武门外·南城兵马司·剑鬼

刘破虏觉得空气中人肉的味道骤然浓烈了，腻得他想呕吐，他走到被虎蹲炮打得稀烂的窗户前，猛地吸了口气。寒风杂着细小的雪花直冲肺叶和颅顶，惊魂未定的兵丁们还在围着地上狰狞的头颅窃窃私语，谁也没注意到窗边的死人堆里，摇摇晃晃地升起了一个黑色的人影，举着刀飞快地从背后向刘破虏扑来，有几个兵丁看见了这一幕，然而除了惊呼之外，来不及做出其他任何反应。

刘破虏以左脚为轴向右旋出半步，用刀脊当胸一格，让这致命的一刺偏开了中线，顺手转腕在空中画个圈，一刀从肘关节将那人整个持刀的前臂干脆利落地斩了下来，右脚顺势在他脚踝上一勾，那人飞出去重重地砸在墙上，刘破虏从背后一刀把他钉在了墙上，转身对着惊骇不已的兵丁们说：

"留两个气多的，其余都杀了，尸首必在要害上戳他一刀一枪，再拉到这里来排下。"

言毕，"噌"地一声把钉在那人后背上的刀拔出来，尸首贴着墙慢慢地滑下去，掉在地上的断手还紧紧地握着刀，让人不寒而栗。

周围响起了刀枪噗嗤噗嗤刺入人体的戮尸声，两个重伤的清兵被五花大绑，一具具尸体次第排开，六个人带着辫子，一个光头，两个人有发髻，加上之前死在外面的辽兵和卜子才，正好十一人，兵丁们见识了这伙清兵的狞狠，纵使地上的尸首被戳得体无完肤，仍是有些怵。陈正海带着陈家的家眷慢慢地从三楼下来，陈逸儒的一妻一妾都给蹂躏得不能走路，兵丁们胡乱把些衣服绑在两支长枪上作个担架，抬着她们下来，经过那两个绑着的喇唬时，担架上虚弱到站不起来的女子突然直起半个身子，朝着抬担架的兵丁腰间摸去，那兵丁下意识地按住鞘把腰刀向后一拽，女子没抓着刀，发疯了一般向被绑着的清兵扑过去，然而因为腿上无力，从担架上翻下去重重地摔在地上，她顺势狠狠一口咬在那喇唬的腿上，众人这才看清这赤身裸体的女子浑身都带着可怕的伤，白皙的四肢上被人肆意用刀尖划出密密麻麻的浅伤，乳房上留着不少深浅不一的齿印，她不像是被人，倒像是被什么野兽撕咬过一样。

两个兵丁赶忙去拽她，却拽不开，把肚忙说：

"莫拽她，牙拽掉了。"

金倚陆拿起担架上的衣服盖在她身上，头却扭过去看向别处，把肚从地上捡起一个楔形木片，把薄的那一头从她嘴巴侧面塞进去用力一撬，她才松了口，嘴里仍发出野兽般的"呜呜"声。

那贼首无头的身体也摆在刘破房脚下，尸体上搜出的东西都齐整地放在一边，刘破房看见几张熟悉的高丽纸，捡起来揣在怀里，又和金倚陆逐一验看了所有死者的佩刀。人身上除了牙齿之外，头骨最硬，那鬼将三个人从头顶劈到鼠蹊，刀刃不可能没有损伤，奇怪的是，除了卜子才之外，其他人用的都是边军样式的单手腰刀，刀刃皆有不同程度损伤后重新研磨的痕迹，有些痕迹是与兵器相格造成的，大多数都是人身上的物件留下的，可见他们杀的人里手无寸铁的居多。且不说这刀能不能将人竖着一劈两半，单就刀刃的情况来看，躺在地上的人也没有一个是鬼。卜子才用的长刀倒有如此威力，可是刘破房与他一交刃就明白，他腕上并无使这长刀的气力，不过模仿浙兵铳手的打扮，狐假虎威罢了。

环顾四周，兵丁们已经发现了脚下散落的金银珠宝，眼神逐渐从恐惧变得贪婪，刘破虏吩咐道：

"死人放在这里，活人放在楼下，今日不许任何人割级。此楼上下三层，尽兴搜检，一切可疑之物，俱带回衙门验看，兵贵神速，一刻之后，残贼便要畏罪自焚了。"

几个老实的兵丁还愣在那里，脑子活络的已经欢呼着动了起来，用革翁把小腿管牢牢扎住，松开裤腰上的绳子，从地上抓起一切闪闪发亮的东西往袄裤肥大的裤裆里塞。

把肚不屑地说：

"楼烧了，姓陈的老狗如何不与你计较？"

刘破虏答：

"楼烧了，台子却烧不着，这倭楼的图样在我手里拿着，看他要命，还是要我赔他的楼。"

破虏说完，便转身下楼去了，把肚和金倚陆也跟着下去了，兵丁们举着火把，像坟地里寻找吃食的野狗一样，肆无忌惮地在楼上翻检起来。

两个俘虏都绑在楼下，出奇地沉默，即使方才被那女人撕咬，也不见哼一声，刘破虏觉得奇怪，看了看二人的伤势，一个被散子将胳膊从肩膀上连根打断，仅有一点儿皮连着，还喘着气，另一个浑身上下不见有明显的伤口，却一直不住地吐血，面如死灰，眼见着活不成了。把肚用短刀抵在他下巴上防着他咬人，另一手拽开了他的领子，原来他穿了个锁子背心，虎蹲炮的散子没能打穿锁子甲，劲力却全叫他吃进身子去了。把肚在他身上按了几按，发现他整个胸腔都凹陷进去了，软塌塌的，难怪刚才被那女子撕咬也毫无反应。把肚看着刘破虏摇摇头，示意这人不行了。

眼见两个俘虏只剩下一个，刘破虏觉得有些棘手，扯过那俘虏身上的弦袋取出一条备用的弓弦来，从那断了胳膊的辽兵腋下穿过，死死勒住，在肩头打了一个死结，不让他先死了，然后朝陈宅方向看了看。陈家人看见停了火，又见楼上掌了灯，又见大队的兵冲进楼去，知道刘破虏已经夺了楼，但仍不敢近前来，刘破虏觉得时间差不多了，叫人招呼陈家人过来，又吩咐各兵停止搜检。一个老兵朝楼下张望几下，看到人都出了楼，便利索地把避瘟楼贮藏的火药都堆在破碎的家具里，又把些衣服被褥扔在上面，安好了火绳，点燃之后又觉得不妥，抽出刀来砍去了约三寸，再次点上，双手提溜着沉甸甸的裤子下楼来。

陈家人已到了楼前，出人意料的是，陈演见了只有半条命的儿子不但没有抱头痛哭，反而面色阴沉，眼露怨恨，只草草看了一眼陈逸儒，就摆手叫人将他抬走，对刘破虏等一干人更是没有半点儿谢意。刘破虏知道陈演在想什么，冷冷地一笑，拱手道：

"阁老，贼人俱已伏诛，阁老一家团圆，可安心了。"

陈演仍阴沉着脸不说话，陈七急切地上前捉住刘破虏的袖子问：

"大人，大人，为何不见我儿？"

随即又胆怯地把刘破虏的袖子放开，低头抬眼急切地看着他，刘破虏却不看他，眼睛盯着别处，镇静地说：

"那贼首临死时说，你儿前日趁着风雪，从二楼跳下往东跑了。"

这个不够高明的谎显然没法让陈七信服，他喃喃地说：

"跑了？怎会往东跑呢？"

一边往梯子摸去，显然想要进楼里去亲眼看看，就在陈七摸到梯子的那一刻，避瘟楼突然像一个巨大的烟花爆燃开来，焰火夹杂着硝烟从二楼密布的窗户和抱厦喷射出来，瞬间照亮了整个天空，两个兵丁顺着砖台陡峭的斜坡屁滚尿流地滑下来，一边滑一边大嚷：

"残贼自焚啦！"

刘破虏见两个兵丁演得真切，不像是头一回做这事，心里反倒有些欣慰。把肚把手揣在袖子里，仰头看着不断喷出绚烂火光的避瘟楼，感叹道：

"好大一蓬焰火啊。"

陈家人都被火光和巨响吓得伏在地上不敢动弹，只有陈七站在雪地里，泪流满面地看着这团巨大的焰火，自言自语地说：

"跑了好，跑了好哇！天地间活个自在人，不做奴才了。"

避瘟楼连续发出爆燃的巨响，又喷了几轮烟花，便从二楼窗户冒出滚滚浓烟来，浓烟里夹杂着火舌呼呼呼地往上冒，火借风势，不一会儿就延烧到了三楼。陈演不顾恐惧从地上爬了起来，时而对着刘破虏怒目相视，时而对着避瘟楼捶胸顿足，样子十分疯狂，刘破虏并不理会他，从胸口掏出一个叠成方形的厚纸包，对着陈演扬了扬说：

"阁老，图纸在此，我替阁老去了这心病，便两清了。今日为阁老破贼，我兵三死四伤，都是爹生娘养的一条命，还烦请阁老差人将抚恤银子送到兵马司衙门。"

陈演伸手去接那纸包，刘破虏却扬手将纸包向避瘟楼扔去，纸包打着转儿飞入火海，陈演张大了嘴，目光随着那纸包一起移向火海，正巧不知是哪里藏的火药在火里爆开了，又发出一声爆响，陈演又捂着耳朵伏在了地上，刘破虏上前把他扶了起来，说：

"阁老，回去吧，这楼要塌了。"

言毕装模作样地为陈演拍了拍身上沾的雪，带着兵往南走了，葛雷亚骑着骡子，带着装炮的驴车跟在后面，俘虏被结结实实地绑在大炮上。金明镝笨拙地纵马跑向队尾，兴奋地掏出被箭射穿了一半的《则克录》，把手指戳进半寸厚的箭孔里，给葛雷亚看这一箭的凶险，葛雷亚对着金明镝画个十字说：

"主教我赠书予你，此皆他安排，非我救你性命，你当谢主。"

众人绕过避瘟楼的西南角时，却意外地看见陈家的两个家丁把一条绫子作个活套勒在陈逸儒的小妾脖子上，两人一人扯着一头用力往两边拽，那可怜的女子显然不想死，用手紧紧扣着绫子，血红的眼睛鼓在眼眶外面，额头上的血管仿佛青紫色的蚯蚓，突兀地爆了出来。

把肚用马鞭指着他们怒骂道：

"你这些馕糠的夯货！老子们拼了命救你奶奶出来，你却要杀了？！"

两个家丁吓了一跳，松了手里的绫子，那女子哼了一声，一头扎在雪地里。家丁回过神来，大声说：

"我自家事，不消你管。阁老说，她遭贼人玷污，辱了家门，卖去别处，恐人笑话，发还家去，她家必不肯要，不如行行善，送她上路。"

把肚怒道：

"放你娘的屁！你家大奶奶也教贼楼里睡了七八日，你怎的不行善送她上路？"

那家丁说：

"阁老说大奶奶有孕在身，虽没了清白名节，肚里却有我陈家人，待她生了再休了去。"

说完看见陈演带着人从后面赶来，马上壮起了胆，两人又拽着绫子的两头绞了起来，那女人硬是被他两个从雪地里吊了起来，双手垂着摇晃，连抓绫子的力气都没了。

把肚一怒之下就要纵马上去踩他，千钧一发之际，谁也没有注意到金倚陆已经悄悄把俘虏身上斜挎着的竹药管取了下来，他回头看了一眼气势汹汹的陈演，又看了一眼避瘟楼，估算一下距离，把药管缠作一团往空中一抛，使个旋风腿一脚把药管踢进了熊熊燃烧的避瘟楼里，被引燃的药管马上一个接一个地爆开，发出一连串的"砰砰"声，仿佛楼上有人放铳一般，金倚陆趁机大叫：

"楼上还有残贼！快避铳！"

气势汹汹的陈家人顿时炸了锅，一哄而散，屁滚尿流地往陈宅方向逃去，刘破虏下马去解开那女人脖子上的绫子，把手指按在脖子侧面，又试试她的气息，摇摇头说：

"活不了了。"

葛雷亚闻言跪在女子身旁，从怀里取出十字架重新戴上，掏出一个水晶做的小瓶子，里面似乎是某种油①，犹豫再三又收了回去，

①即做终傅礼所用的橄榄油。

双手合十念念有词，把肚说：

"他在替她超度哩。"

众人静静地立在风雪里，看着葛雷亚"超度"那女子。刘破虏回想起方才那三次炮击在避瘟楼上造成的炼狱景象，越发觉得洋和尚令人难以捉摸，他们像中土和尚一样不娶妻，不生子，终生供奉神灵，却尤其不喜欢别人叫他们和尚，更愿意别人称他们泰西先生。他们掌握了深不可测的学问和本事，却从不肯承认自己的功劳，每每将一切神通归结于他们虚无缥缈的天主。他们"积德行善"，却也不抗拒杀生，甚至从某种程度上来说，他们精通此道。他们心知肚明，大明朝已经病入膏肓，却仍竭力地扶持它。他们对大明百姓有真诚的慈仁和怜悯之心，却偶尔也流露出一丝道德上的倨傲和自负，这一点在汤若望身上体现得尤其明显。这一切构成了一种强烈的、令刘破虏难以理解的矛盾性。

葛雷亚画个十字，从雪地里站起身来，请兵丁帮他收殓了女子的尸体。一行人在风雪中沉默地向南行进着，因饱掠了财物而兴奋不已的兵丁们目睹了刚才的一幕，一个个也都默不作声，只有寒风卷动火焰的呼呼声、人脚马蹄踩实积雪的咯吱声和金玉珠宝在兵丁裤裆里的哗啦声杂在一起，伴随着整个队伍的行进。

鬼还没有找到，刘破虏命令所有人举着火，自己在队首，把肚和金倚陆押着队尾，所有人持弓向外警戒，一直走到宣武门，将葛雷亚送到天主堂门前，众人都与他一一道了别，葛雷亚为每个人画了十字祈福，到刘破虏时，葛雷亚说：

"刘大人，你虽非主之信徒，今日却为主证道，必得主庇护。"

刘破虏抬头看看风雪里模模糊糊的十字架，不置可否，他再三谢过葛雷亚，又奉上二十两银子，葛雷亚坚辞不受，刘破虏说是给堂内孤儿买粮的，他才接了，牵着骡子入了堂。一队人马都站在宣武门前，骂了半天，门上半死不活的守兵才慢腾腾地开了门，刘破虏骑马驻在门内，最后才跟着拉伤兵和阵亡官兵的车一起出了宣武门。刘破虏低头看着发黄的白色麻布裹着的三具尸首，觉得内城像一个怪物，从宣武门把人吃了进去，咀嚼一番后，吮去了生命和血肉，又从宣武门原路吐了出来。

回到兵马司衙门已是子时，刘破虏让陈正海叫郎中给伤兵治伤，又派人去阵亡兵丁家中报丧，安排停当之后，让人把那被俘的辽兵，或者说是清兵押到堂下来。这人自知难逃一死，从头到尾一声不吭，一副听天由命的样子，被铅子打断的肱骨刺穿了肌肤露在外面，血肉都冻住了，此时渐渐解了冻，又沥沥拉拉地淌下血来。

刘破虏走到他跟前，阴鸷地盯着他的眼睛说：

"你必死无疑。"

那人强撑着从苍白的嘴角硬挤出一丝笑来，作为回应。

刘破虏又说：

"明日此时，你必悔恨今日为何没被炮打死在楼上。"

那人嘴角的笑消失了，仍强作一副满不在乎的神情，但已被刘破虏捕捉到了内心的恐惧。刘破虏继续说：

"我问甚么，你答甚么，便让你在下诏狱之前痛快死了，还赏你一口薄板棺材。你若不肯，少不得一身剐，这把骨头也饶不得，门头沟丢了喂狗，到时你魂归何处，不好说了。"

那人一阵阵地抖了起来，不知是天冷，还是血流了太多。他断断续续地开始讲，刘破虏脑海里的线索一点点地串了起来，事情逐渐变得清晰和完整了。

崇祯十六年，清军加紧入关争夺天下的准备。在松锦大战之前，清军火炮已多过明军，加上大战中缴获的明军火炮，清军仅红衣大炮就多达一百余门，大将军炮以下各式火炮上万门。俗话说"熬硝千日，不能抵将军一炮"，关外和朝鲜均产硝不足，关内高墙坚城甚多，如果没有足够的火药，这些火炮也都是摆设。清军制药所用硝石，很大一部分仰仗晋商从运城一带采买后经蒙古运到关外。

这被打断了胳膊的清兵叫黄晟，西平堡人，毛文龙所部岛兵。皮岛陷落后，黄晟逃入周围海岛为寇，次年六月由尚可喜出面招降，编入汉军正蓝旗。崇祯十六年十一月，这伙清兵受汉军正蓝旗梅勒章京马光远①之命，混入置硝的晋商商队，从沈阳出发，由哈喇慎人引导护卫，经锦州、翁后至归化城，经乌素图沟逾大青山至大同采买硝石、硫磺。为避流贼兵锋，他们一直沿着边镇前行，后转入直隶，沿途侦探了保定、真定等重镇的部署，到达京畿附近时，在永定门外遭遇卜子才的绺子，将其屠杀殆尽后进入京师，以做生意为名混迹在德胜门内大街货场一带，轻而易举地绘制了京师的炮位图。大明腹地的残破程度大大超出了这伙清军的想象，使他们对明军日益轻视，有人提议直接大摇大摆地出关去，但领头的甲喇章京坚持

---

① 马光远（？—1663），顺天大兴人。明建昌参将，大凌河之战降清，受重用。

谨慎行事,按照原计划将炮位图分为三份,一份随商队经张家口出关,经察罕托罗海、昭化至归化城①,一份原路返回宣府、大同出杀胡口,经萨勒沁至归化城,占了避瘟楼的这伙清兵手里拿的正是第三份,他们本应在前两路离京后七日,走蓟县、遵化出喜峰口直接返回沈阳。

刘破房的眉头越皱越紧,却被把肚抢在了前面,问他:

"他带着这许多硝石,张家口如何出去?"

黄晟回答:

"顺义王②的金印早送了沈阳去,三娘子③的印信也在我等手里,通关文书易如反掌。"

把肚大怒,呵斥道:

"放屁!你既偷买着硝关外去,定是光明正大进来,偷偷摸摸出去,岂有反着走的道理!"

刘破房刚才就意识到这伙清军混入关内的路线很不寻常,"反着走"这三个字却如醍醐灌顶,一下打开了他的思路。没错,如果通关文书对他们来说易如反掌,那他们必然是光明正大地进来,光明正大地出去,即使硝石是重要的违禁货物,那也该是光明正大地进来,偷偷摸摸地出去,怎么会反其道而行之,费尽周折地偷偷潜入内地,然后大摇大摆地从有明军把守和核验的重要关口出去呢?

---

①与前文提及大青城均指呼和浩特。
②即俺答汗孛儿只斤·阿勒坦。
③即俺答汗的夫人克兔哈屯,她长期掌握着蒙古与明朝的贸易权,从蒙古往来内地均需她的许可,此时她早已死去。

只有一种可能，就是他们从关外带了不可告人的东西进来，对清军来说，这东西比硝石还要重要。

偷运硝石出关，已经是可以杀头十次的大罪，既然硝石都可以光明正大地出关去，又到底是什么东西非要绕了这么大的圈子带进来呢？

刘破虏突然有了一个奇怪的直觉——他们大费周章从关外带进来的东西，就是卜子才和那辽兵每天晚上围着皇城挪来挪去的东西。这东西很可能跟那个鬼有关。为了验证这个直觉，刘破虏问：

"你每为何不与那两路人一同离京出关，留在京城七日作甚么？"

黄晟答：

"我这一路首领系大凌河降人吴可复，官授牛录章京，即先之备御也。他与那马光远本就相识，我等新近降人，多有提防，故也不事事尽商，他说走便走，他说留便留，故为何留在京师七日，我也不尽知，但不回关外了，却是那吴可复一人主意，他说城门楼上一个能放炮的活人都无，送这炮位图回去何用，这城旦夕就破，不如在此等待关外大兵，到时里应外合，好取首功。"

吴可复？大凌河降人？

刘破虏飞快地在脑海中搜寻着避瘟楼黑暗角落里那张惨白的脸，那张狞笑着说自己吃了人的脸，那张被斩首后落在地上因为凶残而扭曲的脸，他可能确实是大凌河降人，但吴可复绝对不是他真正的名字。

一直在旁默不作声的金倚陆突然走到刘破虏身边，拿起笔来，写下"无可负"三个字，刘破虏面色一沉，便不说话了。金倚陆问黄晟：

"你既是岛兵，可知皮岛之事后朝鲜军船帅林庆业去向？"

黄晟说：

"那船帅载了清兵夺岛受赏不两年，又有明将来归，将其阴结大明泄露军机之事告知大罕，听闻大罕着朝鲜官府捕他，被他跑了，其后不知。"

金倚陆没有得到想要的信息，却无意中引出了林庆业助清兵夺取皮岛的事，金倚陆想到发生在皮岛上的屠杀，马上不动声色地岔开了话题：

"朝鲜能自海水煮硝焰，尔等为何还要入山西买硝？"

清兵答：

"朝鲜煮硝、制药皆降倭授之，只能作铳药，勉强可用之小炮，若用攻城之大炮，则药力多有不逮，以硝不猛之故。且朝鲜人多异志，不肯尽效其力，故红衣大炮之药非用山西池硝不可。"

刘破虏听到"降倭"二字，猛然想起那块妖异的白布，马上取出来铺在桌上，看着金倚陆。

金倚陆点点头，肯定了刘破虏的猜想，指着"天正十五年"几个字说：

"天正，倭国年号，天正十五年即中朝万历十五年。波平，不知何意，似是倭国一妖魔名。"

刘破虏指着白布问黄晟：

"这是甚么？"

早知必死的黄晟却再次莫名显出了恐惧的表情，说：

"他每用这布包着那东西，从沈阳带来，不许人碰，吴可复不许带着那东西进避瘟楼，只由陈长寿和卜子才日日在城里将那东西腾挪。"

刘破虏厉声追问：

"那东西是什么？他们为何要将那东西在城里挪来挪去？"

黄晟用惊恐而颤抖的声音说：

"我实不知，那……那东西有四尺长，我看像铳。"

黄晟的供述和卜子才一致，而他所说的陈长寿无疑就是那吞箭而亡的辽兵。刘破虏有一个大胆的猜想——他们挪来挪去的东西不是铳，而是那能把人一劈两半的"鬼"所用的长刀。可是这"鬼"为什么不能把这刀随身带着，而要陈长寿每天晚上挪来挪去地交给他？吴可复又为什么不许把这刀带入避瘟楼呢？这个"鬼"在官兵破楼的过程中袖手旁观，他和那把刀现在又在哪里呢？

刘破虏困在这一连串的猜想和迷惑中的时候，突然被把肚从侧面轻轻推了一下，他抬起眼睛，发现黄晟两眼空洞涣散，眼睛看着前面，却像在看千里之外的东西，鼻孔里散出的白气越来越微弱。刘破虏心里暗叫一声不好，赶忙大声问：

"使长刀的那人在何处？"

黄晟的黑眼珠越散越大，上半身突然向前伏倒，额头撞在地上"咚"的一声响，刘破虏忙上前用力把他翻过来，黄晟已是气若游丝，眼见着不行了，刘破虏大吼着追问他：

"在哪里？"

黄晟用虚弱得几乎听不见的声音说：

"都死了，到我了，给我……棺材……地下冷……地下冷……"

刘破虏摇摇头，松开了抓着他衣服的手，吩咐陈正海：

"留他一口薄板棺材。"

陈正海说：

"地都冻住了，不好挖，和疫死的人一起运出城去，不一刻棺材就教饥民拆了去，给他又有何用呢？"

刘破虏说：

"待咽气了，装棺材里一并烧了吧，他说了，地下冷。"

黄晟看着房顶，咽下了最后一口气，不动了。

兵丁把他抬了出去，刘破虏背着手来回走了几趟，把手按在刀上，若有所思地问金倚陆：

"金兄以为这东西是什么？"

金倚陆明白刘破虏想到了什么，也把手按在刀柄上，摩挲了几下，缓缓地说：

"刀。"

刘破虏跟着他的话补了一句：

"倭刀。"

刘破虏似乎还有话说，但他朝外看了看漆黑的夜空，对堂下的兵丁说：

"今日大事已成，各兵劳苦功高，各自散回休息，明日归值。但有一事不得不提：今日所见楼中情形，不可向外吐露半句。"

众兵丁归家心切，都满口答应，刘破虏盯着兵丁们的眼睛环视一周，缓缓地说：

"今日堂前站着的，哪个裆中怀里没有财货，尽管出去说。"

众兵都低下头来噤若寒蝉，他们都清楚这意味着什么。

刘破虏见众人这副模样，语气稍稍缓和了些，作个揖道：

"诸位兄弟，谢过了！"

众人纷纷还了礼退下了，堂前一会儿工夫就散尽了人。陈正海端了一只盆，离开的每个人都从怀里、裆里、靴里掏出些财货，丢在盆里，陈正海把它们均匀地分成三份，分给来领尸的阵殁者家属，哄着他们哭哭啼啼地走了。

刘破虏见堂上只留下四人，这才开口问金倚陆：

"东国近倭，近世又遭倭乱，以兄见识，何等倭刀能将人从颅至腹，一刀两片？"

金倚陆摇摇头说：

"壬辰乱后，多有降倭在我国效力，或教放铳，或传习剑术，或煮焰硝，或制丸合药。我所佩之剑即一降倭名古沙老文①者于王京铸成，亦有降倭名吕汝文②者传习我剑术，但从未见有如此精利之刃，也未见有如此古怪之术。"

金倚陆用左手按住刀鞘上的绷簧，簧头"咔嗒"一声从刀镡的孔里脱开，他用右手慢慢地把刀拔了出来。一阵穿堂风从厅外卷

①生卒年不详，日本人，壬辰倭乱降倭，宣祖二十七年（1594）起在汉城铸剑，本名试译为御佐野卫门。
②生卒年不详，日本人，壬辰倭乱降倭，宣祖二十八年（1595）起在汉城教授剑术。

过，灯笼里跳动的火光让刀面上层林尽染的刃纹仿佛活了一样，摇曳了起来。金倚陆用拇指贴在刀面上，沿着刀刃向刀尖轻抚过去，停在刀尖下约四寸的地方，轻捻一下，然后拿在灯笼下给众人看。刘破虏看见金倚陆用拇指轻捻之处，有一处不太明显的小伤，便问：

"这是方才斩那贼头颅所致？"

金倚陆点点头，嗯了一声，然后说：

"我年少时，观倭人锻剑，其多以软铁两枚合精钢一枚，曰'三枚合'，千锤百炼乃粗成，后以石浆敷之，留刃不设，取山中极寒之泉水，炽而入之，其刃无浆，则坚而利，其脊有浆，则软而韧，砥砺之后，吹毛断发，断股折胫，如风摧草。"

说到这里，金倚陆停住，用食指弹了一下剑身上那处伤痕说：

"即如此，若遇大骨，仍不免损刃，方才斩贼，我已从颈隙入刀，仍不免小伤，故倭人剑术有避骨之说，多从左肩斩入，至右腰乃止，或从右肩斩入，至左腰乃止，刀运胸肋之间，以避大骨。

"凡人身上大骨，以颅最硬，肱骨次之，颈肋再次之。自颅斩入，会阴而出，不合剑理，其刀必遭毁伤，若一时之急倒也罢了，连斩数人，真匪夷所思之人，匪夷所思之剑也。"

刘破虏说：

"依金兄看，这鬼是否倭人？"

金倚陆沉思片刻，摇摇头说：

"倭人性乖戾狞狠，嗜杀，好酒色如命，虽降，双刀不去，身处我重兵镇守之王京，亦浑然不惧，占夺鱼梁，殴伤官差，睚眦则挺刃，几成一害。惟视剑若神明，奉之如父母，日则肋下，夜则枕边，时时砥砺，处处摩挲，惜之如命。我国尝以降倭二十五人，于咸镜北道攻易水胡[1]，竟破其七八百之众，斩首甚多。命其登寨，则以盾遮身，浑不顾命，赏功之时，命其解刃受赏，则哗而露刃胁官，几欲生变。其性桀骜至此，故我国多将其流于平安道、黄海道、咸镜北道，以避其扰乱。

"昔我国有将金应瑞[2]者，善用倭，其时人云金应瑞'使唤倭奴如饼诱儿'，麾下降倭几至数百，善用铳、剑，倭人奉之若父。金应瑞尝以倭攻倭，则拼死用命，毫不顾其种类，但欲解其剑，则挺刃而刺，真兽心也。

"故解倭人之剑，如夺其命，那贼日日转运之物若为刀剑，大概非倭人之剑，或其剑有数把，斩一人则易一剑。"

刘破虏少时，曾在广宁见过几个降倭，都已经老了，除了身形矮小些之外，与汉人并无二致，辽兵说他们"嗜酒轻生"，所以多数都在和蒙古部落的冲突中战死了，这倒和金倚陆的叙述一致，但刘破虏在广宁见到的降倭并未刀不离身，这又和金倚陆说的不一样。刘破虏沉思片刻，说：

"金兄，今日之事，实难报之大恩大德，性命之交，没齿难忘，今城门已闭，难回馆舍，不如就在衙中对付一夜。我等也算渡了一劫，不如把酒叙奇，天亮再走。"

金倚陆欣然应允，几人七手八脚地把院子里的发烦从炮床上拆下来，把肚取了斧子来，几斧子就把那炮床劈开，又乱劈一阵，待浑

---

①女真人的一支。
②金应瑞（1564—1624），朝鲜庆尚右道兵马节度使，抗倭将领。

身出了汗，头顶腾起了白烟，便抱着一捆柴禾丢在火盆里，生起火来。子时已过，衙内寒气愈发逼人，把肚头上却白烟袅袅，热得解开了领口的甲袢，金明镝以为把肚要把盔甲脱了，便伸手去帮他，却被把肚在他手上拍了一下打开了，把肚故作惊恐地说：

"这小子，莫害我。"

金明镝不解地看着他，刘破虏笑着说：

"凡临阵之后，必防卸甲风。"

金明镝问：

"卸甲风是什么风？"

刘破虏答：

"临阵厮杀，血气充盈，汗如雨下，毛孔益张，登时卸甲，寒邪自孔入，内热外寒相侵逼，易血脉爆裂而死，故名卸甲风。"

盆里的火苗在盆底的稻草里一闪一闪地跳动了起来，把几人的影子忽大忽小地投射在四周的墙上，几人都搬了椅子围着火坐下，把肚不知道从哪里摸出一大瓶酒来，呵呵地看着众人笑，刘破虏看了一眼瓶子就明白了。

这酒是陈家拿来的。

衙内本来有供暖铺值夜兵丁用的碗，却早已不知给谁卷走了，把肚于是提议按草原上的规矩，用瓶一人一口轮流喝，从年纪最小的金明镝开始。盆里的火苗跳了半天，才艰难地从稻草攀上柴禾，却没有带来一丝暖意，金明镝几乎把手罩在了火苗上，脚却已经冻得木了，弯着脚趾在靴子里搓来搓去，此时接过瓶子，迫不及待地吞下一大口，呛得直咳嗽，把肚把瓶子接过来，也灌了一大口，用袖子一抹嘴，交给刘破虏。刘破虏有一种奇怪的感觉，他的身体极度疲惫，似乎每一块筋肉都精疲力竭，意识却极度清醒，脑子里紧绷着弦，似乎灵魂出了窍，还在那避瘟楼里，死在楼里的那些人的影子，随着火苗在他眼前跳动，两个声音在他耳边忽远忽近地聒噪：

"刘大人，这一阵，你胜了吗？"

"给我棺材……地下冷……"

在杏山城外的海滩被清军骑兵砸了一骨朵之后，他时常在极度疲惫之后看见死去的人，听见他们说话。他闷下一口酒，拼命摇摇头，摆脱这可恶的幻觉，看向三人，把肚手里拈着念珠，闭着眼睛，仿佛入定了一般，金倚陆和金明镝一对主仆睁大眼睛，出神地看着火焰，脸上的表情虔诚而专注，仿佛在火焰里看到了什么了不得的东西，四人都不说话，只是静静地坐着。

瓶子在四人手里转了两圈之后，把肚突然睁开眼睛，仿佛做了一个很长的梦，他精神抖擞地从金明镝手里接过酒瓶灌了一大口，打破了这令人窒息的沉默，兴致勃勃地问金明镝：

"你汉人喝酒，人各有杯盏，塞外却止用一瓶，此是为何，你可知道？"

金明镝刚想争辩他不是汉人，话头却被把肚抢了去：

"你等喝酒，又要博戏，又要行令，输了才喝，又推来赖去，欲他人多饮，自家少饮，好不痛快，我等喝酒，各人一口，绝无推赖。"

刘破虏不想再陷入那些幻象之中，也打起精神来开把肚的玩笑：

"小弟莫听他胡说，塞外苦寒，酒是稀罕物，各人一口，止恐自家少喝了，你只当这公平，却不知他算得精，不信你数着，待瓶空酒尽，他必多你一口。"

把肚被他揭穿，也不反驳，提议按草原上毡帐里围炉饮酒的规矩，每轮两圈，由第七个喝酒的人讲一件奇闻，众人都无睡意，都表示赞成。这两圈喝得极快，片刻之间，第七口酒就轮到金倚陆，金倚陆接过只剩下半瓶的酒，浅饮一口润了润嗓子说：

"平生不曾料过，竟能于天朝皇京之中，得见倭楼，可谓奇遇，刘兄又问我倭人倭剑之事，不如讲一件倭国死士奇闻，系我从辽东萨尔浒归来的老兵口中听来，其事颇怪诞，真假不知，兄等姑且听之。"

金倚陆轻舒一口气，挂着佩刀在椅子上正了正身子，讲起了他父亲金应河战死之后，发生在萨尔浒的另一场战后之战。

萨尔浒·界藩山·波平

万历四十七年三月，萨尔浒之战落幕，十一万明军折损过半，全辽震动。随从明军作战的朝鲜军两营尽没，主帅姜弘立投降，朝鲜朝堂大骇，有大臣提议斩杀姜弘立、金景瑞全家，光海君却不动声色，亦不置可否。

　　此时的姜弘立驻扎在界藩山[①]下，明西路军主帅杜松，正是在距此不远的吉林崖下，身中十八箭而死。尽管朝鲜军缺吃少穿，不少人病饿而死，且受到后金军严密的监视，但后金方面对主帅姜弘立极尽优待，努尔哈赤和几位阿哥三日一小宴，五日一大宴款待姜弘立，朝鲜军营中流言四起，有人说奴酋要将女儿嫁给姜弘立，好将他留下，反驳者称姜弘立在朝鲜早有家室，不可能再娶奴酋的女儿，双方一边忍耐饥寒，一边争得不可开交。

　　姜弘立一边对努尔哈赤诚惶诚恐，感恩戴德，另一边对营中状况十分担忧，他担忧的不是病死饿死多少人，而是他手里掌握的一支极具威力又很不稳定的力量——倭子营。

　　倭子营号称三百人，由壬辰战争中的降倭和关原之战后由对马流落到朝鲜的倭人组成，初时实有三百之众，到萨尔浒之战时，只剩下一百七十七人，其中铳手约有一半，带单刀，其余为使枪的杀手和剑士，都佩双刀，视刀如命，如果强行令他们解下佩刀，定然会当场掀起一场叛乱。所以在朝鲜军投降时，姜弘立向努尔哈赤说明，保留了他们的佩刀。这些降倭在朝鲜国内分散在各地教习剑术、铳法，吃穿住用都比朝鲜下级军官更为优渥，如今被关了一月有余，已

---

① 即今辽宁省抚顺市新宾西北之铁背山。

是人心汹汹，情势越发不稳了。姜弘立前去查看了几次，倭兵把手按在刀柄上，怒气冲冲地在栅栏中走来走去，犀利的眼神让他感到不寒而栗。

三日前，即四月十日，姜弘立上了界藩山，在山城内觐见努尔哈赤。界藩山如一犄角，伸入两河之间，山顶有一小城，努尔哈赤常住在这里，与赫图阿拉往来。后金人的城寨在山顶的平台上，背倚界藩山，平缓的一面有三重城墙，城中有一土筑高台，楼殿建在台上，登上楼殿可以俯瞰山下，这与朝鲜和大明的城池都不一样，让姜弘立颇为奇怪。

十日的筵席也与往常一样，无非是些猪羊，还有阿哥们猎来的鹿、狍子、松鸡等物，让姜弘立倍感吃惊的并不是这些，而是他将许多自己认为极其机密的朝鲜和大明情报呈报给努尔哈赤，以为会得到重视和奖赏时，努尔哈赤都显得无动于衷，很显然，这些他早已知道了。

更让姜弘立吃惊的是，当姜弘立告诉努尔哈赤，壬辰战争时入侵朝鲜的日本丰臣氏，已被德川氏消灭，如今的德川氏已与朝鲜和好，双方定期在对马通商的消息时，努尔哈赤竟然回答早已知道了，还向他讨要倭剑。很显然，这个胡人，这个被朝鲜人蔑称为"胡酋""老奴""野人国主"的部落首领，对他周边形势的了解，丝毫不亚于朝鲜国王和大明皇帝。

于是，一个计划在姜弘立心里冒了出来。倭营里的倭兵越来越饿了，他们饥肠辘辘的眼神，仿佛瞬息之间就要拔刀把他姜弘立生吃了。他越来越不敢去倭营巡视，却又不得不去倭营巡视，既然努尔哈赤要倭刀，自己又没法把刀从倭兵手里抢来，不如直接将倭营献给努尔哈赤，这样自己就解除了这块危险的心病，倭兵也能吃饱了，何况黄海道的民谣说：

"只消一壶酒，倭子断人首。"

反正他们是注定无法回到故乡的异邦人，在哪里过活，为谁杀人，最后埋骨于何处，又有谁会在意呢？日后回到朝鲜，只说他们死在萨尔浒了，或给胡人扣留了，没人会过问这些事。

打定主意之后，姜弘立借着酒过三巡，添油加醋地把倭人的剑术和铳术吹嘘一番，说倭人放铳"百步之内，惟见青烟一缕，飞鸟已落"，又说倭人使剑如"白虹贯日，势不可当"。努尔哈赤对鸟铳不置可否，但对倭人使剑的本领颇为惊异，姜弘立见时机已到，乘机进言，要将倭营献与努尔哈赤，努尔哈赤大喜，当场赏赐姜弘立雕鞍①一具、金带②一条、牛马各一，命他次日便将倭人带来，于界藩城台前试剑。姜弘立称要招倭子试剑，非用酒不可，大着胆子向努尔哈赤讨要两坛酒，努尔哈赤稍作犹豫，也答应了。

姜弘立下山的路上，一路盘算着如何将倭兵哄上那界藩山，他骑在马上，回头看看牵着的牛，和牛背上驮着的酒，自觉又平添了三分把握。

回营之后，他一路直奔倭营。因倭人剽而好斗，故独扎一营，栅中倭兵围在一处，中间一个年迈的倭兵用拨片弹拨着三味线③，用苍

①雕花马鞍。
②用黄金装饰的腰带。
③日本乐器，自中国传入，即三弦。

老的声音唱着一支听不懂的悲歌。倭兵们见姜弘立远远骑马走来，纷纷用手按着刀站了起来，从栅中对着姜弘立怒目而视，弹三味线的老倭兵抬头看了一眼，眼神让姜弘立不寒而栗，姜弘立刚要把与他对视的眼神挪开，那老倭兵又低下头去，故意用朝鲜语高声唱道：

> 男儿沙场求功名
> 瞬息生死锋刃间
> 铁炮箭矢纷如雨
> 美浓川上腾黑烟
> 尸骸茫茫未合眼
> 不知心中何所怨
> 人作悲啼马嘶鸣
> 呜呼哀哉满关原
> ……

姜弘立知道倭兵在嘲讽他不战而降，越听心里越发毛，连忙让人把驮着酒的牛牵在前面，自己跟在后面，咳嗽几声，故意提高声音说：

"本帅前来犒赏各位兵士，请吕汝文前来答话。"

牛和酒果然起了奇效，倭兵们依然虎视眈眈，但对象已经从姜弘立转移到了牛的身上，姜弘立不禁暗暗佩服自己。

倭兵的首领吕汝文出来了，他是壬辰战争后留在朝鲜的降倭，此时已有五十开外，身材矮小而壮实，须发浓密，两鬓斑白。他从宣祖二十八年六月起就在王京教习剑术，迄今已有二十多年了，朝鲜官兵都叫他吕汝文，这是他名字的朝鲜念法，有会写汉字的降倭曾写下过他本来的名字：良右卫门，但很快就被人忘记了，人们依然叫他吕汝文。他本来教习剑术有功，获准去黄海道安度晚年，却不料遇上了萨尔浒，不得不作为活着的降倭中资格最老的首领，带领残缺不全的倭营随姜弘立出征。

吕汝文腰佩二刀，从帐中走出来，手一直扶在刀柄上，让姜弘立有些紧张。吕汝文先看看姜弘立，再看看牛，又把视线转回姜弘立身上，这才把手从刀柄上移开，抱在胸前，姜弘立顿感轻松不少，吕汝文问道：

"元帅所来何事？"

姜弘立答：

"金罕①赐了牛、酒，本帅代金罕前来犒慰将士。"

吕汝文却不接姜弘立的话，问道：

"元帅先前所言，与金罕有约，罢兵之后，即刻东归朝鲜，今我等身陷囹圄一月有余，饮食日劣，大河②近在咫尺，金兵却不许我等取水，我兵饮洼处洄潦之水，多生疾病，敢问元帅，何时东归？"

姜弘立听到东归二字，又咳嗽了两声掩饰尴尬，说：

"东归有期，不过如今金罕夺了大明许多地方，招贤纳士，闻倭兵剑术天下无敌，意欲厚待恩养，特请我代为说和，请诸君上那界藩山上一展本领，之后留在金国，日日酒肉，夜夜笙歌，大赐牛马、僮仆、女子。我东国偏安一隅，二十年来奉养诸君者，无非米、

---

①指努尔哈赤。
②指浑河。

豆、劣酒，岂可比金人大国？天予不取，必受其咎啊！"

吕汝文尚未回应，同吕汝文同在壬辰战后留在王京的两位剑士干老愁戒[1]和老古汝文[2]已经按着刀柄站在了吕汝文身后虎视眈眈，拇指烦躁地在刀镡的边缘摩挲着。姜弘立见势不妙，赶紧替自己开脱道：

"尔等身陷图圄，本帅又何尝不是？我兵寸铁也无，营外数万虎狼环伺，本帅安危尚不得保，留与不留，岂由我定？身不由己，身不由己啊！"

吕汝文依然不说话，过了许久，从牵牛的朝鲜兵手里接过绳子，淡淡地说：

"元帅之意，我等已知悉，酒肉谢过，今夜砥刀。"

姜弘立见吕汝文收了酒肉，喜不自胜，又自我吹嘘了一番，骑着马走了。

吕汝文看着姜弘立的背影越来越远，低沉地吼了一声：

"诸君！"

原本坐在地上的倭兵也纷纷按着刀站起身来，自觉地站在吕汝文周围，吕汝文环视一周，大声说：

"我等本流落异邦之丧家恶犬，手持利刃为主噬人！为日本人杀日本人，为日本人杀朝鲜人、唐人[3]，复为朝鲜人、唐人杀日本人、

---

①日本人，壬辰战争降倭，宣祖二十八年（1595）起在汉城教授朝鲜军队剑术，汉文试译为雁四郎。
②日本人，壬辰战争降倭，宣祖二十八年（1595）起在汉城教授制造火药，汉文试译为之御右卫门。
③指中国人。

胡人，杀敌人，杀主人，杀亲人，无所不杀，早已魂入阿鼻地狱，止留躯壳行走人间。今大明国与胡人交战，本与我无涉，不料造化相弄，竟使我等沦落至此，不能发一丸一矢而束手就擒，为蠕蠕胡人驱如犬羊！"

倭兵们都瞪着眼睛，太阳穴一鼓一鼓地向外跳动着，紧咬的牙齿发出咯吱咯吱的响声，从牙缝里嘶嘶嘶地往外吐气。吕汝文见时机已到，说：

"我等妻儿、家小俱在朝鲜，留此苦寒胡地何益？不若阖夜砥刀，待为那万柱①试刀之时，突然发难，取他项上之首，彼必大乱，届时我连人带鬼三百众齐心勠力，可胜千万胡兵，杀出一条血路东归朝鲜，寻一偏僻之处，了却余生，岂不胜过为胡人之奴哉？昔亮马佃②与唐人③会师之时，我观那唐人军中，亦有我国人，想来已为胡人所戮，我等岂可坐以待毙！"

随即猛地出刀，快如闪电，众人只见寒光一闪，那站在一旁的牛头已落在地上，瞪着眼睛望着天空，无头的牛突然狂奔起来，众人纷纷闪避，那牛才跑了几步便轰然倒地，四个蹄子疯狂而徒劳地在空中蹬踏着。

看见黑红的血从牛的腔子里喷射而出，颈后淡黄色的脂肪从伤口翻在外面，周围的倭兵中爆发出群狼般的嗥叫，兴奋地发出啧啧声。

---

①朝鲜人对努尔哈赤的一种称呼，万柱系满洲（Manchu）讹音。
②在今辽宁省丹东市宽甸北。
③指明军刘綎部。

吕汝文身后被唤作老古汝文的中年汉子说：

"此地已深入胡地千里，山高林密，河流交错，我等不识地理，只怕胡人一时恢复，快马相逐，不到江边，便被他杀尽了。"

吕汝文说：

"甫一得万柱之首，即挟姜弘立，夺胡马而去，我闻他家小俱在朝鲜，他必与我同归。"

随即喊道：

"马小屋之助！"

人群中跑出来一个脏兮兮的马脸汉子，额头上有一道深深的疤痕，头发像乱蓬蓬的鸟窝一样堆在头上，用稻草胡乱扎了一个髻，虽是春寒料峭，他却光着一双腿，脚上缠着破布。他看着吕汝文愣了一会，然后傻乎乎地笑了，露出一口黑黄而残缺不全的牙齿。

吕汝文说：

"马小屋之助，上山时，你即留意胡人之马系于何处，待我等取万柱人头之时，你带人牵马，越多越好。"

马小屋之助也不答话，只是傻笑。

吕汝文又吩咐道：

"着你把这牛收拾了，分给众人。"

马小屋之助这才高兴地点头，取出刀来，一刀剖开了牛肚子，捧出牛的瘤胃来，哈哈大笑。

吕汝文身边的干老愁戒说：

"要设伏图他，自当用铁炮，胡兵都有坚甲，胡将于棉铁甲之下，还有锁子，不用铳恐难伤他。我兵投降之时，铁炮、长枪都被胡人夺去，三尺以上大刀，也被夺去，如今只有佩刀，必离他咫尺之遥，暴起直斫其面，一击而中。"

吕汝文从右侧腰后拔出一柄铠通[1]，看着锐利的锋刃上闪烁的寒光说：

"若不能一击得手，我便化作神灵，鹤峰八幡神社[2]静候诸君。"

然后高高举起铠通，豪迈地喊道：

"砥刀！"

周围的倭兵再次爆发出狼群般的嗥叫。

姜弘立听到朝鲜士兵报告倭兵人人彻夜砥刀的消息，坐立不安，倭人演示剑术之前，确实有将刀剑磨至光如镜鉴的习惯，但方才吕汝文不置可否的态度，又让他琢磨不透。已经是夜里了，他不敢再赴倭营，思前想后，把李一元等几个亲信叫入帐中侍卫，派人去请吕汝文过来。

吕汝文独身一人来了。

姜弘立见面就急不可耐地问：

"教习，明日为金罕试剑留用一事，如何？"

吕汝文看看周围的朝鲜将领们，把手抱在胸前，一言不发。

姜弘立无奈，硬着头皮屏退左右。

吕汝文确认四周无人，一字一顿地说：

"元帅，我等心意已决，明日试剑之时，直取奴酋首级，趁乱夺马东归，还请元帅与我等同归，届时奴酋一死，胡人必大乱，山下各

---

[1] 一种用于破甲的日本短刀，外形尖锐，也有棱形锥体的样式。
[2] 在今千叶县富津市。

营乘乱而逃，分道渡江。今日我等将性命托于元帅，信元帅必不负我等，明口胡人若知我计，则人间还留我气息一口，我必以肋间寒霜试元帅颈上热血。"

姜弘立越听越怕，听到"肋间寒霜试元帅颈上热血"这一句时，背后如千万根针密密刺入，毛骨悚然。此时帐中只有两人，吕汝文用剑的本领，王京谁人不知，哪还由得他姜弘立答应不答应，他本能地不住点头，汗水滴滴落下。

吕汝文盯着姜弘立，手扶在刀柄上，慢慢地向后倒退着走到门前，潦草地打个躬，转身出去了。

是夜，河边的倭营灯火通明，一片磨刀霍霍之声。一道黑影却骑着快马，在子时上了界藩山。

四月十四日清晨，姜弘立如约骑马来到倭营前，倭兵们早已穿戴齐备，吕汝文、干老愁戒、老古汝文三人为方便行刺，都只穿着轻便的胴丸[①]，头上佩了半首和钵金[②]，其他倭兵杂七杂八地穿着具足和腹卷[③]。只有马小屋之助什么也没穿，傻呵呵地立在那里。姜弘立见状眉头一皱，下马将吕汝文请到一边，悄悄地说：

"奴酋疑心甚重，说好试剑，若穿了甲，则恐其疑心有变，重兵防备，坏了我等大事。"

吕汝文稍加迟疑，转过身去大声说道：

"卸甲！"

---

①一种轻便的日式盔甲，只防护躯干部分。
②一种戴在前额上的护具，多为铁质，也有皮质。
③都是日式盔甲的名称。

一百七十七个颠沛半生的异邦人，在弥漫河面和山间的乳白色晨雾里，心怀杀机地上了界藩山。

沿途守备的金兵不多，让吕汝文稍稍安了些心。一些倭兵凶狠地盯着金兵的眼睛看，金兵则还之以枪攥①痛击，倭兵头破血流，反而挤眉弄眼嘻嘻哈哈地嘲弄金兵，被吕汝文呵斥制止了。

倭兵们交头接耳地用日本话彼此相告：身体胖大，脸宽而眼细者为万柱。

跟在姜弘立的马后面走了约一个时辰，众人登上了界藩山顶，连进两道城门之后，吕汝文觉得这种静谧有些反常，正要问姜弘立，从内城门里出来一个讲朝鲜语的红衣阿哈②，高声说：

"大罕之令，倭人三人一列，入内城试剑，合用者留城内恩养，不合用者从此门去之。"

倭兵一阵哗然，吕汝文急忙问道：

"先前所说，我等演练剑术、阵法，以示大罕，如今三人一列，阵法如何演练？"

红衣阿哈冷漠地摇摇头说：

"罕意已决，不容更改。"

吕汝文急切地转向姜弘立，姜弘立连忙用眼神表示，此事与他无关。吕汝文横下心来，转身刚要叫人，发现老古汝文和干老愁戒已经站在了他的身后，他点点头，又朝马小屋之助看了一眼，三人一起把手抄在怀里暖着，姜弘立带着两个亲兵在前，三人在后，跟着

①长枪尾部的金属配重。
②即包衣阿哈（booi aha），满洲贵族的家奴。

红衣阿哈一起进入了界藩城的内城。城门刚一关上，外城的城门也被关上了，倭兵们被关在了内外两道城门之间。

吕汝文进入内城之后，随着姜弘立登上城中的土台，才发现情势远比他想象的要险恶得多。背靠楼阁，坐在黄色伞盖之下，椅子上铺着虎皮，身材高大肥壮者，应当就是努尔哈赤，他脸长而阔，眼睛细长，须发不多，头戴暖帽，穿着杏黄色铠甲，护心镜闪闪发光，周围甲士环立，一人手捧黑缨钵型兜立于右侧，旁又有一人手捧大刀，一人手捧弓囊、撒袋立于左侧，光在努尔哈赤周围，就有甲士不下二十人，都带着弓箭、腰刀、长枪。

努尔哈赤左右两翼环布着八固山①的额真②和兵士，每个固山甲士不下四十人，吕汝文粗略一算，界藩城土台前刀枪在身的甲士不下四百人。他暖在怀里的手不禁搓了又搓，生怕寒凉的山风让他的手指发了僵，无法凌厉地挥出毕生最重要的一刀。

吕汝文一行人到了台前，姜弘立赶忙上去觐见努尔哈赤，八固山的亲兵见姜弘立口中使剑天下无敌的倭人竟如此矮小，不禁议论纷纷，脸上显现出轻蔑之意。努尔哈赤也面露不悦，与姜弘立说了几句，不知是责备他将矮小的倭兵吹嘘得太过，还是对三个倭兵见了他还把手抄在怀里表示不满。二人对话一番后，努尔哈赤才给姜弘立赐了座。

吕汝文等三人依然将手抄在怀里立在风中，八固山亲兵之间的窃窃私语逐渐变成了喧哗，进而变成了公开的哄笑，有人望向姜弘

①即"旗"。
②旗主。

立，用汉话大声嘲弄道：

"此即汝天下无敌之兵乎？"

姜弘立自觉脸上无光，羞赧地陪着笑。努尔哈赤拿起身旁的帕子，接在嘴边咳嗽一声，周围立刻鸦雀无声，他抬起细长的眼睛，将帕子举了起来，又放了下去，姜弘立马上会意，示意三人可以开始。

吕汝文深吸一口气，将手从怀里取了出来，左手下压鞘口，右手顺势抽出刀来，被磨得像镜子一样的倭刀在朝阳里发出夺魂摄魄的寒光，三把亮晃晃的倭刀瞬时交织在一处，三人时而跳荡相击，时而交错互掩，精确地计算着阳光和刀面的角度，让每一次运刀都将最耀眼的阳光反射向八固山的方向。

努尔哈赤和八固山的脸色逐渐发生了变化，从淡漠变成震惊，又变成痴迷。吕汝文一直在估计自己与努尔哈赤之间的直线距离，时而向前，时而向后，忽左忽右，每次将阳光反射向努尔哈赤的方向，他都不动声色地缩短着这个距离。双方相距约有二十步时，吕汝文从怀中掏出一柄折扇，"啪"地一声打开，众人才看到这柄折扇的一面是黑色，另一面涂着金漆①。吕汝文一手舞扇，一手持刀，如山中白猿，在努尔哈赤面前闪转腾挪，不时转换扇面，将灿烂的金光随机投向八固山的位置，不时有亲兵被反射的阳光照射，本能地以手遮眼。

不知不觉间，三人已经移动到了离努尔哈赤仅有十五步的距离，吕汝文突然用折扇涂着金漆的一面将阳光直接射向努尔哈赤，

---

①即军配，日本人打仗时用于指挥的扇子。

然后弃了扇子，呼啸一声，双手持刀猛扑向努尔哈赤。吕汝文在前，其余二人在后，三人组成一个箭头，射向杏黄色伞盖，然而努尔哈赤似乎没来得及做出任何反应，依然端坐在椅子上。

吕汝文用脚丈量着这短短十五步的距离，觉得这是他平生做出的最远的一次突击，他觉得每一步冲刺都踏在自己年迈而强有力的心脏上，他要确保自己挥出第一刀时，身体处于那个最熟悉的结构之中，在那个结构里，他就像一张拉满的弓，随时能将自己蓄积的所有能量在一瞬间爆发而施加于外物。

然而，他终究没能量完这十五步的距离，还有七八步之遥，眼看就可以出刀的时候，他看见一片东西从努尔哈赤背后的楼阁中向自己飞来，让他想起了成群结队穿越林间的飞鸟。

由三具肉体凡胎组成的箭头与满洲战箭组成的蜂群迎头相撞，"噗噗噗"的连续撞击声之后，箭头的两翼已不复存在，老古汝文和干老愁戒一人身中四箭向前扑倒，另一人面门中箭当场毙命。吕汝文左肩中一箭，右腹中一箭，他的左手再也举不起来了，箭镞在腹中将肠子卷在一起，让他的视线都变得模模糊糊，但他的整个身子只是被箭迟滞了一下，马上发起了第二次冲锋，他终于冲到了他想要的距离，却再也无法获得他想要的结果了，他拼尽全身力气朝着努尔哈赤挥出生命里最后的一刀。尽管因为他受伤身体的扭曲变形，这一刀即使在这个距离上，也不大可能伤到努尔哈赤了，努尔哈赤身边的甲士还是举起那口硕大而沉重的刀去格挡这一击，其他甲士纷纷挡在努尔哈赤身前，却被他拨开了一条缝，一团火光在两把刀之间爆开，火光黯淡下去之后，众人看见倭刀砍入大刀约有半寸，但倭刀也已扭曲变形，刀脊裂开，从光亮的皮铁①下，露出黑色的芯铁②来，两把刀呈十字形卡在一起，一时间谁也拔不开。金兵还在拼力想把卡住的刀拔出来，吕汝文不但不跟他较力，反而往前一送，金兵一下倒在了地上，吕汝文迅速拔出腰间的胁差③，猛地掷向努尔哈赤，却打在了努尔哈赤身前的甲士身上，没能对他身上的盔甲造成任何伤害，无力地掉在了地上。吕汝文伸手再去摸刀鞘上的小柄④，却被两把刀同时刺穿了他的身体，他再也没有机会了，他垂死的身体里爆发出最后一点不可思议的力量，从腰后拔出铠通，一下扎在了离他最近的一个金兵的锁骨窝上，然后用胸膛压在铠通的柄上，才咽下了最后一口气。

惊魂未定的金兵们把他的尸首翻过来的时候，惊讶于这支铠通竟然扎得如此之深，不但刺穿了金兵盔甲内侧铁叶子的边缘，而且刺穿了整个身体和后背上的甲片，把人钉在了地上。

努尔哈赤虽然早已得到姜弘立的密报，知晓了倭兵们的计划，做了自以为完全的准备，但仍懊恼于倭兵的凶狠和自己的托大，后悔自己没有听从姜弘立的劝告，连夜出动骑兵将倭兵在睡梦中斩杀殆尽。

他不禁对姜弘立有些刮目相看。他昨夜不肯出兵，是因为他怀疑姜弘立不是真心要把倭营献给他，而是要借他自己的手，把这

---

①复合结构的日本刀外侧较坚硬的钢。
②复合结构的日本刀内部较软的钢。
③日本武士较短的佩刀。
④装在打刀刀鞘侧面的小刀。

支朝鲜人手里的劲旅消灭掉，不让他得到，所以他对姜弘立始终将信将疑，非要自己亲眼验看倭兵不可，却没料到竟是如此凶险的场面。直到此时此刻，他才终于相信了姜弘立的忠心。

所有人都在对着两具死在一起的尸体议论纷纷的时候，早已身中四箭"身亡"的干老愁戒，突然从地上翻了个身，仰面朝天躺着，从怀里掏出一个法螺贝①来，吹出了一声短暂而响亮的螺号。离他最近的姜弘立马上冲上前去，一脚踢掉了他手里的法螺贝，姜弘立身边的亲兵记下了这个异邦人充满了刀光剑影的生命里最后一句话：

"哪怕给波平那蛇精吃成了人皮囊，也要做成这件事呢。"

城外的倭兵听见号响，顿时躁动起来，他们拔出刀，试图冲出城去，却被内城城墙上的箭雨攒射，他们背靠内城城墙站立躲避箭雨，却又遭到外城城墙上的弓手射杀。少数倭兵攀上城头拔刀乱斩，却奈何不了身着重甲的金兵，只能以身体为撞槌，发起自杀式的突刺，或拼死抱住对方，用垂死之力将胁差刺入对方面部、颈部、腋下和股沟，同归于尽。一阵怒吼、悲鸣、刀剑碰撞、血骨分离的喧嚣之后，清晨的界藩山城重归宁静，一百七十六名异邦人葬身于此，因为他们疯狂的大力劈斫和舍身突刺，很多倭刀铛子②都折断了，垂死的倭兵为了不让金人得到佩刀，将刀插入城墙上的石头缝隙内撬断，金人收敛的倭刀里，能用的不足十柄。

---

① 日本古代军队用于指挥的螺号。
② 刀尖最前端的刀锋部分。

把肚急不可耐地问金倚陆：

"活下来的是哪个？"

金倚陆淡然一笑说：

"马小屋之助。"

把肚追问：

"你怎地知道？"

金倚陆说：

"丙子胡乱时，叔父曾带我袭杀小股金兵，曾听义兵言，两江间有一马脸人，屡于金人退兵路上，截杀三两成群之兵，远则鸟铳，近则倭刀、搠仗，应手一弹，铁箸直入面门。偶于山野之间，向义兵讨取米豆，却不肯为伍，问其姓名来由，则云其乃界藩山之鬼，报三百人之仇也。"

刘破房问：

"倭人说波平乃一蛇精？蛇精如何助其成事呢？"

金倚陆摇摇头说：

"此事乃萨尔浒归来，姜弘立近侧所云，几经传说，真假几分，已然不知矣。"

众人唏嘘一番，又喝了一圈酒。第二圈时，第七口酒落在了把肚的手里，此时盆里火苗正旺，四人体内血气升腾，渐渐地有些微醺了，这才解了甲，将甲堆在火盆边烤去潮气。把肚把火拨旺，再咂一口酒，打个嗝，舒坦地舒一口气，故意学着说书先生的样子，拿腔拿调地说：

"方才听说那倭国蛇精，将人吃空了，今次我要说的呵，绝非老夫道听途说，却是我在那塞外大碛之北黄沙里，亲眼见过的能将人化作皮囊的虫子……"

金明镝竖着耳朵想听，却又有些害怕，不由自主地想朝火盆挪挪，不料刚一动椅子，外面却发出"哗啦"一声巨响，刚刚被酒放松了些神经的四人全都按着刀腾地站了起来。刘破虏反应最为强烈，已用拇指推开了刀镡，黄铜刀簌①在火光下闪着光。众人只听见杂乱的脚步咚咚咚地踩在地上朝正厅狂奔，中间还夹杂着有人摔倒的声音，刘破虏毫不犹豫拔刀指向门外的黑暗厉声说：

"谁？"

随着脚步声，黑暗里踉踉跄跄跑出两个兵马司的弓兵来，身上穿着新发的战袄，腰上挂着夜值的牌子，他们是轮上了夜值，而没有随刘破虏去打避瘟楼的兵。这两人夜里不在暖铺值守，反而狂奔回衙，却连灯笼也不打，十分可疑。刘破虏问：

"你二人不在暖铺值夜，为何黑灯瞎火，直奔回衙？"

二人显然是受了什么惊吓，上气不接下气，说不出一句完整的话来。刘破虏借着火光看到，二人头上大汗淋漓，身上却满是污雪，很显然路上摔了不止一跤，一个弓兵哆哆嗦嗦地指着外面惊恐地说：

"死……死人。"

刘破虏阴着脸说：

"京师大疫，已有数月，你哪日不见十几二十个死人？"

---

①刀根处用于在鞘内固定刀的刀夹。

语无伦次的弓兵先是点头然后又拼命摇头，手指着大门外戳了又戳，才憋出一句话来：

"死……死人……劈两半了！"

刘破虏的脑子轰地一下，他最担心的事果然成真了，那个像鬼一样隐现莫测的高手，依然活着。他几乎是本能地脱口而出：

"在哪里？"

弓兵答：

"烂面胡同①。"

刘破虏有些不相信自己的耳朵。他率兵攻打避瘟楼时，这鬼根本没有出现，如果他是因为官兵势大而不敢对阵，那么看见楼中同伙覆灭，也该逃跑了，又为何会在同伙被全歼之后，跑到离兵马司如此近的地方杀人？他是在报复，还是在示威？

刘破虏一边思索，一边把弓箭系在腰上说：

"走，烂面胡同。"

又吩咐两个弓兵：

"你两个先去，掌灯等着。"

二人面露怯色，不敢答应，刘破虏按着刀瞪眼说：

"快去！"

两个兵各抄了一条朱红长枪壮胆，互相搀扶着战战兢兢地走了。

四人没有多话，各自系了弓刀，去马厩备马。刘破虏恐那鬼在众人查看尸首时以长刀突袭，自己短兵难接，又把双手长刀斜插在鞍

---

①即今北京市西城区烂缦胡同。

后，四人四马，迎着漫天风雪消失在黑夜里，只留下一阵急促的马铃声。

四人毫不吝惜马力，不消片刻就到了烂面胡同。胡同口有一家面馆，专用荞麦杂和面做面条，用馆子里做苏造肉时锅里不成形的渣滓做浇头，十个大钱一碗，食客往来如织，多是卖力气的贩夫走卒，胡同因此得名，破虏和把肚也常来吃，然而此时雪夜里黑乎乎的胡同非但没有烂肉面的香气，反而散发着一种危机四伏的凶险。路上一个人也没有，两个弓兵也还未到，四人无灯，各自拨转马头向外，形成了一个圈，各自持弓警戒着，一时不敢进入胡同。

突然，眼尖的把肚发现胡同中央出现了一点火光，然后是两点、三点，然后所有的火光又突然一下消失不见了。刘破虏知道，这些火光是从西边悯忠寺方向出来的，不知看见了什么，又缩回去了。他估摸了一下形势，大着胆子招呼众人策马跑了过去。

到了胡同中间刘破虏才发现，一群儒生模样的人打着灯笼挤在路口，互相你推我搡，谁也不敢到胡同里来，看到几人突然骑着马出现在面前，更是吓个半死，有人的灯笼掉在地上，灯罩子烧了起来。刘破虏借着火光发现这群人面黄肌瘦，形色枯槁，却都穿着新衣服，身上还有浓重的酒气，无疑有很大的问题，于是厉声说：

"尔等何人？深夜在此作甚？"

这群"儒生"闻言更如惊弓之鸟，两股战战，转头就想跑。把肚一箭钉在他们的退路上，喝道：

"谁走便杀谁！"

"儒生"全都吓得伏在雪地里叩头，一个胆大的说：

"强人饶命，我等来寻朋友，并无多少财货。"

刘破虏闻言觉得好气又好笑，自己怀疑这伙人是强盗，还未询问，倒教他倒打一耙。打马走近些，"儒生"们借着仅余的几盏灯笼看清了刘破虏脚上的官靴，仿佛走失的孩童见了爹娘老子般扑了上来。刘破虏的马惊了一下，险些踩着他们，他们没抱着马腿，又伏在地上叩头说：

"我等是去报官的……杀……杀人了！"

刘破虏有些不耐烦地问：

"何处杀人？你报甚么官？"

两个挎着长枪、打着灯笼的弓兵这时才互相搀扶着跑来。原来，这伙人是死者的朋友，因京师大疫，诏狱里的狱卒和犯人都死了十之七八，眼看着无法支持下去，崇祯皇帝为了让上天看一眼他的德行和仁心，特赦了诏狱里的囚犯。这伙人和诨号"蓝衣大王"①的死者都是因言获罪的读书人，在诏狱里折磨了一年多，今天才从东厂胡同出来，因为大难不死，便放浪形骸起来，先去混汤②泡了汤，又置了新袍新靴，正阳门外大醉一场，相互搀扶着往北边娼馆妓寨去。行至烂面胡同，风雪漫天，人鬼难辨，但见一个戴笠子的人站在胡同中央，不言不语。

众人大难不死，身上已有了十二分的胆气，又饮了酒，为首的便举着灯笼朝那人身上照去。不照倒好，刚一举灯，一阵狂风夹雪扑

---

① 晚明倚仗读书人身份横行霸道为非作歹的无良儒生、讼棍，因多穿蓝衣，故名。
② 即澡堂。

面而来，众人被吹得七倒八歪，睁不开眼。风雪过后，胡同中央戴笠子的人已然不见了，为首的灯笼也掉在地上，自顾自地往前走，也不听唤，走了约有七八步，竟被一阵风仰面吹倒了，众人只当他摔倒了，掌灯过去一看，人竟然被齐刷刷地竖着从头斩作了两扇！众人吓得一哄而散，跑到礼拜寺街上，看见南城兵马司的暖铺有灯光，便进去报官，千恩万谢之后，暖铺里值夜的官兵才不情愿地随他们前去查看，不料看了一眼，也吓跑了，说回衙门叫人去了。这伙儒生不敢近前去，却又被酒气冲着，顾念那铁窗大难不死之谊，不肯离开，便在此处逡巡，只为万一遇到什么妖魔，好往悯忠寺跑。

刘破虏听见死者诨号"蓝衣大王"，心里便知道他根本不是什么因言获罪的读书人，但也不想计较这许多，问：

"死者尸首何处？"

弓兵往胡同南端指了一下，刘破虏让他们两个在前，四个骑马的跟在后面。儒生们挤作一团，想牵着把肚的马尾巴走，被把肚拿鞭子吓唬两下，都去跟着金明镝了。

众人向前走了不到一里，金倚陆看见了两半灯笼在地上，被雪盖住了一半，借着依稀的灯光，金倚陆发现那灯笼从中间被齐整地一劈两半。

死者的尸首就仰面躺在灯笼前方不到十步的地方，他身形高且消瘦，戴一顶狐皮帽子，穿着新置的毛滚边玉色襕衫[1]，被人从头顶一刀直斩到会阴，脑袋利落地分作两半，眼睛各望向一边，死状

---

[1] 一种儒生常穿的服饰。

古怪而骇人。刘破虏一行都下了马，围在尸首旁查看，金倚陆却一个人向后走去了。刘破虏抬头问仍不敢近前的儒生：

"你说那阵狂风之后，拦路的人便不见了？死者往前走了一段，才倒下死了？"

儒生们纷纷点头如捣蒜。

刘破虏再将视线移回死者身上时，却发现金倚陆不知什么时候已经回到了身边，手里拿着半个灯笼，另一只手将死者的帽子从脑袋底下拉了出来，仔细看过之后抬起头环视众人，然后斩钉截铁地对刘破虏说：

"此人并非被人自头顶劈下，这一刀是从胯下逆着砍上去的！"

澄清坊·骆家大宅·陀螺精

刘破虏让把肚和金明镝带着两个弓兵向周围戒备着，夺过一个儒生的灯笼，和金倚陆一起蹲了下来，把灯光拢在那颗被劈成两半的头颅上。刀口笔直，从颅顶直到下颌，伤口边缘干净利落，没有任何拖拽和撕裂的痕迹，可见杀人者刀法之准、刀筋之正、腕力之强。

但诡异之处在于，如果刀工绝伦加上刀法精妙，斩切人的血肉固然可以做到这样的程度，但死者从颅至颌，连骨头都被齐刷刷地斩开，这就不是常理能说得通的了。刘破虏想到这里，把灯笼移向死者朝天张开的嘴巴，发现连坚硬易碎的牙齿，都被这一刀连着下颌一起斩开，没有任何碎裂，这不但不合常理，而且根本就不是人力所能为之事。

刘破虏将灯笼从死者口腔之上慢慢向下移动，查看了胸椎和脊椎断裂的情况，不出所料，和颅骨一样，这些骨头都被干脆利落地切开了。当灯笼移动到死者腰眼之下时，刘破虏似乎突然明白了什么，又把灯笼挪回死者头部上方。金倚陆仍然指着那个从死者脑袋下面拽出来的狐皮帽子，刘破虏看了一眼帽子，一瞬间就明白了为何金倚陆如此笃定死者是被人自下而上一刀劈成两半的，同时在脑海中迅速还原出了死者被斩杀的经过。

诨名"蓝衣大王"的死者举起灯笼去照那路中央那戴笠之人的脸的瞬间，灯笼就被那人一刀斩灭了，所以掉在地上的灯笼才会是对称的两半。灯笼被风吹到了街边，然后被雪盖住了。死者又向前走了七八步，然后被同一个人一刀毙命。死者身上的玉色襕衫和身体一起完全被斩开了，狐皮帽子的前额部分也和脑袋一起被斩开了，只有盘在后脑的狐狸尾巴还连着一点，足以说明这一刀是自下而上而上来，出刀的线路类似一弯新月。死者因为身形高大，中刀的瞬间本能地向后仰了头，所以身体虽被斩透，帽子的后脑部分却还留着一点。

这一切浮现在眼前的同时，刘破庑又一口气反问了自己一串问题：如果杀人者有这样可怕的刀法，为什么还要第一刀斩落了灯笼，第二刀才取人性命？死者被斩落了灯笼，应该吓得落荒而逃才是，为何又向前走了七八步？不论那杀人者用的是何等神兵利器，要把人竖着劈开，必然是双手使刀，而双手要这样自下而上笔直地运刀，无疑是一个很不自然的动作，为什么要用这么别扭的刀法，又为什么可以用这么别扭的刀法把人斩成两半呢？

想到这里，刘破庑问身后的儒生们：

"他灯灭了之后，又向前走了七八步？"

众儒生纷纷点头。

刘破庑又问：

"他向前走了七八步之后，又一阵风吹过，同灯灭时那阵风一样，他才倒地死了，可是如此？"

儒生们又纷纷摇头。

一个儒生说：

"虽是天黑，我却在前看得真切，灯灭之时是狂风，吹得人睁不开眼，他仆地时却是一阵微风，不见有人挨他，风一吹便倒了。"

另一个儒生说：

"灯灭之后，我等齐声唤他，他并不理睬，兀自向前蹒跚了七八步，像那……"

金倚陆追问：

"像那甚么？"

儒生有些胆怯地说：

"像那染了疙瘩瘟的将死鬼。"

不见有人挨他，风一吹便倒了？刘破庼心中一惊，脑海中浮现出一个不可思议的场景——斩杀死者的和斩开灯笼的是同一刀，灯笼被劈成两半的时候，死者已经中刀了，中刀之后，向前走了七八步，死在了这里。

可是，这又怎么可能呢？

从关外到关内，又从关内到关外，最后到了这里，大小百余战，杀清兵，杀流贼，杀盗匪，不知杀了多少人，又见了多少人被杀，何时见过有人被劈了两半，还能走出七八步去？

就在刘破庼不断提出设想又不断否定自己的时候，金倚陆开始观察现场周围的足迹。刘破庼这才意识到，方才众人这一路踏来，加上风雪，足迹已经不可寻了，果然，片刻之后，金倚陆对着刘破庼摇摇头，示意一无所获。

眼见风雪愈来愈急，众人手里的灯笼在狂风中上下翻飞，烛火在灯罩中忽明忽暗地摇曳，若是那鬼还埋伏在四周，此时正是乘乱偷袭的好时机。想到此处，他当机立断，让几个儒生将死者尸首拖到一旁小巷用雪掩好，做好标记，明日再来收殓，几个儒生敢走夜路的，便各自回家去，不敢再走的，便跟着两个弓兵去礼拜寺街暖铺挤一宿。

几个儒生都说不敢回家，愿意跟着弓兵去暖铺借宿。刘破虏几人也不再管他们，上马迎着风雪回兵马司去，四人一路无话，仿佛都在琢磨刚才那离奇的凶案。

风雪太大，地上的积雪转眼已有三四蹄深，众人担心积雪太深道路不清崴了马脚，都以两旁的屋子为参照，拣路中间慢慢地走，待到了兵马司门前，已是人马皆白。将马牵到马厩解了鞍，又披上了麻制的马衣①，添了两束野草，以防饥饿的战马把马衣吃了，这才回到正堂。盆底的灰烬底下透着丝丝暗红，把肚忙捡些柴放在里面，又把手鼓在嘴边吹了几下，垂危的余烬才起死回生。四人带着一身凛冽的寒气，再次坐在了火盆前，酒瓶又在四人手里传递起来，只是谁也不再提讲故事的事。

酒瓶再次回到刘破虏手里时，他晃晃瓶子，一饮而尽，对众人说：

"睡吧。"

众人似乎各有心事，不多言语，各自拽了些桌子、案几，围着火光拼在一处，把肚在堂前用皮带和铃铛设了一道，破虏摇摇头，示意屋子太破，风又太大，不但起不到警戒的作用，反而彻夜为其所扰，把肚想了想，便只在屋里设了一道。众人都面朝外侧卧在桌上，将刀枕着睡下了。

冰冷的酒在刘破虏胃里翻江倒海，不时烧灼着他的嗓子眼儿，他觉得刚刚过去的一天，比即将过去的一年还要长。不知过了多

①披在马身上保暖的被子，多为毡、麻制。

久，他才昏昏沉沉地睡去了，他做了一个奇怪的梦，梦见自己骑马奔驰在辽东的森林里，高大的红松和白桦嗖嗖嗖地擦耳而过，覆盆子和口蘑的香气混合着泥土和落叶的味道被风送入鼻子和嘴里。马跑得极快，却一点儿也没有颠簸感，仿佛一片轻舟滑过水面，突然，马的右侧出现了一个飞奔的马脸汉子，跑起来仿佛脚不沾地一般，在灌木丛中时隐时现，和刘破虏齐头并进。刘破虏正在惊讶人居然可以跑得像马一样快时，红松和白桦却纷纷向两边移去，眼前变得豁然开朗，马脸人也不见了，一个高大怪异的黑色阴影突然出现在马头前方。

竟然是已经被烧掉的避瘟楼。

刘破虏来不及细想，马已经冲到了避瘟楼下，马脸人突然举着刀从二楼一跃而下兜头劈来，口中大喊着：

"我乃界藩城之鬼，欲报三百人之仇！"

刘破虏想要翻身躲避，却浑身动弹不得，刀就要劈到他的时候，刘破虏却赫然发现马脸人变成了金倚陆。他已经意识到这是一个噩梦，拼命地睁开眼睛，却发现金倚陆正双手举着刀站在离自己不远的地方，本能地一滚从桌子上翻身下来，金倚陆也被突然惊醒的刘破虏吓了一跳，向后跳了半步。

刘破虏惊魂未定，却看见天光已经大亮，把肚在一旁，教金明镝把一块带着肥肉的猪皮在火盆上烤出油来，去擦青甲里边的钢叶子，这猪皮是昨天在陈家吃饭揣走的。陈正海也来了，他带来十几个烧饼靠在火盆边儿上焙着，坐在一旁拨拉一个破算盘。刘破虏再定睛一看金倚陆，分明摆了一个上撩式，刀是朝着天的，方知自己噩梦初醒，虚惊一场，自嘲地苦笑两声。

金倚陆猜到了七八分，也不问他究竟梦见了什么，而是笃定地告诉他：

"那人是单手砍的。"

然后对金明镝使个眼色，金明镝赶忙放下猪皮和青甲，把手上的油在革翁上反复抹了几下，把一个旧账本横着打开举在面前，这账本是陈正海向户部讨来，打算给兵丁们制训甲的。金倚陆左手握住鞘口，右脚向后快撤半步，左手退鞘，右手向上拔刀的同时迅猛地向上斩出，沿着账本的脊将其齐刷刷地斩成两半。

刘破房对此心知肚明，双手持刀自下而上的撩斩若要强劲有力，必然带有一定的角度，不可能是直上直下的，笔直又强劲的斩击，只可能是单手做出的，可是又有什么人能单手把一个人从鼠蹊一直斩到颅顶呢？还是那个"鬼"，真的是鬼？

金、刘二人正在琢磨那鬼的刀法，煨在火盆里的小铜壶，同时从壶盖的边缘和壶嘴里呜呜地喷出白色的热气来，陈正海见状，从正堂后面暖墙上的一个窟窿里伸手进去，掏出几个陶碗、一包竹纸包着的碎茶叶末子来，给几个碗里都放上些，从铜壶里倒出开水沏上，又从外面屋檐下掰了几个晶莹透亮的冰溜子，丢进铜壶里，继续煨在火盆里。

把肚不高兴地说：

"你这吏目，真不痛快，这破衙门里有碗原来，你却藏着掖着，不与俺每用。"

陈正海平日里唯唯诺诺，逢着这精打细算的事，却一点都不含糊，道：

"衙里这几个破碗，若不是我藏着掖着，哪能留到今日呢？"

把肚从鼻子里哼一声，不再理他，只是看着碗里的碎茶叶末慢慢舒展开来。他看得如此专注，仿佛在进行一场占卜，一根茶梗盘旋着，沉浮着，慢慢在碗里竖了起来，把肚盯着竖着漂浮在碗里的茶叶梗，缓缓地说：

"有客人来了。"

话音未落，一个锦衣卫百户带着两个番子，站在大门前唤门。刘破虏前日操劳半夜，襟上带血，满面尘灰，一身硝烟，不便去见，陈正海出去应门，一会儿就带着帖子进来了。刘破虏接过帖子，上面并未按寻常的格式写些"拜订""洁樽"之类的客套话，也没有时间地点，而是简洁地在中央写着一行字：

贺　大破朱仙镇

打开帖子，里面却是空空如也，什么也没有。刘破虏看了陈正海一眼，陈正海朝门外努努嘴，刘破虏往堂外一看，锦衣卫的人还站在门前不走，于是整整衣服，和陈正海一同出去，互相作揖寒暄之后，刘破虏使个眼色，陈正海顺势拿出五两多银子，说：

"时候尚早，烦请大人先回去歇息，刘大人沐浴更衣之后，即去府上面见骆大人。"

锦衣卫百户低头看了一眼银子，微微一笑，说：

"不必了，骆大人请刘大人堂前看军士演武，演武之后，宅中还有宴请，我等就在此处候着，与刘大人及所属达官一同前去。"

刘破房看看陈正海，二人相对无语，只能向百户道了谢，一起回到堂中。刘破房见金明镝还在用猪皮擦甲，真是爱不释手，便吩咐陈正海，让兵马司的铁匠修好被箭射穿的钢叶子和布面，把这甲连黑漆角弓、倭腰刀一起送给金明镝，然后抱拳对金倚陆说：

"金兄，生死一场，却无一物相赠，止有性命一条，供兄随时取用。你我本应大醉三天，却不料公务临身，止能就此别过，明日再去馆里拜会。"

金倚陆正色道：

"我既答应刘兄，必有始终。今鬼楼已破，鬼魅尚未伏诛，事犹未了，刘兄先去答应上官，我等回馆歇息，刘兄事了即来寻我，必诛此鬼。"

刘破房看着金倚陆的眼睛，那眼神深邃而坚定，还带着一丝不易察觉的热切。

他赶忙谢过金倚陆，众人草草吃些饼和茶充饥，一齐收拾东西。破房和把肚将衣服上的硝烟、尘土拍拍，血渍实在无法，只能留着，又用屋外的新雪草草擦了几把脸，拔出短刀草草地刮了刮胡子，一齐牵了马往门外走。在兵马司门前，破房和把肚与金倚陆二人道了别，叮嘱陈正海派人去礼拜寺街暖铺，带着昨晚值夜的弓兵一起去把烂面胡同的尸首敛了带回来，便上马跟着百户往内城走了。把肚故意让马慢腾腾地走，刘破房知道把肚有话对他说，也放慢了马，不一会就和锦衣卫百户和两个番子拉开了二十步的距离，把肚转头向后看看，说：

"金兄弟想要那'鬼'的刀。"

刘破虏答应道：

"嗯。"

把肚确实粗中有细，刘破虏自己又何尝不知呢？一个男人，无论如何善于掩饰自己，在厮杀里都不可能不流露出本性。金倚陆对故国的赤诚和眷恋，对清人和叛徒的仇恨，对回家和复仇的执念，刘破虏已经在避瘟楼里看得一清二楚。刘破虏知道，金倚陆一直都在暗中谋划一件事情，这件事情，他已经通过金明镝之口猜了个大概，他想要那个"鬼"手里的刀也很自然，刘破虏若真得到了这刀，即使他不说，也会赠与他。但从获鹿遇到那支商队之后发生的一系列诡异离奇的事情，让刘破虏越来越相信已经被自己抛弃了十几年的神鬼和宿命，他一直有一种说不清道不明的直觉，那个鬼，连同他手里那把刀，都蕴含着无限的凶险和不祥。

更何况，连大明朝视为神物的红衣大炮，不知运了多少门去关外，尚且救不了辽东，区区一把刀，纵使有些妖异，又怎么能救得了金倚陆那病入膏肓的小小故国呢？

天渐渐地放了晴，新落的雪被阳光一照，白得耀眼，大街上的粪尿、背街巷子里瘟疫死者的尸首，都被大雪盖住，正阳门大街如同冰雕玉砌一般，平日里污秽不堪的北京城，也顿时变得可爱起来。只是路边有些人形的雪堆，无声地指出在昨天的夜里还是什么时候，里面还有一个活着的灵魂。

五个人三前两后，沿着正阳门大街不紧不慢地向北走着，人马渐渐多了起来，冰雕玉砌的街面儿渐渐露了本相，一大群小孩子背着箩筐，手里拿着竹夹子，灵巧地穿梭在扬起的马尾之间，争拾马粪，一点儿也不怕耳旁起落的马蹄。路途走了一半，迎面过来两个骑马的番子，手持一封描金的笺，中间贴一条一寸宽、两寸长的红纸，离刘破虏一行还有二十步远，就高呼道：

“二请！”

刘破虏明白，骆养性这是在用文官之间交往的礼节对待自己。待人到了跟前，互相在马上作了揖，刘破虏也按照规矩，掏出两锭一两多的回事银子谢给两个番子，两个番子却推辞不受，转身打马走了，显然是有人事先吩咐过。刘破虏接过笺，看也不看，揣在怀里，催马快走，一行人快速过了正阳门，不一会儿就看见了骆府门前高大的五脊歇山牌坊，刘破虏第一次去骆府时向他索讨拜门银子的老门人带着两个下人迎在门前，拖长了声音喊道：

“三请——”

这声音不阴不阳，声调平淡又尖细，让刘破虏不禁再一次疑心他本是宫里的太监。

把肚第一次见识京城文官之间的繁文缛节，好奇又不耐烦地说：

“都到了门前，怎还请来请去，脱裤放屁？”

老门人示意刘破虏就在此处下马，把肚虽不情愿，一旁却早有下人从他手里接过缰绳，只得跟着刘破虏下了马。下人立刻奉上黄铜熏炉，刘破虏打开一看，是两条焐手巾，焖在热水里，熏炉的夹层里是炭火，保持着热水的温度。刘破虏拿起手巾来在脸上草草抹了几把，老门人的脸上滑过一丝轻蔑和厌恶，把肚本不想用这玩意，瞥见老门人脸上的颜色，也拿起一条来，不但抹了脸，还擤了鼻涕，又清清嗓子，拿腔拿调地哼哈几声，吐了口酽痰在里面，揉成一团，塞在老门人手里。老门人面无表情地拿着手巾在前面引路，仿佛什么也没发生。

接近骆府大门，刘破虏就听见里面阵阵呐喊与金铁相格之声，还有些奇怪为何骆养性会让兵士在宅中演武，即使在这天下大乱的岁末，这样做也无疑是犯忌的。

一进大门，绕过影壁，刘破虏看见骆养性和一个面容与他相似的年轻人，各穿一件银鼠皮滚边的披风，戴着带护耳的貂皮帽子立在堂前，带着两个千户看堂下的十几个汉子演武。这年轻人无疑就是骆养性的公子骆祚久。

骆养性看见刘破虏，马上大喜过望地从堂上下来，骆祚久似乎有些不情愿，却也跟在后面。刘破虏一边抱着揖迎上前去，一边用余光观察着一旁操演武艺的汉子，这些人各用些虎头双钩、子母鸳鸯钺、双剑、飞镖之类的兵器，在院中飞檐走壁，闪转腾挪，舞得虎虎生风，显然不是军士，倒像是江湖卖艺的。

骆养性与破虏和把肚互相行了礼，寒暄一番，刘破虏向骆养性引见了把肚，骆养性似乎对把肚非常感兴趣，问了不少零碎，刘破虏将昨日破楼、夺楼、焚楼之事简要汇报了一遍，骆养性听罢，高兴地抚着刘破虏的肩说：

"刘大人是人发杀机，天地反覆①，内城用炮，声东击西，聚而歼之，真闻所未闻、亘古未有之奇计也！"

---

①语出《阴符经》。

刘破虏连称不敢当，说：

"情势所迫，不得已而出此下策，斗胆于内城用炮，惟恐惊动皇居，惹下祸患，还请骆大人见谅。"

骆养性大笑着拍着刘破虏说：

"我正要说，昨日京城只知铸炮所试炮，却不知那时雍坊破贼夺楼，此皆刘大人心思巧妙、筹划周密之功。要我说，那天主堂洋和尚，也该赏！"

刘破虏一边附和，一边瞥见众人之中，有一使长刀者，运刀极快，将刀舞得密不透风，犹如一团银光笼住全身，似乎有些本领。

骆养性一边将骆祚久介绍给刘破虏，一边对骆祚久说：

"此即我与你所说，关内外身经百战，武艺高强、智勇双全之刘大人，快来见过。"

骆祚久本就看不起辽人，看见刘破虏身着戎服前来赴宴，不但不曾换洗，衣襟上还有血迹，更疑心他有意弄出鞍马未解、征尘满身的样子邀功，更是心中不忿，脸上不悦，眼珠一转，先堆出笑来，再话里藏刀地说：

"早闻刘大人身上有本事，不过昨日听报，那楼中之贼，刘大人并不曾杀过几个，却都被那洋和尚一炮而毙了。"

刘破虏感觉到骆祚久的敌意，却一时弄不清这敌意从何而来，便老老实实地回答道：

"诚如公子所言，那妖楼壁薄，贼人不料我敢于内城用炮，聚于楼上与我兵相对射打，被炮打死者甚多。"

骆祚久见刘破虏落入自己的圈套，先是"唏"的讪笑一声，然后得意的说：

"说到底是洋和尚有本事，并非刘大人武艺强。"

把肚满不在乎的脸上现了怒色，骆养性瞪了骆祚久一眼，骆祚久装模作样地道个歉，眼里却满是得意。刘破虏知道骆祚久有意奚落他，却不愿意与他计较。骆养性请刘破虏二人一同与他观看演武，四人在堂前站定，骆祚久见机会来了，趁机问刘破虏：

"依刘大人之见，堂下军士武艺何如？"

有了方才的经验，刘破虏已经知道骆祚久是会错了意，以为自己居功，有意在骆养性面前诋毁自己，趁机表现一番，便谨慎地答道：

"此游场武艺也，非军中所用，在下孤陋寡闻，恐于此所知不多。"

骆祚久见刘破虏不中计，追问道：

"游场武艺与军阵武艺，孰高孰低呢？"

刘破虏答：

"二者皆有其长，阵上所用者，无非弓箭、长枪、鸟铳、挨牌、腰刀、长刀，民人所使奇兵异器，则多行走偏险傍身，看家护院所用，阵上杀贼则非所宜也。"

骆祚久又怒又喜，怒的是他本来打算在骆养性面前，用这群重金请来的"高手"好好表现一番，好让其中一两个自己中意的补了缺，结果被刘破虏说这是看家护院、行走偏险用的防身功夫，折了他的面子。喜的是刘破虏的话并非滴水不漏，他完全有机会让刘破虏在骆养性面前颜面扫地，甚至在一场"意外"中伤他性命。

想到这里，骆养性怒压心底，喜上眉梢，说：

"军中之事，我倒不懂，不过说起长刀，堂下倒有一位使长刀的高手，请刘大人看看。"

不等刘破虏答应，骆祚久便急不可耐地向堂下招呼道：

"莫其龙，着你上前为刘大人演示刀法，若演得好，有赏，若是演不好，必论你罪！"

使长刀的汉子心领神会，走上前来，屏退了左右演武的人，站在堂下，对众人作个揖。这汉子生得明眸皓齿，眉宇间却有一股英气，但身形单薄，眼睛不住地转来转去，显得有些浮浪。骆祚久不怀好意的说：

"我闻军中教导武艺，必耳提面命，手膀相引，还请刘大人下堂来指教。"

把肚见骆祚久步步相逼，脾气上来正欲发作，被刘破虏用眼神稳住。刘破虏用余光一扫骆养性，骆养性似乎也对此饶有兴趣，知道退无可退，于是横下心来，结束这场暗斗，客套地假笑几声，一掀曳撒的下摆，从堂上快步走到场中。

被唤作莫其龙的汉子摆个向前击贼势，刀尖直指着刘破虏的眉心，说：

"请！"

刘破虏背着手，点头说：

"嗯。"

莫其龙将三尺多长的刀从颈后绕了一周，从左右两颊兜头砍下，刀速极快，兼之脚下忽左忽右，闪转腾挪，指上斩下，示左击右，不时持刀飞快地左右转身，周身被刀光所萦绕，衣服下摆如伞盖一般张开，犹如雪地里的一朵莲花，煞是好看。众人都在一旁叫好，彼此哄抬武艺。骆祚久见骆养性也看得入神，觉得时机已到，用眼神示意莫其龙试探刘破虏。

莫其龙心领神会，突然跑向墙边，一脚蹬在墙上腾空而起，在空中转身凌厉地刺向刘破虏，刀尖距离刘破虏的面部约有一尺。刘破虏微微一笑，点头表示赞许，莫其龙见状，开始绕着刘破虏不停旋转，刀光离刘破虏越来越近，刀势愈发凶险，把肚右手拽着腰间的布鲁头，拇指搓着布鲁头上的皮绳，刘破虏却依然背着手微笑着。莫其龙从侧面转向刘破虏正面，横着刀连转两圈，刀尖擦着刘破虏的鼻尖滑过，刘破虏甚至闻到了冰冷刀刃上的铁腥味，自以为给了刘破虏下马威的莫其龙又向后转了一圈跳开来，摆个闪剑退坐势问刘破虏：

"刘大人看我这刀法如何，可杀贼否？"

刘破虏抚掌笑着说：

"好，好啊！"

骆祚久以为刘破虏服了软，得意地问：

"刘大人看这刀法，是能防身，还是能杀贼呢？"

刘破虏笑着说：

"实不相瞒，既不能防身，更不能杀贼。"

包括骆养性在内的众人都一脸惊异，骆祚久恼羞成怒，又不怀好意地说：

"为何？"

刘破虏不慌不忙地说：

"只见过人打陀螺，却不曾见陀螺会打人。"

整个骆宅前厅爆发出哄堂大笑，连同莫其龙一伙的武师们也一个个憋不住，捂着嘴嗤嗤地笑，莫其龙气急败坏，左手单手持刀，以右脚为轴转身向刘破虏斩去。众人本都在笑，见他真往刘破虏身上砍，都惊呼起来。

刘破虏见他来势凶猛，不退反进，前腿一个弓步扎在他身前，拔刀护住身体外侧，刀脊略偏向外，莫其龙身随刀走，刀在身前，先是刀身中段重重地砍在了刘破虏的刀脊上，刀登时折了，膝盖随即撞上了刘破虏的膝盖外侧，疼得"哎哟"直叫。刘破虏顺势屈膝向外一挤他的膝盖，复将左手按在刀上一推他的刀，莫其龙身体失衡，一屁股坐在了地上，刘破虏后脚跟了半步上来，当胸一脚踹得他仰面朝天，前脚踩住他的手腕，他的手立刻松了。刘破虏用刀尖把那折了的刀挑在一旁，然后移回来指着他的脸说：

"你本是个街头卖艺的鸟歪货，手里并无使刀的气力，被些花招误了一生，只会转来转去，却似陀螺成了精，如今撞了大运得在此耍些把戏，竟敢当着骆大人的面斗气伤人？"

莫其龙只顾在地上呻吟求饶，骆养性回过神来，脸上一黑，悻悻地对骆祚久说：

"让你这些浪弟子都给我滚出去！"

骆祚久大气也不敢出，赶忙叫堂下一群牛鬼蛇神扶着莫其龙跑了。骆养性和颜悦色地对刘破虏说：

"这歪货使刀，颇有些唬人，刘兄如何看出他破绽？"

刘破虏收刀入鞘，又从地上捡起那折了的刀，双手捧给骆养性，说：

"无论刀棒、枪剑，其运用之法，皆赖力从地起，由股而腰，由腰而背，由背而肩、臂，世上岂有背上无肉，脚下无根，却能运刀如风的高手？故其必有诈焉。大人请看此刀，长刀五尺，其偏用三尺半，又减脊去肉，取其轻薄，故此刀不足二斤，自然刀刀带风，然此花刀一遇重器，则不堪其力。

"用刀之法，必守中境、护项背，弃中境而以背示人，非用刀之理也。南兵善使长刀者，亦有转旋相击之法，因其刀长势猛，故四周一扫而空，敌不敢近其身，今其刀止有三尺几寸，既轻又薄，也敢转旋不停，实插标卖首耳。

"武艺者，进则杀人，退则保身，二者不图，徒务虚花好看，上蹿下跳，左转右旋，博引小民，逗弄妇女，敛些铜钿，实近世之陋俗也。"

骆养性接过刀，果然又轻又薄，上下掂量，居然晃晃悠悠，始知刘破虏所言非虚，感叹一番，遂挽着刘破虏的胳膊，请二人进屋入席。骆祚久知道今日这局是扳不回来了，只能垂头丧气地跟在后面。

早已有人在内厅等候他们，众人早已对自己的座次了然于胸，却依然按照礼仪互相推让一番，把肚好不耐烦，有人跟他客套，对着自己的座位对把肚说"请、请"，不料把肚才不与他客气，一屁股坐下，惹得骆养性哈哈大笑。众人落座之后，骆养性一一介绍了宾客，刘破虏才吃惊地发现，这些高冠博带、文质彬彬，随身带着暖手炉的人，竟然都是锦衣卫的武官，他们彼此之间兴致勃勃地谈论起宣德龙凤大定墨、青麟髓墨、紫金霜墨、洒金五色笺[①]时，仿佛一群江南的文士；讨论起骨禄、番烧、腻红、龙充、鳅角[②]、南铸北铸苏铸的宣炉[③]时，又像是一群工匠；头头是道地评价起蜀锦、湖罗、䌷罗、猩猩毡、锁附、左机[④]的时候，又俨然一群妇女和裁缝。

总而言之，他们什么都说，就是不谈兵事，他们什么都像，就是不像武官。

他们虽然得了祖上恩荫，在京为官，心心念念的却都是江南的事物，他们带着艳羡和惋惜的口气谈论着南京张天锡的湖笔、苏州陆子冈的玉簪、吴中赵良璧的锡壶、景德镇昊十九的卵幕杯[⑤]，那种对江南的憧憬和对北京的嫌弃，仿佛一群误入苦寒之地而回不去的人在讨论自己本应生活的那个更美好的世界，让刘破虏觉得无法理解。

八小碗用热猪油拌过，上面码着干肉醢作浇头的苏式面作为宴前的点心由下人一一呈给各位宾客之后，这种对眷恋南方的讨论到达了高峰。宾客们着迷地谈起南京江东门到三山街一带的“雅居”[⑥]，讨论起苏州的白心麓坛酒、三白蔷薇露，扬州的珍珠蜜淋

①当时流行的一些高端笔墨、砚台的名字。
②一些奢侈品文玩的原材料。
③即宣德炉。
④当时流行的一些名贵布料。
⑤当时的一些名匠和名器。
⑥高档酒楼。

噙酒，江阴之翠涛细酒，徽州之石乳白酒①，又顺带着大肆抨击正阳门外的"俗厨"们无论烹饪什么菜都要淋一勺猪油的"恶习"。

刘破虏听不太懂，更插不上话，把肚倒是如听说书一般，听得津津有味，嘴上也不闲着，三两口把面扒进嘴里，满意地一抹嘴说：

"和烂面胡同一样味，只是碗小得多。"

宾客们都不知道他说什么，自然也无人笑他，刘破虏听到烂面胡同四个字，心中一沉，欲将昨晚烂面胡同里那离奇的案子报告给骆养性，又担心周围人多耳杂。骆养性见刘破虏欲言又止，以为他厌倦了宾客们关于南方的喋喋不休，于是拍了三下巴掌，身在北而心在南的武官们立刻安静了下来。骆养性说：

"诸位真是循味知厨的好鼻子。今日为刘大人庆功，想来刘大人常年征战九边，吃腻了京师的猪羊，特请了南京江东门江东楼②留在京师的厨子，作了苏式宴③。本不欲告诉诸君，既诸君已知，来人啊，请厨子出来见过列位大人。"

众宾客闻言欢呼雀跃，不到片刻，一个厨子捧着一个包着银底的柚木盘子上来，盘子里铺着一层黄色的菊花瓣，上面铺着一片片晶莹剔透的生鱼脍，鱼肉看起来极其新鲜、细嫩。

骆养性满意地点点头，对厨子说：

"说说这菜的来历。"

---

① 当时江南地区的一些名酒。
② 明南京户部用于接待的官办酒楼。
③ 即苏州菜式的宴会，是当时北方顶级的高档宴式。

厨子毕恭毕敬地行了礼，操着一口南音官话说：

"此菜名霜鲈脍，北方本无，系每岁八九月霜降之时，取松江三尺以下之鲈，剖其肠腹，以酒遍擦内外，细切作脍，以细白羊膏封之，置冰中快运北方，入窖。每近年关，取脍去膏而食之，虽不如前，亦能存其味八九分。"

宾客们一齐惊呼，继而盛赞主人的非凡用心。骆养性点点头，厨子又行了礼，这才退下。

众人齐饮一轮，骆养性话锋一转，开始吹捧刘破虏，宾客们立刻会了意，一个个向刘破虏敬酒，口中说些客套讨喜的话，只有骆祚久闷闷不乐。酒过三巡，又上了桂花鸭子、莲子烩荸荠、酿豆腐、肉蒸藕、毛豆烧仔鸡、炖菜核，骆祚久突然提议众人赋诗为乐，被骆养性当场否决。宾客中本来有几位有此雅兴，见骆养性不同意，哪还敢附和，个个插科打诨，又一齐去敬把肚，把肚来者不拒，连吃了十几杯。

众人从午时一直饮到未时，前后上了三轮二十七道菜，最后才以一道桂花糖浇芋头结了尾。众人纷纷借口不胜酒力，依次离席，刘破虏忍了一个时辰，终于找到机会，把昨晚烂面胡同里的事从头到尾汇报给了骆养性。骆养性颇为吃惊，稍加沉思之后，说：

"既有贼从楼中逃脱，又于南城地面犯事，还需贤弟尽快查明情势，捉拿逃贼归案。如今外城处处不稳，若令其匪类横行，日久恐人心有变，到时与流贼里应外合，京师危矣。"

刘破虏点点头说：

"那是自然。"

骆养性又说：

"那妖楼既已焚毁，老贼毕生积蓄，半已付炬，恐有怨愤，于你不利，你需多加防备。"

刘破虏掏出一个纸包呈给骆养性说：

"我自有备，谅他不敢，此物还请大人过目。"

骆养性一愣，接过纸包来问：

"这是何物？"

刘破虏答：

"此壬辰时，陈演祖父陈效自朝鲜带回之倭楼图样，陈演父子依此图样，于内城皇居旁建倭楼，实系诛九族之忤逆大罪。"

把肚从鼻孔里哼了一声，他早知道刘破虏不会把真正的图纸烧掉。

骆养性仰头哈哈大笑，一边笑一边拍自己的膝盖，一边拍一边指着刘破虏对骆祚久说：

"你今日开眼见过，甚么是智勇双全了？"

随即命人拿来一个红木盘子，盘子里整整齐齐地码放着五十枚金灿灿的京钱。骆养性笑眯眯地说：

"刘兄办事，尽心尽力，些许馈赠，聊表心意。"

刘破虏知道士大夫之间宴请，互相馈赠礼物是规矩，但不明白为什么骆养性送五十文铜钱给他，还要如此郑重地放在盘子里，忽然，他觉得盘子里的金光有些特别，灿烂得不像铜色，抬眼一看，骆养性笑眯眯地看着他，示意他细看。刘破虏拈起一枚铜钱，才发现这钱是黄金铸的，比普通京钱略大一圈，正面铸着"崇祯通宝"四个字，背面的方孔下方，铸着一匹奔跑的马。刘破虏从未见过这样的钱，心里也不知价值，只能反复道了谢。

把肚在椅子上碾来碾去，显然耐性已经到了极限，刘破虏急着去会同馆找金倚陆，商量捉拿那鬼的事，也无心久留，便向骆养性告了辞，二人一同走了。骆养性一直送他们出了三堂，直到牌坊前，看他们上马走了，才回屋去，一回到正堂，马上唤出昨天给他汇报刘破虏底细的千户，把避瘟楼的图纸交给他，阴鸷地说：

"陈演通倭，好，太好了。存起来，记，首辅陈演通倭谋逆。有这东西捏在手里，便是教陈演这老狗为我当下马石，他也不敢说半个不字。"

然后又问：

"那些被从头斩作两片的尸首，之前都在何处？"

千户拿出一个簿子，打开来念道：

"腊月二十，太平仓。二十一，太仆寺。二十二，东长安街。二十三，戎政府、灯市。二十四，承天门前。二十五，西安门。二十六，北安门。"

骆养性琢磨了片刻，说：

"如此说来，避瘟楼被破之前，他绕着皇城杀人，避瘟楼被破之后，他便去外城杀人了？"

千户不敢答话。

骆养性又问：

"皇城内形势如何？"

千户答：

"皇城内人心惶惶，太监们都说，张天师也镇不住妖魔，所以才回了龙虎山，杀人的是个千年螳螂精，不日就要杀进皇城来。皇上不准人提起此事，但召了不少道士进宫。"

骆养性说：

"宫内之事，不许外传半分，有人在宫外说起此事，一律按流贼细作，立诛！下去。"

千户一边答应，一边退下了。

骆祚久不解地说：

"父亲既有意勾连关外，又何必再保大明？"

骆养性刚要动怒，突然又平静下来，意味深长地拍拍骆祚久说：

"此城必破，人人皆知，但流贼必不能成事，若流贼在清兵之前破此城，则你我父子危矣。为父知你天资驽钝，也不强求，但教你一条乱世求生之金律，你须牢记在心。"

骆祚久点点头。骆养性看着他的眼睛，一字一顿地说：

"谁是朝廷，我便帮谁。我帮大明，帮清人，唯独不帮流贼，并非我恨流贼，盖因那流贼成不了朝廷。"

随后话锋一转，说：

"我已知道你招来的那些杂耍卖艺的，都是些无用的废物，倒个个有一手吞枪的俊功夫。你在外面做些什么混账事我不管，但传宗接代之事若有耽搁，我教你的浪弟子都安民厂里吞枪去！"

骆祚久这才知道不但自己公开的一举一动都在骆养性的监视之下，玩相公的事也早已被他知道得一清二楚，犹如挨了一记闷棍，不禁又羞又躁，只想快些逃走，便胡乱岔话道：

"既然父亲如此看重这刘破虏，这螳螂精又厉害得紧，父亲就不怕折了刀？"

骆养性冷冷地说：

"我怎会只有这一把刀呢？"

崇文门内·勾栏胡同·孙六

刘破虏和把肚骑马走在东长安街上，把肚远远地看见皇史宬①的琉璃顶子上盖着厚厚的一层雪，从红色的宫墙上露了出来，看起来就像他方才吃过的洒了白糖的山楂糕，故意拍着肚子，长吁短叹起来。刘破虏心领神会，问道：

"几分饱？"

把肚不屑地说：

"碗碟倒比菜多，菜又比肉多，吃了几十碟，肚里却还空着一半。"

刘破虏笑笑说：

"请上金先生两个，奔烂面胡同去罢。"

把肚闻言大喜，立即拨转马头向北，刘破虏问：

"如何向北？"

把肚不解地问：

"会同馆不在那澄清坊大街燕台驿？北边不走，难道向南？"

刘破虏这才明白，把肚并不知道京师有两个会同馆，便告诉他：

"会同馆有二，北馆在澄清坊大街燕台驿，蒙古、回回、撒马尔罕、西番人住着，南馆在东江米巷御河桥西街北边，朝鲜、倭国、安南人住着，就在南边不远。"

把肚一边调转马头，一边嘴里嘟囔着：

"关里关外东边西边打了十多年，不曾听说过甚么倭国，回了这鸟地方不几天，尽是倭楼、倭人、倭刀，真是中了倭的邪。"

---

① 明清两代存放皇家档案的地方。

"真是中了倭的邪"，刘破虏在心里重复了一遍，觉得把肚一下把萦绕在自己心头的那种感觉说了出来，自从在获鹿遇到那个商队之后，自己就被卷入了一个由阴谋和死亡构成的巨大漩涡之中，而自己仿佛中了邪一般，在这个漩涡里越陷越深。这个漩涡里除了陌生的倭国，还有遥远的辽东，让他在逃离战场之后，不得不再一次开始无休止的颠沛和厮杀。

想到这里，刘破虏突然有一种感觉：辽东不允许他逃走，或者说，他从来没有从辽东成功逃走过。

在胡思乱想之中，二人已经到了南馆门前，大明朝廷昔日向四夷展现威严和恩泽的会同馆，如今已是破败不堪，房倒屋塌，有几座馆舍显然是刚被大雪压塌的，粗大的桧木房梁断掉的茬口还很新鲜，被白蚁蛀得千疮百孔。整个会同馆里静悄悄的，没有一点儿人烟。大明朝祖制，内外文武官员，私结外邦使者是大罪，如今虽然天下大乱，朝纲败坏，刘破虏还是决定不轻举妄动，先打点了馆里的主事，再请金倚陆出来。

刘破虏下马站在大门前，往里面探头张望时，大门边上一座年久失修的馆舍不堪积雪重负，"轰"地一声垮了，把二人吓了一大跳。惊魂未定之时，从弥漫在大门里的烟尘中跑出几个人来，为首的一个灰头土脸之人穿着从六品的官服，想必就是礼部主客清吏司①派来提督南馆的主事。刘破虏马上上前行了礼，自报了衙门，不料对方却毫不领情，也不问刘破虏要干什么，如同劫道贼一般，张

---

①明廷负责接待、管理外国使节的机构。

甲申前夜·大晦

口就说刘破虏弄塌了馆舍，伸手便要钱，让刘破虏大吃一惊。

正在刘破虏疑心面前主事的真假，犹豫着该打点他还是该拿他时，金倚陆也从大门里出来了，他朝刘破虏使个眼色，示意此人确实是馆里的主事，又用两个指头轻轻一捻，刘破虏立刻明白了。

这六品官，不值钱。

刘破虏摸出约摸一两多碎银子，放在主事手里，又给随从的馆员每人二三百文大钱，主事把碎银子放在手里掂了又掂，缩着脖子再也不管来人，径直进馆去了。刘破虏诧异地问：

"这礼部主客清吏司，如何沦落到这番光景？"

金倚陆苦笑着说：

"辽事败坏之后，天朝江河日下，番邦日轻，崇祯七年之后，哪里还有甚么外邦来贡？无使来贡，馆中上官自无利可图，日日索求于我，初时每岁三五十两，如今即三五百文亦不嫌。这会同馆三四百间屋，为雨雪浸毁者十三四，其梁柱完好者，俱被他卖了，故馆舍塌了，他倒高兴。"

刘破虏闻言，无话可说，只觉得荒唐，不知自己这一两多银子，买的是那六品官的面子，还是大明朝的面子。

金倚陆见刘破虏沉默良久，说：

"这主事虽贪财，每月予他三五两，他便允我二人出入自便，与天朝之人并无二致。今日托言天寒，又来索取炭敬①，给他一两多，乘机问起倭事，其言万历年间，游击将军徐一贯、谢用梓②曾前

---

①一种以取暖为名义的贿赂。
②万历年间明军军官，曾赴日本和谈（册封秀吉）未果。

往倭国面见关白秀吉，商言罢战和谈一事，后和议未成，谢用梓从倭国返回时，曾携回一剑术极精之倭名山查①，初为东厂所缉，后于京营留用，教习剑术，神京善剑之士，皆出山查门下，万历年良将何良臣②，亦曾随其习剑。若能寻见山查，或知那鬼底细，纵其不知底细，也能知晓那布上倭国文字。"

刘破虏在心中一算，壬辰倭乱到现在，不下五十年，这名叫山查的倭人，恐怕早已作古，但这个五十年前的倭人，又是目前所有晦暗不明的线索中最有价值的一条，于是先应承下来，请金倚陆和金明镝一起前往烂面胡同。一来借天光大亮，勘察案发之地的情形，二来破楼之后，还不曾请金倚陆用过一粥一饭，破虏和把肚二人虽赴了宴，肚里却没有几两实货，此时也饿得紧，急着寻口吃食果腹。

待金倚陆和金明镝整好鞍马，四人一起骑马出了正阳门，刘破虏明显感觉到，内城的街面儿上要比外城好，皇城周围的街面儿上又要比远离皇城的街面儿上好。在五城兵马司和巡捕营、顺天府相继瘫痪之后，锦衣卫接管了内城的治安，大厦将倾之时，大明朝用尽了最后的一点气力在天子脚下维持着秩序和尊严。

四人先顺路去了南城兵马司。陈正海这几日出力甚多，却也得了不少好处，兵士们也争相巴结他，他也春风得意，乐在其中，正逢陈家刚差人送了赏银和阵亡官兵的抚恤银子来，他正用一杆小

---

① 日本人，生卒年不详，万历至天启年间在京营教授剑术。山查即日语师范sensei之音译，其本名已不可考。
② 生卒年不详，明朝将领、军事家、诗人，字惟圣，号际明，浙江余姚人，著有多部军事著作。

秤将银子分成重量相等的小堆，一边称一边劝慰一个阵亡兵士的妻子：

"如今一个齐整汉子，不过一口猪钱，牵到城外去，杀剐都随意。你男人杀贼死了，棺材、丧事衙门替你出钱操持了，你又落了三十两银子在手里，横竖养活一家，捱过年待开了春，带着银子寻个好人家嫁了，也不受气。你今见他死了便哭哭啼啼，却不知他虽死了，你一家人却都赖他活了。"

见刘破虏来了，陈正海忙向刘破虏报告：

"阵亡官兵人给抚恤银子二十两，棺材一口，众兵合银四十两七钱，亦匀予阵亡官兵家里。"

刘破虏见陈正海十分卖力，点点头表示肯定，然后把他叫到一边，吩咐他：

"尚有急事一件，素知你与京营生意往来甚多，还得请你向那些做不死马生意的朋友打探一事：万历年间，京营中有一倭人教习名山查的，如今是死是活？若是活着，现在何处？如有消息，来烂面胡同馆子找我。"

陈正海见刘破虏对他伙同京军盗卖粮草马豆的事一清二楚，脸上一红，转身便走了。

刘破虏从怀里掏出三枚骆养性赏的崇祯跑马钱，放在阵亡兵士哭哭啼啼的妻子面前，才骑上马和其他三人一起奔烂面胡同去了。

四人骑马走在菜市大街上，只见竖着兵马司小旗的独轮车来来往往，运送着似乎永远拉不完的尸体。刘破虏发觉这场从入秋开始蔓延到京师的瘟疫处处透着古怪之处：寻常瘟疫多爆发在污水横流、蚊蝇蔽天的夏季，入秋便开始消停，冬天便消失了，这疙瘩瘟却像是反着的，愈是冷，发病的人就愈多，瘟疫和严寒仿佛一对伴当，前者让人走着走着就一头倒在地上，后者随即夺走病人最后一丝生命。

刘破房又想起了昨晚死在烂面胡同里的蓝衣大王，他是有多大的运气，才能躲过了让狱卒都死光的可怕瘟疫，从东厂胡同的诏狱里活着出来，却又在大难不死几个时辰之后，毫无缘由地被人一刀斩杀在烂面胡同里。想到这里，刘破房不由自主地摇摇头，觉得命运真是荒唐。

四人骑马约摸向南走了不到半个时辰就到了烂面胡同，昨夜恐怖诡异的杀人现场早已看不出了，昨晚的积雪早给车马行人碾实了，还在开门的店家都把炉渣倾倒在门前，防止上门的顾客摔着。刘破房见现场已无任何有价值的线索可以勘察，便招呼众人直奔胡同口的面馆而去。

还没到面馆门前，一股熬煮内脏的油腻香气就扑面而来，四人刚把马拴好，就见到几个小孩因为争抢马粪，在雪地里打起来，互相薅着领子把对方往雪里按。把肚怕马惊了踢着小孩，往旁边雪地上扔了几个钱叫他们别打了，几个小孩登时撒了手，一齐扑了过去，为了抢钱再次打了起来。把肚摇摇头，跟着刘破房一起进了馆子。刘破房把一枚大钱①顶在大拇指上一弹，大钱划出一条弧线落入门

---

① 指京钱。

口的铜盆里，一脸戒备的店家听见响亮的"吮"一声，点头示意四人可以进来。伙计马上引四人落了座，提着煨在炉上的碎末茶倒上，也不问四人吃什么，高声向后面吆喝：

"面四碗——"

把肚跟着他朝后面吆喝：

"肉四碗——"

煮面的伙计马上把面丢进沸腾的开水锅里，用笊篱顺着锅边推了几下，因为掺多了荞麦面而显得硬邦邦的切面马上柔顺地舒展开来，顺时针打着转儿。旁边的一口大锅里，从正阳门前各酒家里收来的苏造肉边角料和杂碎浓油赤酱地咕嘟着，众人闻到的那油腻的香味，就从这口锅里来。

面条在锅里滚了几滚，被伙计用笊篱捞上来，匀进四只黑陶大海碗里，顺手抄起旁边的大勺舀起锅里的肉各碗浇了一勺，热气腾腾地端了上来，随后又用小些的碗舀了四碗"肉"也一并端上来。四人一边就着用醋腌过的蒜头吃面，一边压低声音谈论昨晚胡同里的凶案，不一会儿就把八只碗吃得光可鉴人，不得不啜饮滚烫的茶水来冲淡浇头里仿佛不要钱的盐。

四人正说着，添茶的伙计却压低声音问：

"客官说的可是昨天夜里胡同里的死鬼？"

刘破虏抬起眼睛问他：

"你知道？"

伙计左右看看，说：

"并不知是什么人物死在胡同里，但小的却知道锦衣卫正在四处拿说这事的人，崇福寺边上几个卖水的，一早都给他拿去了。"

刘破虏心里一惊，脸上却不动声色，把二十文钱一字排在桌上，问：

"卖水的说了什么，被他拿了去？"

伙计把茶壶提在手里，从肩上抽下抹布来，在油腻的桌上一擦，二十文钱已然不见了。伙计凑在刘破虏耳边说：

"卖水的说，杀人的是个螳螂精，两手里长着两口大刀，是从宫里跑出来的，如今到了南城，每日止杀一个，要杀九九八十一天，八十一天之后……"

刘破虏又排出十文钱，压低声音追问：

"八十一天之后如何？"

伙计用微弱到几乎听不见的声音在刘破虏耳边说：

"九九八十一天之后，闯王就进城啦。"

刘破虏心中再次一惊，久久说不出话来。锦衣卫一早就在捉拿讨论凶案的人，可是自己明明是两个时辰之前，才把昨晚的案子报告给骆养性，而骆养性却表现得对此毫不知情，如果这是他下面的人干的，又有谁能在骆养性掌控的一亩三分地里瞒住他呢？这个"鬼"第一次杀人应该是在避瘟楼下，卖水的却说杀人者是从宫里跑出来的，这又是为什么呢？

陷入沉思的刘破虏直到被把肚推了一把，才猛然间发现陈正海已经坐在了桌上，他正要张口发问，陈正海已经抢着说：

"山查寻着了。"

刘破虏正要问，这次却被金倚陆抢了去，他急切地问道：

"人在何处？"

陈正海呷下一口末子茶，抹了抹嘴说：

"死了，天启二年就病死了。"

众人都大失所望，金倚陆尤为明显，沮丧地坐在条凳上，一言不发。

陈正海又呷下一口茶，才说：

"山查虽死了，替他磨刀的降倭还活着。此倭名孙六，山查死后，孙六使了钱买作军伴①，却从不去营里当差，惟于勾栏酒肆之间成日厮混，今已年近七十，使钱买了替役，更难寻其踪迹。"

刘破虏终于开了口问道：

"降倭于各边效力教习者，食双粮而已，怎得他这般有钱，又有钱买作军伴，还能成日厮混，又替了役？"

陈正海说：

"这姓孙的降倭善砥砺刀剑，亦善相剑，凡南方贩来之倭剑，经他一磨，寒光鉴人，能断金玉，惟其取价高昂，磨一剑动辄数两，故其所获颇丰。但营中传说，孙六所砥之剑煞气甚重，尤为凶邪，佩其所砥之剑者，八字多不能当，每遭横死，营中以为不祥，皆不用。惟胆大而好事者，仍重金求其工。"

经他磨过的刀剑能断金玉，谁佩他磨过的刀剑就会身遭横死？这种离奇的传说让刘破虏不禁觉得这个名叫孙六的降倭，很可能和那个"鬼"有着某种神秘的联系，于是立刻问道：

---

①明朝军官的勤务兵，不用参加训练和劳动。

"佩其所砥之剑者，每遭横死，是何缘由？"

陈正海答：

"不曾知道，许是京军谣传。京师谣言，半出三大营之口，一人传一队，一队传一营，一营传三日，声达紫禁城。此事，刘大人应比下官清楚。"

言罢，抬眼瞟了一眼刘破虏。

刘破虏自然知道陈正海指的是什么事，京营自万历年间起便衰败不堪，久疏战阵，却有一手造谣传谣的本事，每当要出城作战时，便故意散布谣言，制造混乱，借此避战不出，每每被迫出城时，又因为散布谣言造成军心不稳，夜间频频炸营，自相残杀。己巳之变时，京军造谣称是辽军引金军攻城，闹得京城人心惶惶不说，还投掷砖石打死打伤辽军将士多人，甚至派选锋出城擅自擒杀辽军士兵，祖大寿因此直接撤军回了关外，当时在祖大寿军中效力的刘落河每每说起此事，都恨得咬牙切齿，刘破虏又怎么会不知道呢？想到这里，他愈发觉得关于孙六的传说不可信，当务之急是找到这个人，问问他那白布上的字究竟是什么意思。

金倚陆问：

"孙六现在何处？"

陈正海答：

"黄华坊勾阑胡同①福春堂。"

刘破虏奇道：

①今北京市东城区内务部街。

"这厮年近七十，还好这事？"

陈正海笑着说：

"这厮是攮不动了，盖因爱吃阿芙蓉①，却不会烧烟泡②，故需去堂里吃花烟③。且这厮有盗卖主顾所托刀剑的恶习，人家请他磨刀，他烟吃得紧时，每每连人带刀一起没了踪影，教主顾满城寻他，他却躲在堂里吃烟，那地方人多且杂，主顾寻上门来，他好乘乱逃了去。"

把肚听了觉得好奇又好笑，对金倚陆说：

"听他说来，这倭人与你国收养的倭人大不同，哪有忠义半点，莫不是假倭？"

金倚陆听完没有说话，只是急切地看着刘破房，刘破房站起身，对众人说：

"走！"

众人跟着起身便走，陈正海把三钱多的一小块银子"哨"地丢进盛水的铜盆里，端起桌上的茶又嘬一口，掀开门帘跟着走了。

一行人快马加鞭，直上了西三里河，不一会儿就奔驰在崇文门大街上，刘破房见众人胡子、眉毛都挂了霜，马也累得呼哧呼哧直喷白雾，这才招呼慢些赶路，莫跑死了马。穿过崇文门时，正遇见锦衣卫的红帽番子④拿着一串人往内城走，刘破房坐在马上吆喝一声，问：

---

①即鸦片。
②指将生鸦片制成熟鸦片。
③在妓女侍候下抽大烟。
④锦衣卫最低级的衙役，戴红帽。

“这些人犯了什么事？”

红帽番子转脸就要发作，却发现一行人都带着弓刀，穿着靴子，不像寻常百姓，又硬把自己的威风压了回去，生硬地答：

“妖言惑众！”

言毕一拽绳子，往崇文门里去了。人犯都被绑了双手和脖子，七个人拴作一串，都低着头一言不发，仿佛是牧人手里的一群羊。

众人下了马，把肚从鞍袋中取些盐块，给几匹马都喂了些，眼见着马不喘了，几人翻身上马，穿过崇文门，顺着崇文门里街往北疾走，不一会儿就到了勾阑胡同。胡同里光是堂子就有十几家，名号无一例外地带一个春字，胡同里的积雪都被车马碾平了，堂子里再把脏水泼上去，冻成了溜光锃亮的冰面，上面撒着炉渣，一堆堆硬邦邦的马粪冻在地上，仿佛广渠门外密密麻麻的坟头。

很显然，这里生意兴隆，乱世和瘟疫都没法吓退前来寻花问柳的恩公们。

陈正海不费吹灰之力就从十多个春字堂里找到了福春堂，刘破虏这才猛然想起来，陈正海养在正西坊牛血胡同那一房妾，正是从这勾阑胡同里赎出来的。

众人正要进福春堂，金倚陆却转身让金明镝在外面看着马，其意不言自明。把肚对着金明镝挤眉弄眼一番，这才跟着三人进了堂子。

两个茶保子①以为刘破虏几个是第一次上门的主顾，迎上来伸

_____

①明代妓院里的伙计。

手就去解众人腰上的刀,金倚陆不明就里,将刀向腰后一推,右手按在刀柄上,警惕地看着茶保子。陈正海一边拍拍金倚陆示意不必紧张,一边给茶保子露了腰牌,低声说:

"办差。吸花烟在哪边?"

茶保子看了看凶神恶煞的众人,朝南努努嘴,几人立刻奔向南屋,刘破房一把掀开厚重的棉布门帘,一股热浪夹杂着一种香臭混合的怪异味道扑面而来,呛得他下意识的掩住了口鼻。他定睛一看,昏暗的大屋中央炉子烧得正旺,几个烟鬼横七竖八地侧卧在炕上,都眯着眼睛,手里拿着烟枪在身旁小桌上的灯前烘着,一副陶醉其中的样子,仿佛看不见刘破房他们一般。

烟鬼们每人身边侧卧着一个妓女,手里拿着两根铁钎子,把一团黑色的东西缠在上面,放在烟灯前一边烘烤,一边反复缠绕,不消片刻便缠绕出一团黑泥样的东西,用手搓成羊屎大小,送入烟鬼们的烟枪里。烟鬼们猛吸几口,就微微欠起身子,妓女马上把茶送到烟客嘴边,烟客喝一口茶,却不咽下去,而是仰起头,在喉咙里咕嘟一番,低头吐进床边的铜痰盂里,然后整个人像被抽去了脊梁骨,瘫软在炕上,眼神空洞而欣快,涎水淌出嘴角,脸上似笑非笑,仿佛痴傻了一般。

妓女们不知是给烟气夺了魂儿,还是对这场面司空见惯,也对来人毫无反应。

刘破房见烟鬼们毫无反应,慢慢放下袖子,那股香臭混合的怪味再次冲入鼻腔,那臭味像极了茅房墙上尿呲出的白硝,又臊又刺鼻;那香味却用世间的任何一种味道都难以形容,甜丝丝地沁人心牌。他感到有些轻微的眩晕，担心这烟气有毒，几步走到床边，一脚把铜痰盂踢翻在地，发出吡当一声巨响，炕上的烟客们这才勉强欠起身子，看了他一眼，纷纷又倒头躺了下去。刘破房有些动怒，大吼道：

"孙六是哪个？滚下来！"

炕上的烟客和妓女没有一个人搭理他。

刘破房环视一周，才发现这八个烟客里，有四个都是白发苍苍，根本分不出谁是孙六，他正要从炕上拖一个年轻的下来拷问，陈正海却从后面拍了他一下，示意他在内城不宜轻举妄动。他正在发愁如何从这一群半死鬼嘴里问出几个字的时候，却看见金倚陆抱着胳膊，站在一个老头面前。刘破房走过去正要张口发问，金倚陆已经用刀柄指了一下老头的脚，刘破房低头一看，这老头两个拇指都微微有些弯曲，和其他指头之间的间隙很大，虽然看起来和常人略有不同，却也没有什么特别的异常之处。

这老头见一堆人围在炕前，倒也不慌不忙，举起烟枪笼在灯上，把里面羊屎一般的黑丸子烧化成一团黏糊糊的东西，咕噜咕噜地直冒泡。老头见状马上深吸一口，空洞的眼睛里立刻有了活人的光彩，抬起身子抖抖肩膀，又打个哈欠，眼睛贼溜溜地扫视众人一周，不慌不忙地说：

"你等到底有些本事，还是把我寻着了。"

刘破房这才看清楚，这名叫孙六的小老头虽然头发有些白，身形却一点儿也不显得老弱，反而相当精悍，露在外面的手臂和小腿上肌肉像拧起的麻绳一样突兀，青筋像盘虬一般突出皮肤表面，一双眼睛狡猾而市侩,却又藏着一丝不易察觉的阴险。

这人不是干苦力活的,就是身上有了不得的功夫,他既然有钱躺在这里吃烟,身份不言自明。

刘破虏正要张口,孙六却一扬手,说:

"有话好说,有话好说,且待小老儿我抽了这一泡,便与你了结这事。"

言毕,孙六微微抬起下颔,身旁的妓女会意,把一个搓好的烟泡放入烟枪,孙六正要把烟枪凑过去,却又放下,拿起一根清理气孔的竹钎子,去拨油灯的火头。众人都不明白为何这火头还算旺,他却还去拨弄,只当他在装腔作势。就在那竹钎子伸进油灯里的瞬间,金倚陆突然脸色一变,仿佛想起了什么,猛地一把推开刘破虏,大吼道:

"当心!"

"心"字还未出口,那竹钎子已经擦着刘破虏的眉毛飞了过去,"啪"地一声打在屋子中间的烟囱上,几乎与此同时,孙六团起身子,灵巧地从炕上滚下来,顺势从刘破虏裆下穿过,怪叫着朝门外跑去,却不料一旁的把肚早有准备,轻轻伸脚一绊,孙六反应更快,抽脚便跑,却被把肚用脚作个钩子勾住了脚踝往上一挑,一个狗吃屎头朝前朝炉子里攘去,眼看就要炭烤人头,把肚从后面抓住了他的后领,一把掼在自己脚下。孙六还不服气,伸手往头上摸去,却在抬头的瞬间无意中瞥见了什么东西,立刻吓得像过年时放鞭炮的孩童一般,双手抱头缩成一团蹲在地上大叫:

"好说,好说,好说!"

这一切都发生在瞬息之间，谁也没看见那竹扦子是怎么往油灯里一伸便向着刘破虏的眼睛飞来，也没有人知道使尽浑身解数要逃跑的孙六到底看见了什么东西吓成了这样。

把肚不管三七二十一，便要取出绳子把孙六五花大绑，向腰间伸手取绳时无意中碰到了布鲁头，引发了孙六更大的恐慌，他身体蜷缩得更紧，双手死死地扣在头上大喊：

"兀这达子，莫拿那东西挨我！"

众人这才明白，原来他极度恐惧的，是把肚腰间的布鲁头。

把肚才不管他，几下就把他扎成了粽子，提起来扔在炕上，刘破虏还没问他，他倒嚷嚷起来：

"列位好汉，好说，那刀就在戎政府后边双碾街铺子里，列位随我去取便是。"

刘破虏闻言一惊，急切地追问：

"什么刀？"

孙六答：

"什么刀，你主家教我磨的刀，才给了二十两定钱，还未出手。"

众人闻言大失所望，原来这货果然如陈正海所说，有一身盗卖主顾所托的恶习，想来此番又是盗卖了人家的刀剑，换了钱躲在这里吃花烟，却误把刘破虏一行当作主顾派来捉拿他的家丁，这才不顾一切地想要逃跑。

孙六见众人都不说话，以为被自己唬住，又有些得意起来。他盯着金倚陆腰间的佩刀，眯起眼睛说：

"吁，朝鲜剑，值五十两！"

又转头打量一番金倚陆，回过头对刘破虏说：

"若不是这朝鲜人有些过人的见识，翻过年你才能瞧见东西。"

刘破虏见桌上还散落着几根竹钎子，拈起一根来细看，才发现这些钎子有铜有竹，一头磨尖，尖端上还沾着不少黏糊糊的黑色烟渣，应该是清理烟枪的东西，孙六用竹钎子弹人，想必也是想金蝉脱壳，而不是想伤人性命。想到这里，他拿着一根钎子问金倚陆：

"金兄如何知道他便是孙六，又如何知道他用这东西弹我？"

金倚陆答：

"倭人自幼穿木屐，天长日久，则趾不能拢，故是他无疑。"

"至于此物，"金倚陆接过刘破虏手里的竹钎子，举在眼前说，"刘兄可记得我昨夜里说起的马小屋之助？听闻咸镜北道见过他的义兵说，此人便有如此的本事，用饭时以铁箸抵在碗边，射出如箭，直取双目，胡兵张手遮目之时，刃已加颈，故其每用此技迷惑胡兵，趁机袭杀。"

孙六听见马小屋之助的名字，从牙缝里"嗤"了一声，轻蔑地说：

"马小屋之助，听此名便是个马夫，能有什么上乘本领。"

陈正海见他口气很大，便问他在倭国是什么大人物，岂料他把头转了过去，再也不搭理众人。

刘破虏看他这样子，说：

"我们不是你那主顾派来拿你的人，也不要你那刀，只想问你些事，问完便随你去，如今我解了你，可你若是再跑，"刘破虏顿了顿，指向把肚腰间，继续说，"我便让他用这东西在你头上开个窗子。"

孙六含糊不清地答应一声，把肚上前把绑他的绳子解了，他却还是有些害怕把肚，把肚一靠近他，他便把身子向后仰。刘破虏见他身上有些本事，兴许知道更多的事，便没有直接问他那布上的字和那鬼的事，而是想跟他攀谈几句，缓和双方戒备甚重的关系。

刘破虏问他：

"你姓孙，家中排行老六？"

不料这又激怒了孙六，他轻蔑地从牙缝里"嗤"了一声之后，再次进入了沉默。

一旁的金倚陆突然"噌"地一声将佩刀拔了出来，昏暗的屋子都仿佛亮了一些，刚才这么大动静都卧在炕上一动不动的烟客们见了这刀，终于蠕动着身体，从炕上挪开了一些。刘破虏以为金倚陆要动粗威胁孙六，正要劝阻，却不料金倚陆往身后一收，刀柄向前递给孙六，大方地说：

"看罢。"

这个出人意料的举动让孙六也非常吃惊，他一改方才无赖狡黠的态度，一脸肃穆地跪坐在炕上，双手毕恭毕敬地接过金倚陆的佩刀，眯起一只眼睛顺着刀脊瞄向刀尖，观察刀姿是否挺拔笔直，又将刀脊立在手指上，观察刀的重心和平衡，最后细细地看过刀刃上层林尽染般的纹路之后，用袖子仔细地将自己手指接触过的地方擦干净，向金倚陆略一弯腰，又毕恭毕敬地双手捧着刀柄，将刀还给金倚陆，看着金倚陆把刀收入鞘中之后才说：

"好剑，是我国相州①何人所作？"

金倚陆答：

"实不相瞒，此剑名吞羯，系泰昌元年，壬辰降倭名古沙老文者铸于我国王京。昔我国曾留降倭数百人，铸剑，煮硝，教习鸟铳、剑术，古沙老文即其中技艺最精之人。"

孙六有些落寞地问：

"这些人现在何处？还有几人在世？"

金倚陆把昨天夜里喝酒时讲给众人听的故事，简要地说与他听了，孙六听完呆坐在炕上，久久不说话。

金倚陆见状，知他有些不愿人知道的过往，便岔开了话头，指着把肚腰间的布鲁头问他：

"孙老头，为何如此怕这东西？"

孙六低头沉默一会儿，抬起头缓缓地说：

"我不姓孙。"

这才说起了他的身世。他本是壬辰倭乱时黑田长政军中一个铁炮足轻，庆长二年（万历二十五年）跟随黑田长政军攻打忠清南道一带，当年九月，黑田长政军自忠清南道天安北上，试图再取汉城，却在稷山遭到明军解生、颇贵、杨登山、牛伯英部两千余骑兵突袭，日军虽有五六千人，但大都是步兵，被明军骑兵一冲，猝不及防，全军大溃。孙六临阵只放了一次，明军骑兵已经冲到了面前，孙六不得不跟着溃兵狼奔豕突，正在拼命奔逃之时，突然感到背后一

---

①即古相模国，在今日本神奈川县。

阵风推了自己一把，回头看见的最后一个画面，是明军达官高举着布鲁头悬在自己头顶上。

孙六醒来的时候，已经成了明军的俘虏，明军看他伤重，曾想割他的首级，有人提议活倭比首级还值钱，这才捡回一条命来，但是他自从在稷山被布鲁头打伤之后，就失去了一部分记忆，连自己叫什么也不记得了，只记得主公的佩刀名叫"孙六兼元"，便以此作为自己的名字。幸而他有一手用铳和磨刀的绝技，便留在明军军中效力，壬辰倭乱之后，孙六先是从朝鲜被转送辽东，在广宁一带守备蒙古，后又被转送京师，同山查一起在京营效力，山查负责教习京营将士剑法，孙六则在京营修葺刀剑、鸟铳。天启年之后，京营日益衰败，山查也病死了，孙六开始放浪形骸，先是用积攒下来的钱买了个军伴的身份，从此再也不去营中，以为人磨刀为生，年迈之后，干脆花钱买了替役，在京师大摇大摆地快活起来。

刘破虏看着桌上羊屎一般的烟泡，皱着眉头问他：

"你为何吃这东西？"

孙六不回答他，反而指着把肚腰间的布鲁头对金倚陆说：

"你问我为何怕这东西？"

然后神神秘秘地招呼众人近前来，众人过来，却没见到他拿出什么来，他环视众人一周，低下头，用双手扒开后脑斑白的头发。刘破虏低头一看，才发现他后脑勺上有一个鸡蛋大的塌陷，足有半寸深，确实像是布鲁头打的，不知当时何人为他医治，或者压根就没有医治，塌陷的地方骨头没有长死，仿佛还是软的，孙六一说话，那塌陷的地方就一鼓一鼓地动弹，看起来有些吓人。

孙六抬起头，指着把肚腰间的布鲁头，又在自己头上做一个打的动作，对刘破虏说：

"教这东西头打坏了，记不住事，一见风，头便疼得裂开，吃了烟便不疼了。"

金倚陆见时机已到，给刘破虏使个眼色，刘破虏从怀里掏出那方白布，伸手把烟泡和烟枪烟具都扫在炕上，只留下两盏烟灯，然后把白布铺在桌上，指着白布问孙六：

"这布上写的什么？"

却不料孙六见了这白布，比见了布鲁头还要恐慌，整个人从炕边上一屁股滑到了地上，眼睛空洞地望着前方，嘴里念念有词，不知在嘟囔些什么。

刘破虏见状追问道：

"什么人能将人自下而上，一刀两扇？"

孙六又嘟囔了一会儿，突然仿佛回了魂一般，抬起头对刘破虏说：

"那东西不是人。"

九州·岩屋城·生试、死试、荒试

刘破虏见孙六语无伦次，一时半会儿恐怕说不出什么来，而自己已经明显感觉到，在这烟雾和水汽弥漫的屋子里待得越长，就越觉得松弛和困倦，一旁的金倚陆不停地擦拭眼睛，而陈正海已经一个哈欠连着一个哈欠，只有把肚似乎还没有受到什么影响。

很明显，阿芙蓉的烟有毒。

这里并非久留之地，刘破虏伸手把瘫坐在地上喃喃自语的孙六提起来放在炕边，说：

"这烟有毒，你需清醒清醒，不得不带你出去。"

然后吩咐一旁给孙六烧烟泡的妓女：

"过来，给他穿上衣服。"

妓女顺从地爬到孙六跟前，把一件灰鼠皮滚边的靛蓝直裰裹在他身上。孙六依旧喃喃自语，像皮影戏里的傀儡一样，让他抬手便抬手，让他抬脚便抬脚，不一会儿便穿好了衣服。刘破虏拍拍他说：

"走吧。"

陈正海跟刘破虏走在前面，金倚陆和把肚一前一后把孙六夹在中间往外走。刘破虏刚一掀开棉门帘，屋外的寒气混着马粪味顿时让他清醒了不少，刚才的两个茶保子带着七八个彪形大汉，各拿着夹刀棒①、扁担堵在门口，刘破虏以为茶保子不准他们把人带走，左手按在刀柄上说：

"怎的？"

———

① 明代的一种长兵器。

茶保子看看双方剑拔弩张的架势,笑里藏刀地说:

"大人,官差,也得给烟钱。"

刘破虏怒道:

"混账东西!我又不曾吃你的烟,如何给你烟钱?"

茶保子含着笑说:

"大人虽不曾吃烟,孙老头却在堂里吃了三四天了,如今大人要带人走,不得不向大人讨了烟钱,不然这兵荒马乱的,我哪里寻这老狗?"

刘破虏知道,勾栏胡同里这些堂子背后,都有大人们的荫庇,这些龟公茶保,见过的王公侯爷,恐怕比自己还多。这里不比外城,不便来硬的,于是回头看着孙六说:

"给他烟钱。"

孙六把一个狸子皮帽子紧紧地扣在头上,脖子缩进领子里,身形又矮,看起来活像一个大猴子。经冷风一吹,头脑似乎也清醒了许多,没好气地说:

"方才便说了,戎政府后边双碾街铺子里,定钱二十两,还未去拿银子,先给你拿住了,怎的有钱给他?!"

刘破虏见他一副无赖相,想了想硬是忍住气问那茶保子:

"多少银子?"

茶保子诡秘地一笑说:

"孙老头欠十二两,若是大人给,则十两足矣,二两是大人的面子。"

刘破虏真想拔刀用柄头怼在他下巴上,打碎他的一口牙,但仍压着火说：

"身上没带那多银子，这个罢。"

言毕抛出两个金灿灿的崇祯跑马钱来。跑马钱滴溜溜地滚下台阶，落进了雪里，茶保子忙不迭地在雪里摸索了半天，摸到后跟另一个茶保子耳语几句，取出腰间的铁钥匙在钱缘上一划，看见划痕里更加耀眼的金色，不禁喜笑颜开，谄媚地说：

"这是宫里的赏钱啊！谢大人，谢大人！"

刘破虏不想再和他啰嗦一个字，冷冷地说：

"人我带走了。"

茶保子一边陪着笑，一边说着俏皮话：

"钱给够了，大人带我走也无妨！"

刘破虏不再理他，径直往院外走，茶保子还腆着脸跟在后面叫唤：

"大人，钱给多了。"

刘破虏仍不理他，把肚回头骂道：

"留着给你爹迁坟！"

陈正海虽觉得有些惋惜，却也无可奈何，只能跟着走了。

因为孙六惧怕把肚，刘破虏便让把肚把孙六带在马上，把肚把孙六放在鞍前，跟他胖大的身躯一比，仿佛带了个半大的孩子。孙六虽不情愿，但一来惧怕把肚，二来又欠了刘破虏的钱，只能忍着，六人骑马向南边崇文门走去，把肚欢快地打马跑在前面说：

"老子要做大官了！"

刘破虏迷惑不解地问他：

"你做甚么大官？"

把肚得意地拍着孙六的狸皮帽子说：

"马上封猴（侯），不是要做大官了？"

众人这才反应过来，都在马上笑得前仰后合，刘破虏和金倚陆本来心事重重，眉头紧锁，此时也憋不住了，只有孙六气得咬牙切齿，却又无可奈何。

刘破虏惊奇把肚嘴里总能蹦出一两句让人想也想不到的机灵话，便问他：

"这些话都哪里学来？"

把肚乜他一眼答：

"说书先生那里听来，教你去，你又不去。"

刘破虏说：

"你我征战十几年，还未打够，去听他扯那千军万马的淡？"

把肚答：

"谁要听他混吹牛，只是那故事里有乐子哩。"

说话间，几人便过了崇文门，孙六一手抓着鞍鞒，一手把帽子死死按在头上，阴沉着脸，一言不发。

回到兵马司，刚进院里，就见到一群下值的官兵围在那里议论纷纷，刘破虏过去一看，原来是昨天夜里被杀的那蓝衣大王的尸首拉回来了，正停在院里，上面盖了片草帘子。刘破虏叫孙六过来，把草帘子掀开，兵丁们吓得轰一声往后退出了几尺去，空出了一个更大的圈，孙六把帽子捂在头上，探头看了一眼，一言不发，脸色却愈发难看了。

　　　　　　　　　　　　　　　　甲申前夜·大晦

众人回到内堂坐下，陈正海把茶沏上，刘破虏把那张染了血的白布丢在桌上，和颜悦色地说：

"怕甚么，不要你还钱，十两，买这东西的来由。"

孙六并不答话，不停地抖动着膝盖，心神不宁地自言自语道：

"天杀的鬼城要破了，这妖物也来了，此处不能待了，爷老子要往南去了。"

刘破虏说：

"你若不肯说，我即修书一封送往南京，降倭南逃作乱，你便逃得出北京，一过长江便是死路一条。"

孙六仍旧神经质一般地抖动着膝盖，瞪着眼睛用手拍着大腿说：

"大祸临头了！"

几个人面面相觑，不知道这神经兮兮的老头又怎么了。孙六环视众人，端起桌上的茶一饮而尽，"噗"地一口把茶叶梗吐在地上，然后把白布在桌上铺开，说起了六十年前发生在日本的怪事。

天正十四年，持续了八年之久的九州争霸战争态势逐渐明朗，曾经强大的丰后大友氏经过多年战争，颓态尽显，后起的萨摩岛津氏逐渐主导了战争的走向，而大友氏家主大友宗麟[1]赖以支持危局的名将立花道雪[2]，也于前一年九月病死，大友家依靠高桥绍运和立花道雪养子立花宗茂[3]苦苦支撑着战线。大友宗麟为挽救家族，

---

[1]大友宗麟（1530—1587），日本战国时代九州的天主教大名。
[2]立花道雪（1513—1585），大友家家臣、将领。
[3]立花宗茂（1567—1643），日本战国武将，立花道雪养子，生父为高桥绍运。

上洛觐见关白秀吉，自降为臣，以岛津氏违反天正十三年的"惣无事令"①为由，请求支援。羽柴军即刻完成集结准备渡海，更大的战争阴云笼罩在九州上空。

七月，岛津忠长②率领五万大军围困岩屋城劝降不成，遂以整饬军备迎击羽柴军为名，令萨摩地方的锻刀名匠波平、重治、重行为忠长锻造刀剑，待破城之日在岩屋城的本丸③中举行试刀祭，切味最上者选为忠长之佩刀，受岛津家匠之礼。

风闻渡海前来讨伐岛津氏的是四国地方的长宗我部信亲④，身高六尺一寸，佩长达三尺五寸的太刀。忠长为壮军威，要求三家刀匠在十天之内，锻造长三尺六寸的太刀送到岩屋城试刀。更特别的要求是，制好的刀不装试刀拵⑤，而是直接以太刀拵⑥送来，大概是忠长打算在攻取岩屋城之后迅速北上，迎击可能渡海来犯的羽柴军。

忠长的意图非常明显，岩屋城的守军虽然只有八百人，但守将高桥绍运是立花宗茂的生父，不可能投降。破城之后将冥顽不灵的高桥一党悉数斩杀，不仅可以提振军威，而且可以威慑即将渡海来袭的羽柴军。

---

①秀吉于1585年发布的禁止大名之间私斗的命令。
②萨摩岛津家武将、家臣。
③日式城堡中的主体建筑。
④长宗我部信亲（1565—1586），日本战国时代武将，四国大名长宗我部元亲之子。
⑤试刀时专用的白木刀装。
⑥正式的太刀刀装。

压力落在了三家刀匠的身上。岩屋前线的命令传回萨摩时，已是七月十五日，如果要在七月二十四日将刀送到岩屋城，实际上用来制刀的时间只有七天而已。波平家的第九代刀匠波平泽安，此时还是一个二十九岁的年轻人，要在七天之内锻成三尺六寸长的太刀，还要通过苛刻的试刀而不能出半点差错，让他忧心忡忡。

　　他盯着炉膛，熊熊的火光在瞳孔里跳动着，如同他心中冉冉升起的野望。重治、重行本是第五代波平的弟子重纯的孙子，是后起的刀匠，在重治和重行的祖先还没有摸过刀的时代，第五代波平锻造的刀"行安"已经名噪天下了。只是泽安的父亲早死，泽安又过于年幼，锻刀的技艺才落到了旁支的手里，使重治和重行竖子成名。

　　如今忠长以五万之众攻八百孤军，势必收获一场大胜，届时忠长必然踌躇满志，如果波平的刀能在试刀祭中拔得头筹，不但能重新让波平名扬天下，重夺萨摩第一的地位，自己也能登堂入室，重振家族的声誉。想到这里，他从地板下取出一个箱子，打开之后，满满一箱蒲铧①形的阿兰陀②铁锭整整齐齐地排列着，这是泽安偷偷从南蛮③船上买到的，看着这些南蛮铁，一个大胆而野心勃勃的计划在他脑中浮现出来。

　　从七月十五日到七月十八日整整三天时间，泽安除了订购太刀所用的金具、鞘具，并购入了大量的赤松炭之外，没有出家门一步，也不见任何客人。他把徒弟们赶回家，饮食都由妻子送到锻所门

①又称"鸣门卷"，用鱼做成薄片，是日本常见的装饰性食物。
②古代日本对荷兰的称呼。
③古代日本对欧洲国家的泛称，因其殖民地多在东南亚，故称。

前，没日没夜的反复试验着南蛮铁的特性。

在此之前，从未有萨摩刀匠尝试以南蛮铁为材料，使用新出现的踏鞴法[①]锻造如此长的太刀，泽安做出这个选择，既有大胆冒险之处，也有取巧的考量。阿兰陀铁是一种质地纯净的熟铁，掺入和铁之后，可以让他省去挑选锊铁和铣铁[②]的工序，也不需要借助长时间的反复锻打去除钢中的杂质，大大缩短了制刀的工时，使他可以进行更多的尝试。

而新出现的踏鞴法虽然还很不成熟，仅能制造胁差和短刀，制造长刀则常常失败，但少数成功制成的长刀，刃口的坚硬程度远远超过了传统的箱鞴法，这关乎刀的锋利度和锋利的保持度，而这在试斩中，尤其是对人体的试斩中，无疑是最关键的决定性因素。

泽安决心用前所未有的材料和前所未有的技术，锻造一把前所未有的刀。

七月十九日清晨，自我封闭了三天的波平泽安突然出来，要求新婚不久的妻子羽子为自己准备四天的干粮，然后再也不要靠近锻所，七月二十四日早上自己会从锻所出来，然后在七月二十五日将刀送往岩屋城。羽子虽担心夫君过于劳累，但别无选择，只能顺从夫君的意愿。

从七月十九日到七月二十三日，锻所里始终炉火通明，叮叮当当的锤锻之声不绝于耳，然而到了七月二十四日早上，锤锻之声消失了，锻所里再也没有了任何动静，泽安也没有从锻所里走出来。当羽

①一种在16世纪末出现在日本的新式冶炼锻造法。
②锻造时的钢铁原材料。

子在门外呼唤丈夫时，得到的回答却是：

"不要搅扰我。"

到了二十四日的夜里，波平准备的干粮应该早就吃完了，但锻所里除了火光，仍然没有动静，心急如焚的妻子几次想在屋外呼唤丈夫，却生怕搅扰了他，只能焦躁地围着屋子走来走去。夜越来越深，锻所里的火光也越来越暗，羽子担心丈夫发生意外，抱着宁可没有制成合格刀剑而遭受责罚的决心，做好了饭菜打着灯笼去锻所探望泽安。羽子非常清楚，女性是决不允许踏入锻所半步的，但只是在门前看看，也足以让她安心了。

而与此同时，锻所里的泽安已经几近成魔，新的方法尚不成熟，踏鞴将更多的空气送入高大的新炉，大大提高了炉的温度，却也提高了烧入①的难度。波平在五天内锻成的两枚刀相继在制刀的最关键一道工序——烧入上失败了，原因都是新的炉子将刀身加热到过高的温度，导致入汤时刀身扭曲开裂。第三把刀是波平在规定时间内有可能完成的最后一枚刀，波平孤注一掷，在烧刃用的土浆中加入了竹叶闷烧而成的炭灰，以及明国烧制瓷器用的釉药，在刀身上敷设土浆时也更加恣意豪放，为了使整条刀刃的硬度保持一致，干脆放弃了波平家世世代代用于保证刀剑韧性的"烧落"②技艺，将刃一直露到了刀镡。

泽安吸取了前两次烧入失败的经验，将锻所里的光源减少到

---

① 即淬火。
② 敷土烧刃时将刀身接近刀镡的部分涂满，淬火时这一部分冷却较慢而更加坚韧。

最低的程度，以便在微光环境中，更好地用肉眼观察炉中刀坯的颜色，来判断合适的入汤温度。

当羽子提着灯笼不安地在锻所外面走来走去的时候，泽安正一动不动地盯着炉里从暗红逐渐变成通红，又从通红转向黄亮的刀坯。他无意中从一旁的水桶里窥见了自己的样子，几天几夜的不眠不休让他面色枯槁，炉前高温的炙烤把他的脸上、胸前和胳膊都变成了油亮的黑红色，他瞪着血红的眼睛，活像寺庙里的修罗像。

羽子在锻所外喊了泽安几遍，锻所里却没有任何回应，此时的泽安已经入魔，耳朵里再也听不见任何声音，他的全部精神都凝结在炉子里的刀坯上，刀坯正在一点一点地接近他心目中想要的那个亮度。

羽子忍无可忍，一把推开锻所的门，昏暗的锻所顿时被她手里的灯笼照亮了一些。入了魔的泽安先是整个人一惊，回头望了羽子一眼，又快速望回炉子里，按照他的预想，刀坯此时正是烧入的最佳温度，然而当他把目光从妻子身上移回炉中的刀坯时，却感到刀坯的颜色不如预想中的亮，他一时有些犹豫究竟是刀坯的温度确实不够高，还是妻子手中的灯笼发出的光影响了眼睛的判断力，让他产生了错觉。短暂的凝滞之后他迅速意识到：不能再等了。

他毫不犹豫地钳起刀坯，从切先开始让刃部先接触淬汤[①]，随即把整把刀推入汤中。随着水面一阵沸腾，敷设在刀身上的土浆如雪崩般片片瓦解，刀身先是剧烈地向内收缩，然后慢慢地被应力拉

---

①淬火时的介质，通常用泉水调和而成。

成了一个完美的先反①。

看起来，烧入成功了。

然而此时，大错已经铸成。正如波平所犹豫的那样，灯光影响了他过度疲惫的眼睛，他的判断力出了问题，刀坯入水时的温度过高，刀身的韧性不足，而且很可能在剧烈的形变中造成了不易察觉的隐伤。

泽安自己也很快意识到这一点，他没有时间和精力冲妻子发火，而是迅速从水槽中取出刀坯，顺着栋看过去。刀身并没有扭曲，也没有发现明显的裂纹，波平又惊又喜，马上开始了第一道研磨，熟悉锻刀的羽子知道自己闯下大祸，但此时就算赔上性命都无济于事，索性在锻所之外以马皮制成的练革涂上和漆，开始准备一贯卷。

七月二十五日天光大亮之时，泽安完成了最后一道研磨，在刀茎上刻下了波平家世代沿用的刀铭：

波平行安

渡过了惊魂一夜的夫妻二人在朝阳下欣赏着泽安赌上身家性命冒险完成的杰作，菖蒲造的大切先上闪着夺目而妖异的光芒。乍一看刃文是平淡无奇的一条直线，然而定睛细看，匂口上突出着无数猛兽利齿般参差林立的小足，南蛮铁特殊的青黑色泽让镐地深处泛出一层凛冽的白霜，泽安倾注了全部心血千锤百炼折锻而成的

---

①太刀的一种弧度样式。

地肌仿佛无数条毒蛇在互相吞噬，蜿蜒地爬满整个刀身。

夫妻二人相拥喜极而泣，泽安麻利地为刀身装上了订制的金具，样式是铁地牡丹唐狮子，这是事先通过忠长身边的卫士打探到的特别喜好，按照萨摩的习俗，刀上没有一寸雕物，拵上没有半点金银。因为忠长要求以太刀拵送来，因此泽安按照试柄①的结构，在柄的后部安装了一块铅。

挥出最后一锤把目钉②完全打入刀茎之后，泽安从水槽中舀起一瓢凉水，兜头浇在自己身上，随即瘫倒在一边。羽子的心里虽然全是丈夫，却不敢分心去照看他，她飞快地将磨过的鲛鱼皮敷设在刀柄上，开始折叠菱纸，准备缠绕柄卷。

当精疲力尽的泽安从地上勉强站起来，将做好的太刀放进订制好的刀桐箱③时，岛津家的武士已经冲入家里，不由分说地带走了泽安。泽安什么也没说，只是回头看了羽子一眼作为道别。

泽安带着刀穿越层层防线赶到岩屋城下的忠长军本阵时，才发现命运和他开了一个巨大的玩笑。高桥绍运率领的八百人在不可能有救兵的情况下，利用岩屋城险峻的地势死守，岛津军自十四日起猛攻十日不能下，折损三四千人。如果不能夺取岩屋城，那么立花宗茂所镇守的立花城也就无从夺取，这样一来，岛津军在进攻丰后时就容易受到立花城的背后袭击，更重要的是，岛津大军长期顿兵于坚城之下，为羽柴军渡海登陆九州提供了时机和条件。二十三

---

①试刀时专用的刀柄，尾部灌铅增强劈砍能力。
②用于固定刀柄和刀茎的钉子。
③用于存放刀剑的桐木箱子。

日岛津军在岩屋城外截获的毛利家给高桥绍运的书信显示，羽柴军的登陆已经迫在眉睫。

因此，忠长受到了义久的责诘，急得像热锅上的蚂蚁，现在显然无心再计较谁家的刀更锋利，或是自己的佩刀较长宗我部信亲长一寸这种事了。

泽安望着月夜里熊熊燃烧的岩屋城，感到天旋地转。

如果他知道岩屋城未破，试刀祭无法如期进行，他完全可以设法请求宽限一两天时间，用已经基本掌握的踏鞴法锻造一枚毫无瑕疵的刀，而不是惴惴不安地怀抱着这品质存疑的太刀坐看孤城。

如今岩屋城随时可能被攻破，他已经没有机会再返回家中了，泽安觉得，怀里抱的不是太刀，而是自己叵测的命运。

他觉得不能坐以待毙，接下来的几天里，他想尽了一切办法砥砺这把太刀，不惜以有损刀身的结构强度为代价，极力追求切味，因为他知道，岛津军在岩屋城下损失如此惨重，破城之后，残兵无论降与不降，都没有生的可能，要完成连续的斩首，刃口必须足够硬，才能在连斩三四人之后依然保持锋利度。

然而他又算错了。

天正十四年七月二十七日，岛津军终于在凄风冷雨中以强攻击破了岩屋城的内城，高桥绍运率领最后残存的五十人进入岩屋城本丸的橹①中集体切腹自杀，根本没有给岛津忠长侮辱自己的机会。岛津军最终损失的人数超过四千五百人，岛津忠长和筑前口诸将冒着

---

①日式城堡中的塔楼。

大雨站在岩屋城本丸前，没有一个人愿意去庆祝这惨淡的胜利。

然而忠长执意要在刚刚夺取的岩屋城本丸前，举行试刀祭，他的理由是岛津军的士气已经在这座城池下受到了折损，那么也理应在这座城池里得到恢复。

仪式的试斩人由岛津忠长亲自指定为后藤隆信，他曾是黑田官兵卫[①]的家臣，也是一名切利支丹[②]，弃教投入岛津家。而大友家的将士也多是切利支丹，与岛津家爆发战争之后，大友军沿途破坏寺庙，砸破偶像，与笃信佛教的岛津家结下很深的仇怨。忠长选择他进行试斩，其意不言自明。

七月二十八日，岛津忠长在前一天夺取的岩屋城本丸前集结军势，举行试刀祭，伊集院忠栋[③]主持仪式，由后藤隆信负责试斩。岩屋城的内外城墙上满是两军将士斑驳的血迹，近五千人死在了这两道墙之间。本丸前被焚毁的粗大房梁经过二十七日的大雨，依旧冒着丝丝青烟，而在忠长军帐背后的橹内，昨天才有五十人切腹自尽。

试刀祭就在这样一个阴魂不散的地方开始，波平泽安和重治、重行两家的当家各自怀抱着作品，恭敬地立在忠长的军帐之前。伊集院忠栋宣布了试斩的规矩，经忠长指定，评定刀姿之后开始试斩，试斩分为生试、死试、荒试。

生试为斩首活人，对象是之前捕获的大友军俘虏，他们是代替

---

①日本战国武将，天主教徒。
②日本古代对基督徒的称呼。
③伊集院忠栋（？—1599），日本战国武将，岛津家家老。

已经自尽的岩屋城守军来受死的。一把刀要连续斩首直到刃区出现损伤方可停止，以停止前斩首级数多者为胜。

死试为在土表①上试斩死尸，以一刀通过胴数多者为胜。如今的岩屋城，最多的东西恐怕就是死尸，然而颜面扫地的岛津忠长又怎么会放过在本丸中自尽的高桥等人呢？他们悉数被斩去头颅，放在一旁待用。

荒试为斩切硬物。忠长随意在战场上捡来一个筋兜②，要求后藤隆信用三人所锻太刀作"兜割"③，以击破者为胜，如都未击破，则以刀刃损伤较轻者为胜。

泽安听到伊集院忠栋的话，仿佛被闪电击中一般呆若木鸡。他在设计这把刀的时候一切以斩切人体为目标，牺牲了很多保证强度的设计，完全没有想到自己的刀会被用来试斩盔甲。他偷偷地看了一眼放在帐前的筋兜，兜的前立④在战前就被卸掉了，不知道主人是谁，兜面上了很厚的大漆，看不出钣铁的厚度，兜上有十八根加强筋，呈波浪状排列，无疑，这种兜非常坚固。

泽安浑身湿透，汗水一滴一滴地落在怀里的刀桐箱上，以至于足轻⑤为忠长取刀时，泽安一点儿反应也没有，足轻蛮狠地把刀桐箱从泽安怀里夺走，送到了军帐中。筑前诸将都过来看了刀，忠长认为波平刀的刀姿与刃文为最上，评语为：势若蛟龙。

---

①试斩时用的土堆。
②一种顶部带有加强筋的头盔。
③即试斩头盔。
④头盔前额的夸张装饰。
⑤下级步兵。

伊集院忠栋则认为波平刀的选材和设计过于大胆，有狂悖凶暴之感，以为不佳，更倾向于造型中规中矩的重治刀。

刀姿的评定并不是试刀祭的关键，诸将看过之后，三把刀被送到了后藤隆信面前。伊集院忠栋连唤两遍，泽安才如梦初醒，失魂落魄地来到帐前，从抓阄的陶罐里摸出一枚青色的卵石。

重治家取白石，先斩。波平家取青石，次斩。重行家取黑石，后斩。

这个结果让惶恐的泽安重新燃起了希望。在试斩中，为了保证在同一力度和技艺的前提下获得对刀剑性能最客观的反馈，试斩者只能为一人。试斩者进行前几次试斩时，往往因为手感未至而无法获得最佳的刃筋和刃感，斩切的效果难以达到极致，且刀刃容易因此损伤。而试斩者进行最后几次试斩时，又常常因为气力不足而不能发挥刀剑全部的威力，腕部的疲惫也会影响刃筋。

次斩无疑是最有利的机会。看着手中的青石，泽安感到神灵依然在眷顾着自己。

一队二十人的大友军俘虏被带了上来，在军帐前排成一排依次跪下，全被白布蒙住了眼睛，手反绑在背后。不少人已经预知自己的命运，嘴里念着祷词。

果然如后藤隆信所料，这些大友军俘虏全都是切利支丹。尽管自己已经经过"踏绘"[①]，岛津忠长却对自己仍不放心，要以这种方式逼迫自己斩杀昔日的教友，来表示对岛津家的效忠。

---

① 古代日本用于逼迫基督徒放弃信仰的办法，即践踏圣母玛利亚的画像表示弃教。

想到这里，后藤隆信握刀的手微微颤抖了起来。

伊集院忠栋正要宣布开始试斩，忠长却突然吩咐：

"不要遮蔽他们的眼睛。"

伊集院忠栋皱着眉头说：

"排在后面的人看见前面的人被斩杀，势必哭喊嘶吼，甚至发狂乱跑，恐于试刀无益。"

忠长却答道：

"除第一个人之外，不知道在刀斩到自己之前会不会损坏，而因此侥幸多活一时，不是很有趣吗？既然切利支丹都说能够知道自己无常之命运，那就请他们的主来算一算吧。"

伊集院忠栋无话可说，下令去除蒙在俘虏眼睛上的白布。忠长想要看到的场面出现了，俘虏们看见了试刀祭的阵势，也看见了自己的命运，一些俘虏哭喊挣扎起来，另一些把头扎进土里求饶，更多的人低头加紧祷告。哭喊和求饶的人见状，知道无济于事，也低头祷告起来，忠长见状不悦，下令试斩开始。

后藤隆信首先使用重治之刀进行试斩，他命令大友家的俘虏将头低下，这样颈椎之间的缝隙才会张开，以便他从缝隙中斩入，尽量避免刀刃在骨骼上的损伤，用一把刀完成尽量多的斩首。俘虏认命地将头低下，隆信摆出剑术中被称为"八相"[①]的构，猛地抬到耳朵上方，利索地完成了第一个斩首，俘虏的脑袋滚到了岛津军的丸十字军旗下，等待被杀的俘虏中爆发了一阵骚乱，但很快被平息

----

①一种双手将剑举在耳边的架势。

下去。

接着是第二个、第三个，不肯低头认命的大友家俘虏都被岛津军士兵拉住头发，强行将脖子拽下去完成了试斩。当隆信的八相构悬在第四个俘虏头上时，俘虏已经吓得魂不守舍，浑身剧烈地颤抖起来，隆信却瞥了一眼刀刃，高声说道：

"铓子下三寸二分，小崩一处。"

岛津军负责管理军械的书吏立刻上前，查看了刀的损伤，和斩首数一并记录下来，同时终止了重治刀的试斩。侥幸延长了一刻性命的俘虏早已吓得瘫倒在地，大小便都失禁了，忠长终于看到了想要的场面，拊掌哈哈大笑。

隆信稍稍清理了面部和手上的血迹之后，很快带着波平的太刀回到军帐前。泽安双拳紧握，手里的汗从拳眼顺着掌缘流下来。刚才瘫倒在地的俘虏被重新拽了起来，隆信利落地将他的头颅一刀斩下，接着是第二个、第三个、第四个，隆信拿起波平刀之后，仿佛入魔了一般越斩越快，在场的所有人不但为隆信斩首的速度所震惊，更对波平刀的锋利程度目瞪口呆，不同于被重治刀斩落的头颅会滚出很远，波平刀斩落的头颅都几乎垂直地落在死者的脚下。隆信以狂风暴雨之势，刈麦一般连斩了十一人才停下来，众人都伸长脖子长大了嘴巴，想知道波平刀的伤痕出现在哪里，不料隆信在剧烈地喘息之后说出一句令人毛骨悚然的话：

"不得不歇息一下。"

波平刀没有任何损伤，而是隆信的气力耗尽了。在场的军势都爆发出惊呼，忠长也站了起来，要求隆信在歇息之后继续使用波平斩首，伊集院忠栋则明确表示不同意，认为如果允许隆信歇息后再斩，则对重行刀不公平，况且波平的表现已经超越了刀剑的常理，重行的斩首数不可能超过十一级，波平刀的实力已经得到证明，不值得为此斩杀更多的俘虏。双方为此争执起来，诸将中，岛津岁久支持忠长，但岛津征久和新纳忠元支持伊集院忠栋，而且忠栋作为笔头家老，在名义上地位高于忠长，忠长不得不忿忿地暂时让步，下令使用重行刀开始试斩。

此时的泽安已经几近疯狂，尽管他已经稳操胜券，仍然把怨恨的目光肆无忌惮地投向伊集院忠栋，认为他收了重行家的献金，有意阻碍自己的刀展现出最强的切味。

果然如伊集院忠栋所说，不知是隆信在波平刀上耗尽的气力没有得到恢复，还是重行刀本身不够锋利，只斩了三级，物打①就出现了轻微的弯曲。隆信因此停止了试斩，幸存的三名俘虏早已被吓得魔怔，双腿无法再站起来，被人拖着下去了。

最可怕的生试环节就这样结束了。

在稍事休息之后，在岩屋城本丸中切腹自尽的高桥一党的尸首被四根竹桩上绑缚的绳子固定在土表上。死试依然按照重治—波平—重行的顺序进行，隆信摆出上段之构②，举过头顶从尸首的肚脐处斩入，三把刀都顺利地完成了一胴斩，但明眼人注意到，波平刀在斩断一具尸体后刀势不减，又接着斩入土表深达一尺，表现出惊人和可怕的斩切力。

---

①刀身主要用于作战的部分。
②双手将刀举在头顶的架势。

意外发生在二胴斩上，在重治和波平都完成二胴截断之后，重行刀却在试斩时卡在了第二具尸体的腰椎上，巨大的斩击力量让刀身严重扭曲，不可能再参加之后的试斩了。伊集院忠栋随即下令重行退出试斩，军帐前只剩下重治和波平两家。

　　泽安此时产生了一个更加疯狂的想法，如果波平在死试环节也以难以企及的优势碾压了重治，那么根本不需要进行荒试，胜负便已分出，令自己忧心数日的那个隐患就不会被发现，而自己已经掌握了新的锻造方法，只要再制一口新刀给忠长就可以了，想到这里，泽安大胆地上前一步说：

　　"小人斗胆要求用波平试斩七胴。"

　　七胴？全场的军势都因这不顾一切的疯狂提议骚动起来，忠长也显得兴致勃勃，诸将经过短暂的商议，同意了泽安的请求。

　　七具尸体很快被叠放在土表上，加上土表约有九尺高，隆信显然无法站在地上完成试斩，因此爬上攻城时被击毁的本丸房屋废墟，从废墟上跳下来完成这次试斩。波平觉得，刚才重行的刀意外发生变形，正是神灵眷顾自己的又一明证，因此，当隆信举起刀跳下来的一瞬间，他脑子里已经出现了尸堆倒塌，波平刀砍透了七具尸体，在土表上留下一道浅痕的幻象。他沉醉于这个幻象不能自拔，当隆信真的跳下来时，泽安是全场唯一一个没有看向他的人。

　　一声恐怖又难以形容的响声之后，尸堆轰然倒塌，众人在土表周围数到了十二具"半尸"，只有土表上的一具尸体仍旧保持着完整。

　　波平完成了六胴截断。

但是当隆信用脚把第七具尸体从土表上推下去摔成两半的时候，所有人才发现，这个数字，是七胴。

波平泽安知道自己赢了，不仅是自己的技艺赢了，自己的运气也赢了。

在那一瞬间，泽安想到了回家，想到了复兴的技艺和家门，想到了即将到来的大战带来的金钱、地位和名望。

然而兴奋不已的忠长却站了起来，一边称赞波平刀极致的切味，一边要求把试刀继续下去。伊集院忠栋认为胜负已分，波平已经胜出，不必再进行荒试，忠长却说：

"只是斩兜而已，又不是活人。"

这句话击中了伊集院忠栋的要害。一直以来，他都反对在对大友氏和龙造寺的战争中使用过于残暴的手段，因为岛津家的目的是统一九州，而这一目的势必遭到"天下人"秀吉的干涉，如果在九州地方激起过多不必要的仇怨，那么当具有绝对优势的羽柴军登陆九州时，这些新近才被岛津家攻占的地方无疑会立即反叛，届时岛津家定会处于四面受敌的境地，而接下来这不必要的荒试，正如忠长所说，"只是斩兜而已"。

已是血人的后藤隆信简单地清理了自己和两把刀，站在了筋兜前，他决定顺着兜筋①劈下去，这样可以避开坚固的兜筋，加大斩开的几率。此时的重治刀已是伤痕累累，显然不可能成功斩开筋兜，这荒试，更像是忠长有意在测试波平的极限。

---

①头盔上隆起的棱。

果不其然，当隆信使用重治刀斩在筋兜上时，筋兜仿佛活了一般，"哐"地一声从土表上跳了起来，飞起一尺多高，又滚落下去，众人再把目光移回重治刀时，整把刀已经像蛇一样扭曲变形了。

忠长和诸将似乎都预料到了这个结果，没有表现出特别的态度，只是催促隆信尽快用波平试斩。隆信以青眼之构[①]在兜上测试了一下距离之后，作出了上段之构，在短暂停顿之后，他奋力将刀举过头顶，整个身体仿佛被人从土地里拔出来一样完全舒展开来，然后猛地斩下去。

众人在暴起的尘土里看到了一团火光，随即听到了与刚才重治刀进行兜割时完全不同的清脆响声：

"叮！"

众人只看见筋兜这次没有从土表上跳起来，却只有少数人看清波平已经断作两截，带着切先的前半截像一枚巨大的十字镖，旋转着以极快的速度射向坐在军帐里的忠长，忠长下意识地一侧脸，刀身擦着忠长的脸，斩开了军帐的帷幕，深深地钉在了本丸的柱子里。

在场没有一个人对这场电光火石间的意外做出任何反应，直到忠长用手在脸上擦拭之后，把鲜血放在自己眼前端详时，仍然对此难以置信。

波平眼前一黑，一头栽倒在地上。

转瞬间，后藤隆信和波平泽安就被以谋刺忠长之名逮捕了。忠

---

①双手持刀向前伸平的姿势。

长虽然只是脸被擦伤却怒不可遏，一场意在提振军威的试刀祭上居然发生了如此意外，更让他在这个得不偿失的小城里蒙羞。

后藤隆信和波平泽安被勒令跪在帐前，断掉的波平被呈在诸将面前，重治和重行两家的当家被召入帐中，伊集院忠栋要求他们鉴定波平断裂的岔口，判断究竟是意外，还是有意行刺。

事情很明显，如果是有意谋刺，波平不可能事先知道会进行荒试，更无法让刀在斩击筋兜时断裂，让断刀准确地射向忠长更是无稽之谈。伊集院忠栋心里很清楚这一点，行刺之说不过是忠长找借口发泄攻城十几天来的愤懑而已，只要重治和重行两家的当家如实相告，隆信和泽安二人不过会被诘责一番而已。

重治家的当家借口年纪大了看不清断刀的截面，重行家的当家拿起断刀对着茬口仔细看了一会儿，再抬眼看一眼万念俱灰的泽安，眼睛转了几转，狡黠地说：

"刀会断裂，是因为不当地使用了南蛮铁的缘故。"

泽安顿时如五雷轰顶，挣扎着要上前跟重行拼命，却被兵士死死地按在地上。明眼人都能看出谋刺之说是无稽之谈，重行也没有说泽安是有意谋刺，却恶毒地诬陷波平使用了不当的材料为忠长制刀，暗示是因为波平的过失才导致了意外的发生。

波平无力申辩，伊集院忠栋当场作出处分，后藤隆信释放，但取消试刀应得的赏赐。波平泽安因过错在试刀祭上引发有损军威士气的不祥事件，着令逐回萨摩，由兵士监视，非经允许不得离开住所，等待与大友的战争终结后，再视这一不祥事件的后果另行处分。

回到家中的波平泽安不再与任何人说话，也不再制刀，夫妻二人每日看着那把断刀相对而坐，就这样一直到了天正十四年十二月，波平的最后一丝希望出现了。十二月七日，岛津军包围了大友家的鹤贺城，波平幻想如果岛津军赢得大胜，势必能够直取府内馆，结束这场战争，而届时自己也会获得谅解，重新获得为岛津家制刀的机会。十二月十一日，岛津军在户次川合战中大败羽柴军，夺取了鹤贺城，而被岛津忠长所嫉妒的长宗我部信亲也战死了，泽安觉得希望来了，然而十二月三十日，负责监视波平的兵士告诉他，羽柴秀吉得知户次川之败后，已经集结了十五万大军准备征伐九州，岛津家的战败几成定局。

泽安最后的希望也破灭了。

天正十四年大晦日这一天，波平泽安斩杀妻子羽子后自杀，二人相对而坐，头颅落在膝下，而那把断刀波平，却不翼而飞了。

刘破虏和把肚饶是身经百战，从尸山血海里爬出来不知多少次，也被这残忍至极的故事骇住了，久久说不出话来，倒是金明镝第一个发问：

"怎会有人把自己脑袋砍下来自杀的？"

孙六阴怵怵地抬眼看他一看，答：

"从那时起，他便不是人了。"

金明镝吓得一哆嗦，再也不敢说话，孙六继续讲了起来。

甲申前夜·大晦

波平夫妇自杀后不久的天正十五年三月，羽柴军前锋登陆丰前，在不到一个月的时间内，羽柴大军横扫九州北部。正如伊集院忠栋所预料的那样，被岛津军征服的地方纷纷群起反叛，羽柴军很快就攻到了日向国，岛津军在根白坂合战中惨败，家势岌岌可危。

与此同时，包括内城在内的岛津家诸城内，却发生了离奇的斩①事件，夜间不时有路人被连人带灯笼一劈两半。人们一开始认为是某个生性残忍的武士在试刀，然而当辻斩事件越来越多，连着甲的武士和坐轿的官吏都被斩杀时，人们才逐渐意识到这不但不是武士在试刀，而且根本就不是人力所为。这时有人借着根白坂战败的阴云，回忆起岩屋城试刀祭时，波平刀上如万蛇互噬般的可怕地肌，于是关于泽安化作蛇精前来报复的妖刀传说迅速在萨摩和大隅流传开来，岛津诸城开始人心惶惶。

岛津家一边宣布宵禁，一边设法捕捉所谓的"蛇妖波平"，然而最终无济于事，在一片混乱中，岛津家久②在五月三日觐见秀吉，表示投降，六月五日就在佐土原城突然死去了。十一月，官府终于在远道而来的阴阳师土御门吉川的帮助下，设计捕到了杀人者，却发现他只是一个没有生命的人皮傀儡，眼睛和内脏都不见了。见过那把刀的人众说纷纭，有人说，这就是当年在岩屋城断掉的那把刀，也有人说，这是波平作的另外一把刀。接触过那把刀的人有的好端端没事，有的却发了狂。天正十五年大晦日这一天，吉川以两幅经幡

①日本古代武士在夜晚以路人试刀的野蛮习俗。
②日本战国武将，九州萨摩岛津氏大名。

封住了波平刀，将其供奉在雾岛神宫①内，这才平息了一切。

然而天正二十年②，秀吉一意发动征韩，命令岛津义弘出阵。被九州征伐、家主暴死和妖刀传说闹得疲弱不堪四分五裂的岛津家陷入了财政困境，为了出兵征韩，几乎搜集了领地内的所有粮草和兵器，连雾岛神宫内的妖刀波平也被人盗走。然而尽管如此，岛津义弘五月三日在釜山登陆时，加藤清正已经攻陷了朝鲜王京，妖刀波平的传说从此便消失在乱世之中。

①在今日本鹿儿岛县雾岛市高千穗峰。
②文禄元年。

秦庭一死谢田光——《萨尔浒·界藩山·波平》

斯会欢然先着花——《崇文门内·勾栏胡同·孙六》

清宵恍见夷鬼影——《九州·岩屋城·生试、死试、荒试》

残形短首髑髅鸣——《九州·岩屋城·生试、死试、荒试》

正阳门下·味羽斋·大银国

震惊之余，众人全都陷入了沉默。刘破虏尽管对妖刀之说仍有怀疑，但依然一边在脑海中把一条条线索组织在一起，快速地修正着思路，以期达到最接近真相的推断，一边问孙六：

"如真是妖刀，你说的那阴阳先生，又如何设计捉了它？"

孙六不耐烦地说：

"我若知道他如何捉住了，还不早将这法子一百两卖了你，急着往南跑作甚？"

然后又指着桌上的白布说：

"这便是那经幡，本应有两幅。"

刘破虏没有答话，因为他的脑海中，已经勾勒出一个凶险不亚于妖刀出世的梗概来。

孙六说，妖刀在壬辰年就被人从寺庙偷走了，从此再无音讯。而金倚陆所讲的三百降倭于界藩山上刺杀努尔哈赤的故事里，那个叫干老愁戒的壬辰降倭临死前说"就算被那波平蛇精吃成了人皮囊，也要做成这件事"，可见这妖刀很可能被人盗走后，带到了朝鲜。

清人于天启七年、崇祯九年连续两次攻入朝鲜，很可能在那里得到了妖刀，并意外发现了妖刀的特性。昨晚那被虎蹲炮打断了胳膊的清兵黄晟说，他们是奉正蓝旗梅勒章京马光远之命，混入买硝的晋商商队，从归化城翻大青山到大同的。他们偷偷摸摸地翻山进来买硝，却大摇大摆地从张家口运硝出关，这种被把肚称为"反着走"的方式，很可能是因为他们要把刀带进来，把硝带出去，而刀比硝要重要得多。

黄晟还说，他们兵分三路，从张家口运硝出关的一路即刻开拔，而他们却要在京师多留七日再出关，这个时间正好与刘破虏和把肚在获鹿遇上这支商队的时间对得上，刘破虏在获鹿县杀死的夜不收身上缴获的正是另一块封刀的经幡。很明显，清人除了买硝、偷绘炮位图之外，另一个任务就是把这把刀运进北京城，制造足够多的混乱。而卜子才曾经供述，他们每日不停地将刀挪来挪去，无疑是因为京城太大，他们需要在他们认为重要的地方，定点制造恐慌和混乱。

面馆的伙计说，将人一劈两半的螳螂精是从宫里到外城来的。而这伙清兵在占据避瘟楼之前，已经在京城内活动了数日，可见妖刀第一次杀人并不在避瘟楼前，而很可能是在皇城附近。

陈家人也说，自从陈家雇了那群喇嘛，或者说清兵巡楼之后，那鬼便不再出现，清兵无疑掌握了控制和操纵妖刀的办法，他们将一张经幡留下操纵妖刀，另一张带回关外，意图非常明显。

他们还要回来。

想到这里，刘破虏不禁后悔，自己竟将经幡随手盖在了三里堡那个老浙兵身上，如今经幡只剩一幅，而能够操纵妖刀的人全都死了，妖刀已经失控，开始胡乱杀人了。

突然，刘破虏意识到了两个更可怕的问题。

自己还没有将烂面胡同里蓝衣大王被杀的案子报告给骆养性，锦衣卫就已经在抓捕谈论这件事的人，可见在此之前，锦衣卫已经觉察到妖刀作祟引发的一系列凶案，然而骆养性却装作不知道的样子，还让自己去查办此事。

清兵最可能从朝鲜得到妖刀的时间是天启七年和崇祯九年，此时壬辰倭乱已经过去三十多年，清兵最多十几年内，就摸清了妖刀的特性，并能操纵妖刀杀人，而妖刀滞留朝鲜三十多年，金倚陆却除了界藩山上的传闻之外，对此一无所知。照理说，破楼之后，金倚陆已经完成了对刘破虏的承诺，在这形势岌岌可危的死城里，他不但不急着筹划返回朝鲜，反而对此事表现出热切的兴趣，这显得非常蹊跷。连把肚都看出来，金倚陆想要那妖刀。

第一个问题，刘破虏毫不觉得意外，第二个问题，他却不敢也不愿去细想。

刘破虏闭着眼睛，把胳膊抱在胸前，把整个推想又在脑海中捋了一遍，片刻之后睁开眼睛说：

"不管它是不是真的妖，我等也捉了它。"

孙六一口茶喷在桌上，骂道：

"我方才见你拿宫里的赏赐钱当金子用，便知你是个傻子！不承想你非但傻，还疯得厉害！此时不想着逃命，竟要跟这东西较量！"

刘破虏也不理他，把经幡挪开，将自己的推想从头到尾说了一遍，众人都皱着眉头陷入沉思之中，只有孙六摇头晃脑地说：

"我说你是傻子，你却不信，这破城轮不到胡人来拿。"

陈正海奇道：

"你又哪里听来的混话，这话若教厂里的番子听了去，你十条命也没了。"

孙六轻蔑地"嗤"了一声，说：

"哪里听来的？你家皇帝说来的。"

又朝刘破虏一努嘴说：

"喏，把你那金子铸的钱，拿一个出来。"

刘破虏不明就里，疑心这老小子又想诓钱，有些迟疑，孙六却讥笑道：

"你这傻子要去找那妖魔讨死，怎的一个钱也不舍得？好不痛快！"

刘破虏摸出一个金子铸的崇祯跑马钱丢在桌上，钱转了几圈，正面朝上停住了。孙六伸手把金灿灿的跑马钱翻了过来，指着方孔下面的奔马说：

"看看。"

众人都没看明白，孙六摇摇头，用手指蘸着碗里的茶先写了一个"门"字，又在门里写一个"马"，再指着跑马钱的方孔说：

"门下有马，闯啊！胡人白忙活，闯贼得此城。"

众人闻言反应各异，刘破虏只觉得这家伙实在狂悖荒唐，金倚陆却是着实被这大逆不道的话给气着了，铁青着脸不说话，陈正海忙去捂这老头的嘴，生怕隔墙有耳叫人听了去，连累了他，只有把肚笑得前仰后合。孙六此时已经不太怕把肚了，他不屑地说：

"你这达子笑什么？你又不识得字。"

把肚不生气，反而笑着说：

"你怎知我这达子不识字？"

孙六说：

"你识得什么字？倒写来看看。"

把肚眯着眼睛说：

"我识得'猴'字（猴子）。"

孙六又在嘴上败了一阵，气呼呼地从椅子上下来，转身要走，一边走一边说：

"妖刀之事说完，十两还清。近来京城哪天不死个几百上千，阎王殿里怕都挤满，轮不到你等，我劝你等莫往前凑，爷老子我要动身南下去了。"

谁也没有注意到，桌上的跑马钱早就不见了。

金倚陆已经起身打算阻拦孙六，刘破虏却还回想着把肚和孙六关于识字的唇枪舌剑，自言自语地说：

"识字……"

他突然灵机一动，说：

"你既会写字，便将这妖刀来历，选要紧的写来，免得你撒腿跑了，我又记不住。写完你走便是，谁要留你。"

孙六眼睛转了几转，似乎在权衡利弊，片刻之后坐回椅子上，吩咐道：

"拿纸笔来。"

陈正海拿来纸笔，孙六当即奋笔疾书起来。陈正海意外地发现，孙六的汉字不但写得极好，而且速度很快，其行楷有魏碑之风，却又刚直豪劲，刀劈斧凿之气直冲眼帘，与中土书法风格迥异。陈正海使个眼色，示意刘破虏注意孙六的笔迹，刘破虏点点头。

天色渐渐暗了下来，陈正海为孙六点了灯，孙六约摸写了半个时辰，一气呵成，满意地看了一眼，拔腿便走，刘破虏却说：

"慢走！"

刘破虏拿起孙六写的经过，满意地对着陈正海说：

"陈大人，好字啊！"

陈正海有些摸不清刘破虏的意图，只好附和着说：

"好字，好字……"

刘破虏突然正襟危坐，正色道：

"降倭孙六，私携倭国妖刃，意图祸乱神京，供状在此，现已潜出南逃，即刻将其形状及供状笔迹报锦衣卫都督府并抄兵部，同送南京锦衣卫，于其南逃路上合力缉捕。"

然后对孙六说：

"十两已清，去留自便，不送。"

孙六这才如梦初醒，知道上了刘破虏的当，大声嚷嚷刘破虏陷害他。

刘破虏笑道：

"本官替你垫了烟钱，这是私事。本官要捕贼平乱，这是公事。如今我帮你了却私事，你却不肯帮我了却公事，我怎得不拿了你去充数？你当这堂下是何处，这是兵马司衙门！"

孙六气急败坏却又一时无计可施，走也不是，留也不是，刘破虏见时机已到，把怀里剩下的跑马钱拿出来，数了十个出来，放在手里掂量掂量，撒在桌上说：

"你不是喜欢这个吗？帮本官了结此事，这些都予你，本官亲自送你南下。至宁波之后，若你肯将这二位金大人送至你国对马，还有十个好拿。"

刘破虏一边说，一边捏起一枚跑马钱问陈正海：

"这钱一个不到半两金子，怎得如此值钱？给那王八两个，他却说多了。"

陈正海答：

"寻常一两金子，换纹银十两，这金子跑马钱是宫内制的赏钱，市井俗人，只见过铜的，故不可作寻常金子算，怕是一钱就换十两恐怕还多。"

言毕，又抬眼看一眼孙六，孙六仍一副气呼呼的样子，眼睛却早已盯在钱上。把肚笑道：

"你这老杂毛，攮也攮不动了，只能堂子里吃些茅房味的迷魂烟，居然如此怕死。"

孙六一下被把肚说到痛处，跳着脚骂道：

"老子吃了烟，怕是三四个也不够用！"

上前来飞快地往桌上一抹，十个钱消失不见，孙六恶狠狠地说一声：

"干了！"

言毕转身就走。

把肚问他：

"哪里去？"

孙六头也不回地说：

"茅房！"

陈正海急切地看他一眼，又看向刘破虏，刘破虏轻轻摇摇头，示意不必跟着他，他不会跑。

待孙六出了门，刘破虏说：

"假话不知说没说，真话一定没全说。"

众人都有些不解，看着刘破虏，刘破虏看着金倚陆说：

"金兄说过，有些降倭留在朝鲜二十余年，不能书其名。"

金倚陆仍有些迷惑地点点头。

刘破虏拿起孙六写的几张纸说：

"老东西说，他在倭国只是个放铳的，来京之后，也不过替人相剑磨刀，如今不但写着这一手几十年功底的好字，还能说文解字，说些杀头的昏话，不奇怪吗？"

陈正海恍然大悟地说：

"难怪方才他说那倭人只是个养马的，能有甚么高深的功夫，我问他在倭国是甚么人物，他却不肯说。"

刘破虏点点头。

把肚说：

"方才与他玩笑，算不得数。但那东西若真是妖魔呵，我等凡人定不济数，须请和尚道士喇嘛料理他。"

刘破虏说：

"看不见的瘟鬼都制不住，如何指望他制得住能使刀的妖魔？那鬼楼也是洋和尚用炮打下的，不是念经念塌的。"

把肚不再说话了。

孙六果然回来了，他背着手，绕着众人走了一圈，一屁股坐在椅子上，长叹一口气说：

"我只当明国人头脑活络些，却不料朝鲜人也一般憨。"

"我不知如何能使唤这妖物，但我知道，这妖物在白日，不过一把刀而已，无甚稀奇，但一入夜，"孙六神秘兮兮地竖起一根手指，说，"只要握住此刀，生者发狂，死者复生。"

金倚陆阴着脸问：

"怎么讲？"

孙六答：

"你若活着，它便以你心中执念，杀你所怨之人。你若死了，它便噬尽你五脏，杀它所怨之人。"

金倚陆追问：

"它所怨何人？"

孙六阴森森地说：

"还不明白吗？此妖物所怨者，提灯之人也。"

刘破虏若有所思地说：

"那便是说，若能制住这东西，用这经幡裹住刀，它便不能作怪了？"

孙六迟疑片刻，不是很有把握地勉强点点头。

刘破虏接着说：

"清兵既能用此幡日日驮运妖刀，则此幡不但能制住此刀，应当还能寻获此刀，个中奥秘，必有机窍。"

孙六闻言不语，再次把经幡铺平在桌上，细细研读起上面狂放的草书来。片刻之后，再次拿起纸笔来，不时在纸上写写画画，又过了片刻，把笔往纸上一丢，说：

"若我没猜错，每日天黑透了，将此幡立于一背阴之处，将血滴在幡下，则此物自来。

"至于如何制住这东西，却未得知。"

金倚陆说：

"昨晚那大牢里出来的读书人曾说，是个戴笠子的人站在路上，那蓝衣大王拿灯笼去照了他，才被杀了。可见这东西到底要靠人才可作祟，只要是人，无论活死，没有不怕刀剑箭丸的，若我设伏引他，箭铳齐发，将他打作稀烂，我倒不信一团烂肉还能提起刀来。"

刘破虏和把肚点了点头，孙六没有说话。

刘破虏拨了一下油灯的灯芯，正在脑海中盘算伏击的计划，突然想起下午孙六在烟馆里试图暗算自己的怪招，拿起拨灯芯的竹棍问他：

"孙老头，你在堂子里暗算本官的，是甚么下作把戏？再作来看看。"

孙六从嘴角哼一声，说：

"下流把戏？此乃弹玉，乃是东瀛秘传！看好了。"

言毕从头发里摸出一根约摸两寸长的钢锥，一头尖锐，另一头却是扁的，像个小铲子。他用拇指按在锥上，把扁的一头抵在茶碗边上，然后环视众人一周，稍一拨弄，快得让人看不清，只听见茶碗发出"嘣"的一声脆响，众人再看，那钢锥已经深深地钉在了几尺外的柱子上。

陈正海上前去把钢锥拨了下来，钢锥深入木头约有半寸，可见力道惊人。陈正海看看手里的钢锥，笑着说：

"我虽不会杀贼，却也知道你这小针杀不了人。"

孙六又哼一声，拈起拨灯芯的竹棍伸进灯盏里，突然又是"嘣"的一声，那竹棍直射向陈正海的眼睛，陈正海大惊失色，连忙举起袖子挡住眼睛，竹棍"啪"地打在他袖子上之后，无力地掉在了地上，与此同时，一个冰凉滑溜的东西抵在陈正海脖子上。陈正海放下袖子一看，孙六不知什么时候已经闪到了自己面前，那冰凉滑溜的东西是一支毛笔。

　　孙六狞笑着说：

　　"这小东西当然不能杀人，因这小东西而死的人却多的是。"

　　把肚笑着说：

　　"东瀛秘传的把戏你这，着实还是下流。"

　　刘破虏从陈正海手里接过那钢锥子，问孙六：

　　"这是个什么东西？"

　　孙六奚落刘破虏：

　　"此乃拾掇鸟铳火门所用，几放之后，药渣积于池中，则传火不利，打放不准。你国兵士放铳，未见贼影已有虚放者，贼去百步则争先恐后放丸如雨，待贼冲在脸前，或引颈待戮，或弃铳便走，自然用不上这东西。"

　　刘破虏这才想起这家伙还是个铳手，对陈正海说：

　　"给这老小子挑一支好铳。"

　　孙六嚷嚷道：

　　"刀，再给一把刀。"

　　刘破虏说：

　　"你分明坑了人家的刀，还要还回去怎得？还要甚么刀？"

孙六说：

"定钱都收了，怎好再坑了第二家？"

刘破虏这才知道又被他骗了，在烟馆里时，这家伙身上分明有银子。这也正是刘破虏一定让他参与捕捉那个鬼的原因，作为唯一一个对妖刀有所了解的人，这家伙嘴里真真假假，教人难以分辨，如果放他走了，保不准就被他的瞎话坑了性命，只有硬拉着他上阵，才能有些把握，毕竟没有人会编瞎话坑自己的性命，更何况他贪财怕死得厉害。

刘破虏说：

"给他一口倭滚刀。"

然后对着孙六说：

"你莫……"

孙六不耐烦地摆摆手说：

"库里出来破刀，谁稀罕！只能送当铺，当铺门前却写着'军器不当'！"

金明镝忍不住问他：

"你怎得如此爱钱？"

孙六哼一声说：

"你朝鲜穷得铜钱也不见几文，都拿米豆作钱使，抢得一包，值银几分而已，谁要背着走，自然不知道银子的好处。这大明国应念作大银国，凡事皆需用银，文官以银论阶，武官待价而沽，为了银子，官可以作贼，贼可以买官。老爷子我不过卖两口刀，若是银子给够了，有人能把这破城卖了。你说，银子岂不是这大银国、这天下头等好的东西吗？"

众人听罢无话可说，只有金明镝还有些糊涂，有些怯生生地问：

"把城卖了，卖……卖给谁呢？"

孙六得意洋洋地说：

"闯贼又无银子，当然卖给胡人。不消说有银子，但凡有口吃食，谁去当闯贼？真个木脑袋！"

孙六说到"吃食"二字，小眼睛一亮，嚷嚷着要吃正阳门外味羽斋的南炉鸭子。

刘破房想了一想，给了陈正海五个跑马钱，说：

"已是腊月二十九，忙累了几日，你也早些回去吧，就不留你了，还劳你把这些钱换了银子去，明日拿五十两我用，多了你留下，权作两位嫂嫂过年零碎用度。"

陈正海闻言，自嘲地笑笑，拿了钱，跟众人道了别，便归家去了。

因为要求着孙六，众人便依着他意思，准备动身前往正阳门，孙六却说什么也不愿再和把肚同乘一马，他又不会骑马，只好把前日拉炮的驴子从车上解了，将块毡子垫在驴背上驮着他。驴子走得比马慢得多，众人耐着性子压着马，走到天黑透了才到正阳门。

味羽斋门面不大，取"味在羽中"之意，专卖南炉鸭子[①]。众人挑张干净桌子坐定，要了两只鸭子、一盘蒜梅[②]、一盘腌萝卜、一盆薄荷切、一盆荞麦花[③]。伙计说鸭子要下一炉才有，众人便要些花

---

①南京烤鸭。
②一种用青梅汁腌制的大蒜。
③都是面食的名称。

生就着茶水闲谈。

孙六问金倚陆：

"朝鲜地贫山瘠，物产稀贵，与这大银国，真是一个地下，一个天上，与奴又近，稍不顺意，胡马旦夕渡江，你两个偏要回去，又是为何？"

金倚陆冷冷地针锋相对道：

"你那倭国倒是地不贫，山不瘠，物产丰隆。"

孙六没听出金倚陆话里有话，大刺刺地答道：

"那是自然。"

金倚陆见他入了套，讥讽道：

"你这地不贫山不瘠的殊胜之国，却要举国扬帆遮天蔽海而来，夺我这地贫山瘠的穷酸之国。"

孙六理屈词穷，把一把花生放在手里搓去了红皮，整个儿倒进口里，只当没听见。

刘破虏突然听见一个有些熟悉的声音从角落处传来：

> 寥寂故国雪纷纷
>
> 青山黑土，难寻归家门
>
> 山海北望辽东镇
>
> 三百座败堡残屯
>
> 一千里不见烟村
>
> 龙城飞将今何在
>
> 野坟里，断魂人

刘破庼转头望去，一个衣衫褴褛、百结千纳的中年汉子坐在炉边，破毡帽压得很低，面前放着一只破碗，里面孤零零几个皮钱。汉子一只手拿根已经弯曲的筷子，合着韵敲在碗边上，另一条袖子却空空荡荡地掖在腰间。

这是个独臂人。

刘破庼可以确定，这个声音就是请金倚陆在不远处的福禄居吃饭那天，在路上听到的唱曲人。

有几个老饕显然常见到唱曲的汉子，调笑道：

"吁！我却听人说，辽人都云'生于辽而走于胡'，既然走了胡，家门有何难寻？带着妻女钻他帐里便是。"

酒客们闻言都嗤嗤地笑起来，另一人与他一唱一和道：

"我还听人说，辽人为奴杀伤父母不怨，被奴奸淫妻女不恨，只怕朝廷征他去办差，守城自盗，上阵便逃，钻便钻了。"

独臂唱曲人不卑不亢地答道：

"生辽走胡我无胆，生辽走蜀我无钱。"

刘破庼拍一下孙六，拿根筷子指一下那两个嘴贱的食客，然后把筷子丢在桌上，说：

"孙老头，弹他两个门牙来。"

孙六眯起眼睛，估摸一下距离，大拇指按在筷子中间一使力，筷子断作两截。孙六捏起一节筷子，一头用大拇指按住，一头抵在碗边，"嘣"的一声脆响在喧嚣的馆子里显得微不足道，瞬间就被食客们的杯盏交错声淹没了，方才那出言调笑的食客却突然捂住了嘴，发出呜呜呜的声音，同桌的人纷纷起身查看，他的手刚从嘴上拿开，血就拉成了细长的线，从嘴角淌了下来。他哇地将一口血吐在桌子上，血里似乎夹杂着什么硬物掉在了桌上。

一桌人正惊得面面相觑，见又一人捂着嘴呜了起来，知道惹了厉害人物，都吓得不敢吃了，扶着两个掉了牙的伤者，乱哄哄地跑了。

馆子里很快恢复了平静，还有人交头接耳地猜测着刚才发生的事，刘破虏这一桌点的鸭子却已经上来了，琥珀色的鸭子肚里塞了葱姜，鸭肉被细细切作长方块，浸在盘底的一汪红亮老卤里，令人食指大动。孙六满意地直咽口水，高声叫道：

"再取双洁净筷子来给爷。"

刘破虏招手示意唱曲的汉子过来，汉子迟疑片刻，将破毡帽又往下拉了拉，遮住了大半张脸，这才慢慢地挪过来。把肚把条凳空出一截来，让他坐下，他却不肯。刘破虏问他：

"前日是你在正阳门大街上唱曲？"

汉子答道：

"搅扰了大人行路，请大人宽恕。"

刘破虏问：

"教你往南走，你可曾听见？既从关外来，为何不答话？"

汉子答：

"正因是从关外来，才无颜答大人话。"

刘破虏看了看他空空荡荡的袖子，心里明白了七八分，将一吊京钱放在桌上，说：

"往南走，能走多远就走多远，北边没有你的活路。"

唱曲的汉子嘴里含糊不清地应承着，把一吊钱揣在怀里，又用毡帽紧紧捂住脸，头也不回地出门走了。

孙六吃了鸭子，又把荞麦花浸在卤里，连吃两碗，一看就是味羽斋的老主顾。刘破虏早先听人说过，吃阿芙蓉的人身形佝偻，萎靡不振，茶饭不思，见这老头精神矍铄，身体精壮，食量也不小，不禁觉得有些奇怪，便问他：

"都说那阿芙蓉烟有毒，滇人争忿者往往吞之立毙^①，何以不见你中毒？"

孙六得意地说：

"乡下人懂甚么，这阿芙蓉有生熟之分，生烟味臊性涩，有毒，能治痢疾，然生吃易呕，多吃立毙。熟烟味甘，性温热，无毒，燃之生烟大补，可以延年益寿，亦可坚阳不泄，房中精猛。"

言毕突然浑身一哆嗦，打了一个长长的哈欠，眼泪鼻涕涎水一齐涌了出来，还来不及擦，一个接一个的哈欠接踵而至，孙六整个儿人立刻蔫了下去，显得无精打采，得意的神色也不再了。

很显然，这是烟毒上来了，众人这才知道所谓生烟吞服有毒，熟烟燃吃无毒是他编出来的鬼话，都笑他自个儿打自个儿的巴掌。刘破虏见天色不早，孙六这个样子，恐怕也吐露不出更多有用的东西，便提议各自散去，明日巳时在兵马司衙门相见，合计捉鬼之事，说完又特地叮嘱涕泪纵横的孙六：

"这拉炮的驴子借你使，明日若是你来了，驴没来，便将你当驴子拉炮。"

---

① 鸦片直接吞服可致人死亡。

孙六仍在打哈欠，一边拿袖子擦鼻涕眼泪，一边直摆手，众人起身结了账，出门牵马互相道了别，金倚陆和金明镝往北回了会同馆，刘破虏和把肚往南回果子巷的住处，走出十几步，才看到孙六骑着驴跟在后面，原来他也往南去。刘破虏压住马，慢慢地踱着步子，等着孙六的毛驴赶上来。

孙六捂着嘴，狼狈不堪地赶上来，涕泪都在袖子上结了冰。把肚见他难受，把装淡巴菰的袋子丢给他，孙六捏起一撮塞进嘴里大嚼起来，一边嚼一边把一串串嚼过的渣滓吐在路上，连嚼几撮之后，哈欠和涕泪果然都止住了，这时刘破虏才问他：

"往哪里去？"

孙六把最后一点渣滓吐了，又将沫子在鼻孔里抹了几抹，猛地打了几个喷嚏，长舒了一口气说：

"玉皇庙。"

刘破虏说：

"你整日在黄华坊吃烟，住在那南边作甚么？"

孙六答：

"管他闯贼还是胡人，进城定朝着皇帝去，离他远些好。我虽住在南边，只放些细软，平日又不回去，稍有风吹草动，卷了东西就出永定门。"

刘破虏又问：

"京城有人云凡刀剑经你一砥，佩者每多横死，说你是个灾星祸害，是何缘由？"

孙六听完笑得前仰后合，险些从毛驴背上掉下来，揪着驴的两个耳朵才稳住了身体，依然不住地笑。笑了半天才停下，又恢复了那种得意又讥诮的表情，说：

"唐人有诗云：将军夸宝剑，功在杀人多！求我磨刀的，哪个不是出征的将军、塞外的把头、护院的侠客、城外的强人？利刃在手，杀心自起，瓦罐不离井边破，将军终须阵上亡，你不杀别个，别个也要杀你，横死之说，谣自此起。

"你国那鸡一样的废物，怎会找我磨刀？腰间一块无刃的顽铁带着也怕累着，都拿木刀木剑涂了银漆，插在腰间充数，受过最重的伤也不过是教相公捣了肠子，自然长命百岁，这也敢称一声武人？呸！"

刘破虏听到这里就明白了，京师里文恬武嬉，不少人因祖上恩荫，补了军职，却笃信风水堪舆之说，以刀剑为煞物，以利刃为不祥，恐为其所伤，又要显摆自己武人的身份，便将所佩的刀剑都换成涂了银漆的木刀木剑，一来轻便，二来"避煞"。能找孙六磨刀的除了大富大贵图新奇的，恐怕都是刀头舔血、刃上寻欢的主儿，对这种人来说，恐怕"横死"才是好死。

然而另外一个问题再次浮现了出来：一个壬辰倭乱中的铳手，一个京营里给人磨刀的小兵，一个坑人钱财的无赖，一个吃烟中毒的烟鬼，不仅对倭国的大人物如数家珍，还张口就能引出唐诗来？

众人说话间就过了虎坊桥，进了骡马市大街，刘破虏和把肚进了果子巷，回头看一眼毛驴上的孙六，越发觉得这个老头身上，藏着天大的秘密。

走到家门前，隐隐约约地看见一个背着口袋的身影正在敲门，再走近一看，是老沈。把肚说：

"这么晚哪里去了？怎得不打灯？"

老沈见他两个，又惊又喜，说：

"我听人说，东直门外柏林寺边上，有人取了太仓的陈米偷着卖，一斗只要一钱二分银子。我只恨今日半信半疑，只带了口袋去，明日借了车去，推他几石回来，开了春也饿不着。"

刘破虏听罢大吃一惊，说：

"如今城里不太平，你莫贪那便宜，万一有个好歹，你这妮子如何过活？待我衙门里事情了了，教人送些回来便是。"

老沈唯唯诺诺地答应着。门开了，三人一齐进了院子，老沈把门顶住，刘破虏告诉老沈，他两个外头吃过了，老沈便生起火来，用背回来的陈米给女儿煮粥吃。

刘破虏想和把肚商量明天设伏的事，把肚却明显心不在焉，坐在油灯旁用一块磨石，有一下没一下地磨着齐铤箭的铲子头，刘破虏见他有心事，问他怎么了，把肚头也没抬，若有所思地回答道：

"许是白天教孙老头毒烟呛着，心慌。你睡罢。"

刘破虏也不多话，叫老沈的女儿烧些热水，擦洗了一番，换了衣服睡下。把肚一手攥着一把箭，另一手捏着念珠盘腿坐在凳上，仰面朝天一动不动，油灯的火光一闪一闪地照在他身上，看来活像阜成门外双林寺里的大黑天菩萨。

正南坊·南城兵马司·相剑

第二天一早，刘破虏发现把肚破天荒地将头面都用胰子洗得极净，将头发细细编作两条，窝起来向后梳去，又换了件崭新的靛蓝缎地辫线袍子①，用一卷杏色的绢带捆了腰。刘破虏奇道：

"要娶亲怎的？"

把肚笑笑，说：

"了却这事，元旦便往南去。昨日席上听人说，南方贩夫走卒，杀鱼劁猪的，都绫罗绸缎穿着，我这般人物，怎好教人看轻了我？"

刘破虏迟疑片刻，点点头。

老沈一大早就出门去了，老沈的女儿踩着凳子煮些粥，又把昨天做的杂面馎馎放在锅边烘热了，费力地拿起刀想去切咸菜。刘破虏上前把她手里的刀拿过去，把老咸菜切了一碟。

三人正在屋里吃饭，听见外头老沈回来了，却又不像是一个人，刘破虏出去一看，老沈推个独轮小车站在院里，两个南城兵马司的弓兵带着朱漆勇字盔跟在后面。刘破虏见状心里咯噔一声，大声问道：

"什么事？"

弓兵拖着哭腔说：

"大人，出事了，巡夜的兵被杀了。"

血气轰地一下涌入刘破虏脑中，把肚在屋里"哐啷"一声将碗筷丢在桌上冲了出来，两人拔腿便走，弓兵紧紧地跟上，把不知所措的老沈留在了院里。

---

①元、明时一种形似曳撒的蒙古戎服。

两人骑马疾驰到兵马司门前，把马往门前一丢，直接冲进了院里。陈正海脸色铁青，神情十分难看，见刘破虏来了，围在一处的兵士自动地分开，一具卸去了驮马的两轮车停在院中，上面盖着席子，席子下面是什么，不言自明。

不知是天冷还是什么，见惯了死人的刘破虏去掀席子的手竟有些颤抖，掀开席子之后，刘破虏和把肚都惊骇得倒吸了一口冷气，半天说不出话来。

直到看见这具尸首，刘破虏才最终相信孙六说的是真的。

那不是人。

一个顶盔带甲的弓兵，被齐刷刷地切成了两半。不仅是他的身体和战袄，连套在战袄外面的紫花布甲和头顶上的朱漆勇字盔，都被干净利落地斩开了。刘破虏注意到，他的半只左手也被斩了下来，手里还紧紧地握着刀柄，断手应该是被兵士从现场捡了回来，搁在尸体身边。刘破虏捡起断手，查看他手里的刀柄，连柄里的铆住的刀茎都被利落地斩断了，断口在朝阳下闪着耀眼的银光，没有一点铁刺。这一刀是沿着对襟砍上去的，身前的甲片完好无损，只是甲袢被砍开了，后背被斩成了两半，刘破虏叫人把僵硬的尸首翻过来，用手翻起甲的边缘，被砍开的甲片断口光滑，用手轻抚，一点没有刮刺的感觉，刘破虏用手轻轻弹了弹甲片，铿然有声。

甲片上有火①。

---

①指甲片经过热处理。

制刀时，会有意留下刀茎不淬火，这样一来刀不易断根，二来可以减震，所以刀茎最软，但如果刀茎是因为没有火而被他轻易斩断，淬过火的甲片又怎么解释？

更令人瞠目的是，厚达两分半的朱漆勇字盔也被斩开了。

刘破虏拿起席子掩盖住被杀兵丁的脸，才从席子下面拿起半个勇字盔来，他把盔被斩开的茬口放在阳光下细细观察，终于发现了端倪。

勇字盔的茬口上，分布着一些不易察觉的铁刺，向上卷曲着窝成一团，仿佛蜗牛壳上的花纹，这说明金倚陆的判断是对的。

死者是被人，或者说，是被鬼，从下向上一刀斩杀的。

陈正海凑上前来在刘破虏耳边说：

"前日烂面胡同怪事之后，兵丁军心不稳，从昨日起披甲值夜，不料竟出了此事。官兵为一口吃食和家小生计，不惧与强贼搏命，但这显然非人力所为，故今日又逃散兵丁十一人……"

刘破虏扬起一只手，示意陈正海不必再说，然后嘱咐道：

"从今日起，所有官兵不再夜值，但暖铺先不撤。"

又问道：

"事情出在哪里？与他搭伴的弓兵现在何处？"

陈正海答：

"悯忠寺①。与他搭伴的兵未死，吓魔怔了，抬进屋里躺着，说不出话来。"

①即今法源寺，在北京市西城区教子胡同东侧。

恟忠寺。刘破虏在心里估摸了一下烂面胡同到恟忠寺一带的距离，又想起来卜子才说的，他们每天都要把这东西挪来挪去，疑心这东西自己走不远，可是又很快否定了自己的猜想。

如果这东西自己走不远，那么伏击卜子才二人的时候，他们正要去挪动这东西，说明这东西应在内城，然而前夜的凶杀案却发生在烂面胡同，这就说不通了。

刘破虏心乱如麻，决定先去查问那幸存的弓兵，转头一看，把肚却不见了。进了屋里，看见一个弓兵躺在一扇门板上，两眼圆睁，双拳紧握，呼吸急促，牙齿在嘴里咬得咯吱乱响，浑身不住地发抖，把肚站在他身边对刘破虏说：

"他魂吓掉了。"

随即从腰间摸出一块黄糖馃子化在热茶里，叫人取来一根筷子，从后槽牙的缝里伸进去，撬开了牙关，连灌了两碗进去，这弓兵的气息才渐渐平稳了些，紧握的双拳也慢慢地松开了，身体发抖的幅度越来越小，眼珠动了起来，环视了众人一周，张开嘴似乎有话要说。

刘破虏示意他不急，问他：

"那东西是什么？"

弓兵急切地回答道：

"是人，是个人！"

刘破虏说：

"慢慢说。"

弓兵顿了一下才说：

"昨夜刚过子时，我二人巡至砖儿胡同，明明路上半个人影也无，近了悯忠寺，路上突然站了个人，叫他过来答话，却不肯应。我二人便打着灯上前查看，离了约有五步时，那人突然动了，不知什么身法，一阵烟似的近前来，在王狐狸身上砍了一刀，登时将手与灯笼一起砍下来，身上都砍得冒出火来。砍了王狐狸之后，仿佛看不见我一般便走了。王狐狸当时未死，我叫他也不应，向前走了几步，才一头栽在地上死了。"

刘破虏接着问：

"那人身上有什么蹊跷？"

那弓兵想了想说：

"那人砍得王狐狸身上冒火时，我曾有一忽儿看见他，他身形极瘦，戴着笠子，看不清脸，他身上有一股……"

刘破虏追问：

"有一股什么？"

那弓兵说：

"有一股死人味儿。"

刘破虏正在沉思，门板上的弓兵突然大梦初醒般坐起身子说：

"我扎了他一枪！"

刘破虏下意识地问：

"什么？"

弓兵重复道：

"我从背后扎了他一枪。"

刘破虏根本不相信他说的话，转头吩咐旁边：

"取他昨晚夜值所用长枪来！"

长枪很快取来了，这是之前送来的那批朱红长枪中的一支，也是京军中装备最多的一种，枪长一丈四尺，只能横着拿进屋来，锻钢矛头却只有七寸长，枪头下设有染成红色的牦牛尾流苏。枪头和流苏上都不见血迹，不像扎过人的样子，然而当刘破虏将鼻子凑近流苏时，却闻到了一股熟悉的味道。

尸臭。

刘破虏顺着杆子往下闻，发现尸臭一直蔓延到流苏以下一尺的地方，可见长枪整个把那"人"扎穿了，刘破虏正要发问，那弓兵却先开了口：

"扎着不像人，倒像个……装了草的口袋。我既扎穿了他，他头也不回，顺着杆子便走，只几步便不见了，这才把我吓着了。"

有来去如风的速度，和把人一刀两片的邪力，被人从背后扎了一枪，却头也不回，顺着杆子走了。刘破虏突然明白了什么，正要开口，金倚陆带着金明镝从外面进来了，他们显然也在院子里见到了那具尸体，金倚陆黑着脸，金明镝神色惶恐。

刘破虏吩咐人好生照顾门板上的弓兵，待他能走路了，从郎中那里抓些安神静气的药，教他带回去吃，然后和金倚陆一起回到院子里。看看日头，巳时快过了，刘破虏有一种预感。

孙六跑了。

有这种预感的显然不止刘破虏一人，金明镝气呼呼地说：

"倭人就是倭人，若真有半点信义，如何朝鲜不去犯他，他就平白无故来图我？如今他白赚了十两银子，吃了鸭子骗了驴，一溜烟儿往南跑了！这么个老不要脸的下流腌臜货，先生却把刀予他看，平时我摸一下，却要打我！"

金倚陆回头瞪了金明镝一眼，说：

"你可知道从宁波到了倭国名古屋之后，如何去对马吗？"

正在争执的主仆俩话音未落，门前却传来一阵驴叫，众人出门一看，却见驴在原地不停地转圈，时不时烦躁地向后蹬踏着，想把背上的人甩下来，孙六揪着驴的两个耳朵趴在驴背上正在跟驴较劲，也不敢松手去抓缰绳，驴犟，人更犟，一时竟相持不下。

一旁的弓兵见状，上去牵了驴，孙六才下来，众人见他精神抖擞，得意洋洋，便知道他一定去吃饱了烟，才姗姗来迟。

刘破虏叫孙六来看院子里的尸首，孙六像条细狗①一般，背着手围着尸首转来转去，一言不发，不知心里在想什么。刘破虏又将那弓兵昨晚的经历转述给他，孙六一脸阴沉仔细听着，却还是一言不发。

看完尸首之后，众人回到正堂坐下，刘破虏说：

"孙老头言，这波平妖刀能让生者发狂，死者复生，如今看来，操刀者是死的，刀确有妖异之处，操刀的死人却是肉体凡胎，刀枪不难伤他，只是不得其法，才叫它走脱了。

"这东西第一日杀人在烂面胡同，第二日杀人在悯忠寺，相去不过几条街巷，都是子时刚过。那死了的喇唬卜子才也说，它与清兵整日将这东西围着皇城挪来挪去，可见这东西若无人操弄，便走

---

① 一种灵敏的猎犬。

不远。

"几次杀人，都只砍了提灯的人，其余之人，碰也不碰，教人刺了一枪，亦不反手，可见其怨在灯，或说，在提灯之人，故我等若埋伏它，只消将它肉身打烂，它自然运不起刀来，届时用这幡将妖刀一裹，便制住它了。"

金明镝问：

"既然这东西不砍无灯之人，我等又何必打它？引它出来之后用这幡裹了它刀夺了便是。"

孙六轻蔑地嗤笑一声，说：

"如今看，这东西是不砍无灯之人，但教你手中无灯近它前去，你可敢吗？它没砍昨晚那敢用枪日鬼的二愣子，却未必不砍你。"

金明镝想起烂面胡同里那蓝衣大王恐怖诡异的死相，吓得缩了缩脑袋，不再说话。

把肚说：

"凡人见过这东西都说，来去风一样，教人肉眼都看不清，又如何将他打个稀烂？"

刘破虏不答把肚的话，反而转头问金倚陆：

"金兄可曾见过建奴捕人？"

金倚陆的眼神顿时充满了怨恨，咬牙切齿地说：

"丙子胡乱时，建奴将我朝鲜之民不下数万，三五一队，以铁条贯肩，强令其于鸭绿江水浅之处，徒步渡江，稍有不从则刀斧俱下，一人扑跌水中，全队顺流溺死。我等年幼力弱，寡不敌众，伏在山上，其惨状历历在目，岂可忘乎？"

刘破虏无意中触碰到了金倚陆的伤心之事，心里有些内疚，但事情紧急，也只能继续说下去：

"铁条贯肩，则人从肩至臂不能动弹，稍有拉拽，即成残废。我等引出它后，以倒钩之箭尾系绳索，自其缺盆①射入，琵琶骨②穿出，两下一拽，教其不能动弹，届时乱箭齐发，丛枪攒刺，不信打不烂它。"

孙六沉思片刻，问：

"何处设伏？"

刘破虏答：

"就在昨晚出事的地方，太远恐怕引不出它来。"

孙六自言自语地说：

"疯了，真是疯了"

刘破虏以为他反悔了，不料他转头就对陈正海说：

"给我拿的铳呢？"

陈正海愣了一下，赶忙叫人去拿铳。刘破虏见众人都无异议，在一张纸上标了伏击的方位和次序，最关键的两箭还是由把肚和金倚陆来射，各兵均用大铍箭、齐铍箭、月牙箭，将其射打稀烂之后，长枪先进，前后夹击将其贯在地上，镗钯③复进将其叉住，最后由金倚陆上前斩下其持刀的手臂，刘破虏顺势踩住落下的断臂，用经幡将妖刀裹住。

众人领了命，正要各自下去准备，孙六突然慢悠悠地说：

---

①锁骨与肩膀之间的窝。
②肩胛骨。
③一种像叉子的长兵器。

"尔等今日行运高，老夫有几十两的大礼予你几个。"

言毕将一个沉重包袱哐当丢在桌上，金倚陆将信将疑地解开包袱，却发现是一包砥石，仔细一看，形状、粗细各有不同。金明镝说：

"又吹牛，你这几块顽石，几十文也不值。"

孙六不满地瞥他一眼说：

"老夫砥一刀索银五两，三尺以上倍之，谁人不知？今日与你等疯子做这傻事，不得不折本照料你些，免得教你坑了我性命。"

见众人仍无反应，孙六气得跳脚大骂：

"木脑袋的呆子，拿刀来呀！"

金倚陆半信半疑地慢慢解下佩刀给他，刘破虏和把肚见状，也解了佩刀给他。孙六叫人打了几桶水来，瞥了一眼，嫌弃地说：

"这是饮牛饮马的劣水，怎能磨刀？买人喝的甜水来。"

弓兵看着刘破虏，刘破虏扔了几个钱给他，叫他去旁边板井胡同买水。

趁着弓兵去买水的空，孙六坐直了身子，将三人的刀从鞘里抽出来，从怀里摸出一张轻薄的绵纸，顺着刀刃拖过去，然后在刀刃上钩挂有细小纸絮的缺口、卷刃之处，都用木炭标注。陈正海见他认真起来，仿佛变了个人，便打趣道：

"孙老头，京营的人说你惯能相剑，你倒相相看这三位大人贴身的刀剑，说些门道来听。"

孙六闻言，先拿起刘破虏的佩刀，眯起眼睛细细端详了半天，又用拇指轻轻刮了刮刀刃上的缺损，随即闭上眼睛，如老僧入定般沉默了半天才开口说：

　　　　　　　　　　　　　　　　甲申前夜·大晦

"此刀杀人甚多，然用刀之人心中有大悲而不能言，盖因其所杀之人，并非尽是想杀之人，悲刃也。"

刘破虏仿佛被箭射中一般，晃了一晃，才稳住了身子，孙六却仿佛没看见，又拿起金倚陆的佩刀，脸上现出欣喜的表情说：

"见此刀如见故人。"

然后脸色一变说：

"此刀杀人虽不多，持刀之人心中却有大怨恨，非尽杀所怨之人不能解，怨刃也。"

金倚陆将袍子的下摆在膝上攥作一团，死死地盯着他，什么话也不说。

孙六放下朝鲜刀，又拿起把肚的刀，看了又看，略带惊讶地说：

"此刀杀人虽多，主人心中却无悲无喜，乃三昧耶曼荼罗①之刃也。"

把肚闻言哼了一声，不置可否。

金明镝被正经起来的孙六这一番神神叨叨的把戏深深地折服了，他马上解下腰上的刀，恭恭敬敬地双手捧给孙六，说：

"也请帮我相相。"

孙六一本正经地双手接过刀，从刀尾看到刀尖，又从刀尖看到刀尾，手在刀上摩挲了半天，又用绵纸擦净，然后正襟危坐，表情庄严地说：

"了不得，此乃活人之剑，善刃也。"

---

① 佛教用语，即梵语samaya-mandala，即诸尊所执器仗。

金明镝大喜，追问道：

"活人之剑，当如何解？"

孙六盯着金明镝的眼睛，认真地说：

"这刀非但不曾杀过人，刀上一条狗命也无，岂不是活人之剑？善刃也！"

众人早已憋不住，个个笑得前仰后合，金明镝这才知道被孙六捉弄，气得一把夺回了刀，跑出门外去了。正巧此时买水的弓兵也拎着两桶结了薄冰的水进来，孙六也不顾天凉，伸手捞起水来啜进嘴里，咂吧几下之后说：

"嗯，还行。"

然后叫人把水放在火盆边上，从包袱里取出一块茶色的粗粝砥石，开始修整刘破虏刀上的缺损，众人都各自下去准备，陈正海带着把肚和金倚陆去找合用的箭。刘破虏见四下无人，站在孙六的身后问：

"这不过是江湖把戏，你找人问了我几人过往，再编些话来诳我等，对吗？"

孙六冷笑了一声，连头也不抬，说：

"凡人总有三时，掩不住心性：杀人时，行房时，赌博时。杀人时是怒是怨、是悲是喜，都在刃上。"

言毕，孙六举起刘破虏的刀，用拇指轻抚着刀尖下约三四寸处的一个崩口，像是对刘破虏说，又像是自言自语：

"刘大人，你说杀什么人的时候，刀已经到了脖颈上，却又减力，减力之后又复添力，添得刃筋都歪了，才把头砍下来？"

刘破虏一怔，面色一沉，转身疾走而去。

刘破虏和金倚陆带着人勘察了昨晚出事的地界，又选好了伏击场，回到兵马司衙门的时候，孙六已经磨好了刘破虏和把肚的刀，几个兵丁围着孙六，不时交头接耳。刘破虏拿起刀来细看，发现细小的缺损和卷刃都被"去肉"①改正了，刃上嵌入的马牙钢都被特意磨出霜意，寒气逼人。马牙之外的部分却被磨得如镜一般，在阳光下闪着摄人心魄的清光。刘破虏将刀刃挨在大拇指甲上轻轻一推，立刻在指甲表面卷起一层白沫来，不由赞叹道：

"好手艺！"

孙六笑着摇摇头，说：

"有心砥砺一刀，十天半月，那是少的，只是无处去寻那内昙地砥②，今日不过粗磨三道，倒也堪用，就这样罢。"

一边说着，一边在一方深灰色的砥石上完成了吞羯的最后一道研磨。清理了刀身之后，孙六取出一方漆黑如玉的砥石，摇头晃脑地说：

"此千金不换之物也。"

金倚陆问：

"这是什么？"

孙六一边小心翼翼地把砥石切下一个角来细细碾成粉末，一边答道：

----

①指磨去缺损相邻部分，使刃口保持平整。
②一种日本产的砥石，较细较软。

"此对马砥①也，明国万难得到，千金不换。"

说着，他用棉布浸透了不知什么水，蘸着黑色的砥石粉末，在刀上擦了起来。说来也怪，被他擦过的刀身，逐渐显出一种深沉的青黑色，与霜白的刀刃形成了鲜明的反差，那如层林尽染的刃文，也因此像西洋玻璃鼻烟壶里的内画一般越发清晰，孙六心无旁骛地擦拭着，众人也像入迷了，聚精会神地盯着刀看。

不知过了多久，孙六才停止了擦拭，用干湿两方白布，将刀身细细擦净，双手将刀呈给金倚陆。金倚陆将刀擎在眼前，看得如痴如醉。

孙六长吁一口气，站起来伸个懒腰，这才注意到，只有把肚一人没有赞叹他的手艺。他转头一看，正看见把肚一手拿着那把光可鉴人的腰刀当镜子照着自己，另一手拿着一把短刀蘸了桶里磨刀的水，在刮下巴上的胡茬子，把孙六气得半死。

眼看天色不早，陈正海差人买来了烧饼和烂肉，将饼煨在火盆边上，众人都将烧饼夹了烂肉吃过，又喝些茶，闭着眼睛坐在椅上养神，静静地等待着黑夜和大战的降临，只有孙六还在火盆边不知疲倦地忙活着。金明镝沉不住气，睡不着也坐不住，在堂内外转悠了几圈，又怕搅扰众人歇息，便坐在火盆边上看孙六忙活。

孙六把铅块放在一个火盆中的坩埚里，铅块像热锅里的猪油一般慢慢软了下去，最后变成一汪银亮耀眼的铅水。他把两块牌九一样的铁模子并在一起，把铅水从铁块侧面的孔注进去，铅水很

---

① 一种产自对马的砥石。

快在铁模子里凝结出三颗彼此相连的铅子来，孙六用剪子将铅子剪开，再将凸出的边缘修剪齐整，又让修好的铅子在桌上滚动一番，眼睛与桌面平齐来观察铅子是否浑圆。金明镝见到这一幕，顿时想起来葛雷亚操炮时的类似场景，便将破楼时用炮的情形说与孙六听了，孙六却仿佛聋了一般，只顾着铸铅子，没有任何回应。

大约铸了二十个铅子，孙六取出一张被油浸透的麂子皮来，麂子皮被剥了数道，只留下最薄最软的内层，他将麂子皮剪成数十块折五钱大小的方块，小心翼翼地将铅子一一包进去。又将火药放进钵子里细细磨了，每三钱分为一份堆在纸上，再倒进药管里去。

做完这些，孙六连打几个哈欠，金明镝以为他又要吃烟，却不料他将鸟铳抱在怀里，一跃跳到了桌上，蜷缩着身子不动了。

金明镝仰面朝天看着粗大的房梁，火盆烤得他脸和胸前滚烫，背后却依然阵阵发冷，让他突然想起站在炉边锻剑的波平泽安，他觉得金倚陆的佩刀研磨完之后的样子，不知怎的却有些像孙六口中描述的那妖刀波平。他想到了因阔别已久而在记忆中有些模糊的故国，又想到了福春堂门前浓妆艳抹的女人，他的思维在这些支离破碎的记忆之间来回跳跃，最后定格在烂面胡同里两只眼睛各看向一边的死人脸上。天色越来越暗，他渐渐地害怕了起来，不由自主地看向屋里的其他人，发现除了把肚之外，没有一个人真正睡着了，这才感到稍稍安心了些。

过了戌时，参与设伏的弓兵才稀稀拉拉在堂下开始集结，弓兵们把他们能想到、能得到的盔甲都穿在身上，有人在战袄外穿了紫花布甲，又在紫花布甲外套一层训甲，训甲上密密麻麻贴满了杀鬼用的雷符。

刘破虏和兵丁们都清楚，盔甲在这个凶暴的怪物面前就像豆腐一样脆弱无用，穿在身上，不过寻个心安。

亥时快过了，白天点的十个长枪手、十个镗钯手加起来才来了十二个，这是刘破虏意料之中的事，或者说，比他意料之中还要好些。

糟糕的是，来了的人看到只有十二人来了，也萌生出退意来，迟迟疑疑地想走，又有些不敢。

有时候，人恐惧的不是恐怖本身，而是未知。就像陈正海说的那样，让当兵的去和恐怖的敌人拼命不难，难的是让他们去和不知是什么的东西拼命。

为了留住眼前这十二人，刘破虏不得不站出来稳定军心，他说：

"你等都见着，昨夜里虽有兵被它杀了，却也有人扎了它一枪，可见它也是肉体凡胎，不是砍不进、扎不穿的铜头铁臂。今日之事，将其制住之前，不许有人冒进，其被绳索拽住之后，先行射它个万箭穿心，然后长枪先进，一丈之外，自上而下将它钉在地上，镗钯再进，戳住手脚不教动弹，由我与金大人亲自拿它。"

见众兵仍有惧色，刘破虏又许下一人十两的赏钱，这才稍稍稳住了他们。

眼见着亥时将过，刘破虏觉得不能再等下去，下令出发。他生怕引不出那东西来，要把动静弄到最小，于是下令一律不准骑马，也不带任何牲口，临近晦日，几乎没有一点儿月光，好在倒也无云，一群人在漆黑的夜幕里，借助着微弱的星光艰难地穿梭在胡同之间，偶尔遇见几个胆大走夜路的行人，还以为是街上过阴兵，远远地瞧一眼，扔下灯笼撒腿就跑了。

南城兵马司离悯忠寺不过几条街，但一行人既无马，又不打灯，走了好一会儿才到了刘破虏白天选定的伏击场——悯忠寺前街和西砖儿胡同交汇处的一大片空地。

这里地势开阔，视野较好，地上的雪干净，有利于在微光环境下射击。虽然容易被伏击对象跑掉，但是反过来看，如果出了意外，这个地形也比较容易撤离。空地上本来有一口井，井旁边分布着几户人家，天启年间井枯了之后，这几户人家搬到东边靠近烂面胡同的地方，重新打了几口井，这里也就彻底荒废了。

刘破虏让一拨兵马埋伏在悯忠寺前街，另一拨人马埋伏在西砖儿胡同南头，自己和把肚、金倚陆守住北面的开阔地，孙六要求自己一个人埋伏在东面相机而动，刘破虏想了想，同意了。

兵丁们到达之后，按照事先安排，迅速退往埋伏地点，刘破虏把幡展开，用竹竿立在地上。刘破虏在黑暗中举目四望，周围什么也看不见，他现在要做的，是把血倒入幡下的雪地里，然后退到金倚陆和把肚身边去，等到那东西来了之后，在他停住的一刹那用倒钩箭射中他，箭尾的绳索早已捆在树上，只要揪紧绳索，指挥兵士朝预先约定的大致位置射击，齐鈚箭和月牙鈚箭就会扯烂那活死人的身体。

他深吸一口气，取出一个皮囊来，里面是陈正海准备好的狗血，他说狗血辟邪。孙六并不知道要把什么血倒在幡下，刘破虏也觉得只是试试，不一定要用人血。他慢慢地把血顺着捆着经幡的竹竿注入雪地里，什么也没有发生，四周静悄悄的，没有一丝风吹过。

突然间，经幡"呼喇"动了一下，吓了刘破虏一跳，然后整张幡鼓了起来，剧烈地抖动着，在这个没有一丝风的寒夜里猎猎作响，显得非常诡异。刘破虏不及细想，转头向着把肚和金倚陆埋伏的方向快步走去，却听见背后窸窸窣窣地响动，他只当是那幡在响，不回头继续走，周围却喧哗了起来。事先已经三令五申埋伏时不许发出响动，这喧哗却不像是一人所为，很显然，出事了。

在一片喧哗和叫嚷中，刘破虏依稀听到有人喊：

"出来了！"

从把肚和金倚陆埋伏方向的黑暗里传来一声大叫：

"跑！"

刘破虏下意识地回头一看，浑身仿佛被雷击了，一阵剧烈的颤抖。

一个人影从经幡后面不远的枯井里爬了出来，双手撑着井沿探出了大半个身子。在刘破虏的设想中，如果这幡真能招来这东西，它也应当从远处进入伏击场中央，他万万没想到，这东西就藏身在这口自己白天就看过的枯井里，而自己却鬼使神差地将经幡立在了离枯井只有几步之遥的地方。

把肚喊出第二声"跑"的时候，刘破虏才拼命向北跑去，乱箭嗖嗖地划过他的头顶和耳边，很显然，这个意外造成了整个伏击计划的混乱，沉不住气的弓兵已经朝着黑暗中乱射起来。

刘破虏跑到金倚陆和把肚身边时，他们已经在黑暗和混乱中齐齐失手，一个射在了小臂上，一个射在了脖子上，那东西从井里爬出来后一步步地朝经幡走过去，既没有之前见过的人描述的那样来去如风，也似乎对身上的箭毫不在意。金倚陆和把肚一边再次搭弓上箭，一边快步向前逼近，很快射出第二轮，这一次二人都准确命中了缺盆，往回一拽绳子，箭头已经卡在琵琶骨上，金倚陆大喊一声：

"拉！"

把肚和金倚陆弃了弓箭，拽着两条绳子朝着相对的两个方向跑去，硬生生地把那东西拽在原地动弹不得，刘破虏这才在星光下看清它的面目。

这东西穿了一身夏天才穿的纱罗直裰，头上却戴着一顶极不相称的笠子，身材高大，赤脚站在雪地里，右手持一把长刀，长刀上似乎隐隐约约冒着白烟。刘破虏猛地想起来，在铁匠铺里见到给马上蹄铁时，红色的蹄铁打好之后放进水桶淬火后，捞出来那一瞬间，不正是这样吗？

刘破虏本打算用月牙箭射这东西脑袋，却正看见金倚陆第一次射在那东西小臂上的倒钩箭尾巴上的绳子正在脚下，立刻毫不迟疑地拽住绳子，向着金倚陆的方向跑去，箭镞上的倒钩似乎勾住了桡骨，那东西持刀的右手瞬间被绳索拽直了，仿佛在给什么人指路一样。刘破虏扯着嗓子大声喊：

"放！"

声音刚出口，却见到了更加匪夷所思的一幕：那东西右手拿着刀，小臂不动，手腕竟转动了一周，直接切断了小臂上的绳索，紧接着刀光在它胸口一闪，从缺盆穿过琵琶骨的两支箭也被它斩断了，它在乱箭中迟滞了一刹那，似乎在犹豫要往哪里去，然后以极快的速度朝着刘破虏和金倚陆的方向而来。

刘破虏感觉整个天地在一瞬间慢了起来，兵丁们的大呼小叫、箭镞射入空洞肉体的噗噗声、积雪在脚下的咯吱声，都离他很远很远，他只能听见自己扑通扑通的心跳和急促的呼吸声，他清楚地意识到敌人袭来，他应该拔出刀来迎敌，然而筋肉的反应却似乎比头脑慢了太多太多，他已经在脑海中想象出自己招架这一刀的样子，拔刀的手却在空中只走了一半。

在这种肉体赶不上精神的极度焦躁中，刘破虏看见一个忽明忽暗的红点出现在右边远处，然后是一团小的火光，紧接着是一团大的火光，这时才听见"砰"的一声铳响，冲向自己的那东西脑袋向旁边猛地一歪，笠子一下飞了起来，一头狂乱的长发从笠子下倾洒而出，刘破虏在火光里第一次看清了这东西的脸。

它的眼眶里是两个黑漆漆的窟窿，根本没有眼珠。

孙六这一铳从它右颞射入，左颊贯出，掀开了它半边天灵盖，却不见有脑浆溅出。它停住脚步，在原地顿了一瞬，然后以远超刚才冲向刘破虏的速度向着火光爆发的方向扑去，这速度已经很难用疾速或是飞快形容，而应该是：

闪现。

几乎是铳口的火焰消失的同时，刀光在依然保持射击姿势的孙六眼前闪了一下，在鸟铳上爆发出一团火光，孙六的左臂和半支鸟铳同时掉在了雪里。鸟铳被斜着斩开了，夹在龙头的火绳头被竖着切成两半落在雪里，发出呲呲的声音，然后逐渐黯淡下去，熄灭了。

金的、银的、铜的，各种各样的钱从孙六怀里哗啦哗啦地掉出来落在雪地上，孙六喃喃地说出了人生中的最后几个字：

"やばい①。"

孙六又跟跟跄跄地往前走了几步，银子和铜钱依然从他怀里零星地掉落在雪地里，他却似乎毫不在意，就在刘破房上前要扶住他的前一刻，孙六突然双膝跪在雪地里，面朝前趴倒，死了。

而杀死他的那东西，早已无声无息地消失在黑暗中。

----

①糟糕。

东江米巷·会同南馆·大晦日

次日早上，几人站在南城兵马司空荡荡的院子里，经过昨晚的大败，兵马司最后几个官兵也逃散一空，又恢复了七天前刘破房和把肚刚回到这里时的冷清样子。

刘破房觉得自己从遇上那两个染了疙瘩瘟的关外逃兵开始，就陷入了一场漫长的噩梦，如今噩梦非但没有醒来，反而开始循环往复。

孙六躺在一口桧木棺材里，换了一身新衣裳，脸上一点儿看不出伤来，这是陈正海花大价钱请来的一个高明仵作，用铜钉像铜碗一样，从里面把两半身体拼接在一起的结果。他们惯能将女子的头颅"变"成男子的，好让官兵拿了"贼"的首级去领赏，拼出一个完整的人来，易如反掌。

棺材上搭了个棚子，避免阳光直接照射在他脸上，事实上多虑了，这一天是崇祯十六年大晦①，这一天根本没有阳光。

从现场找到的零碎和他身上的都收敛在一处，放在一旁，谁也没法想象他身上带了这么多鸡零狗碎的稀奇东西。把肚把金银和值钱的东西都拿走，然后把其他的零碎草草一包，放在孙六的右手边，自言自语的说：

"反正你也用不上啦。"

没有人反对，即便是孙六本人在场，也会赞成把肚这么做。

孙六当天就被葬在永定门外方家庄②的一座空坟里，冬天挖土太难，但刘破房坚持孙六当有一座坟，陈正海便买了一座别人的空

———————————————

①一年的最后一天。
②在今北京市丰台区蒲黄榆。

坟葬了孙六。木牌上除了"孙六之墓"四个字以外，什么也没写，没人知道他的生平，也没人知道倭国的丧俗，甚至没人知道他真正的名字，但金倚陆坚持，头应该朝东。

本该住在这里面的人，逃去了南方；本该逃去南方的人，如今却住在了这里面。刘破虏觉得，命运就是一个巨大而荒诞的笑话。

下葬时，把肚在孙六的遗物里找到两片金板，拼在一起像个椭圆形的贴饽饽，问刘破虏是什么东西，刘破虏把两块金板拼在一起，发现严丝合缝，应该是孙六贴身带在胸口的东西，金板的上面用墨写着"拾两""天正十六年"①，下方的草书已经不可辨识，最下方打着两个菱形的戳。刘破虏把金板翻过来，背面明显被人后来用刀刻上了"杂贺孙市"②四个字，刘破虏让人把孙六的棺材打开，把两片拼在一起的金板放在孙六胸口，才叫人下了葬，把肚不解地问他为什么，刘破虏说：

"我猜，这才是他真正的姓名。"

众人葬了孙六，已是未时，从永定门进来返回兵马司时，又顺路去了昨晚发生意外的地方，刘破虏往枯井里望去，里面空空如也，他说：

"此物白天出不来，原来是藏在井里，它既走不远，必在附近另一口井之中。"

---

①即天正大判，丰臣秀吉于天正十六年（1588）下令铸造的一种赏赐用的大型金币。
②日本战国时的铁炮雇佣兵集团杂贺众的首领称号，并不是人名，杂贺众的历代首领都称孙市。

甲申前夜·大晦

陈正海以为经过昨天晚上的事，刘破虏已经死了这条心，毕竟瘟疫愈演愈烈，京城每天都要死数百人，与此相比，这东西至多不过每天杀一两人，实在算不得什么。他万万没想到刘破虏还要继续跟这东西斗下去，如今唯一对这妖刀有些了解的孙六已死，兵马司的兵士也逃散一空，再斗下去，不是送死是什么呢？

　　于是陈正海说：

　　"这附近水井甚多，从史家胡同至教子胡同，水井不下十数口，如今兵丁逃散，哪里人手寻它去？"

　　刘破虏答：

　　"京师水井，无论甜苦，都有山西人加盖上锁，严加看管，汲水贩卖，它如何进得去？它进得去的，止有枯井。"

　　陈正海当然知道附近哪里枯井最多，却不愿意说。

　　金倚陆说：

　　"不如像山中捕虎一般，以陷坑捕它。"

　　刘破虏骑着马又绕着枯井慢慢走了一圈，摇摇头说：

　　"这井少说三四丈深，这东西登梯子般轻易便上来了，陷坑要挖多深，才能困得住他？"

　　说完骑着马继续向北走去，几人都不说话，各自若有所思地跟着他。刚过南半截胡同，金明镝突然从后面上来，一手拿着那本替他挡过一箭的《则克录》，一手持着缰，急切地说：

　　"大人，我们做一个灯笼给它砍！"

　　刘破虏没听懂，问他：

　　"甚么？"

金明镝骑术不精，不敢松了缰去翻书，干脆从马上跳下来，将书翻到"制造火箭喷筒火罐地雷说略"一章给刘破虏看，说：

"它既然要砍灯笼，我们造一个会炸的灯笼给它砍便是，它不怕枪刺箭射铳击，难道不怕地雷火罐吗？"

刘破虏先是在马上俯下身看，然后干脆下马接过书，看了一会儿，拍了拍金明镝的肩膀说：

"去找地雷。"

地雷并不难找，从己巳之变开始，为了防御来去自如的清军，京师各库囤积了大量此类的防御兵器，陈正海不一会儿就从京营买来十几枚，有铁壳的，有陶壳的，有火绳发火的，也有钢轮①发火的。刘破虏四人正在研究陈正海找来的地雷，去天主堂请葛雷亚的金明镝却红着眼睛，一个人回来了，金倚陆问他：

"葛师父在何处？"

金明镝拖着哭腔说：

"汤师父说，葛师父病了，昨夜里发了烧。"

刘破虏再次受到沉重一击，他沉默了一会儿，说：

"此事也不必劳烦他。这东西虽说是砍灯笼，但每回都是连人带灯笼一齐砍，不见他去砍谁家门前灯笼。"

金倚陆一瞬间就听懂了刘破虏的意思，这东西并不是单单砍灯笼，而是连人带灯笼一齐砍，所以就算预设了地雷，仍需有活人举着灯笼诱它来砍，如此近的距离，到时无论是教它砍死还是被地

---

①一种地雷点火装置，踏动踏板的力使钢轮转动，摩擦一片燧石点火起爆地雷。

雷炸死，大概终究难逃一死。当然可以把地雷预设在经幡下面，但那样的话经幡也会灰飞烟灭，再无能制住妖刀的东西了。

金倚陆咬了咬嘴唇说：

"我去提灯引它，用根长些的竹竿挑着便是。"

话一出口，自己也觉得是在自欺欺人，要确保把那东西炸得粉碎，必然多设地雷，而多枚地雷的威力，怕是那挑灯笼的竿子再长十倍，也难逃粉身碎骨。

许久未曾说话的把肚突然开口了，他先对着金倚陆说：

"怎能用活人的性命，去换那死人的性命？"

然后转头对刘破虏说：

"野地里与奴战时如何放炮的，你忘了？"

刘破虏一下如醍醐灌顶，想起在辽东与清军作战时，因为明军火炮屡屡炸膛，或因为没有合适的炮床，放炮时炮身因后坐力腾空跳起落下砸伤人命，明军炮兵野战时常在火炮旁边挖一深坑，刚一点火就跳进深坑中，这样无论是炸膛还是炮身腾跳，炮手都能保住性命。

刘破虏一巴掌拍在把肚宽厚的背上说：

"你聪明！"

四人合计一番，决定把伏击地点仍旧选在离昨晚不远的地方，西砖儿胡同和悯忠寺前街交汇的那片空地往东，正是宣南坊水井最为密布的地方，其中不乏枯井，立幡的地方不能离井太近，也不能太远，要有一个能藏身的地方。用钢轮发火的地雷便于逃生，但钢轮发火不可靠，必须多布几枚，地雷不能离经幡太近，避免把经幡炸碎。

金倚陆坚持由他提灯，刘破虏思索再三，同意了。

金明镝留在衙门里，负责将地雷里陈年板结的火药挖出弃之，将新下发的迅药重新碾过之后，装填进去，再给钢轮装上新的燧石，装上拉绳，将踏发改为拉发。

其他人跟着刘破虏，重新回到昨晚孙六殒命的地方，决定将伏击地点设在一个干涸的泡子旁边。泡子很小，却不算浅，岸边极陡，上面的芦苇都被附近的穷人割去烧火了，爬上来不算容易，跳下去倒很方便。金倚陆在泡子边上和布设地雷的点之间来回走了几遍，测算着距离。

回到兵马司时，金明镝已经给所有地雷换好了火药和燧石，因为远离火盆，手都冻成了乌青色。刘破虏这才发现这个年轻人虽然有时说话欠思量，好发牢骚，却勤奋好学，又聪明伶俐，便思索晚上如何留他在这里，不去赴那九死一生的阎王局。

眼看着天色发暗，刘破虏提出去吃些东西，喝两杯水酒，也好解解昨晚折戟的晦气，金倚陆却婉拒了，说：

"肚里装了东西，身子沉。"

他只吃了些茶和饼，便抱着胳膊闭上双眼养神，刘破虏和把肚也草草吃些，坐在火盆边上休息。金明镝这才发现，四人此时坐着的方位和姿势，与破楼那天晚上一模一样，只是今晚，再也无人有心情讲故事，也无人有心情听故事了。

刚过亥时，金倚陆突然睁开双眼，如西洋自鸣钟一般精准，他解下身上所有的兵器物件，郑重地交给金明镝，然后对刘破虏说：

"刘兄，走罢。"

几人骑着马，进入了熟悉的猎场，只是他们自己心里不知道，这一夜他们是猎物，还是猎人。

灯笼被绑在一支朱红长枪的枪尖上，地雷的拉发索都捆在金倚陆腰上，他必须在那东西冲过来的一瞬间，跳进干涸的泡子里，引发地雷，如果他跑早了，有可能炸不烂那东西，如果他跑晚了，孙六的坟旁，还有一座空坟。刘破虏和把肚一人拿一支镗钯，埋伏在两边，以应对地雷爆炸之后可能出现的意外。坚持跟来的金明镝埋伏在远处，接应三人。

为了确保至少有一枚地雷成功发火，刘破虏提议设置三枚铁壳地雷，金倚陆执意设置五枚。刘破虏在为他捏一把汗的同时，又回想起那个他不愿想也不敢想的问题：

这个朝鲜人为什么为了得到这把刀，不惜搭上自己的性命？那个可能将他出卖给清兵的祖国，对他来说又到底意味着什么？

金倚陆将所有的拉发索系在了自己腰上，示意刘破虏可以开始，刘破虏鼓起一口气，将血顺着竹竿淋了下去。这次经幡很久都垂在那里一动不动，子时已过两刻，明天就是正月初一，宣南坊和白纸坊的上空已经稀稀拉拉地放起烟火来，夜空变亮了不少，刘破虏开始担心那东西忌惮焰火爆竹不肯出来，见经幡依然一动不动，索性把血全倒了下去。经幡依然不动，刘破虏回头看看金倚陆，他像庙里的泥塑一样站在雪夜里，刘破虏把心一横，用手握住刀刃，打算把自己的血淋在幡下。正当他的刀刃在手心里启动的时候，经幡突然动了一下，紧接着剧烈地抖动起来，刘破虏见状收刀入鞘，回头看了金倚陆一眼，拔起镗钯跑向了一边。

随着丑时越来越近，天空中的焰火越来越多，漆黑的天空逐渐变成暗暗的绯红，给眼前所有的东西都覆上了一层妖异的红光，让刘破虏想起了杏山城的海边。

这一天夜里比前一日夜里要亮得多，视野也好得多，刘破虏远远地看见西砖儿胡同方向出现了一个高大的人影，披头散发。

那东西来了。

这东西沿着西砖儿胡同，一步一步向着经幡走来，随着他越走越近，刘破虏第一次看清了它的步态，原来这东西像人一样，也用两脚走路，只是走得摇摇晃晃，仿佛走不稳。它走得不快也不慢，仿佛闲逛一般，看来它只有在杀人时才有那种瞬息而至的速度。

随着一发焰火从白纸坊方向冲上天空，那东西突然停住了脚步，站在那里一动不动地抬头看着天空。刘破虏借着焰火照亮天空的片刻，看清了那东西现在的模样，它披头散发，半边头盖骨带着头发耷拉在一边，这应该是昨天晚上孙六打的，它身上中了约有七八箭，其中一些箭折断了，它步态不稳是由于一支卡在膝盖上的断箭造成的，很明显，对身体的毁伤不能杀死它，但确实能影响它的行动。现在它用眼眶里的两个黑洞盯着暗红色的天空，仿佛那黑洞能看见什么东西似的，随着空中的焰火从黯淡到消失，这东西继续一步步坚定地向着经幡走来。

它离经幡越来越近，金倚陆依然一动不动地站在雪地里，仿佛在跟它比拼耐性。那东西距离经幡约有十步的时候，金倚陆突然一把摘掉灯笼上的黑布罩子，大声吼道：

"来啊!"

那东西仿佛迟疑了一下,金倚陆知道,它马上就要以那种诡异可怕的速度出现在自己面前,自己用肉眼不可能跟上它的移动轨迹,只能靠推断和预测赌一把。金倚陆紧紧地盯着它,在它消失在自己视线里的同时,金倚陆转身把长枪扛在肩上,向着泡子跑去,他听见背后地雷里钢轮急速转动摩擦燧石发出的哒哒声,也感受到背后那股强劲的风,他知道那股风从何而来,但他绝不能回头去看,他纵身一跃跳下泡子的瞬间,一股巨大的气浪带着火焰从他头顶掠过。金倚陆把头深深地扎进泡子底部的积雪里,防止被爆炸的火焰灼伤,他产生了一种幻觉,泡子其实没有干涸,自己一头扎进了水里,除了自己,他什么也听不见了。

金倚陆感觉过了很久很久,才有一只手把他从积雪里拽了出来,刘破虏扯着嗓子在他耳边说话,他却什么也听不见,直到刘破虏拽着他从泡子里爬上来,看着地上余烬未熄的大坑,金倚陆才明白,爆炸就发生在刚才。

当把肚还在用镗钯拨拉地上的破布时,因爆炸而暂时失聪的金倚陆却第一个发现了那把妖刀,奇怪的是,如此近距离的剧烈爆炸,却似乎一点儿也没能伤到这把刀,那刀就静静地插在离经幡不远的地方,刀上诡异的白气不见了,这把刀就像一把普通的刀,在漫天焰火中闪着五颜六色的光。金倚陆跟跟跄跄地向着那把刀跑去,刘破虏生怕他因为神志不清干出傻事,抢先跑过去一把扯下经幡盖在刀上。

又一发焰火升上天空,刘破虏在焰火照亮天空的瞬间看见金倚陆神情狰狞，焰火落下去的时候，他又仿佛恢复了神志。刘破虏无暇多想，更不想多看手里这把刀一眼，利索地用经幡几下把刀裹了个严严实实，然后用绳子紧紧扎住了。隔着经幡，他没有在这把刀上感受到任何东西，它摸起来就像是——一把刀。

金倚陆一步一步地朝着刘破虏走来，刘破虏这才看到，他的眼神全在刀上，刘破虏突然感到一股从心底里油然而生的恐惧，这种恐惧在他直面那东西时，也不曾有过。刘破虏看见金倚陆的眼神，不由自主地向后退了半步，试探地问：

"金兄？"

金倚陆顿了一下，答道：

"终于成了。"

刘破虏见他神情和听力恢复了正常，这才放心地将刀递给他，说：

"成了。"

四人回到兵马司衙门时，焰火爆竹显然密了不少，北边的半边天空都亮了，却仍不及往年的三分之一。四人约定，各自回去收拾东西，明天一早在广渠门相会，一同南下。刘破虏见金倚陆自从接过妖刀之后，再也不曾放下，知道他的心思，却并不直说，而是不动声色地说：

"这妖刀既已降服，不如就由金兄带回倭国，他国既有方法厌胜，物归原主，以免遗祸人间。"

金倚陆的眼神却有些闪烁和逃避，回答道：

"那是自然。"

在金倚陆和金明镝准备转身离去的时候，刘破庹将一只手放在金倚陆肩上，意味深长地说：

"金兄，你我相识时日不多，生死却有数场，已是过命的兄弟，这刀本非人间之物，不知害了多少人命，你我也险些折了，这才降服了它。金兄千万当心，莫教它再作祟，切记孙老头前日所言，执此妖刀者，死者复生，生者发狂。"

见金倚陆默不作声，刘破庹干脆将话挑明：

"国运浮沉，自有其数，当年那倭人将这妖刀带到朝鲜，也不过欲借其力灭朝鲜，朝鲜终不灭而丰臣氏灭矣。一把妖刀，岂可拯救国家？万望金兄三思。"

金倚陆仍不正面作答，只向刘破庹作个揖道：

"二位刘兄，生死一场，万难相忘，明日广渠门相会。"

刘破庹把他们一直送到门前，望着漫天焰火中二人离去的身影，一直到完全看不见了，才进了内堂。把肚躺在一张椅子上，双脚交叉搭在另一张椅子上，开心地说：

"再也不必厮杀了！"

刘破庹闻言，神色黯然，其实他和把肚都知道，这话不过说说而已，从关外到关内，他们每抱着不愿再杀的念头退到一个新的地方，都自觉不自觉地卷入一场接一场新的厮杀。刘破庹自己也有些搞不清，他究竟是厌倦了辽东，还是厌倦了厮杀，或者说，辽东就是厮杀本身。

不管是因为厌倦了辽东，还是因为厌倦了厮杀，最终他选择渡海逃回京师，而不是山海关，然而现在，京师很快也要变成辽东。

刘破虏曾经对把肚说，他们已经在南方了，自己不想再逃走了，而如今他还是要逃。

如果把肚真的像他自己说的那样，相信逃到南方就不必厮杀了，他现在又怎么会取了这么多箭要带着走呢？

刘破虏一边收拾东西，一边抬眼看着这个昏暗的地方，这个自己用六百两银子买官来坐的地方，这个在七天之内，让数十人经历了一场大起大落又不可思议的幻梦的地方，

收拾停当之后，刘破虏到马棚看了看，兵丁们逃散时早已把活着的牲口都牵走了，刘破虏对此很满意，他把每一扇门都关好，他知道，这里已经无事可做，也无利可图，连陈正海都不会再回来了。

他最后看了一眼这陌生又破败的衙门，像是和它作个了结，然后翻身上了马，准备回家去休息一夜，拿些行李。正在这时，北边却传来了急促的马蹄声，把肚立刻把箭搭在弦上，两人一起紧紧盯着北边来人的方向。

来人跑得太急，从二人身边奔驰过十几步远才勉强勒住了马，调转了过来，不是金明镝是谁。

金明镝催马跑到二人身边，翻身下马却直接摔在了地上，连滚带爬地一把抓住刘破虏的马鞍前鞯，哭着说：

"刘大人，救救我家大人！"

刘破虏厉声问：

"怎么了？"

他这才注意到，金明镝不仅涕泪纵横，而且满面尘灰，像是从煤窑里钻出来的一般，于是追问道：

"会同馆走水了？"

金明镝拼命摇摇头，哭着说：

"出事了！金大人疯了，把人全杀了！"

刘破虏如五雷轰顶，他担心的事情终于发生了，催马就向北飞驰而去，把肚什么也不说，紧紧跟在后面，金明镝忙翻身上马，追赶二人。大街上、胡同里，处处有人放炮，大户人家都将灯笼挂在门前，刘破虏因此选择不走大道，而是从骡马市街斜穿正西坊，不一会儿就到了正阳门下。元旦这一夜，正阳门彻夜不关，刘破虏刚过正阳门，就远远地看见会同馆方向红光冲天，不禁快马加鞭，还没到到会同馆门前，就已经看见馆内燃起的熊熊大火。金明镝还没赶上来，刘破虏不敢冒进，站在门前向里张望，借着火光看见一些残肢断臂散落院中，才意识到问题远比他想象的还要复杂和可怕。

被清兵操控，然后被他们炸得粉身碎骨的是个死人，除了妖刀的邪力之外并无武艺，也谈不上什么智力，还被经幡所控制，所以才能设计埋伏他，如今却是活人发了狂，这活人不但武艺高强，而且还心思缜密，最糟糕的是，刀和幡都在他手里，自己怎么可能有胜算呢？

因此，他决定先不贸然进去，而是和把肚一起在门前观望，等待金明镝来了问清究竟怎么回事，再作决断。会同馆内除了木头在大火中燃烧的噼啪声和房屋偶尔因烧断了梁柱而倒塌的轰隆声，没有一点儿人类的动静，也看不见金倚陆究竟在哪儿。

二人等了片刻，金明镝才赶到，刘破虏让把肚持弓向内警戒，压低声音问金明镝：

"发生什么事？"

金明镝擦一把脸上的黑灰，抽泣着说：

"我二人正在收拾东西，我并不知那刀如何从幡里脱出来的，待我看见时，金大人已经拿着那刀站在院里，两眼都变作血红，他对我说……"

刘破虏说：

"说什么？"

金明镝心有余悸地说：

"他说，清兵来了，这馆里的人都是清兵，我这才看见，馆里几个杂役都教他杀了。初时他并未杀我，不一会儿，眼里像滴出血来，连我也不认得了，说我是清兵，追着我杀，我推倒火盆与他周旋半天，才夺马跑了。"

火越烧越大，刘破虏借着火光朝会同馆深处看去，隐约看见有穿官服的人被砍得七零八落散在地上，很显然，金倚陆杀的不止是馆里的杂役，看见火光后赶来查看的官员也都被他杀了。

刘破虏问：

"他现在人在哪里？"

金明镝指着左边一栋燃烧的房子说：

"我逃走时，他在这里。"

然后说：

"刘大人千万小心，他与那鬼不同，他能看见，能听见，会说话，杀人也不是砍一刀便走，他不像是鬼，只像是人发疯了。"

刘破虏头也不回地说：

"人比鬼难收拾多了。"

然后和把肚各自把箭搭在弦上，慢慢地摸进院里去，金明镝也取了弓箭，跟在二人背后，一个身影在旁边一栋黑漆漆的房屋窗口一闪而过，刘破虏却当作没看见一般，他知道，金倚陆已经发现了他们，却没有直接冲上来，说明他还保留着一部分人类的神志，他依然会被兵刃杀伤或杀死，他把这个熊熊燃烧的修罗场作为自己的狩猎场，试图设伏猎杀曾经的战友。

金倚陆鬼魅一般的身影越来越频繁地穿梭在各个没有燃烧的房屋窗口，间或能听见他的嘶吼：

"奴贼来! 来啊! "

刘破虏明白，金倚陆想引诱他们进入黑暗的房屋里，那里是他的领域，他朝着金倚陆穿梭的身影看一眼，然后对着把肚摇摇头，示意不能跟他进去，把肚点点头表示明白。

刘破虏一边继续往被火光照得大亮的地方移动，一边试图和金倚陆说话，得到的回应却只有发狂的呓语和怒骂，刘破虏通过他的声音推断他可能出现的方向，指挥把肚向那里瞄准。一阵阵热浪烤得二人口干舌燥，金倚陆依然在周围围着二人时隐时现，谁也没有留意到金明镝不见了。

金明镝再次出现的时候，手里拿着经幡和金倚陆的佩刀吞羯，这无疑是刚才取来的。刘破虏看了经幡一眼，经幡不是被扯开的，而是被人解开的，是谁解开的，不言而喻。刘破虏把经幡塞在怀里，嘱咐二人：

"非万不得已，往腿上射。"

金倚陆似乎有些耐不住性子，开始不断缩小游走的范围，试图把三人逼入黑暗，三人索性进入了一间刚被引燃的大屋。金倚陆移动得极快，但远达不到那个鬼的程度，然而他的智力却让他比鬼难对付多了，刘破虏和把肚几次射他的腿都失了手，反而浪费了不少箭。

忽然间，刘破虏发现，火光照出了金倚陆的影子，他就藏在一根柱子背后。刘破虏想起金倚陆讲的那个三百降倭刺杀努尔哈赤的故事里，吕汝文三人利用刀剑反光使人暂时致盲的手法，既然金倚陆能看见东西，又总想把人逼入黑暗，那么也许他的眼睛也依然怕光。

刘破虏指指金明镝手里的吞羯，又伸出二指，指指自己的眼睛，再指一下金倚陆的影子，金明镝心领神会，拔出吞羯，对着火光调整起方位来。刘破虏随即朝着柱子射出一箭，学着金倚陆的口气说：

"来啊！"

箭钉在柱子里，尾羽不住地颤抖，这显然激怒了金倚陆，他从柱子后面冲出来扑向三人，却被自己佩剑的反光刺了眼睛，下意识地抬手遮挡。把肚毫不犹豫，一箭射中了金倚陆的大腿，出人意料的是，金倚陆的身体只是顿了一下，继续向三人扑了过来，刘破虏无法再犹豫，一箭射在金倚陆当胸，箭镞"噗嗤"一声没入金倚陆胸膛时，刘破虏的泪水夺眶而出。

金倚陆难以置信地朝自己胸前看了一眼，右手抓着刀柄扬起，就要将刀掷过来，却不料被不知什么时候绕到身后的金明镝将吞羯高举过头顶，一刀将金倚陆的右臂连着手里的波平一起砍了下来。

　　三人看见妖刀终于与金倚陆的身体分离，才松了一口气，金明镝哐啷一声把吞羯丢在地上，大哭着去扶身受致命伤的金倚陆，就在此时，令三人都没想到的事情发生了，金倚陆突然俯身用左手捡起地上断手里的波平，那妖刀在他两指间快速旋转之后，向后一刀刺穿了金明镝，然后飞快地拔出刀掷向把肚。当刘破虏反应过来的时候，把肚吃惊地看了一眼露在自己胸前的刀柄，又看了一眼刘破虏，身体一软向后坐了下去。刘破虏几乎是本能地又向金倚陆胸前补了一箭，这一次，金倚陆应弦而倒。

　　刘破虏冲到把肚身边，将他扶起来，靠着一根柱子坐下，把肚剧烈地咳嗽，大口大口的鲜血落在他的胸前，刘破虏抓着他的手，哽咽得说不出话来，把肚吃力地用满是鲜血的手从腰间摸出一串念珠，放在刘破虏手里，勉强笑笑，断断续续地说：

　　"莫再……打战了……去南方。"

　　说完整个儿身子在刘破虏怀里突然一软，脑袋无力地耷拉在一边，死了，眼睛仿佛还出神地盯着熊熊火光。

　　刘破虏擦了擦泪，把手里黏糊糊的念珠放进怀里，掏出经幡来，裹住波平的柄，把这妖刀从把肚胸膛里拔了出来，把肚睁着的眼睛这才慢慢地合上了。

　　刘破虏站在这大火里，撕心裂肺地狂叫不已，声音回荡在这座即将倒塌的建筑物中央。

　　当他试图把把肚的尸首拖出火场的时候，却突然听到了一个熟悉的声音，金倚陆居然还没死。刘破虏来到他身边，他的眼睛已经变成了正常人的黑色，却显得空洞无神，瞳孔都散了。

他听见了脚步声，喃喃地说：

"是你吗？刘兄？"

刘破虏知道，金倚陆因为失血过多失明了。他回头看了一眼金明镝，这年轻人已经死了。

刘破虏把金倚陆扶起半个身子，金倚陆继续喃喃地说：

"是我……是我害了人……可我总要……试试……"

刘破虏泪如雨下，说：

"莫说话，莫说话，我知道，我知道不是你过错。"

金倚陆越发语无伦次起来：

"我国家……滁州、徐州、南京、杭州、绍兴、明州①、那古野②、对马、釜山、绍兴……"

刘破虏轻轻地对他说：

"你已经说过绍兴了。"

金倚陆凄惨一笑，艰难地说：

"是啊……滁州、徐州、南京、杭州、绍兴、明州、那古野……"

这次他还没有说到对马，就咽气了。他最终以另外一种方式，踏上了这条他日思夜想的归途。

---

①宁波。
②名古屋。

尾　声

崇祯十七年正月初一这一天，刘破虏将把肚送到阜成门外二里沟的西域双林寺，按喇嘛的指点火化了。布施之后，把肚的骨灰得以埋葬在双林寺后院塔下，供奉他毕生信奉的大黑天菩萨。

金倚陆和金明镝葬在了永定门外方家庄孙六的坟旁边的空坟里，碑上写着：大明属国朝鲜兵曹佐郎　金倚陆之墓。金明镝的碑上写着：朝鲜义士金明镝之墓。

做完这一切之后，刘破虏回到了果子巷的住处，却只有老沈女儿一人在家，家里一点儿过年的气息也无。刘破虏预感不好，问：

"你爹呢？"

小姑娘哭着答：

"我爹二十九那天推着车买粮去了，夜里也没回来，过年也不见回来。"

刘破虏眼前一黑，强作镇定说：

"你爹不是一早便出去了？如何说夜里没回来？"

小姑娘哭得更厉害了，泣不成声地说：

"我爹中午便回来了，他说米便宜，一次拉不回许多，再去一次，赶在天黑前回来，熬到春天就好了。"

刘破虏再也抑制不住自己的情绪，他反身推开门走了，骑马转了一大圈，又回来了。他进了院子，环视一周说：

"你爹去南方了，让我带你去南方寻他，我还有公事要办，你拾掇拾掇，跟我走罢。"

小姑娘扑闪扑闪大眼睛，不知道是信了还是没信，顺从地收拾东西去了。

刘破虏把小姑娘搂在怀里，让她坐在鞍鞯上，骑马进了宣武门，走到天主堂门前，几次想要敲门，却都在中途停了下来。他抬头再看一眼天主堂顶上巨大的十字架，一把抄起小姑娘，重新翻身上马，朝着牛血胡同走去，昨天夜里是三十，陈正海今天一准儿在小老婆屋里。

陈正海在正月初一一开门看见刘破虏的时候，大吃了一惊，又见把肚几个都不在他身后了，心里大概明白了几分，又见刘破虏带个小女孩，便不解地问：

"这是？"

刘破虏答：

"是我小女。"

陈正海知道这是瞎话，依然问道：

"唤作甚么名儿？几岁了？"

小姑娘给陈正海贺了新年，答道：

"我爹叫我小妮，六岁了。"

刘破虏蹲下身来，用手刮掉小姑娘鼻下的两条黏虫儿，又给她裹了裹棉袄，说：

"你七岁了。你记着，你姓沈，这世道太苦，你就叫糖儿罢。"

然后起身把身上的银钱敛了敛，大半塞在陈正海手里，说：

"她叫沈糖儿，我不求你将她当亲生的，只求你将她作寻常百姓家闺女养大，若你也活不下去了，给她一口吃食让她往南走，你若敢卖她，我定回来找你。"

说完便哽咽了起来。

陈正海的眼眶顿时红了，连连点头答应，刘破虏将糖儿交在他手里，翻身上马走了。

天色稍暗的时候，刘破虏到了石桥胡同，他径直走进桥下的精忠庙，庙里有一口古井，不知有多深，据说通着海眼，也有人说底下锁着龙王，刘破虏抱起井边上粗大的铁链，用力摇了几下，井里的水顿时沸腾起来，井底下发出轰隆轰隆的巨大回响，和坊间传闻的一模一样。刘破虏将经幡上的绳子又扎了几道，径直把波平妖刀扔进了井里，这把吞噬了无数生命的妖刀，瞬间就被井底沸腾的黑水吞噬了。

崇祯十七年正月初二清晨，刘破虏把吞羯挂在腰上，骑马出了东便门，在大通桥清冷的月光下站了一会儿，催马往通州方向走了不远，拨转马头，向着山海关方向飞驰而去。

从顺治二年起，南城兵马司吏目陈正海就一直通过各种渠道暗中打听着刘破虏的消息。

六月廿一，他听人说，正蓝旗祖大弼麾下一员脸上有疤的骁将攻破了湖州城①,陈正海咬了咬嘴唇,继续抄写他的账目。

顺治九年十二月,陈正海听到内城里哭声震天,旗人的显贵们披麻戴孝,成群结队地出了阜成门,心里知道出了大事。他不动声色地多方打探一番,才知道敬谨亲王、定远大将军尼堪在衡州中伏战败,陷在泥沼里,被一个手持红柄大刀的明将,一刀砍下了头颅。

陈正海扔了笔,头也不回地跑回家去,关了门顶上栓,背靠着门直喘粗气,他觉得,那个人才是刘破虏。

---

①当时属南明。

甲申前夜·大晦

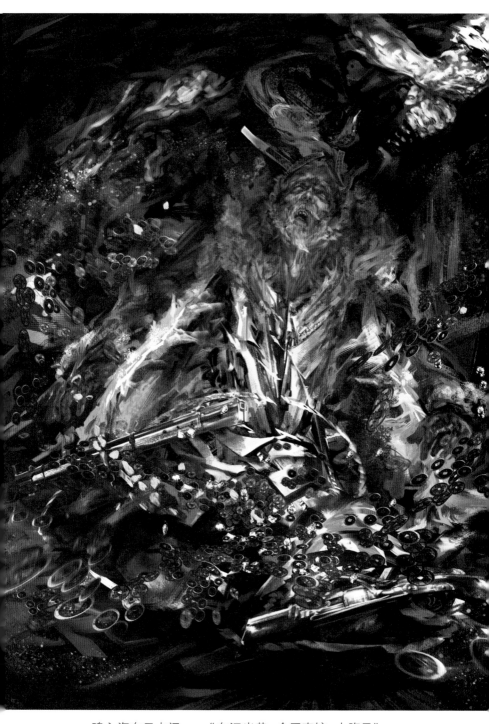

魂入海东云水间——《东江米巷·会同南馆·大晦日》

一门骨肉散百草——《东江米巷·会同南馆·大晦日》

涅槃生死犹如梦——《东江米巷·会同南馆·大晦日》

天亡卷土亦无功——《尾声》

后　记

《甲申前夜·大晦》这本书的命运，就像故事的主人公一样多舛。在经历了无法顺利出版、底稿丢失、更换出版社等一系列变故和波折后，才得以展现在诸位读者面前。

出版前我遇到的最后一个麻烦是，故事情节已经很黑暗了，书名还很"不吉利"，多少有点儿"不合时宜"，可能会对出版造成一定的影响。

我想，这本书本来写的就是一群"不合时宜"的人，孑然而徒劳地和所谓的"历史潮流"抗争，最终失败的故事，"不合时宜"是必然的，随他去吧。

在这本不合时宜的书最后，我仍有一些想法希望和各位读者分享。

一、边疆

我出生在边疆，也生活在边疆，边疆是我最熟悉的地方，也是我写作的永恒主题之一。《甲申前夜·大晦》的故事发生在明帝国的心脏——北京，但归根结底，它是一个关于边疆、边军和边民的故事。

毫无疑问，这个故事是一个悲剧，因为在古代的中央集权帝国中，一块土地成为"边疆"，本身就意味着它的悲剧命运，而那些生活在这片土地上的人演绎出的故事，也注定和这块土地的命运一样悲凉。

在帝国的上升期，边疆是扩张的基地，边疆人是开疆拓土的利剑，先去流血；在王朝的衰退期，边疆是"中心"的代价，边疆人是难以挽救的累赘，先被抛弃。

然而，"边疆"有时很远，远到困守西域孤城的白头老兵，向朝廷求援的绝笔要先自南向北纵越天山，再自西向东横穿蒙古高原，最终才能到达唐帝国的首都长安；"边疆"有时又很近，近到《茶馆》里的帝都城外，就是"五斤白面就能换个孩子"，让身处中心的人感叹"就是条狗也要托生在北京城"的"乡下"。

所以，帝国倾覆的过程很像人在低温中死亡的过程。人体首先会舍弃离核心最远的手和脚，将有限的热量集中在躯干部分来保证最基本的生命体征，然后放弃的是小臂、小腿、大臂、大腿，最后的热量被集中于心脏和大脑用以竭力维持生命。当人咽下最后一口气，手脚已经完全坏死时，心脏和大脑仍保持着一定的温度，但最终会和已经坏死的手脚一样归于毁灭和冰凉。

在这个过程中，先是中心舍弃了边疆，然后边疆席卷了中心，最终，曾经的中心变成了边疆。种种发生在边疆的悲剧，最终也会发生在中心，而从边疆传至中心的悲剧，往往又要比边疆来得更加惨烈。然而人类观察历史的角度和维度都很有限，所以在大厦将倾之时，身处中心的人们往往将边疆发生的悲剧视为一种局部的反常，报以旁观者常见的冷漠、同情、猎奇和嘲弄，而万万想不到这一切终究会像远处海平线卷起的狂潮一样，席卷一切看客自以为绝对安全的堤岸。

甲申前夜·大晦

所以在《甲申前夜·大晦》的故事中，我让那些从边疆的尸山血海里死里逃生的眼睛，来观察那些在末日里，对临头大难自知难逃或浑然不觉的灵魂。在这个故事中，刘破虏一直在逃离边疆，然而他逃到的每一个地方，都变成了边疆，最终他接受了自己的命运，毅然回归了边疆，与其说他是边疆的某种象征，倒不如说他就是边疆本身。

二、神异

《甲申前夜·大晦》在成书之后，我曾经送给过多位评论家和导演朋友征求意见。有人说，他不太喜欢贯穿全书始终的那种神秘主义和宿命论的倾向。在小说的开篇，这种倾向还不算太浓烈，只是增强了时代背景的沉重感和末世气息，但从小说中间起，不可捉摸的超自然力量开始直接左右故事的走向，"武侠"的味道遭到了某种程度的侵蚀和破坏，最终的那个出人意料又耐人寻味的宗教仪式般的结局更是让这个故事完全脱离了"武侠小说"或"历史小说"的范畴，陷入了某种怪异而难以言喻的感觉之中。

这当然是非常直观但准确的评价，但《甲申前夜·大晦》本身就不是一部典型的"武侠小说"或"历史小说"，恰恰相反，"侠义无用论"和"历史不可改变论"贯穿着小说的始终。在一个根本没有日月也没有星辰的时代，无论何等的个人勇武和侠义之心都无济于事，无论怎样的神机妙算和先知先觉，结局都是如出一辙。几个倔强的人，各自坚持着自己所相信的东西，在崇祯十六年的冬天被命运之手拢聚在即将陷落的北京城里，把血肉和生命投入历史的大洪水中逆流而上，最终不仅没有改变任何事，甚至没有激起一个大的涟漪。所以，对"不可相抗之物"的抗争才是故事的主题，这个无法对抗之物是那把妖刀，是明王朝行将就木时那股不可阻挡的腐烂气息，抑或是那个时代本身。

在故事中，"妖异"是直接出现的，相对地，"神迹"却隐现莫测，无论是金倚陆的片箭，还是汤若望的火炮，虽有"神"之名，但实际上并不具备那种凌驾凡人之上的超自然力量，个中深意，还请诸位读者品味。

三、希望

除了对神秘主义或宿命论感到困惑之外，更多的意见是"书太硬了"。有女性朋友说，她仔细梳理了故事中出现的所有角色，结果发现所有女性的命运都是被侮辱、被贩卖、被杀害，真正有名字的女性角色只有一个，还是个孩子，这太残酷了。有男性朋友说，除了主角其他角色全部死光，而他作为唯一的幸存者可能最后还"黑化"了，这太令人窒息了。

确实，这故事太黑暗、太血腥、太残酷也太绝望，残酷到那些生来注定被侮辱和被损害的弱者都很难在其中留下名字，残酷到那些仍存一己之力的强者只有死亡和顺流而下两种命运，这一点在真实的明末历史中也是一样。

书确实很硬，但如果说故事本身没有留下任何希望，我作为作者是不能同意的。那些在虚构的和真实的历史中，用生命与"不可相抗之物"抗争到底的人，本身就是那个吞噬一切的黑洞中，竭尽全力逃逸出的一束光。它当然没能逃脱注定的命运，但这转瞬即逝的光，本来就是给几百年后的人，也就是你和我看的。